Tomba dei Perduti
Entrata del Tunnel
Cottage di Aurelia
Casa di Kate
Farmacia di Sahlma

FANTASTICA

CRYSTAL SMITH

FIORE DI SANGUE

Traduzione di Valentina Daniele

MONDADORI

librimondadori.it

ISBN 978-88-04-72138-3

Titolo dell'opera originale
Bloodleaf
I edizione gennaio 2020

FIORE DI SANGUE

A Jamison e Lincoln,
indovinate?
Siete i migliori.

E a Keaton,
ti amo.

Parte prima

RENALT

1

Le forche erano state innalzate all'ombra della torre dell'orologio, così da permettere al pubblico di assistere alle esecuzioni senza il fastidio del sole negli occhi, e al Tribunale di compierle secondo un programma preciso.

Ordine in tutte le cose, questo era il motto del Tribunale.

Tenevo il mantello chiuso fino al mento e la testa china mentre la folla convergeva nella piazza sotto la torre. La mattina era fredda; il respiro mi sfuggiva dalla bocca in volute sottili che salivano e si disperdevano nella nebbia. Scrutai a destra e a sinistra da sotto il cappuccio, con cautela.

«Un buon giorno per un'impiccagione» esordì un uomo accanto a me, in tono strascicato.

Distolsi in fretta lo sguardo, non riuscivo a fissarlo nel timore che notasse i miei occhi. Raramente accadeva che una donna fosse additata come strega per una sciocchezza come il colore delle iridi, ma era successo.

Un mormorio si propagò tra la folla quando due prigioniere furono spinte su per la scaletta. Accusate di stregoneria, entrambe. Le mani della prima tremavano così forte nelle catene che, anche dalla mia postazione lontana, riuscivo a udirne il tintinnio. La seconda, più giovane, il viso triste e le spalle curve, era immobile. Entrambe vestivano di stracci, la sporcizia velava le guance giallastre e i capelli aggrovigliati. Probabilmente erano state allontanate e lasciate senza cibo per giorni, abbastanza a lungo da ridurle all'abbrutimento e alla disperazione.

Era una tattica deliberata: tanto più le accusate fossero apparse folli e private della loro umanità, quanto più le riserve dei pochi che ancora mettevano in dubbio le pratiche del Tribunale sarebbero venute meno, e lo spettacolo sarebbe stato entusiasmante.

L'uomo si accostò furtivo al mio fianco. «Divertentissime, queste impiccagioni, non credete?»

Cercai di ignorarlo, ma lui si chinò verso di me, ripetendo sottovoce: «Non credete, principessa?».

Colta di sorpresa, mi ritrovai a fissare due occhi castani dallo sguardo determinato, sopracciglia aggrottate, una bocca priva di sorriso.

«Kellan» sussurrai, concitata, «cosa ci fai qui?»

Serrò la mascella, le ombre si raccolsero nelle guance incavate sotto gli zigomi. «Poiché il mio scopo è proteggervi, forse sarete voi a dirmi cosa ci fate qui, così da rispondere alla mia domanda e alla vostra allo stesso tempo.»

«Voglio andarmene.»

«Andarvene? Via di qui? Benissimo, andiamo.» Fece per afferrarmi il gomito, ma mi divincolai.

«Se mi trascini via ora, se ne accorgeranno. È questo che vuoi? Attirare l'attenzione su di me?»

Kellan fece una smorfia. Era stato nominato tenente del reggimento reale a quindici anni e a diciassette era diventato la mia guardia del corpo. Ora, a venti, la sua protezione andava ben oltre il giuramento prestato. E lui sapeva che l'unica cosa davvero nociva per la mia salute, a parte trovarmi in mezzo a una folla di scalmanati bigotti, era rivelare la mia presenza. Benché riluttante, dovette cedere. «Perché volete stare qui, Aurelia? Che bene potrà mai farvi?»

Non avevo una risposta ragionevole, quindi tacqui. Mi limitai a giocherellare nervosamente con il bracciale-amuleto attorno al polso coperto dal guanto; era l'ultimo dono del mio defunto padre e indossarlo mi aveva sempre dato conforto. Necessitavo di calma, ora che il boia dal cappuccio nero stava arrivando, seguito da un ecclesiastico del Tribunale con l'annuncio che il Gran Magistrato Toris de Lena stava salendo sul palco.

Toris era una presenza imponente, collare bianco inamidato sulla rigida veste nera tribunalizia. Avanzò verso di noi, una copia del Libro dei Comandamenti dei Fondatori stretta al petto, l'immagine stessa della severità e della contrizione.

«Fratelli e sorelle» cominciò, «è con profonda tristezza che ci riuniamo oggi. Di fronte a noi ecco le signore Mabel Lawrence Doyle e Hilda Everett Gable. Entrambe sono state accusate di aver praticato le arti arcane, sono state giudicate e riconosciute colpevoli da una corte imparziale.» Al suo collo pendeva una fiala con un liquido rosso. La sollevò per mostrarla a tutti. «Io sono il magistrato Toris de Lena, portatore del sangue del Fondatore, e io sono stato scelto per dirigere le procedure.»

«Non capisco» stava dicendo Kellan, sottovoce, «è una specie di sfida contro voi medesima? Stare in mezzo ai vostri nemici? Affrontare le vostre paure?»

Aggrottai le sopracciglia. Venire arrestata, processata e giustiziata davanti a tutti era il mio terrore, ma era solo un cavallo nero in un'enorme stalla di incubi.

«Il mio popolo non è il mio nemico» insistei, mentre intorno a me si levava un coro scandito dai pugni chiusi e levati al cielo: «*Appendetele! Appendetele!*».

In quel momento vidi un'ombra vaga passare davanti alla donna più giovane – Mabel – e fermarsi accanto a lei. L'ombra fremette ai suoi piedi, prendendo forma dalla nebbia del mattino finché non divenne perfettamente chiara. L'aria nella piazza diventava più fredda a mano a mano che lo spirito raccoglieva calore ed energia nella sua figura impalpabile. Era un bambino, non più di sette anni, aggrappato alle gonne della donna incatenata.

Nessuno lo toccò. Nessuno guardò verso di lui. Probabilmente ero l'unica che riuscisse a vederlo. Ma Mabel sapeva che era lì, e qualcosa che non potevo descrivere brillò sul suo viso: dolore forse, o gioia, oppure sollievo.

«Conosco quella donna» sussurrò Kellan. «Suo marito veniva da Greythorne per vendere libri, due o tre volte a stagione. È morto l'anno scorso, una vittima di quella febbre orribile che si è diffusa nella prima parte dell'inverno. È morto pure il figlio, credo.»

Anch'io conoscevo Mabel, ma non potevo rischiare di dirlo a Kellan.

L'orologio della torre segnava un solo minuto alla fine dell'ora e il fiorito discorso di Toris volgeva al termine. «Spetta a voi parlare» disse, mentre il boia poneva il cappio attorno ai colli delle due donne. «Madame Mabel Lawrence Doyle, siete stata processata da un tribunale imparziale e riconosciuta colpevole di aver distribuito testi proibiti e di aver cercato di resuscitare i morti tramite la magia e la stregoneria, in spregio al nostro Libro dei Comandamenti. Per il sangue del Fondatore, siete stata condannata a morte. Dite le vostre ultime parole.»

Mi irrigidii, in attesa che puntasse il dito contro di me, che mi chiamasse per nome, per scambiare la sua vita con la mia.

Invece disse: «Sono in pace. Non ho rimorsi». E alzò il viso al cielo.

Un aroma familiare si diffuse intorno a me: rose, anche se la stagione era ancora acerba. Sapevo cosa significava, ma quando guardai a sinistra e a destra non vidi traccia di lei. La Messaggera.

Toris si voltò verso l'altra donna, che tremava incontrollabilmente. «Hilda Everett Gable, siete stata processata da un tribunale imparziale e riconosciuta colpevole di aver cercato di usare la stregoneria per nuocere alla moglie di vostro figlio, in spregio al nostro Libro dei Comandamenti. Per il sangue del Fondatore, siete stata condannata a morte. Dite le vostre ultime parole.»

«Sono innocente!» esclamò. «Non ho fatto niente! Lei ha mentito, ve lo dico io! Lei ha mentito!» Hilda puntò le mani legate e tremanti verso una donna in prima fila. «Bugiarda! Bugiarda! Pagherai per quello che hai fatto! Tu...»

L'orologio batté l'ora e il suono della campana riecheggiò sopra la folla. Toris chinò la testa e pronunciò: *Nihil nunc salvet te.* "Niente ti salvi, ora." Poi fece un cenno al boia e il pavimento sprofondò sotto i piedi delle donne. Mi sfuggì un grido, e Kellan mi strinse contro di sé per soffocarlo.

La campana suonò nove volte e tacque. I loro piedi si agitavano ancora, convulsi.

Kellan parlò in tono più gentile. «Non so cosa pensavate di vedere qui.» Cercò di farmi voltare, come a proteggermi da quella scena, ma mi divincolai. Anche se il passaggio tra la vita e la morte mi dava sempre la nausea, dovevo testimoniare. Dovevo vedere.

Il corpo di Mabel era immobile adesso, ma attorno a lei l'aria scintillava. Era una strana esperienza osservare un'anima districarsi dal cadavere, sfilarsi di dosso quell'involucro grottesco nello stesso modo in cui una donna raffinata si libera di un mantello pieno di fango. Quando emerse, suo figlio l'attendeva e lei gli andò incontro. Non appena si toccarono scomparvero, via dal confine verso qualunque luogo esistesse al di là, oltre il mio sguardo.

Hilda morì più lentamente. Soffocò e sputò, gli occhi sporgevano fuori dalle orbite. Quando succedeva era orribile. La sua anima si strappò dal corpo con quello che, se si fosse potuto udire, sarebbe stato una specie di ringhio. Lo spettro di Hilda si lanciò verso la donna che aveva indicato tra la folla, ma quella parve non accorgersene. La sua attenzione era concentrata sul povero mucchio di ossa che oscillava alla fine del cappio.

«Volete reclamare il corpo di vostra suocera?» le chiese Toris.

«No» rispose lei con enfasi. «Bruciatelo.» Il fantasma di Hilda urlò silenziosamente, affondando le unghie intangibili nel viso della nuora. La donna impallidì e si portò la mano alla guancia. Mi chiesi se la rabbia avesse dato allo spirito la forza necessaria perché il suo tocco fosse reale.

Non invidiavo la nuora. Hilda probabilmente sarebbe rimasta nella terra di confine per chissà quanto tempo, seguendo colei che l'aveva tradita, urlando in silenzio, annebbiando l'aria di odio. L'avevo già visto in passato.

«Andiamo, Aurelia» disse Kellan. Aveva usato il mio nome invece del titolo; era sempre più in ansia.

La folla diventava via via più rumorosa, spingendosi in avanti mentre i corpi venivano trascinati altrove. Qualcuno mi spinse con forza, inciampai sul selciato e tesi istintivamente le mani, ma invece caddi pesantemente sul polso. Non rimasi a terra a lungo; Kellan mi stava già rimettendo in piedi, le sue braccia intorno alla mia vita come un cerchio protettivo mentre si faceva strada fra la gente.

La mia mano corse al polso nudo. «Il bracciale!» gridai, voltandomi per guardare oltre la spalla il punto dove ero caduta, anche se era impossibile attraverso la massa umana.

«Lasciate stare» replicò Kellan con fermezza ma gentilmente: sapeva quanto fosse importante per me. «È perso. Dobbiamo andare.»

Mi sciolsi dalla stretta e mi rituffai nella folla, gli occhi a terra, spingendo chi mi spingeva e urtando chi mi urtava, sperando di intravedere il bracciale. Ma Kellan aveva ragione: l'avevo perso. Mi raggiunse e stavolta mi tenne stretta, e io non volevo più resistergli; i fischi risuonavano, in pochi minuti gli ecclesiastici avrebbero disperso l'adunata, circondando chiunque non avesse mostrato abbastanza entusiasmo per la causa. C'erano due nuovi posti vacanti nelle celle del Tribunale, che non rimanevano mai vuote molto a lungo.

Non più di un'ora più tardi, mi trovavo nell'anticamera di mia madre, sotto il lucernario, e contemplavo il finissimo tessuto color avorio tempestato da migliaia di minuscoli cristalli scintillanti che sarebbe presto diventato il mio abito nuziale. Sarebbe stato l'abito più stravagante mai indossato nei miei diciassette anni di vita; l'influenza del Tribunale a Renalt si estendeva perfino sulla moda, e i vestiti dovevano riflettere gli ideali di modestia, semplicità e austerità. Uniche eccezioni ammesse: i matrimoni e i funerali. Si riservavano i festeggiamenti agli eventi che limitavano le opportunità di peccare.

L'abito era il regalo di nozze di mia madre, ogni singolo punto cucito di sua mano.

Sfiorai il merletto di una manica e rimasi incantata dalla sua raffinatezza, finché non mi ricordai quanto sarei stata infelice il giorno in cui l'avrei indossato. E le giornate trascorrevano rendendo l'evento sempre più vicino. Fissato per Beltane, il primo giorno del mese di Quintus, il mio matrimonio, che si sarebbe celebrato tra poco più di sei settimane, incombeva minaccioso all'orizzonte. Sospirai, mi raddrizzai e varcai la porta della stanza adiacente, pronta a combattere.

Mia madre camminava avanti e indietro lungo il lato del tavolo, le gonne che frusciavano a ogni passo. Onal, la consigliera più anziana e fidata della nostra famiglia, sedeva rigidamente su una delle sedie più scomode del salotto, sorseggiando il tè a labbra strette e con un'aria sdegnosa accuratamente esercitata. Quando la porta si aprì, gli occhi azzurri di mia madre scattarono verso di me, tutta la sua inquietudine rilasciata all'improvviso, come lo schiocco di un arco da tiro.

«Aurelia!» Pronunciò il mio nome come un insulto. Onal bevve lentamente un sorso di tè.

Infilai le mani in tasca, un gesto che doveva mostrare quanto fossi imbarazzata e pentita, come in effetti non ero. Ma tutta la faccenda sarebbe finita più in fretta se mia madre mi avesse creduta piena di rimorso.

«Sei andata da sola in città, stamattina? Hai perso la testa?» Sollevò una pila di carte e l'agitò davanti a me. «Queste sono le lettere che ho ricevuto questa settimana, *solo* questa settimana in cui si esige un'inchiesta del Tribunale su di te, e qui» indicò un'altra pila di carte, alta almeno cinque centimetri «ci sono le minacce nei tuoi confronti raccolte dai miei informatori dall'inizio dell'anno. Te ne leggo una, vuoi sentirla? Vediamo... ecco. Questa illustra un metodo molto dettagliato per stabilire se sei una strega, che prevede l'uso di un coltello affilato e di un esame approfondito dell'interno della tua pelle.»

Non ebbi il coraggio di dirle della testa mozzata del cucciolo di gatto che avevo trovato nel mio guardaroba la settimana scorsa, disposta accanto a una preghiera popolare scarabocchiata per proteggersi dalle streghe; o la X rossa incisa sotto la mia sella preferita, un vecchio sortilegio per far imbizzarrire il cavallo e rivoltarlo contro il suo cavaliere. Non serviva che mi ricordasse quanto fossi odiata, lo sapevo meglio di lei. «Vogliono strapparmi la pelle?» chiesi con leggerezza. «Tutto qui?»

«E bruciarla» aggiunse Onal da sopra la sua tazza.

«Manca una settimana alla tua partenza» scattò mia madre. «Non puoi cercare di stare fuori dai guai fino ad allora? Sono certa che quando sarai regina ad Achlev potrai andare e venire come vorrai, potrai andare in città e fare... qualunque cosa tu abbia fatto oggi.»

«Sono andata a un'impiccagione.»

«Salvatemi, stelle! Un'impiccagione? Tu vuoi che il Tribunale ti dia la caccia! Per fortuna abbiamo Toris dalla nostra parte!»

«Già, che fortuna» ripetei. Lei pensava che Toris, vedovo della sua cugina preferita, fosse il fedele alleato della corona, incaricato di controllare il Tribunale dall'interno, ma da parte mia ero certa, senza tema di essere smentita, che gli piacesse fin troppo recitare la sua parte sul palco accanto alle forche.

«Aurelia» disse mia madre, esaminandomi dalla testa ai piedi. Davanti a lei c'erano i miei capelli, chiari, arruffati, e i miei occhi che dovevano essere azzurri, ma parevano piuttosto sfumare nel grigio argento. A parte questo, ero piuttosto attraente, ma le mie caratteristiche e le mie inclinazioni mi mettevano in risalto, rendendomi strana. E la gente di Renalt sospettava di me solo perché esistevo.

Ero la prima principessa di Renalt da quasi due secoli – quantomeno, la prima di cui non ci si fosse sbarazzati in segreto al momento della nascita. Era mio dovere onorare il patto che aveva posto fine alla guerra secolare tra il nostro paese e Achlev, sposandone l'erede. Per centosettantasei anni il popolo aveva creduto che la mancanza di eredi femmine alla corona fosse il segno che noi non saremmo mai stati sullo stesso piano degli sporchi e licenziosi Achlevani, una prova della nostra superiorità morale. La mia nascita aveva scosso la fede nella monarchia, nei reali che avevano avuto la sfacciataggine non solo di generare una figlia, ma addirittura di tenerla.

A volte arrivavo a capirli.

Un colpo alla porta ruppe il silenzio carico di tensione. «Fatelo entrare, sir Greythorne.»

Kellan entrò per primo, si guardò intorno e fece un cenno dietro di sé. Un uomo alle sue spalle avanzò di un passo. Indossava abiti di velluto riccio color del cielo al crepuscolo, con una fusciacca d'oro stretta da una fibbia a forma di nodo a tre punte. Sul suo orecchio ammiccava un rubino lascivo; sul suo dito brillava un anello d'argento con un sigillo raffigurante un corvo dalle ali spiegate. Aveva una massa di lucidi capelli neri, senza alcuna traccia del grigio che avrebbe dovuto accompagnare la sua età. Incredibilmente colorato com'era, sembrava una vetrata dipinta in un mondo fatto di lastre di piombo.

Era Achlevano.

2

Mia madre lanciò un'occhiata alle spalle di Kellan.
«Siete stati seguiti?»
«No.»
«Le guardie?»
«Congedate. Abbiamo un'ora, forse, prima che vengano rimpiazzate.»
«Le guardie private?»
«Già sistemate.»
Mia madre fece entrare l'elegante sconosciuto. «Aurelia, questo è lord Simon Silvis. Cognato di Domhnall, re di Achlev. Benvenuto lord Simon, nostro ospite d'onore.» Lo baciò sulle guance.
Intimidita, distolsi lo sguardo, di colpo attratta dal delicato grappolo di vetro con foglie di seta che ornava il piede di un candelabro vicino.
«Salve, Aurelia» esordì, «lieto di rivederti.»
«Rivedermi?»
«Eri una bambina, l'ultima volta. Ancora piccola. Ti ho appena intravisto, perché tua madre non avrebbe rinunciato a tenerti fra le braccia per niente al mondo.»
«Temo che le cose siano cambiate da allora. Adesso è impaziente di mandarmi via.»
«E chi potrebbe darmi torto?» Mia madre si accigliò. «Ho chiesto a Simon di scortarti fino ad Achlev. Conosce la strada, ti guiderà oltre le mura e finalmente al fianco di Valentin.»
Al nome del mio futuro marito, abbassai lo sguardo. Non sapevo un bel niente di lui al di fuori dalla manciata di lettere banali e pompose che eravamo stati costretti a scriverci da piccoli.
«Sei nervosa, vero? Riguardo al matrimonio» disse Simon.

Un fiotto di domande eruppe dalle mie labbra. «È davvero malato? Immobile a letto e mezzo cieco? Sua madre ha davvero perso il senno cercando di accudirlo?» Cercai di ritirare le mie parole. «No, no, scusate... sono davvero insensibile.»

La mia franchezza non parve scuoterlo più di tanto. «Conosco molto bene il principe» rispose lentamente. «Da tutta la sua vita. Nutro la massima considerazione per lui, come se fosse figlio mio. Valentin non ha avuto un'esistenza facile, in verità. Ma è una persona retta e determinata. Le sue malattie sono assai poco rilevanti per il suo carattere. Sarà un buon marito per te e un buon re un giorno.»

«Dunque non è malato? Non è pazzo come sua madre?»

La sua espressione si incupì. «Anche mia sorella ha avuto una vita difficile e ci ha lasciati troppo presto, ma non era pazza. Ti assicuro che suo figlio è un'anima nobile. E i tuoi timori... Non sorprenderti di scoprire che sono anche i suoi. Potreste avere molte più cose in comune di quello che immagini.»

I miei dubbi non erano stati placati. «Certo. Posso solo immaginare cosa si dice di me ad Achlev.»

«Nessuno sa niente di te, a parte il tuo nome e il fatto che sarai la regina.»

«Non pensano che sia una strega?»

«Una strega?» Impallidì. «Le vostre superstizioni Renaltane... Dite di adorare Empyrea eppure condannate chiunque mostri di avere i talenti che solo il Divino Spirito potrà mai concedere.»

«"L'arcano, corrotto potere delle streghe, che fa uso di riti bestiali e sacrifici umani per entrare in contatto con i morti, è in conflitto diretto con la Divina Luce di Empyrea"» recitai.

Simon mi osservò per un lungo istante. «Questo proviene da una pagina del vostro Libro dei Comandamenti, vero?»

«È la verità.» Speravo di sbagliarmi, mentre lo dicevo. Altrimenti, le mie mani erano talmente sporche di sangue e magia che ero già certa di essere condannata.

Lui si sedette e si chinò verso di me. «No. No, la verità è che esiste un potere nel nostro mondo, un potere dalle mille forme e dai mille volti, ma senza qualità buone o cattive al di fuori dell'intento di chi lo possiede. Guardami. Ti sembro malvagio? Perché io pratico la magia del sangue.»

Il mio sguardo saettò sul palmo della sua mano, attraversato da cicatrici ben visibili.

«Basta così» intervenne mia madre. «Non c'è più tempo per le prediche e le discussioni. Grazie per essere venuto, Simon. Immagino che tu sia confuso da questo incontro clandestino quando meriti un'accoglienza reale, ma ho colto una rara occasione e spero che possiamo usarla per ricevere l'offerta che ci hai fatto tanti anni fa. Tu sai di cosa parlo?»

«Ricordo l'offerta» rispose Simon con aria grave. «Ed è ancora valida. Ma le cose sono alquanto cambiate in diciassette anni, maestà. Ero più giovane e più forte, come voi. E vostro marito era ancora vivo. Abbiamo bisogno di tre volontari, io e altri due.»

«Io sarò una, e Onal ha accettato di essere l'altra.»

«Accettato cosa?» chiesi. «Di che state parlando?»

«Tua madre vuole che compia un incantesimo su di te» rispose Simon. «Non tale da garantire la tua sicurezza, ma sufficiente per aumentare le tue probabilità di sopravvivenza.»

«Abbiamo un'ora» disse mia madre. «Basterà?»

«Dovrebbe.»

«State scherzando. Un incantesimo? È pericoloso solo parlarne» intervenni. «Se la voce trapela, voi, tutti voi, siete morti. Il Tribunale...»

«Non sa nulla.» Onal alzò il mento e mi sbirciò al di sotto degli occhiali. Nessuno ne è a conoscenza tranne le persone in questa stanza. Di tutti noi, tu dovresti essere l'ultima a risentirti dell'uso di un po' di magia.»

Mi morsi le labbra. Tutto ciò che avevo fatto, l'avevo fatto da sola. Se fossi stata catturata, io soltanto ne avrei subito le conseguenze. «Non vale la pena farlo» dissi. «Per una persona sola.» Soprattutto non per me.

«Ho bisogno di un pezzo di stoffa» disse Simon. «Qualcosa legato ad Aurelia. Avete un fazzoletto, mia signora? Una sciarpa?»

«Questa può andare bene?» Mia madre andò al tavolo e trasse un quadrato di seta, con il ricamo argenteo di un tralcio di vite su un lato. Veniva dall'orlo del mio abito da sposa. Con una stretta al cuore, mi resi conto che doveva averlo conservato dopo che le avevo detto per la centesima volta quanto lo detestavo.

«Benissimo.» Simon spiegò la stoffa davanti a sé e vi tracciò sopra dei segni con il dito.

Mi lasciai vincere dalla curiosità e mi sedetti al tavolo accanto a lui. «Che tipo di incantesimo è?»

«Un legame» rispose lui, ripetendo lo schema «per unire le nostre vite: quella della regina Genevieve, di Onal e la mia alla tua.» I suoi occhi dorati erano solenni. «Quando sarà finito, le nostre vite ti proteggeranno.»

«Non capisco.»

«Significa che tu non morirai finché non saremo morti anche noi» rispose mia madre.

Kellan misurava la stanza a passi brevi e impazienti. Di certo detestava tutto questo; la superstizione non gli piaceva. Lui non credeva che fossi una strega, non credeva affatto alle streghe: era concreto e pratico, nutriva una profonda fiducia in tutto ciò che poteva vedere e toccare, e in nient'altro. Quindi mi sorprese enormemente quando esclamò: «Non potrebbero essere quattro? Se questo incantesimo mette tre vite a guardia di quella della principessa, aggiungerne una servirà a proteggerla meglio, no?».

«Tre soltanto» rispose Simon. «Tre è il numero sacro; l'unico modo di rinforzarlo è attraverso multipli di tre. Sei, o ancor meglio, nove; a chi altro potremmo confidare questo segreto? Chi legherebbe la propria vita a quella di Aurelia?»

«Nessuno» Kellan mi guardò. «Non c'è nessun altro.» Era vero, ma mi fece male sentirglielo dire. Mi osservò per un momento prima di parlare ancora. «Ma io sono forte, e conosco Aurelia. Proteggerla è il mio compito. Potrei sostituirmi a voi nell'incantesimo.»

«La pratica della magia mi impone una serie di regole molto rigide. Devo prendere parte all'incantesimo; è permesso trarre sangue solo da coloro che partecipano spontaneamente, e solo quando l'esecutore del sortilegio versa a sua volta il proprio sangue. Se non fosse per questo, lascerei a te il mio posto.» Continuò, pensieroso: «Ma come hai detto, tu sei giovane e forte».

«Onal ha già molti anni alle sue spalle...»

«Stai dicendo che sono vecchia, tenente?» ribatté Onal con un'espressione arguta, tamburellando le lunghe dita brune sul viso segnato. «Forse non mi rimane molto tempo, giovanotto, ma la mia non è una vita pericolosa. Potrei vivere fino a cent'anni; tu potresti morire domani in battaglia.»

«Kellan» aggiunsi, riluttante, «tu nemmeno credi in tutto questo. Incantesimi e stregonerie...»

«Non importa» disse Simon. «La magia esiste, che lui ci creda o no.»

«Non ci credo» replicò Kellan, «ma voglio farlo, per te.»

«Ma che romantico» tagliò corto Onal. «Bene. Puoi prendere il mio posto. Non avevo intenzione di morire per Aurelia, in ogni caso.»

«Morire per me?» Era una cosa così ridicola che mi venne quasi da ridere. «No, no... Lord Simon non ha detto questo. Ha detto solo che tu moriresti prima di me. Quindi, finché sei viva lo sarò anch'io...» La mia voce si spense, a mano a mano che sui loro volti solenni cresceva lo sgomento.

«Con questo incantesimo» intervenne lord Simon dolcemente «se per caso tu venissi mortalmente ferita, uno di noi morirebbe al tuo posto, e il suo sangue svanirebbe dalla stoffa, finché nessuno di noi ci sarà più.»

Una morsa mi serrò il petto. «Io non voglio che voi... che nessuno di voi... debba morire al mio posto. La mia vita non vale le vostre. E poi, perché dobbiamo rispettare questo accordo? Sono passati duecento anni, a nessuno importa più.»

Mia madre parlò per prima. «Il rispetto dell'accordo è l'unico modo per farti arrivare ad Achlev.»

«Renalt è casa mia. Il mio popolo...»

«Vuole ucciderti» completò mia madre.

«No, se non fosse per il Tribunale» ribattei, con un sapore amaro in bocca.

Ne avevamo già discusso molte volte, senza utilità alcuna. Per mia madre, il Tribunale esisteva e basta; anche solo formulare l'idea di smantellarlo, era come voler demolire la volta celeste o implorare che i fiumi non si gettassero nel mare. Era impossibile.

«Achlev ha bisogno di te, principessa» disse lord Simon. «Molte forze sono all'opera contro la monarchia. Forse Domhnall è irascibile e altezzoso, ma dobbiamo tenerlo sul trono finché il principe non potrà succedergli. Per ora abbiamo un equilibrio incerto. Ma temo che se Renalt dovesse respingere l'accordo ora, entro breve i lord governatori tornerebbero a complottare per la corona, a spese del popolo.»

«Sarai al sicuro ad Achlev» disse mia madre. «Dobbiamo solo farti arrivare fin là.»

«Dammi la mano» mi richiamò lord Simon.

Con riluttanza mi tolsi un guanto e posi la mia mano nella sua, con il palmo in su. Lui indugiò, osservando il bianco delle sottili cicatrici che l'attraversavano, poi ne tracciò una nuova, con il coltello. Il sangue cominciò a sgorgare dalla ferita, e lui mise un recipiente sotto la mia mano per raccoglierlo.

«Ora ripeti quello che dico, parola per parola. "Il mio sangue, liberamente dato." Dillo.»

«Ma la magia del sangue non richiede incantesimi» deglutii. «Cioè... così ho sentito.» Stupida.

Mi guardò di traverso, le sopracciglia alzate. «Davvero?»

Mi strinsi nelle spalle. «Voci che girano.» Per cambiare discorso aggiunsi: «Il mio sangue, liberamente dato».

«Bene.» Mi premette una benda sul palmo, per tamponare il flusso. «Faremo di meglio quando avremo finito. Per ora, basterà questo.»

Mi mise il coltello tra le mani e vi piegò sopra le mie dita. Poi trasse dal taschino sul petto un sacchetto di velluto. Tirò i cordoncini e tre pietre chiare, dal taglio insolito, caddero sul suo palmo. «Queste pietre si chiamano luneociti.» Me le porse perché le guardassi, ma io le conoscevo già. Il Tribunale le chiamava Pietre dello spirito. Essere colti in loro possesso equivaleva a una confessione di stregoneria – probabilmente il mezzo più rapido per guadagnarsi un posto d'onore sul patibolo al prossimo spettacolo in piazza.

Posizionò le pietre in un largo triangolo al centro della stanza, e l'aria parve improvvisamente carica, come prima di una tempesta elettrica. Simon mise una tazza nella mia mano libera e mi guidò al centro del triangolo. Appena le scavalcai, le pietre liberarono un lampo di luce bianca venata d'azzurro, poi si spensero. Le luci danzavano davanti ai miei occhi, e mi ronzavano le orecchie, mentre il pugnale e la tazza diventavano caldi nelle mie mani. «I luneociti sono rari e preziosi, si trovano solo nelle vene sotto le linee di forza: i sentieri che Empyrea percorse quando discese dai cieli per viaggiare sulla terra. Sono anche, per certi versi, i residui cristallizzati del suo potere. Li usiamo come un prisma, per potenziare il nostro incantesimo, e come un confine, per contenere la magia nei limiti prescritti.

Si fermò a un vertice del triangolo, mentre mia madre e Kellan prendevano posto presso gli altri due. Il ronzio nelle mie orecchie divenne un mormorio sonoro, quasi come un lontano sussurro.

«Vieni da ognuno di noi, a turno. Prendi il sangue dalle nostre mani e versalo nella tazza, come ho fatto con te.» Si rivolse a mia madre e a Kellan. «E intanto voi direte: "Il mio sangue, liberamente dato".»

Annuimmo. In due passi raggiunsi mia madre che aprì la mano con calma e non ebbe la minima reazione quando tracciai il segno con la lama. Il sangue fluì nella tazza, mischiandosi con il mio, e lei disse: «Il mio sangue, liberamente dato».

Il mormorio nelle mie orecchie divenne più forte quando andai da Simon. Stese le lunghe dita e praticai il taglio. «Il mio sangue, liberamente dato» disse deciso.

Mentre mi spostavo verso Kellan, vacillai. Vedevo luci che si sovrapponevano, si univano, fluivano in vaghe forme.

«Qualcosa non va» dissi.

«Siamo al confine tra il piano materiale e il piano spettrale» disse Simon. «Un turbamento è possibile. Attraversalo.»

Feci gli ultimi passi verso Kellan. Sostenne il mio sguardo, e concentrandomi su di lui riuscii a ignorare le deboli voci sibilanti che nessuno pareva udire tranne me. Il suono era carico di un freddo presentimento al punto che le mie dita tremarono. Aurelia, distinsi il mio nome in quel rumore, Aurelia...

«Aurelia» Kellan mi porse il palmo, e la lama vi rimase sospesa. «Va tutto bene. Fallo.»

«No» risposi, abbassando il coltello, e allo stesso tempo i suoni si spensero. «Mi dispiace, ma non posso.»

«Dobbiamo terminare l'incantesimo!» esclamò mia madre. «Dobbiamo...»

«È troppo tardi» disse Kellan, lasciandomi per guardare fuori dalla finestra. «Le guardie stanno ritornando. Il nostro tempo è scaduto.»

«Portatela via» ringhiò Onal, «così riusciremo a far sparire tutto prima che qualcuno possa vederlo. Il mio collo è troppo delicato per il cappio.»

«Comportatevi come se niente fosse accaduto» ordinò mia madre. «Ci sarà un banchetto stasera per dare il benvenuto a lord Simon nel nostro regno: tu parteciperai, Aurelia, ma solo dopo aver riflettuto a lungo sulle tue sconvenienze nel *sanctorium*. Abbiamo bisogno che la gente ti veda pregare con umiltà. Abbiamo bisogno di testimoni della tua devozione per Empyrea, e che ti vedano come una persona normale.»

«Quindi, fingi di esserlo» mi punzecchiò Onal con un sorriso.

Non riuscii nemmeno a lanciarle un'occhiataccia come si deve mentre Kellan mi portava via.

3

Mentre chiunque altro nel castello preparava il banchetto per il nostro regale ospite, io mi ritirai nella stanza dove la famiglia reale si recava per pregare in elegante isolamento. Pareva a tutti gli effetti che nonostante Empyrea richiedesse ai suoi fedeli umiltà e modestia, i suoi gusti tendessero piuttosto allo sfarzo e all'opulenza. Il *sanctorium* era rivestito in raso e seta, con ornamenti d'oro e sedili trapuntati di velluto su entrambi i lati. Colonne di marmo levigato si innalzavano verso un soffitto a volta, dipinto a imitazione del cielo notturno, con cherubini sorridenti che volteggiavano allegramente tra le costellazioni mentre creature demoniache e cupe li braccavano dal basso. L'affresco doveva rappresentare i nostri umani istinti, quelli nobili in alto e quelli immorali in basso, ma avevo sempre pensato che equivocasse la natura delle cose: i peccati erano ben accetti e affascinanti, come i cherubini. E i diavoli digrignanti e dagli sguardi affamati somigliavano in modo allarmante alla folla invasata che frequentava le adunate del Tribunale.

Temevo chi odiava i peccatori molto più di quanto temessi il peccato.

Dopo aver chiuso a chiave la porta alle mie spalle, alzai la tenda di broccato che dava accesso alla parte interna del santuario, dove un centinaio di candele bianche scintillavano nei candelabri d'oro. Ne accesi una e la misi accanto all'altare. Mi inginocchiai, mormorando una scusa frettolosa per la profanazione che stavo per commettere, poi spinsi da parte l'altare di pietra. Raccolsi le vesti e presi il piccolo libro di incantesimi dalla tasca segreta nascosta tra le mie gonne. Doveva servire a uno scambio con Mabel Doyle, ma immaginavo che adesso l'avrei tenuto.

Esitai, sentendomi in colpa, la mano sulla copertina. Avrei dovuto capire che qualcosa non andava la mattina stessa in cui lei non si era presentata al nostro consueto appuntamento mensile di condivisione delle arti magiche. Avevo aspettato un'eternità fuori dalla sua libreria prima di andarmene delusa, senza sapere che l'avrei vista morire impiccata all'ombra della torre dell'orologio meno di un'ora dopo. Ci conoscevamo a malapena; a causa della natura illegale dei nostri accordi, limitavamo i rapporti al minimo indispensabile. Non avevo mai saputo che avesse una famiglia, o che l'avesse persa. Ma pensando ai libri che mi aveva dato negli ultimi mesi (possessione, negromanzia, comunicazione con i defunti) mi chiesi come avesse fatto a sfuggirmi.

«Ingegnosa» disse una voce nell'oscurità, accanto a me. «Blasfema e anche un po' sfacciata, ma ingegnosa.»

«Sangue del Fondatore» imprecai, allontanandomi dall'altare con un salto che per poco non rovesciò un candelabro. «Come avete fatto a entrare? Ho chiuso quella porta, lo giuro.»

Simon ridacchiò sommessamente e alzò la mano: sulla punta del dito c'era una goccia di sangue. «Uno dei primi incantesimi che ho imparato: come non farsi notare, persino quando sei di fronte a qualcuno. Spillo il sangue e pronuncio una formula per concentrare la magia. *Ego invisibilis sum.* "Sono invisibile." Ti ho seguito piuttosto facilmente. Allora, per quanto tempo hai usato il confessionale per studiare» si tese verso l'altare per prendere il libro più vicino «*Il metodo infallibile di un sanguimago per assicurare un copioso raccolto di soia*?» Schioccò la lingua. «Spero che tu non abbia sprecato sangue su questo. È chiaramente un falso. La magia del sangue non guarisce e non fa crescere niente.»

«In nome della Santa Empyrea, come vi è venuto in mente di sgattaiolare qui dentro e farmi morire di paura?»

«"Ma la magia del sangue non richiede incantesimi." L'hai detto tu. O meglio, lo ha detto il celebre mago del sangue Wilstine, il sanguimago del III secolo.» Si sporse per prendere un altro libro dall'altare, un volume in pelle che avevo legato con un nastro per trattenere le pagine ingiallite all'interno della rilegatura quasi disfatta. «I miei maestri hanno voluto che lo imparassi a memoria, durante il mio apprendistato. Anche loro ritenevano che l'uso degli incantesimi fosse più una distrazione che un esercizio di controllo. Era una teoria impopolare tra molti dei maghi più antichi, che comunque amavano moltissimo i loro canti arcani: rendevano le loro manifestazioni pubbliche più impressionanti, vesti che ondeggiavano, lunghe barbe bianche, occhi sbarrati, invocazioni in lingue incomprensibili... Difficili da dimenticare e fatti per incutere soggezione.»

«Ma voi avete usato un incantesimo, oggi» dissi, esitante.

«L'ho usato. Li uso. In parte per tenere vivo il ricordo dei miei maestri.» Portò la mano alla catena che aveva al collo, di cui non vedevo il pendente, nascosto nella fusciacca dorata. «E in parte perché ho scoperto che le parole mi aiutano a concentrarmi. La magia del sangue trae origine dalle emozioni: più il tuo cuore batte, più il tuo sangue scorre. Dolore, piacere, paura, passione... tutto quello che intensifica le tue emozioni può essere usato per aumentare la forza del tuo incantesimo. Ma da questo può nascere il problema: è facile perdere il controllo, farsi travolgere dalla magia. Concentrarmi sulla pronuncia corretta delle frasi antiche mi aiuta a orientarmi, a non lasciarmi andare. Negli anni e con la pratica diventa sempre meno necessario, la magia si fa più istintiva e accessibile. E anche più pericolosa: è come la diga di un fiume, puoi chiuderla lentamente e con cautela per scegliere la direzione in cui deve scorrere l'acqua, ma se non stai attenta rischi di chiuderla su di te.» Scosse la testa. «Non occorre dire che è molto pericoloso usare la magia del sangue senza addestramento, non importa quanto tu abbia letto Wilstine.»

Spostai una ciocca di capelli dietro l'orecchio, imbarazzata. «Leggo molto, ma non... cioè, ho provato a... ma mai niente...»

Strinse le labbra e girò la mia mano. Alla luce della finestra, e senza i miei guanti, lasciati nella camera di mia madre, era facile vedere le sottili cicatrici sul palmo scoperto.

«Dimmi» chiese lui, «com'è andato il raccolto di soia?»

Feci una smorfia. «In tutta onestà, non ho mai avuto occasione di provarci.»

Lui rise. «Non avrebbe funzionato, ma sarebbe stato divertente vederti provare. No, la magia del sangue non fa crescere la soia. Quello è il risultato di una magia di tutt'altro tipo.»

«Magia ferina?»

«Esatto. Vedo il *Compendium Magiae* di Vitesio nella tua collezione: fornisce un'eccellente panoramica delle tre discipline magiche. Almeno questo l'hai letto, buono a sapersi.»

«Da cima a fondo. Purtroppo, tra la cima e il fondo non c'è rimasto più molto.»

Lo prese e lo sfogliò. «Disgraziatamente, qualcuno ne ha amputato l'ottanta per cento! Praticamente inservibile.»

«La maggior parte dei miei libri è ridotta così. Le censure del Tribunale sulle letture considerate favorevoli alla magia sono molto accurate. Sono fortunata che sia rimasto qualcosa di questi libri. Buona parte di quello che so l'ho racimolato negli anni, dai frammenti.»

Chiuse il libro di scatto, frustrato. «Prima lezione: la magia è ciò che rende gli alberi, gli animali, le piante e noi stessi diversi dalle rocce, dal terreno e dall'acqua... è la scintilla. Lo spirito. La vita. Comunque lo chiami, è il potere. Detto questo, ci sono tre metodi di accedere a questo potere. Il primo è chiamato *summa magia*, alta magia. La si pratica attraverso la meditazione, la preghiera, la comunione spirituale con Empyrea. Fornisce visioni del futuro, la capacità di spostare oggetti con la forza della mente, a volte la facoltà di guarire. La celebre regina di Renalt, Aren, era un'anacoreta dell'ordine più alto prima di lasciarlo per entrare nella monarchia attraverso il matrimonio. Il secondo è chiamato *ferina magia*, o magia ferina. Tratta principalmente di erboristeria, divinazione, trasfigurazione... è la magia della natura, della crescita, dell'equilibrio ciclico e dell'ordine. Il re a cui dobbiamo il nostro nome, Achlev, fratello di Aren, era un mago di quest'ordine. E l'ultimo è chiamato *sanguinis magia*, la magia del sangue. Magia di passione e sacrificio, probabilmente la più potente e distruttiva di tutte. Prima di rinnegare gli incantesimi e diventare il Fondatore del Tribunale, il terzo fratello, Cael, era un sanguimago di grande potere. Tutti e tre insieme erano potentissimi, nei giorni antichi. L'Assemblea di quei tempi li chiamava Triumviri. I migliori nel loro campo.»

Ascoltavo in silenzio, usando le sue spiegazioni per unire insieme i pezzi incoerenti delle mie conoscenze disparate. «Non sapevo niente di loro.»

«Come avresti potuto?» disse Simon, lanciando un'occhiata alla mia biblioteca frammentaria.

«Aspettate, avete detto "Prima lezione"?» domandai speranzosa. «Vuol dire forse che ce ne sarà una seconda?»

Simon emise un sibilo. «Tua madre, quando mi ha scritto per chiedermi di venire, ha detto che tu eri "pericolosamente inconsapevole della precarietà" della tua posizione. Comincio a capire che non stava esagerando.»

«Si sbaglia» risposi. «Conosco bene la precarietà della mia posizione.»

«E ciononostante collezioni libri di magia e pratichi incantesimi di sangue?»

Mi strinsi nelle spalle. «Il Tribunale terrorizza questo paese... il mio paese. Se vedono la stregoneria come un'arma, devo imparare a usarla contro di esso» deglutii, «prima che la usi contro di me.» O contro altri, come Mabel e Hilda. Spinsi il ricordo della loro morte in fondo all'animo, arrotolai il senso di colpa come un filo su un rocchetto, proprio al centro di me stessa.

Simon fece una smorfia. «Seconda lezione: stregoneria è una parola volgare. L'Assemblea, per quanto decaduta, non l'aveva mai autorizzata. La parola strega si riferisce a chi pratica la magia senza essere addestrato, e soprattutto a chi ignora deliberatamente lo statuto dell'Assemblea, elaborato per la sicurezza di tutti, maghi e non maghi.»

Il potere dell'Assemblea dei Maghi era diminuito negli anni finché non era caduto del tutto. Ero troppo piccola per ricordarmene, ma ero cresciuta ascoltando le storie della grande, gloriosa celebrazione che aveva accompagnato la notizia di quella caduta. Era un'occasione spesso ricordata e commentata con nostalgia, fonte di aneddoti da scambiare in compagnia. "Dov'eri quando hai saputo la notizia? Ti ricordi i fuochi d'artificio? I balli nelle strade per tutta la notte?" Solo quando ero diventata più grande avevo capito che quello che tutti avevano festeggiato era la morte. La morte delle persone dotate di magia, come me.

«Cosa è successo all'Assemblea?» chiesi. «Davvero, intendo!»

Un'ombra attraversò il volto di Simon. «Ne parleremo alla prossima lezione, direi.»

«Quindi mi insegnerete?»

«Quando sei entrata nel triangolo durante l'incantesimo, i luneociti hanno brillato. È il segno che tu, in qualche modo, sei già in sintonia con il potere. Ma la magia, la magia del sangue, specialmente, può essere estenuante da imparare e dolorosa da praticare. Dalla caduta dell'Assemblea, ho desiderato a lungo poter trasmettere il mio sapere alla generazione successiva, ma l'ultima volta che ho preso con me un novizio non è finita molto bene. Quello che hai provato nel triangolo oggi non è che un soffio di ciò che ti aspetta. Sei certa di esserne all'altezza?»

«Sì» risposi. «Assolutamente sì.»

«Bene, allora. Ti insegnerò: solo una prova, bada bene, e solo quando saremo ad Achlev, dopo il matrimonio. Prima di quel momento, sarà opportuno che tu ti astenga completamente dalla magia. In tal modo cominceremo da capo e tu non sarai morta.»

«Buone cose entrambe, immagino.» Tacqui un istante. «Non mi farete una lezione sulla vendetta? Non mi direte che dopo essere diventata regina di Achlev non dovrò più avere risentimento verso il Tribunale?»

«Santo cielo, no» rispose Simon. «Il Tribunale è un abominio. Non riesco a immaginare un'eredità più grande per la regina di due nazioni che liberare il mondo da quell'organizzazione per sempre.»

Mi sedetti, senza parole. Per la prima volta nella mia vita non vedevo l'ora di sposarmi. «Non ci avevo mai pensato.»

«Non sarà facile, attenzione. E Achlev può non doversi preoccupare del Tribunale, ma abbiamo i nostri problemi.» Gli angoli della sua bocca si abbassarono, e intravidi quei problemi nelle pieghe incise attorno alle labbra e agli occhi, che all'inizio parevano semplici rughe d'espressione. «Durante la settimana del mio soggiorno qui spero di venire a capo di alcuni ostacoli che mi hanno molto preoccupato ad Achlev.»

«Cosa pensate di scoprire a Renalt? I Renaltani non possono nemmeno superare le Mura di Achlev senza...» Cercai di essere delicata e mossi le dita in su e in giù. Le sopracciglia di Simon scattarono verso l'alto e io aggiunsi: «Sapete, senza bruciare vivi». Le nostre storie erano piene di orrende illustrazioni di armate Renaltane falciate mentre cercavano di fare breccia nelle Mura di Achlev. Incitata dagli scritti del Fondatore del Tribunale, Cael, Renalt ci aveva provato per trecento anni senza successo, finché il trattato non aveva posto fine alla guerra tra i nostri paesi, se non alla loro inimicizia.

«I Renaltani non devono attraversare le mura per influenzare ciò che avviene al di là di esso» disse Simon. «Intendo capire la ragione dell'improvviso aumento di moneta Renaltana in circolo con la nostra, di mercanti che fanno affari con i porti di Renalt che non li avrebbero mai accolti prima... Hallet Graves, de Lena...»

Mi irrigidii. «De Lena?»

«Conosci Toris de Lena?»

«È un magistrato del Tribunale. Non riesco a immaginarmelo mentre dà il benvenuto alle navi Achlevane, a meno che non serva in qualche modo ai propri scopi.»

«Forse i suoi scopi prevedono di aumentare la propria influenza in Achlev.»

Un pensiero orribile. Catalogai l'informazione: Toris de Lena, magistrato, portatore del sangue del Fondatore... che fa affari in segreto con Achlev? «Be', se riuscite a scoprire qualunque cosa fatemi sapere» dissi. La voce di Toris mi risuonava nelle orecchie. "Madame Mabel Lawrence Doyle, siete stata processata da un tribunale imparziale e riconosciuta colpevole di aver distribuito testi proibiti... Per il sangue del Fondatore, siete stata condannata a morte..."

Forse annerire la scintillante reputazione di Toris sarebbe stato il mio regalo d'addio a Renalt. Se la verità fosse stata abbastanza scottante, gli sarebbe costata il posto al tavolo dei magistrati. O meglio ancora, gliene avrebbe fatto guadagnare uno in carcere. O sul patibolo.

Forse questa volta Toris aveva messo il cappio attorno al proprio collo.

4

Quando tornai nella mia stanza dopo il tempo trascorso "in preghiera", la mia cameriera, Emilie, era già lì a spazzare via quelli che parevano resti di vetro rotto. Aveva una faccia rosea e rotonda, ed era forse un anno o due più giovane di me, benché di statura uguale alla mia. Era al mio servizio da qualche settimana ormai, un tempo piuttosto lungo, considerato che cambiavo le cameriere come le principesse delle storie della mia infanzia cambiavano le scarpe: a stento duravano più di un giorno. Ogni tanto ne incontravo qualcuna, intenta a pulire le stalle o a svuotare vasi da notte o a sventrare polli nell'aia. Le superavo a testa alta, finché non ero fuori dalla loro vista. E qualche volta piangevo, sapendo che preferivano i polli e i vasi da notte a me, ma solo se non c'era nessuno che potesse vedermi.

«Chiedo scusa, mia signora» disse, affrettandosi a spazzare gli ultimi frammenti di vetro dal pavimento, «speravo di riuscire a finire prima che voi tornaste.»

«Fammi vedere» dissi.

Riluttante, mostrò la paletta. Nel vetro, c'era un sasso dipinto con simboli di protezione.

C'era scritta una sola parola: MALEFICA. Una vecchia parola, che equivaleva al più moderno "strega". L'avevo vista un paio di volte nei libri di incantesimi strappati, o scritta in lettere arcaiche sui margini delle pagine. In tutte quelle occorrenze, comunque, non pareva mai una descrizione, piuttosto un nome.

Apparentemente, qualcuno aveva pensato che quel nome fosse adatto a me.

«Ho già disposto per la sostituzione del vetro della finestra, mia signora» disse Emilie. «Speravo di mettere tutto in ordine prima che voi rientraste, così da non dover...»

«Così da non dover vedere questo?» Mi accigliai. «Ci sono state altre cose che hai messo in ordine prima che potessi vederle?»

Mi guardò a occhi bassi, timidamente.

«Ce ne sono state?»

«Non volevo spaventarvi, mia signora. Solo cose da burloni e villici superstiziosi. Niente di cui preoccuparsi, ne sono certa.»

Emilie si precipitò a sbarazzarsi della pietra e dei frammenti di vetro, mentre io mi misi davanti alla finestra rotta. La mia stanza privata affacciava sull'accampamento delle guardie e sulle stalle, e riuscii facilmente a vedere Kellan. Stava portando Falada, una magnifica cavalla bianca, attraverso il cortile fino alla recinzione. Li osservai con nostalgia. I Greythorne erano famosi per i loro cavalli, e Falada era un raro esemplare di Empyreana, perfettamente addestrata. Kellan l'aveva allevata personalmente da quando era una puledra. Guardandoli insieme, era facile credere che quella sarebbe stata la forma che la divina Empyrea avrebbe scelto per camminare sulla Terra, come ci era stato insegnato. Non esisteva al mondo creatura più nobile e meravigliosa di quella.

Avrei dovuto essere felice che Kellan avesse tempo per cavalcarla prima di tornare in servizio per il banchetto serale, e invece ero gelosa. Come se percepisse il tocco dei miei pensieri ostili, Kellan voltò la testa verso la finestra aperta e, guardandomi, mi fece un saluto militare. Poi montò in sella a Falada e la condusse via.

«Cosa volete indossare stasera al banchetto, mia signora?» Emilie aprì il guardaroba perché valutassi le scelte possibili.

«Decidi tu» le dissi, come sempre alle mie cameriere. La ragazza passò in rassegna gli abiti con entusiasmo, per forse meno di un minuto, prendendone uno di satin verde. Rimasi sorpresa, mentre me lo mostrava perché lo approvassi, che non fosse nero. Le altre cameriere sceglievano esclusivamente il nero.

«Non vi piace?»

«No, no, mi piace... ma... perché hai scelto proprio quello?»

«Lo smeraldo era la pietra preferita di mia madre» rispose lei, levandomi il vestito che avevo indosso dalla testa prima di aiutarmi a entrare nell'abito da sposa. «Aveva un anello di smeraldo della stessa sfumatura di questo verde. Mi diceva sempre che era una pietra di saggezza e preveggenza.»

«Tua madre conosce bene le pietre?»

La ragazza legava i lacci del corpetto. «Sì, mia signora, le conosceva bene prima di morire. Le piacevano anche le acconciature con le trecce. Me ne ha insegnate alcune davvero speciali.» Prese una ciocca dei miei capelli. «Vi starebbero benissimo. Volete che provi?»

Scrollai le spalle. «Perché no? Tua madre... doveva essere giovane. È stata l'epidemia di febbre dello scorso inverno?»

«No, non la febbre. È stata bruciata come strega quattro anni fa.»

Sentii irrigidirsi qualcosa nel fondo della mia anima. Emilie non poteva avere più di quindici o sedici anni, il che voleva dire che ne aveva non più di undici o dodici al tempo dell'esecuzione. Orfana e sola durante lo sconvolgente passaggio dall'adolescenza alla giovinezza... Non riuscivo a immaginare come dovesse essere stato per lei. E la madre di Emilie era solo una delle innumerevoli vittime, uomini e donne, uccise a causa della magia. Che fossero colpevoli o no, non importava: mi infuriai per l'ingiustizia, per la malvagia insensatezza di quella perdita. «Mi dispiace» mormorai, con voce metallica. Non sapevo cos'altro dire.

«Anche a me.» Si allontanò un poco, per esaminare l'effetto. «Era una persona buona» disse, sottovoce. «Quelle che chiamano streghe, il più delle volte sono persone normali, persone buone. I malvagi sono quelli che danno la caccia e fanno del male agli altri, streghe o non streghe.»

Le presi la mano e gliela strinsi. «Grazie» risposi. Ci voleva coraggio per dire una cosa del genere ad alta voce, perfino a me.

Il più delle volte prendevo i pasti da sola nella mia stanza. Non perché fossi particolarmente avversa all'idea di mangiare insieme a mia madre e a mio fratello e al resto della corte, ma per via dell'uomo morto alla fine delle scale che portavano alla sala dei banchetti.

Le scale erano ripide, e la sua caduta doveva essere stata terribile, perché il collo era piegato a un angolo innaturale. Ombre come la sua erano spesso fissate dal ricordo della loro morte traumatica, aggravate dal bisogno compulsivo di condividerla, perfino di provarla... E se mi toccava, sarei stata obbligata a vederla ripetersi. Spesso la memoria degli spiriti era così vivida che non riuscivo a distinguerla dalla realtà, e la vivevo come se stesse accadendo a me in quel momento. E in quel momento non potevo permettermi di crollare, cieca e urlante, in un luogo pubblico; sarei stata trascinata sulla forca prima ancora di toccare terra.

In giornate come questa ero costretta a oltrepassare il fantasma sulle scale oppure a usare l'unico altro percorso verso la sala banchetti.

Mentre mettevo piede oltre le porte della cucina e la rumorosa energia della servitù cessava all'improvviso, mi domandai se non sarebbe stato meglio avventurarmi per le scale.

Procedetti a testa alta attraverso le fragranti torte salate e le anatre arrosto in attesa di fare la loro trionfale comparsa. Mi guardavano tutti, ma io non battei ciglio. Potevo essere strana, ma nessuno doveva pensare che mi sentissi in colpa per questo.

Quando entrai nella sala, gli ospiti erano immersi nelle loro conversazioni, e non parvero notare la mia entrata dalla porta di servizio. Ma Kellan era vicino, in silenziosa attesa. Non commentava le mie insolite abitudini. Da molti anni aveva stabilito che le circostanze avevano fatto di me quella che ero, che se non fosse stato per il fidanzamento con il principe di Achlev nessuno si sarebbe soffermato sulle mie maniere bizzarre e i miei occhi strani, e io non mi sarei comportata in modo così evasivo. Se gli avessi detto dell'uomo dal collo rotto ai piedi delle scale della sala banchetti o della ragazza dalla faccia viola sotto il pelo dell'acqua dello stagno o della donna dallo sguardo vuoto che camminava lungo il parapetto dell'ala ovest... probabilmente mi avrebbe preso per matta.

Kellan mi guidò al mio posto al tavolo d'onore. Aveva un'aria lustra e potente nell'uniforme color oro e avorio con il mantello blu cobalto, la tenuta da cerimonia del corpo di guardia. Mi morsi l'interno della guancia e feci uno sforzo per non notare una ciocca dei suoi capelli ricci che gli ricadeva libera sulla fronte.

«Non vestite di nero» osservò. «Non sapevo aveste abiti di altri colori.»

«Non vesto sempre di nero.»

«In effetti no. Forse vi ho vista in grigio, una volta.»

Non sapevo bene se sorridergli o guardarlo male, ma non dovetti scegliere. Tornò a essere un soldato di guardia, ora che tutti gli ospiti potevano vederci, e si posizionò dietro la mia sedia. La formalità era come una maschera da indossare o togliere: un momento prima era il ragazzo dal cuore saldo che mi aveva allegramente insegnato ad andare a cavallo quando avevo quattordici anni ed ero senza amici; un momento dopo era il cavaliere efficiente e determinato, a cui potevo affidare la mia sicurezza ma non i miei segreti. Amavo il primo, in modo discreto e delicato, noto solo a me stessa, ma ero riconoscente al secondo. Vederlo così distante, così rigidamente severo, mi faceva pensare che non valesse la pena.

«La regina Genevieve e il principe Conrad.» La sala fu attraversata da un'onda mentre gli ospiti si alzavano dalle sedie per porgere omaggio alla regina e al principe ereditario. Conrad porgeva il braccio a mia madre, guidandola con un dignitoso cenno del mento, benché fosse alto la metà di lei. Non gli era mai piaciuto essere al centro dell'attenzione, preferiva i libri ai banchetti e i problemi di aritmetica alle persone, ma il suo portamento era appropriato e corretto: si era chiaramente esercitato. Stava perfino sorridendo. Ora, a pochi mesi dal suo settimo compleanno, sembrava una copia in piccolo di nostro padre, con i suoi capelli biondi e gli occhi intensamente azzurri. Il sorriso resistette finché lui non mi vide e, a quel punto, divenne incerto e scomparve. Mi fece un gentile cenno con la testa.

Un tempo facevamo un gioco: io legavo un nastro colorato in un punto dove lui poteva vederlo, sulla maniglia di una porta, sul ramo di un albero, o sulla ringhiera di una scala, e questo significava che là accanto avevo nascosto un premio o un dolcetto. Il colore del nastro gli suggeriva dove cercare: giallo era su, azzurro era giù, rosso era nord, verde era sud, viola era est, arancio era ovest. Nero significava entro dieci passi e nascosto, bianco entro venti passi e in piena vista. Quando trovava il premio ne nascondeva uno per me seguendo le stesse regole. Era un modo per viziarlo, in verità: lo riempivo di caramelle e libri di indovinelli e giocattoli che andavo a comprare di nascosto. Era più facile per lui seguire le lezioni o le lunghe cerimonie ufficiali se aveva le mani occupate, così gli portavo rompicapi, piccole trottole, un anello con una bussola e, la mia preferita, una figurina snodabile grande come una noce, fatta di metallo e calamita, le cui parti potevano essere smontate e rimontate a formare diversi animali.

Era il nostro passatempo segreto, e io mi divertivo pazzamente. Finché è durato.

Ma pareva inevitabile che alla fine Conrad intercettasse le dicerie sul mio conto. E che da qualche parte negli ultimi mesi avesse sentito le voci, le avesse comprese e avesse cominciato a crederci. Non si fidava più di me, e io sapevo che era solo questione di tempo prima che la sfiducia si inacidisse in qualcosa di peggio. Non l'avrei sopportato, e quindi risolsi la situazione nell'unica maniera che conoscevo: mi tenni alla larga da lui.

Dopo che mia madre e mio fratello si furono seduti, noi altri li imitammo, e subito la servitù prese a sciamare tra gli ospiti, riempiendo calici e accendendo candele. Il posto alla mia sinistra era vuoto; era quello di mio padre, e tale sarebbe rimasto finché Conrad non fosse salito al trono. Alla mia destra usava sedersi la sdentata e barcollante marchesa di Hallet, troppo senile per rivolgermi la parola (o per lamentarsi di me). Ma la marchesa non era presente; al suo posto sedeva invece un uomo con l'austera veste nera del Tribunale.

«Sei molto graziosa, principessa» disse Toris. «Questo colore ti dona.»

«Grazie, Toris» ribattei con un sorriso tirato.

Allineò distrattamente le posate sul tavolo. I suoi anelli, uno per ciascun dito, brillavano. Mia madre mi aveva detto che era stato un accademico una volta, un uomo con un'inesauribile curiosità per la storia, che aveva viaggiato in paesi lontani raccogliendo leggende e collezionando manufatti, che si era guadagnato l'amore di sua cugina Camilla con il suo spirito arguto e la sua intelligenza. La perdita della moglie l'aveva cambiato, aveva detto mia madre. Ma io ricordavo bene Camilla: era dolce, gentile e amabile come un giorno d'estate. Il Toris dei miei ricordi era detestabile proprio come quello che stava sistemando l'argenteria lungo linee parallele precise e perfettamente distanziate. Se mai era esistita una versione diversa di quest'uomo, era scomparsa molto prima che fossi abbastanza grande da ricordarla, molto prima che Camilla morisse.

Quando la forchetta del pesce fu esattamente a due centimetri e mezzo dal cucchiaio del brodo, disse con disinvoltura: «Ti ho vista oggi, mia cara principessa, in un luogo dove non dovevi trovarti». Si sporse in avanti, e si girò a guardarmi. «Stai diventando un po' incauta, non credi? Faresti meglio a stare più attenta.»

«L'ho già sentita da mia madre, questa raccomandazione.»

«Dovresti darle ascolto. Una grande donna, tua madre.»

Le mie labbra si piegarono in una smorfia. Negli otto mesi intercorsi tra la morte di Camilla e di mio padre e la nascita di mio fratello, Toris si era inserito nella cerchia di mia madre. Non erano entrambi in lutto? Ma tutti sapevano che la ragione era un'altra: dal momento che la corona di Renalt si poteva trasmettere solo in linea maschile, mia madre e io avremmo rischiato di trovarci in una posizione molto precaria, se la creatura nel suo grembo fosse stata una femmina. Per mantenere il potere, mia madre sarebbe stata costretta a sposarsi, in fretta. E Toris era la scelta più logica. Lo dicevano tutti.

Tutti i giorni rendevo grazie che Conrad fosse nato maschio. Con un legittimo erede al trono, non occorreva che mia madre si sposasse, anzi: così facendo avrebbe indebolito il diritto di Conrad alla corona. La sua nascita mi aveva salvato da una vita in cui Toris era il mio patrigno. O il mio re. Non sapevo quale dei due fosse peggio.

Lui mi stava guardando con la sua espressione più paterna e preoccupata. «A causa della mia posizione, sono stato in grado, per volere di tua madre, di allontanare da te le attenzioni del Tribunale in più di un'occasione. Ora che questi ultimi due casi, Mabel Doyle e l'altra, mi pare si chiamasse Harriet, sono stati risolti, ho pochi dubbi che dovrò esercitare tutta la mia influenza per te ancora una volta.»

«Hilda» mormorai. «Si chiamava Hilda.»

«Perché ti ricordi il suo nome?» Mi scrutò da sopra il suo naso sottile. «Questo è esattamente ciò che ti fa temere dal popolo. Le tue simpatie sono sospette. Ti avverto, è solo questione di tempo prima che non abbia più Hilde con cui distrarli.» Un sorriso strisciò sulla sua faccia. Aveva incarcerato una donna che era quasi certamente innocente, voleva che gli fossi grata per questo e l'avrebbe fatto ancora. Strinsi lo stelo del calice così forte che le unghie mi morsero la pelle. Hilda avrebbe perseguitato sua nuora, ma io condividevo la colpa della sua morte.

«Lisette è arrivata oggi e ci raggiungerà a breve» continuò Toris, cambiando allegramente argomento. Sottovoce, così che Kellan non potesse sentire, aggiunse: «Era molto ansiosa di rivedere il tenente Greythorne. Ha una predilezione speciale per lui, mi dicono».

Era un talento tutto suo, quello di trovare la crepa nella mia corazza, anche la più sottile e, attraverso quella, trapassarmi il cuore con uno spillo. Non perché Lisette avesse a cuore Kellan (sinceramente ne dubitavo), ma perché lui sapeva che io lo avevo a cuore. Respirai profondamente. Be', ora anch'io conoscevo un paio di crepe nella sua corazza.

«Pensavo che forse, ora che hai permesso alle navi di Achlev di approdare nel tuo porto, Lisette potrà mettere gli occhi su qualche bel robusto marinaio Achlevano. Saresti un nonno perfetto per una nidiata di cuccioli Achlevani tracagnotti.»

«Sorprendente» dichiarò lui, stringendo gli occhi, il sorriso congelato sulla faccia. «Non hai paura di nulla, vero?»

Ho paura di sposare il principe malato di Achlev. Ho paura di non rivedere mai più mia madre e mio fratello. Ho paura del Tribunale. Ho paura che Kellan mi protegga solo per dovere. Ho paura dei fantasmi che si nascondono dietro ogni angolo. Ho paura che un giorno non lontano li raggiungerò nell'aldilà. Bevvi un sorso. «Di nulla.»

Si lisciò la veste e si appoggiò allo schienale. «E invece dovresti averne. I lupi ululano, Aurelia, e potrebbe arrivare il momento in cui non riuscirò più a trattenerli.»

Un piccolo sorriso viscido scivolò sulle sue labbra, l'espressione di chi non aspettava altro.

5

Lo fissai, ma il suo sorriso malizioso era già svanito. Toris si alzò in piedi e lisciò la veste. «Pare che mia figlia sia appena arrivata. Buona serata, principessa.»

Lisette de Lena era in cima alle scale, sontuosamente abbigliata in un vestito cremisi che esaltava la lucentezza rosea delle guance. I suoi capelli scintillavano come oro alla luce delle lampade.

Quando eravamo piccole, la gente amava notare quanto ci somigliassimo, anche se sapevo che quel commento era inteso come un complimento più per me che per lei. Se un dipinto di Lisette fosse stato esposto alle intemperie per qualche tempo, sarebbe potuto sbiadire in qualcosa che somigliava a me.

Eravamo migliori amiche.

Una volta.

Si fermò accanto a mio fratello per dargli di nascosto un pezzo di cioccolato, e rispose al suo sorriso di gioia con una furtiva strizzata d'occhio prima di venire verso di me.

«Vostra altezza» disse freddamente. «Tenente Greythorne» aggiunse, porgendogli la mano guantata, «è sempre un piacere.»

Io feci un lieve cenno con la testa, il massimo della cortesia che potevo offrire, e Kellan un rapido inchino. «Mia signora.»

Un fremito nelle labbra tradì appena la sua compostezza. «È bello rivedervi» disse lei con dolcezza. «Ora perdonatemi, ma devo andare a salutare il duca di Northam. La sua povera moglie, la cara Agnes, ha appena perso suo padre, e devo assicurarmi che abbia ricevuto i fiori che le ho mandato.»

Avevo già smesso di ascoltare. Simon aveva fatto il suo ingresso e si era seduto al posto d'onore al fianco di mia madre e accanto a mio fratello.

Avevo commesso un errore, suggerendo a Toris che ero al corrente dei suoi affari con Achlev? "I lupi ululano, Aurelia" aveva detto. "E potrebbe arrivare il momento in cui non riuscirò più a trattenerli."

Chi erano i lupi? Il Tribunale? I cittadini che pensavano che fossi una strega? Quelli che mi odiavano solo perché non volevano l'unificazione dei due regni? Ero circondata da nemici, vivi e morti. E io non volevo morire... Avevo ancora troppo da fare. Un'idea cominciò a prendere forma in un angolo della mia mente, una sorta di piano d'emergenza nel caso in cui la situazione fosse precipitata.

«Scusatemi, principessa, il vostro calice...»

Un giovane in livrea da cameriere era in piedi accanto a me con una brocca di vino. Sussultai al suono della sua voce, facendogli cadere di mano il bicchiere. Il liquido rosso si sparse sul mio vestito.

«Chiedo scusa, mia signora» mormorò il giovane, cercando di tamponare la macchia con un panno.

«No, non preoccuparti» risposi, restituendogli il panno mentre mi alzavo. «Io...»

Mi guardavano tutti, adesso. Kellan, mia madre, Conrad. E Toris, dalla parte opposta della sala.

«Principessa» disse Kellan, facendo un passo avanti. «Avete bisogno di aiuto?»

Mia madre si era alzata, e venne in fretta verso di me, prendendomi per il braccio. «Se questo è un comportamento normale, ha bisogno di notevoli migliorie» sussurrò aspra.

«Questa è opera di un servo maldestro» risposi freddamente, a voce bassa «non un piano per saltare la cena.»

«Vai a cambiarti e torna subito» ordinò mia madre. «Stai dando spettacolo.»

Kellan si avvicinò. «Volete che vi accompagni...»

«No» scattai. Poi, a testa alta, attraversai la sala e uscii nel mio abito di satin verde macchiato di rubino. Nemmeno il fantasma delle scale osò venirmi incontro, perché si ritirò tra le ombre al mio passaggio.

Finalmente sola nell'atrio, decisi d'impulso. Se volevo prendere in mano la mia sicurezza, questa poteva essere la mia unica possibilità di farlo. Così, invece di dirigermi verso la mia stanza, andai nella direzione opposta e seguii il corridoio scuro fino alla grande porta di quercia della distilleria di Onal. Presi uno spillone dalla mia acconciatura e lo rigirai nella serratura finché non scattò e la porta si aprì docilmente.

Erano passati anni da quando frequentavo quella stanza, sotto la supervisione di Onal, per mescolare pozioni curative, così che mio padre e io potessimo distribuirle nei cantoni più poveri della città. "Noi non comandiamo" diceva lui. "Noi serviamo. Non sono i Renaltani a giurare fedeltà a noi; siamo noi a giurare fedeltà a loro." Non erano solo parole, era il suo modo di trattare il popolo, e il popolo lo amava. Perfino il più malato, il più affamato, il più bisognoso rideva alle sue battute, gli raccontava la sua storia, sedeva alla sua tavola. Mio padre mi stava insegnando ad amare ognuno di loro, ma soprattutto mi stava mostrando che anche loro potevano amarmi. Il regno era sempre passato dal padre al figlio, ma per quanto ne sapeva, io potevo essere l'unica figlia, e sarebbe toccato a me e al mio consorte di Achlev governare entrambi i regni uniti.

Chiedere a Renalt di accettare un re Achlevano... di vivere sotto l'unica bandiera dei due regni... Mio padre sapeva che una tale impresa sarebbe riuscita solo se mi fossi guadagnata il rispetto e la lealtà del popolo.

E per lungo tempo, avevo pensato di averli.

Non era cambiato niente nella distilleria da allora. Tutte le pareti della stanza erano ricoperte di scaffali su cui stavano allineati bottiglie e barattoli colorati, ricostituenti e rimedi a base di erbe distillati da Onal con le sue stesse mani. Le poesie che avevo inventato per aiutarmi a ricordare i nomi e gli usi di ogni erba mi tornarono alla mente all'improvviso. *La nappola spinosa cura brividi e starnuti. Il giacinto selvatico è per l'emicrania, la febbre e gli spasmi acuti...*

Accesi una delle lampade da tavolo e cercai di scacciare dalla mente i frammenti delle poesie. Allora erano una punizione e lo erano ancora adesso. Questo era il compito: sarei potuta entrare nelle stanze speciali di Onal piene di tutte le sue misteriose cianfrusaglie se avessi imparato il nome e l'uso di ciascuna erba. E ce n'erano centinaia. Ma non ero mai arrivata all'ultima delle mie lezioni: la morte di mio padre aveva cambiato tutto. Cercai di continuare la sua opera, ma ero piccola e schiacciata dal dolore, e non resistetti a lungo senza di lui. Alla centesima porta sbattuta con la parola strega ad accompagnarla, rinunciai.

Nonostante il tempo trascorso, la maggior parte dei preparati sugli scaffali erano riconoscibili. Il partenio poteva essere usato in forma di tintura per i lividi o di infusione per le articolazioni infiammate. L'hamamelis per le viscere doloranti. La primula per i reumatismi. La corteccia di salice bianco era un buon tonico per aiutare il convalescente a recuperare le forze. La scargia, per guarire le ferite. Ogni provetta e contenitore mi era familiare, tutti allineati in un'unica fila dritta sugli scaffali.

Il tavolo era ingombro di alambicchi di vetro e storte di rame, flaconi e becher e bottiglie di tutte le dimensioni, luminescenti nel buio come in una cattedrale maledetta. Cercai di ignorare il battito del mio cuore mentre facevo scorrere le mani sotto il piano del tavolo. Aha! Eccola. La chiave.

Onal mi accusava sempre di essere distratta, con la testa tra le nuvole. Sono certa che non si fosse mai accorta di quanto la seguissi attentamente nei giorni trascorsi sotto la sua tutela. Quando non pensava che la stessi osservando prendeva quella piccola chiave e andava verso la parete al capo opposto della stanza, spostava bottiglie e barattoli sul terzo ripiano dall'alto e inseriva la chiave nella piccola serratura nel muro. Ripetei ogni passaggio e, quando girai la chiave, il pannello si aprì. Dietro c'era una piccola scatola di metallo.

La presi e la portai al tavolo, alzai il fermaglio. Dentro c'era un blocco di legno accuratamente intagliato, con tre nicchie grandi quanto un ditale. Le prime due erano vuote, ma la terza conteneva una piccola capsula di vetro che a sua volta conteneva un tesoro. Non era difficile da distinguere, perfino attraverso il suo rivestimento di acqua e vetro: un petalo di purissimo bianco a forma di punta di freccia, come un cuore lungo e stretto, non più grande di un'unghia. Un petalo di sanguifoglia, detto anche fiore di sangue.

Quasi tutti nelle nostre terre conoscevano la sanguifoglia, la pianta velenosa che cresce solo sui campi di battaglia o sul terreno dove è stato versato del sangue, ma nessuno parlava mai del suo fiore. L'avevo visto citato solo in alcuni dei miei libri nascosti nell'altare. Un fiore magico. Una cura miracolosa. Si diceva che fosse in grado di guarire qualunque ferita, di prevenire qualunque febbre; ma la sanguifoglia fioriva solo quando il sangue veniva versato per la seconda volta sulle sue foglie nauseanti e assetate. E questo significava che per ogni vita salvata dal fiore, due erano state perdute.

In uno dei miei libri, c'era scritto che il numero degli omicidi nel nostro paese si era ridotto della metà quando il possesso del fiore era stato dichiarato illegale e la punizione per chi veniva colto in fallo era subentrata rapida e inesorabile, in genere separando la testa del colpevole dal collo.

Ma quel libro era stato stampato molti anni prima e nessuno più parlava del fiore della sanguifoglia. Eppure, capivo perché Onal ne custodiva uno dietro un pannello nascosto nell'angolo più remoto della sua distilleria.

C'erano due capsule, ricordai, sfiorando lo spazio vuoto prima di rimuovere cautamente l'ultima e osservarla nella luce fioca. La seconda era scomparsa la notte in cui avevano riportato il corpo di mio padre in una bara. Onal doveva averla usata per cercare di salvarlo, ma avrebbe dovuto sapere anche lei, come tutti i resoconti riportavano, che il fiore della sanguifoglia non poteva resuscitare i morti.

"Rubare è sbagliato" pensai mentre sfioravo con il dito il profilo del petalo sul vetro. Ma era sbagliato che Onal lo possedesse, e nessuno voleva scorticare lei per esaminare l'interno della sua pelle. Senza il rito del sangue di Simon, questo avrebbe garantito la mia salvezza. E nessuno avrebbe dovuto morire al mio posto.

Infilai in tasca la capsula e rimisi la scatola vuota nella sua nicchia dietro il terzo scaffale. Avevo appena riposto le bottiglie quando sentii un soffio di aria fredda. Mi voltai e vidi la finestra sbattere contro il telaio. Era già aperta quando ero entrata?

Rabbrividendo, presi la lampada e andai a chiuderla, serrandola con il chiavistello. Non c'era più la brezza, ma il freddo era rimasto. E qualcos'altro: il vago profumo di rose selvatiche.

L'allarme si concentrò in un formicolio alla base della mia nuca, e mi strisciò lungo la schiena. Cercai di deglutire, ma avevo la bocca troppo asciutta. La paura si raccolse in fondo alla mia gola come sabbia. Il mio sguardo corse lungo il tavolo di fronte a me, dove una fila di gemme colorate baluginavano nei loro alvei fantastici: smeraldi ardenti nel ventre di un drago, un topazio ammiccante dall'occhio feroce di un grifone, zaffiri incastonati nella coda di una sirena, granati e rubini scintillanti nelle ali piumate di un uccello di fuoco dagli occhi di corniola, una pioggia di diamanti che ornavano i fianchi di un cavallo dalle ali di opale, Empyrea.

Era il bracciale che mi aveva regalato mio padre. Allungai una mano tremante. Esaminai le maglie d'oro finché non trovai la chiusura rotta a causa della quale mi era sfuggito dal polso. Era definitivamente il mio, quello che avevo perso la mattina, credevo per sempre, nella calca.

«Sei qui?» sussurrai.

Poi la lampada si spense.

6

Mi voltai di scatto.

La donna che mi aveva perseguitato sin da quando avevo memoria mi attendeva in agguato al confine di ogni tragedia che avevo vissuto. La chiamavo Messaggera, perché appariva solo quando la morte era vicina.

Non somigliava a nessuno degli spiriti che vedevo, semplici versioni sbiadite di ciò che erano stati. Era fatta di ombra e di fumo, visibile ma intangibile, in grado di piegare la luce e il colore per darsi forma, come una goccia d'acqua su un vetro.

Gli altri fantasmi, appena si accorgevano che potevo vederli, urlavano che mi avrebbero presa, ma non lei. Lei mi aveva toccato solo una volta.

Avevo dieci anni all'epoca. Mio padre era partito con Toris e Camilla in missione per una settimana nelle terre lungo la costa, mentre Lisette rimaneva con me e mia madre, che non stava bene, al castello. Avevamo trascorso qualche giorno tappate nella mia stanza, leggendo libri di avventura e d'amore, i preferiti di Lisette. Le avevo perfino permesso di leggere una parte della corrispondenza verbosa e formale che ricevevo due volte l'anno dal mio promesso sposo, Valentin. Ritenevo fosse insopportabilmente noiosa e dettata da un tutore, se le voci sull'intelletto debole di Valentin erano vere. Ma Lisette ne era rimasta estasiata, e leggeva una lettera dopo l'altra con occhi scintillanti.

"Hai già risposto?" aveva chiesto dopo aver finito, stringendosele al petto.

"No, finché posso evitarlo" avevo detto io, arricciando il naso. Ero sempre troppo occupata ad aiutare Onal nella distilleria e mio padre in città per eseguire quel compito così sgradevole.

Lisette mi aveva lanciato un'occhiata di rimprovero. "Oh, Aurelia, non puoi lasciarlo aspettare così! Devi scrivergli subito."

"Puoi farlo tu per me, se vuoi" avevo risposto, e lei l'aveva fatto con grande gioia, firmando con il mio nome e affidando la missiva a un corriere quella sera stessa prima di andare a letto.

Quella notte ebbi un terribile incubo su mia madre, intrappolata e morente in una stanza piena di fumo e fiamme. Mi svegliai di scatto e vidi la Messaggera che incombeva su di me, le sue mani gelate sulle mie guance, le dita appuntite che premevano sotto i miei occhi.

Saltai dal letto con un urlo strozzato. Lisette si svegliò. "Aurelia? Che succede? Aurelia!"

Mi stavo precipitando nell'atrio, pregando che la mia visione non fosse altro che un orribile, realistico sogno.

Non lo era. Quando giunsi all'anticamera di mia madre, il fumo fuoriusciva da sotto la porta del salotto, chiusa a chiave. Scossi invano, furiosamente, la maniglia che scottava. Lisette irruppe nella stanza. "Aurelia?"

"Il tagliacarte!" gridai. "Vicino alla carta da lettere! Presto!" Vedevo le fiamme guizzare da sotto la porta. Lisette frugò sulla scrivania, tossendo, mentre io cercavo di sfondare la porta gettandomi con tutto il mio peso contro il battente.

"Trovato!" gridò lei, e glielo strappai di mano prendendolo per la lama, senza accorgermi che il suo filo metallico mi aveva ferito la pelle e che una macchia rossa si allargava sul pizzo della manica della mia camicia da notte. Infilai il tagliacarte nella serratura come facevano tutti gli eroi dei miei libri, ma era una battaglia persa. Le mie mani erano scivolose per il sangue, troppo scivolose per far leva sufficiente a forzare la serratura.

Appoggiai i palmi e la fronte sul legno impenetrabile, singhiozzando. Mia madre stava per morire e malgrado la Messaggera mi avesse avvertito non avrei potuto fare niente per cambiare il suo destino. Le emozioni crebbero in me – rabbia, frustrazione, paura, colpa, dolore – e mi schiacciarono il cuore finché qualcosa non mi esplose dentro e tutta la mia furia e il mio rimpianto eruppero come acqua da una diga rotta. Fu allora che seppi. Seppi cosa dovevo fare. Potevo usare il sangue. Potevo usare la magia.

Mormorai una sorta di incantesimo improvvisato. La maggior parte dei miei incantesimi erano composti di frasi spezzate e quello in particolare pareva una specie di esortazione rivolta al fuoco stesso, perché si allontanasse. "*Ignis, is, abis, discedis, recedis...*" *Per favore, non prendere mia madre. Per favore, non prendere mia madre...* "*Ignis, is, concedis, absistis, secedis...*"

"Cosa stai facendo?" chiese Lisette orripilata, ritraendosi da me. "Aurelia, basta! Basta" implorò.

Qualcosa di ciò che dissi doveva aver funzionato, perché sentii il fuoco rispondere. Lo sentii nelle mani. Nelle vene. Nel cuore. E quando capii di averlo sotto controllo lo spinsi con forza. Pensai all'acqua; volevo annegarlo.

Fu allora che giunsero le guardie, mentre io fissavo con occhi vuoti le mie mani nella stanza piena di fumo. Sfondarono la porta, e trovarono mia madre circondata da tende annerite, che tossiva per il fumo, ma risparmiata dalle fiamme.

Lisette mi guardava con occhi spalancati dal terrore. "Cos'hai fatto?" sussurrò. "Dov'è andato?"

"Non lo so" le risposi. "Via."

Il giorno dopo ci svegliammo con la città in lutto. *Il re è morto! Il re è morto!* La storia era spaventosa: re Regus e lady Camilla erano sul molo del porto dei de Lena quando erano stati colti alla sprovvista da un devastante incendio che aveva divorato ogni cosa. Navi, botteghe, persone... tutto. L'unico sopravvissuto era Toris, emerso dal caos con l'incrollabile certezza che la morte della sua sposa e del re fosse opera di un atto di stregoneria.

Avevo cercato di parlare a Lisette al funerale di sua madre, ma lei non aveva risposto, non mi aveva nemmeno guardato negli occhi. Sapevamo entrambe che ero responsabile della morte di sua madre e mio padre, anche se non capivamo come. Toris entrò poco dopo a far parte del Tribunale. Per mesi trascorsi ogni istante di veglia ad attendere il rumore di passi fuori dalla mia porta, convinta che fosse solo una questione di tempo prima che Lisette confessasse e venissero a prendermi. Ma non erano mai venuti.

Lisette mantenne il segreto. A volte mi pesava sapere che una sola parola avrebbe abbattuto l'ascia sul mio collo. Forse lei voleva solo dimenticare, o forse voleva usare la conoscenza della mia malvagità a scopi politici nel futuro. Non avevo modo di saperlo, e l'incertezza era un tormento.

Ma nell'oscurità splendeva una luce. Era nato mio fratello. Io ero cresciuta. Incontrai Mabel Doyle e cominciammo a scambiarci i testi di magia. Iniziai a sperimentare, sempre con la massima cautela, il potere che avevo intravisto dentro di me quella notte alla porta della stanza di mia madre.

Vidi la Messaggera decine di volte dopo la morte di mio padre, la sua apparizione era sempre foriera di sventura. Spesso riuscivo a percepire la sua presenza prima ancora di vederla. Mi osservava costantemente e, sebbene avessi la sensazione che volesse qualcosa di più da me, non mi toccò di nuovo.

Ora stava immobile nell'aria ferma della stanza di Onal. Sulla sua fronte spiccava un cerchietto d'argento. I suoi occhi, neri e senza fondo, fissavano il vuoto, al di là di me.

Le mie dita si strinsero attorno alla lampada spenta e al bracciale rotto. «Eri in piazza oggi, vero? Ti ho sentita.» Avevo visto gli spiriti influire sulla materia, per paura, rabbia o disperazione, ma che lei mi avesse riportato il bracciale era sconvolgente.

I suoi occhi si posarono su di me, e mi sentii scuotere nelle ossa, dalla cima della testa alla punta dei piedi. Mi indurii, mi avvicinai di un passo. «Ti stavo cercando.»

Lei non rispose.

«Puoi vedere le cose prima che accadano, vero?» deglutii. «Dimmi, ti prego... vedi solo la morte?»

Non si mosse.

«Me ne andrò presto da qui» continuai con naturalezza, malgrado il tremito della mia voce. «Andrò in un paese che non conosco, per sposare un uomo che non amerò. Se qualcuno non mi uccide prima.» Raccolsi tutto il mio coraggio. «Quindi ho bisogno di sapere... puoi controllare ciò che vedi nel futuro? E puoi dirmi cosa vedi nel mio?»

Si trascinò di un passo verso di me. Poi di un altro. Il respiro trattenuto mi bruciava i polmoni. Nell'aria si formarono cristalli di ghiaccio. Mi imposi di espirare, il mio fiato era una nuvola bianca. Quando si dissolse, lei era a pochi centimetri da me. Le sue dita ossute mi avvolsero la faccia all'improvviso, i pollici affondarono nei miei occhi come gelide lame.

La visione cambiò. Invece del viso della Messaggera, vidi le luci della sala dei banchetti. Mi madre era sul palco, Simon Silvis al suo fianco, pronto per essere presentato alla corte. Ma lui non stava eretto: era piegato in due, le mani attorno alla freccia conficcata nel suo petto. Sangue sulle sue mani. Sangue sul suo petto.

Mi strappai dalla visione con un grido.

I colpi tuonarono sulla porta della stanza di Onal. «Aurelia!» era la voce di Kellan. «Aurelia, sei lì? Aurelia, rispondimi!»

La porta si aprì proprio mentre la Messaggera mi liberava, scomparendo in un guizzo come la fiamma di una candela che non lascia nemmeno un filo di fumo dietro di sé.

«Non eri nella tua stanza» disse Kellan affannosamente. «Ti chiamavo, ti chiamavo... poi ti ho sentita gridare. Aurelia...?» Lo sguardo gli cadde sul bracciale tra le mie mani.

«L'uomo di Achlev» risposi in tono distante. «Simon. Sta per morire.»

E in un lampo, superai Kellan e mi lanciai nel corridoio.

Irruppi nella sala dei banchetti come un uragano. «Simon!» gridai. «Siete in pericolo! State in guardia!»

Gli ospiti turbati presero ad alzarsi, e io mi feci strada verso il palco, da dove mia madre mi guardava con un'espressione di furente incredulità. Simon era al suo fianco, esattamente come nella mia visione, e gli corsi incontro.

«Ascoltatemi. Ascoltatemi! So che sembra assurdo, ma dovete credermi. Sta per accadervi qualcosa, in questo momento. Dovete...»

Ma lo sguardo di lui saettò oltre, fissandosi su un punto alle mie spalle. Con uno scatto improvviso, mi spinse lontano e barcollai sugli scalini, riuscendo a vedere la freccia volare verso di lui e piantarsi nel suo petto. La persona che l'aveva scagliata era lo stesso ragazzo che mi aveva versato il vino addosso, i tratti del suo viso contorti in una maschera di rabbia e disgusto.

«Morte alla strega!» urlò, abbassando l'arco. «Morte a chi pratica l'arte oscura...» Ma il suo grido di guerra fu interrotto dalla lama d'acciaio che emerse all'improvviso dal suo ventre.

Kellan estrasse la spada dal corpo del ragazzo e mi venne incontro, mentre mi voltavo agghiacciata verso l'uomo sanguinante sul palco. Mia madre aveva preso Conrad e lo stava trascinando via da quello spettacolo, coprendogli gli occhi con le mani.

Mi avvicinai a Simon. Onal mi aveva preceduto ed era già china su di lui, studiando la ferita. «Non credo che gli abbia trafitto il cuore.»

«Non cambierebbe nulla» disse Kellan, rimuovendo la freccia con un movimento rapido e premendo fermamente un panno sulla ferita. «Guardate la freccia. È stata intinta nel veleno di sanguifoglia.» La gettò da parte. «È come morto.»

«Non lo è ancora» ribattei, afferrando Kellan per la spalla. Simon non meritava di morire così... Mi voltai verso Onal, implorante. «Non puoi fare qualcosa?»

«Lo farei se potessi» rispose lei.

«È colpa mia.» La fredda consapevolezza dell'accaduto mi balenò davanti. Non sarei tornata al banchetto, se non avessi avuto la visione ispiratami dalla Messaggera. E se non fossi tornata, ciò che la visione prediceva non si sarebbe realizzato. «È successo a causa mia.»

Se fosse morto, nessuno avrebbe potuto insegnarmi a usare lo strano potere che avevo in me, qualunque fosse. Il Tribunale avrebbe continuato a infliggere infinite esecuzioni, i Renaltani avrebbero continuato a mascherare di odio la loro paura, e io avrei aggiunto un altro nome alla lista di coloro le cui vite erano state perse o sprecate a causa di un altro mio errore fatale.

C'era solo un esito possibile: Simon non poteva morire.

Strinsi la mascella, presi il pugnale dalla cintura di Kellan e passai la lama sul mio palmo, un taglio sottile parallelo a quello del rituale incompleto. Quando il sangue sgorgò, feci cadere tre gocce sul petto di Simon.

«Cosa stai facendo?» disse Kellan rabbiosamente. «Aurelia, fermati!»

«*Tibi ut remedies impero*» cercai affannosamente la parola giusta. «Ti ordino di guarire. Guarisci!»

«So cosa stai facendo» disse Onal «e non funzionerà! Fermati, bambina, ti stanno guardando!»

Alzai gli occhi e vidi un centinaio di sguardi puntati su di me e sulle mie mani insanguinate. Ma non avevo tempo per preoccuparmene: gli occhi di Simon erano diventati vitrei e si stavano rovesciando. Il respiro era diventato un rantolo.

Onal aveva ragione: non avrebbe funzionato. Potevo sentirlo, la magia stava resistendo, perché la magia del sangue non veniva usata per guarire. Questo aveva detto Simon.

Presi la capsula di vetro che avevo nascosto tra le pieghe della gonna, dove ora le macchie di vino si mischiavano con il sangue, e ruppi il sigillo,

«Dove l'hai presa?» disse Onal, trattenendo il respiro. «Aurelia, no...»

Ma avevo già versato l'acqua, il petalo e tutto, nella gola di Simon.

«Cos'hai fatto?» sussurrò.

7

«Vivrà?»

«Sì» rispose Onal. Camminava avanti e indietro nello studio di mia madre, davanti al divano su cui Simon era stato trasportato. «Vivrà.»

«Per favore, non arrabbiarti» pregai, benché sapessi di meritare ogni goccia della sua ira.

«Arrabbiarmi? La rabbia non è nemmeno l'inizio di quello che provo in questo momento, stupida, stupida ragazzina.»

«Gli ho salvato la vita, no?»

«Sei entrata nel mio laboratorio! Hai rubato la cosa più preziosa...»

Mia madre aveva messo Conrad a letto nella stanza accanto, e ora sedeva in ansia vicino al fuoco. «Il petalo doveva servire a te, Aurelia» disse. «Doveva partire con te. E ora è... perduto.»

Faticai a trovare le parole. «Mi dispiace. Non possiamo comprarne un altro? So che sono rari, ma Onal è riuscita a procurarsene uno in qualche modo...» la mia voce si spense. L'idea che potessimo andare al mercato e acquistare un petalo di sanguifoglia era talmente assurda da risultare ridicola.

Avevo commesso un errore. Un errore terribile.

«Cosa?» strillò Onal. «Ho ottenuto i miei petali quando mia sorella fu rapita dalla nostra casa durante la notte e ritrovata assassinata nella foresta, il giorno dopo! Ho perso mia sorella ma ho colto la sanguifoglia! Chi vorresti sacrificare per avere un altro petalo?»

Scaricai su Onal tutta la rabbia che nutrivo contro me stessa, per non dover accettare l'enormità della mia idiozia. «Ma anche tu ne hai sprecato uno, non è vero? Sapevi che quel petalo di sanguifoglia non poteva guarire una persona già morta, eppure quando mio padre...»

«Stupida! Come osi fare paragoni? Mi sono presa cura di tuo padre sin da quando era bambino, l'ho amato come se fosse mio figlio, con tutto il mio cuore. Qualunque tentativo di farlo rivivere era insensato, perché era morto da giorni quando lo hanno riportato al castello! Ma io ci ho provato, ho dovuto farlo, perché lo amavo. E non riavrò mai quel petalo, ma non mi importa. Ma tu... tu hai rubato il mio ultimo petalo e l'hai sprecato subito! Da quanto conoscevi quest'uomo!? Da meno di un giorno!»

«Quella freccia era per me! Non potevo lasciarlo morire. E se lui, un ambasciatore di Achlev, fosse morto nella nostra corte, la colpa sarebbe stata nostra! Avrebbe significato guerra...»

«La guerra era una possibilità, ma tu hai reso il pericolo una certezza» ribatté mia madre. «Siamo tutti in pericolo, adesso.»

Kellan entrò, asciugandosi il sudore dalla fronte. «Tutto tace, per ora, ma i magistrati del Tribunale hanno cominciato a radunarsi. Consiglio di portare via Aurelia, prima che le voci sull'accaduto si diffondano.» Posò la mano sull'impugnatura della spada. «Forse potrebbe stare dalla mia famiglia, per un po'.»

«E cosa farà la tua famiglia quando il Tribunale arriverà alla loro porta, seguito da un'orda assetata di sangue?» Onal era sempre stata autoritaria, ma ora sembrava un predatore infuriato. «E arriverà senza dubbio, ora che c'è un'intera sala pronta a testimoniare che Aurelia ha praticato la stregoneria.» Si voltò verso di me. «Ricordati le mie parole: verranno a prenderti, ti uccideranno e uccideranno chiunque si metterà sulla loro strada.»

«Non doveva succedere» disse mia madre. «Non doveva finire così.» Aveva gli occhi lucidi. «Non abbiamo terminato il rituale, e non abbiamo più il petalo. Non posso farti partire senza alcuna protezione, senza alcuna certezza che sarai salva.»

Dal divano, Simon sussurrò: «Possiamo terminarlo».

«Siete sveglio» dissi, sorpresa. «Ha funzionato davvero.»

Si alzò a sedere con un gemito. Guardò gli abiti macchiati di sangue e proseguì: «Come siamo arrivati a questo? L'ultima cosa che ricordo...».

«Avete preso una freccia in pieno petto. E quando l'incantesimo del sangue pronunciato da Aurelia non ha funzionato, lei ha usato un petalo di sanguifoglia su di voi» rispose Onal in tono freddo e conciso.

«Stelle benedette.» Lo stupore di Simon si trasformò in determinazione. «Il rituale. Dobbiamo finirlo ora. Abbiamo il recipiente con il nostro sangue? Portatelo qui. E il panno e il pugnale. Rimettete tutto com'era prima.»

«Ma voi avevate detto che io non dovevo...»

«Dimentica quello che ho detto. Mi pare che le cose siano cambiate da oggi pomeriggio.»

Le pietre tornarono a formare un triangolo e mia madre, Simon e Kellan presero posto a ciascuno dei vertici. Il braccio di Simon circondava le spalle ossute di Onal, che lo sosteneva.

«Dal punto in cui ti sei interrotta» incalzò Simon.

«No» dissi con forza. «L'ho già detto, non lo farò. Mi rifiuto. Nessun altro dovrà soffrire al mio posto.»

«Aurelia.» Kellan mi aprì le dita e le richiuse attorno all'elsa del pugnale. «Fallo. Devi farlo.» Sostenne il mio sguardo e mi si fermò il respiro.

«No, Kellan. Io non voglio...»

Ma mentre parlavo mi premette a forza il pugnale in mano e lo spinse verso il proprio palmo. Pronunciò a denti stretti: «Il mio sangue, liberamente dato».

«Presto!» ordinò mia madre. «Porta il vaso al panno.»

Sconfitta, entrai nel centro del triangolo.

«Tre gocce» disse Simon. «Ripeti quello che dico: *Sanguine nata, vita et morte.*»

Una goccia cadde dal vaso di ferro e si allargò sul tessuto bianco.

«*Sanguine nata, vita et morte.*»

«Ancora.»

Un'altra goccia.

«*Sanguine nata, vita et morte.*»

«Ancora!»

L'ultima goccia. «*Sanguine nata, vita et morte.*»

«*Tres vitae in una. Ab sanguine unitae, ab sanguine divisae*» disse Simon. «Tre vite ora legate a una. Unite dal sangue, dal sangue sciolte.»

Le pietre si accesero un'ultima volta, e poi tutto tacque.

Ci sbarazzammo in silenzio dei resti dell'incantesimo; nessuno osò interromperlo finché la porta tra le due stanze comunicanti non cigolò lasciando apparire il faccino di Conrad. «Mamma, non riesco a dormire. Ci sono troppe luci.»

Mia madre andò da lui, gli mise le mani sulle guance per rassicurarlo. «Che luci, tesoro?»

«Fuori. Diventano sempre più forti.»

Corse alla finestra. Centinaia di sfere ardenti ondeggiavano nell'oscurità, attraverso il cancello e all'interno delle mura. Mia madre si portò la mano alla bocca.

«Il Tribunale.» La voce di Onal era fredda. «Marciano sul castello.»
«Non lo faranno» disse mia madre.
«Lo stanno facendo ora.»
Un pesante colpo alla porta giunse dall'altra stanza. La voce di Toris era attutita dallo spessore del legno. «Genevieve! Mia regina... stanno arrivando.»
Kellan spalancò la porta e Toris si precipitò dentro. Ripeté, senza fiato: «Stanno arrivando. Non solo per Aurelia, vogliono prendere il castello, prendere tutto».
«Un colpo di stato?» la mano di Kellan era sulla spada.
«È me che vogliono» dissi, cercando di mantenere la voce ferma. «Se lascio che mi prendano risparmieranno gli altri.»
«Non è possibile, principessa» disse Simon. Aveva ragione. Se mi fossi consegnata, il Tribunale mi avrebbe ucciso. E quando qualcun altro sarebbe morto al mio posto, avrebbero continuato a uccidermi, finché non fossimo morti tutti e quattro.
«Allora partirò. Andrò via adesso, subito, cercherò rifugio ad Achlev.»
«Questo non li fermerà dal cercare di strapparmi il trono» disse mia madre.
«Puoi venire con me. Saremo al sicuro dentro le Mura di Achlev. Renalt ha cercato per tre secoli di oltrepassarle senza successo.»
«Non abbandonerò Renalt al Tribunale, Aurelia.»
Nella mia disperata foga di imparare la magia per fermare il Tribunale, l'avevo attirato su di noi. Non riuscivo ad accettarlo. «Ma se rimani... che ne sarà di Conrad?»
«Verrà con noi ad Achlev» disse Toris. «Potrò garantire la sua salvezza.»
«Con noi?» gli lanciai un'occhiata incredula. «Non starete mica pensando di aggregarvi.»
Mi ignorò e si rivolse a mia madre. «Lisette ci sta già aspettando nella sua carrozza. Ci incontreremo alla rimessa tra un'ora. Il Tribunale ha bloccato ogni uscita dalle mura e io solo posso fare in modo che ci lascino superare i controlli. I chierici di guardia mi conoscono, si fidano di me e non si opporranno al mio desiderio di allontanare la mia unica figlia dalla violenza che sta per abbattersi.» Toris portò la mano al petto, sulla fiala di sangue che aveva attorno al collo. «Sei molto odiata dal tuo popolo, principessa. Dovresti approfittare di ogni gentilezza ti venga offerta. È la tua unica possibilità.»
«Il mio popolo mi odia perché voi gli avete detto che può farlo. Che deve farlo. Voi e il vostro dannato Tribunale.»

«Sarò anche un membro del Tribunale» tuonò Toris, «ma sono fedele alla corona. Quando il mio tradimento sarà scoperto, perderò tutto: la mia fortuna, i miei amici, la mia reputazione...»

«Oh che tragedia» lo interruppi.

«Tra un'ora» disse lui, con una smorfia. «Alla rimessa. Non farti vedere.»

«Li accompagnerò io» disse Kellan. «Il principe e la principessa.»

Toris uscì sbattendo la porta.

Mia madre prese a occuparsi dell'abito nuziale: lo prese dal supporto, lo piegò accuratamente e lo legò in un involto di lino. La guardai per un momento, poi mi voltai verso Simon. «Possiamo attraversare le Mura di Achlev senza di voi?»

«Sì» disse lentamente. «Dovete essere invitati in città da un diretto discendente della famiglia reale di Achlev. Ho portato tre di questi inviti: uno per te, uno per una governante e uno per una guardia. Chiunque altro dovrà tornare indietro o attendere nell'accampamento fuori le mura che il re emani un altro invito.»

«Basteranno» dissi. «Uno per me, uno per Conrad e uno per Kellan. Simon, potete restare con mia madre? Siete un sanguimago, l'unico che possa difenderla in qualche modo. Vi prego. Avete appena legato la vostra vita alla mia, deve esserci qualcosa che potete fare per proteggere la vita di mia madre...»

Lui aggrottò la fronte. «Potrei sigillare le porte delle stanze e chiuderci dentro, ma non posso garantire per quanto a lungo. Se il sigillo cede, il Tribunale entrerà e...» Non finì la frase. Sapevamo cosa sarebbe accaduto.

«Fate ciò che dovete.»

Trasse tre buste dalla tasca, che recavano lo stemma di Achlev.

«Queste vi permetteranno di attraversare le mura» disse, porgendomele. «Che Empyrea sia con voi.»

«E con voi.»

«Dobbiamo sbrigarci» disse Kellan. «Non c'è tempo da perdere.»

«Mamma?» chiese Conrad con gli occhi lucidi.

«Sii coraggioso, mio principe» gli rispose mia madre. «Tornerai presto. Aurelia si prenderà cura di te, non temere.»

Mi rivolse un'occhiata incredula, e io raddrizzai le spalle per non trasalire.

Mia madre mi porse l'involto con l'abito nuziale, prima di stringermi in un abbraccio formale e dire in tono da regina: «Viaggia serena, figlia mia. Ti voglio bene e sentirò terribilmente la tua mancanza».

Sfiorò la mia guancia con le labbra e udii la sua voce in un sussurro, mentre premeva qualcosa nella mia mano: «Porta questo sempre con te. È un dono. Ti abbiamo protetto con le nostre vite, confido che proteggerai Conrad con la tua».

Era il quadrato di seta, ora macchiato da tre cerchi di sangue. Un promemoria di quanto i miei cari fossero pronti a sacrificarsi per tenermi al sicuro.

«Aurelia» incalzò Kellan. Mi voltai a guardare lui, poi Simon. E infine mia madre. Se il Tribunale le avesse strappato il trono, io ero l'unica speranza che la nostra famiglia potesse riconquistarlo. Dovevo proteggere Conrad e dovevo diventare regina di Achlev. E appena ne avessi avuto il potere, sarei tornata a Renalt a rivendicare ciò che era nostro di diritto.

Con la gola stretta dissi: «Lo farò».

Solo quando mi ritrovai nel passaggio buio mi resi conto che non le avevo detto quanto anch'io le volessi bene.

Il passaggio conduceva alla Sala dei Re dalle pareti ornate di ritratti alti fino al soffitto, raffiguranti venti generazioni di reali Renaltani. Io, Kellan e Conrad corremmo a perdifiato sotto il loro sguardo arcigno, mentre urla lontane filtravano dai muri.

Girammo l'angolo che portava alle mie stanze, e vidi che la porta era socchiusa. Premendosi un dito sulle labbra, Kellan sguainò la spada e spalancò il battente.

Il luogo era stato saccheggiato. Tutto quello che avevo, tutto quello che avevo sempre considerato mio era sparpagliato per terra. La tappezzeria strappata, gli armadi capovolti. Il mio letto era stato rovesciato e schiantato al centro, le doghe spezzate simili al relitto di una nave. Su ogni parete era scribacchiata una parola: MALEFICA, MALEFICA, MALEFICA. Strega.

«Prendi in fretta quello di cui puoi avere bisogno» disse Kellan. «Dobbiamo andarcene subito.»

«Non c'è rimasto niente» risposi. «È tutto perduto.»

Si udì uno scricchiolio e vidi che un pezzo del mio tavolo distrutto veniva spostato da una parte. Kellan brandì la spada e Conrad si rannicchiò dietro di lui. Apparve un volto familiare.

«Mia signora?» chiese timidamente Emilie. «Principessa, siete voi? State bene?»

La aiutai a uscire dal suo nascondiglio. «E tu?»

«Mi sono nascosta quando ho sentito arrivare la servitù. È incredibile che non mi abbiano trovato.» Rabbrividì. «Hanno detto delle cose su di voi, mia signora...»

«Torneranno» disse Kellan. «Dobbiamo andare adesso.»

«Aspettate!» disse Emilie. «Vi troveranno senz'altro se indossate quell'abito. Dev'essercene un altro qui da qualche parte...» Ma la porta del guardaroba pendeva dai cardini, alcuni vestiti erano rotti e strappati e gli altri scomparsi.

Non c'era niente da indossare, lì. Emilie raccolse un pezzo di stoffa lacera e lo rimise giù. «Scambiamoci i vestiti» disse, con espressione determinata. «Abbiamo la stessa corporatura. Stanno cercando una principessa con un abito verde brillante. Non guarderanno attentamente una cameriera.»

«Ottima idea» disse Kellan. «Fatelo subito.»

«No» dissi con fermezza. «È troppo pericoloso. Pensa a quello che è successo a tua madre...»

«È grazie a lei se mi offro volontaria» ribatté Emilie, il viso illuminato dal fervore. «Ero incapace di salvarla; incapace di vendicarla. Ma posso farlo per voi.» Le posai la mano sulla spalla, senza riuscire a rispondere. «Se c'è qualcuno che può farla pagare al Tribunale, quella siete voi. Forse se vi aiuto oggi, un giorno ritornerete e rimetterete a posto le cose per tutti.»

«Presto!» esclamò Kellan. «La folla si sta muovendo!»

Con gesti impacciati mi sfilai l'abito verde e lo porsi a Emilie. «Cerca un luogo sicuro e chiuditi dentro. Di' che sono stata io» dissi mentre indossavo i suoi vestiti. «Di' che ti ho costretto a consegnarmi i tuoi panni. Di' quello che vuoi, convincili.»

«Sì, mia signora» rispose lei mentre le stringevo i lacci della gonna macchiata. Accarezzò la stoffa con la mano. «Non ho mai indossato niente di così bello.»

«Un giorno ti ricompenserò con un abito ancora più bello.»

«Affare fatto» disse, togliendosi infine la sciarpa gialla dalla testa per metterla sulla mia e sistemando ben bene i miei capelli indisciplinati perché non sfuggissero.

«Emilie» sussurrai. «Non me ne dimenticherò. Non ti abbandonerò.»

Kellan era accanto alla porta insieme a Conrad. Mi fece segno di seguirlo: il tempo era scaduto.

«Aspetta!» dissi prima di andarmene. «Nella tasca.»

Emilie trasse il braccialetto rotto e me lo porse. D'impulso trovai il drago di smeraldo, la pietra preferita da sua madre, e lo staccai dal resto. Lo premetti nella sua mano e sussurrai: «Grazie».

Emilie annuì, stringendo l'amuleto, simbolo del ricordo di sua madre e della mia promessa di vendicarla.

Tornammo verso la Sala dei Re. Kellan andò in avanscoperta, mentre io e Conrad ci nascondevamo dietro le tende che ornavano i ritratti del famigerato re Reynald su una parete e del suo fidato braccio destro, lord Cael, sull'altra. Il Fondatore del Tribunale.

Sbirciai dal mio nascondiglio, e l'inflessibile uomo dipinto parve fissarmi con freddezza: occhi color fiordaliso, mento quadrato, capelli color sabbia stretti in una coda sulla nuca. C'erano una volta due fratelli e una sorella, i maghi più dotati del loro ordine, che un giorno si riunirono per gettare un incantesimo... Le storie cominciavano tutte allo stesso modo, e tutte concordavano: la sorella, Aren, morì durante il sortilegio fatale. Alla fine, invece cambiavano profondamente: secondo alcune Aren si toglieva la vita; secondo altre Cael vide il male in lei e stabilì che il mondo andava protetto, giustiziando sua sorella come strega con le sue stesse mani. La versione scritta nel Libro dei Comandamenti del Fondatore e ritenuta verità immutabile dal Tribunale, invece, diceva che Aren era stata uccisa dal fratello maggiore, Achlev, e che Cael era morto eroicamente per difenderla, usando il proprio sangue fino all'ultima goccia nel tentativo di salvarla. Il Libro riportava che Empyrea fu talmente commossa dal suo coraggio e dalla sua abnegazione da scegliere lui come emissario e tornare sulla terra, per diffondere su tutti la gioia e la luce. Così Cael si risvegliò dalla morte, illeso e puro e investito della sacra missione di fondare un ordine per purificare il mondo intero dalla magia.

"È colpa tua" dissi silenziosamente a Cael. "Tua e del tuo Tribunale e del tuo maledetto Libro dei Comandamenti." Si ipotizzava che il corpo fosse troppo immacolato per decomporsi e che fosse stato nascosto da qualche parte tra le montagne, custodito in una bara di vetro, fresco e giovane come il giorno in cui Empyrea lo investì della sua missione.

Dovunque il Fondatore si trovasse, speravo che stesse marcendo.

Conrad mugolò accanto a me. Posai goffamente un braccio sulla sua spalla, fingendo di non accorgermi del modo in cui cercò di ritrarsi. «Andrà tutto bene» sussurrai.

«Come fai a saperlo?» ribatté con voce strozzata.

Kellan riapparve e venne verso di noi. Lo seguimmo lungo una serie di scale di servizio, fermandoci quando dal basso giungevano i rumori della folla che mi cercava, ridendo e descrivendo tutto quello che mi avrebbe fatto nel momento in cui mi avesse trovata. Indietreggiammo, protetti da Kellan che si parò davanti a noi finché il gruppo non si allontanò.

«Dobbiamo andare da quella parte» disse. «Presto!»

Non avevamo ancora iniziato a scendere quando udimmo un uomo gridare: «Ferma! Aspettate!».

Ci fermammo. Il mio cuore batteva concitatamente. Intravidi il profilo di un abito verde che spariva dietro l'angolo di un corridoio. I cacciatori si lanciarono all'inseguimento.

«Emilie» sussurrai.

«Li attira lontano da noi. Ci ha fatto guadagnare tempo.»

Scendemmo i gradini a due alla volta e uscimmo nell'orto dalla porta di servizio. Afferrai Conrad e lo trascinai con me attraverso il cortile verso la rimessa, dove la carrozza di Lisette era pronta e Toris era seduto a cassetta.

«Siete in ritardo. Andiamo.»

Kellan aiutò Conrad a sedersi accanto a Lisette, che prese a fargli le moine. «Tesoro, ma guarda come sei coraggioso! Vieni qui. Non piangere. Non permetterò che ti succeda niente di brutto.»

Kellan montò in sella a Falada e si avvicinò alla carrozza. «Siamo pronti.»

Il sentiero che portava al castello era lungo e serpeggiava attraverso il cortile dove era stata eretta una pira. La folla in subbuglio si raccoglieva intorno al cumulo di legno, agitando le torce e cantilenando: «*Brucia, strega, brucia!*».

Al cancello, gli uomini del Tribunale ci fermarono. «Nessuno entra o esce finché non troviamo la strega.»

Mi rannicchiai nel sedile e mi concentrai sui fiori sbiaditi del vestito di Emilie. "Non guardate dentro" pregai.

La voce di Toris era aspra e imperiosa. «Sono lord Toris de Lena, magistrato e portatore del sangue del Fondatore. Sto portando via mia figlia da tutta questa violenza. Lei è nella carrozza. Non trattenetemi oltre, vi chiedo.» Il tono divenne basso e deciso. «O ve ne pentirete.»

Ci fu silenzio, e poi il suono del cancello di ferro che si apriva. Deglutii e trattenni il respiro, ritraendomi dal finestrino mentre passavamo. E a un tratto, prima di poter emettere un sospiro di sollievo, la Messaggera apparve al mio fianco: un istante dopo, non c'era più, dispersa come una voluta di fumo.

Mentre il cancello si chiudeva cigolando dietro di noi, udii i chierici esclamare, trionfanti: «Guardate! L'hanno presa!».

«Sia lode a Empyrea! La strega brucerà stasera!»

La carrozza correva sempre più veloce, ma io aprii di slancio la portiera, ed emisi un verso strangolato, animalesco, non appena capii cosa stava accadendo.

Stavano trascinando una ragazza sul rogo. Una ragazza in abito verde.

«No! Ferma!» strillai. «Fermatevi! Dobbiamo tornare indietro!» Ma se Toris poteva sentirmi sopra il rumore dei cavalli al galoppo, scelse di non ascoltare e non rallentò.

Misi il piede sul predellino, pronta a saltare giù, quando Kellan sbucò da dietro la carrozza e si avvicinò al galoppo. Mi strappò dal predellino e mi issò in groppa a Falada con lui.

«È troppo tardi, non puoi tornare indietro. Lei si è sacrificata per te. Era il suo dono. Un dono, Aurelia! Non devi sprecarlo!»

Piansi nel suo mantello mentre giravamo l'angolo, e l'ultima cosa che vidi fu una colonna di fiamme arancioni levarsi oltre i tetti della città, verso il cielo.

8

Trascorsero quasi due settimane prima che raggiungessimo i confini della foresta di Ebonwilde. Eravamo fradici, doloranti e infelici dopo una lunga serie di giorni passati arrancando sui sentieri serpeggianti di Renalt, dormendo in canali acquitrinosi e mangiando quello che Kellan riusciva a catturare. Galli cedroni e vecchie lepri coriacee quando eravamo fortunati, roditori quando non lo eravamo. Il Tribunale doveva aver capito di aver messo al rogo la ragazza sbagliata; dopo alcuni incontri ravvicinati con i suoi esploratori, rinunciammo ad accendere fuochi e fummo costretti a mangiare erbe selvatiche, perché non c'era molto altro per via della stagione. Avevamo perfino dovuto abbandonare la carrozza, dopo che era affondata fino alla portiera nel fango primaverile ed era stato impossibile tirarla fuori. Kellan avrebbe insistito per farlo, ma io mi ero opposta: avevo visto che la nostra non era l'unica compagnia colpita dalla sventura in quella zona, e non avevo intenzione di unirmi agli spiriti giallastri e gonfi che infestavano la palude. Eravamo stati fortunati ad aver perso solo la carrozza. Molti altri non avevano viaggiato così bene. Contavo lo scorrere dei giorni con stanca rassegnazione più che con paura; era il primo giorno del mese di Quartus, e mancavano quattro settimane al matrimonio. Tutti erano giù di morale tranne uno: più viaggiavamo, più Toris pareva diventare allegro, e fischiettava spesso una vecchia canzone popolare Renaltana. La prima volta che avevamo avvistato la foresta all'orizzonte aveva perfino cominciato a cantare distrattamente.

Non andare, tesoro, a Ebonwilde nel bosco,
c'è là una strega dall'aspetto fosco.

I bambini cucina da sera a mattina,
ne fa torte e stufati e carne in gelatina.
La riconoscerai dai candidi denti,
ti guarderà con rossi occhi roventi,
e se da vicino vedrai il suo cuore tetro
da Ebonwilde non tornerai indietro.

Stava per cominciare la seconda strofa, che parlava di un cavaliere decapitato e maledetto, quando non ne potei più e scattai: «Basta così, grazie».

Lui fece un sorriso irriverente e smise di cantare, ma continuò a fischiettare tutto il tempo.

Quella notte ci accampammo sul limitare della foresta, poco lontano dalla sponda del fiume Sentis, e accendemmo il nostro primo fuoco da giorni. Kellan aveva pescato pesci di fiume con una lenza ottenuta dall'orlo stracciato del vestito di Lisette e un amo fabbricato con uno dei suoi vestiti. Lei aveva protestato fortemente finché il pesce non era stato arrostito, poi era ammutolita. Era il nostro primo pasto decente dal castello.

Da Syric.

Conrad mangiò rapidamente e si addormentò con la testa sul grembo di Lisette. Mi aveva a malapena rivolto la parola per l'intero viaggio, e piangeva spesso – grosse lacrime rotonde che gli scorrevano silenziosamente sulle guance e che lui asciugava in fretta prima che qualcuno se ne accorgesse. Ma non si lamentava mai, nonostante il viaggio estenuante e il dolore della perdita di sua madre e della sua casa per la prima volta nella sua breve vita. Io scoppiavo dal desiderio di stargli vicino e confortarlo, ma non lo facevo: per quello c'era Lisette. La vidi spostare Conrad delicatamente dal proprio grembo e allungarlo nel giaciglio, coprendolo fino al mento prima di sdraiarsi a sua volta. Si addormentarono in fretta.

Toris fece il primo turno di guardia e si allontanò per cercare un buon punto di osservazione.

Kellan e io rimanemmo da soli. Lui mi avvolse in una coperta di pelliccia.

«Toris sarà di guardia la prima parte della notte, poi gli darò il cambio.»

Annuii distrattamente, i pensieri altrove.

«Aurelia» disse, sedendosi accanto a me, «smettila di pensarci.»

«Emilie è morta per me. Non posso smettere di pensarci.»

Mi prese la mano. «Non è stata colpa tua, Aurelia. Tu non hai colpa di niente.»

Fissai le sue mani attorno alla mia, poi il suo viso. «Dopo tutto questo, non puoi crederci davvero.»

«Certo che ci credo. Io ti conosco.»

Lui conosceva di me la versione che gli offrivo, perché avevo troppa paura che dirgli la verità potesse fargli cambiare idea. Avevo un nodo allo stomaco. Non avrei mai voluto parlare di questo con lui, ma la mia mente mi puniva con infinite immagini di una ragazza vestita di verde che bruciava su un rogo. Era stanca di mantenere l'illusione della mia innocenza perfino per lui. «Lo pensi, ma ti sbagli.»

«Ti conosco meglio di chiunque altro. Sei testarda e... esasperante e formidabile. Sei coraggiosa ma sventata; non hai alcun istinto di conservazione.» Chinò gli occhi e sorrise. «Ti preoccupi per gli altri. Tu soffri quando gli altri soffrono, anche quando cerchi di non farlo vedere.»

Mi guardò con un'espressione calma e decisa. «Vorrei che sapessi» disse, e si interruppe. Esitò e ricominciò. «Vorrei che comprendessi quello che significhi per me.» Posò timidamente la mano sulla mia guancia.

Non mi lasciai turbare. «Hai visto cosa ho fatto al castello. A Syric.»

«Aurelia, io non...»

«Dimmi cos'hai visto» ordinai.

Scosse la testa. «Lord Simon stava morendo e tu hai detto qualcosa e... cosa vuoi che dica?»

«Voglio che mi guardi negli occhi e mi spieghi come puoi credere alla mia innocenza. Tu c'eri. Puoi testimoniare personalmente.»

«Hai dovuto affrontare circostanze estreme, eri sotto una terribile pressione e... per tutta la vita sei stata condizionata dalle menzogne che hanno detto su di te...»

«Non sono menzogne!» esclamai, alzandomi di scatto. «Non lo sono mai state! Vuoi sapere la verità? Sono esattamente quello che tutti dicono. Una strega!»

La sua faccia era del tutto inespressiva. Attesi un guizzo, un segno che avesse capito, che mi credesse, ma non arrivò.

«Io vedo i fantasmi, Kellan. Li vedo ovunque. Come pensi che sapessi quello che stava per succedere a Simon? Me l'aveva detto uno spirito. Questa non è superstizione, queste sono visioni, vere, terrificanti, e io ci convivo ogni giorno della mia vita penosa.» Deglutii mentre la colpa e la vergogna si avvinghiavano alla mia gola come serpenti, soffocandomi. «E sì, ho fatto un incantesimo per cercare di salvare Simon, e non era la prima volta. È stato un errore farlo davanti a tutti quelli che già mi disprezzavano, ma sai una cosa? Sono quasi felice. Odio quello che è successo a Emilie, ma sono felice per ciò che è successo a me. Perché non devo più fingere. Non dovrò più domandarmi cosa penserai di me quando finalmente saprai la verità...»

Kellan mi prese per le spalle, fermandosi solo un attimo per guardarmi impetuosamente prima di chinarsi verso di me e baciarmi. Baciarmi. E a dispetto di ogni cosa, serrai le palpebre e mi abbandonai. Le braccia di Kellan mi stringevano, le sue labbra premevano contro le mie e per un attimo niente nell'universo intero fu più importante.

Poi il bacio si interruppe e lui mormorò contro la mia guancia: «Non sei una strega, Aurelia. Sei una ragazza che ha portato troppo a lungo il peso del mondo sulle sue spalle. Non siamo più a Renalt. Lascia perdere tutte le paure e le superstizioni. Lasciale andare. Renalt, Achlev... tutto. Tu e io possiamo recarci dove vogliamo, diventare chi vogliamo. Dillo, e io lo farò».

Il mio cuore batteva fortissimo. «Vuoi che fuggiamo insieme?»

«Sì» rispose senza esitazioni. «Fuggiamo insieme. Gettiamoci tutto questo alle spalle. Per sempre.»

Faticavo a capire. Andarsene via... così? «E mia madre, mio fratello? Renalt?»

«Senza di te, sono certo che tutto tornerà presto alla normalità per loro. Conrad potrà tornare a casa, tua madre riprendersi il trono...»

«E il Tribunale continuerà a uccidere migliaia di innocenti impunemente. È questo che intendi?»

«È sempre stato così, Aurelia. A me importa solo quello che succede a te.»

Il mio cuore impazzito si calmò all'improvviso. D'un tratto, ero acutamente consapevole di ogni punto di contatto fra noi: le mie mani sul suo petto. La mia guancia contro la sua. Le sue braccia attorno al mio corpo. Mi allontanai da lui, sciogliendomi dall'abbraccio, finché non mi separai del tutto, lasciando lui a bocca aperta, a mani vuote, disarmato.

«Aurelia. Guardami.»

Non guardai. Non volevo che leggesse quello che portavo scritto sul viso. Non perché avesse liquidato con un gesto della mano la mia confessione più intima, ma per la sua certezza che le cose stavano così, immutabili. Che il Tribunale fosse un semplice caso della vita, come le maree e le stagioni. Che l'assassinio reiterato di centinaia di persone fosse una soluzione accettabile per la sicurezza di una sola. Io.

Era la sola idea che non avrei mai potuto accettare. Mai. Se questo era il prezzo per trascorrere la mia vita con Kellan, non potevo pagarlo. E con tale illuminazione, le mie speranze segrete furono spazzate via come foglie d'autunno dal vento invernale. Indietreggiai ancora, aumentando il divario fisico tra noi come a riflettere quello che provavo nel mio cuore.

«Aurelia.»

Non mi voltai. Fissavo il fuoco, e la foresta che si stagliava oltre, un manto di velluto nero drappeggiato attorno alle spalle spigolose e bianche dei monti di Achlev, in lontananza. «Tutto quello che hai visto, tutto quello che abbiamo passato insieme e ancora non capisci» dissi.

«Mi stavi ascoltando?» Lui si inserì tra me e la distesa della foresta e del cielo, gli occhi stretti e pieni di emozione. «Sto cercando di dirti che ti amo, Aurelia.»

«Non puoi» dissi inesorabilmente. «Non sai come fare.»

«Ma cosa significa questo?»

«Significa che quando arriveremo ad Achlev, e ti sarai accertato che sono in buone mani e al sicuro, ti solleverò dal tuo incarico e potrai tornare a Renalt. Potrai rimanere nella guardia oppure no. Sposarti, se preferisci» sentii cedere la mia compostezza. «Lo spero per te.»

Lui non rispose; si voltò e si allontanò, oltre il punto dove Lisette e Conrad giacevano addormentati, tra l'erba alta illuminata dalle stelle al margine dei campi. Poco dopo scomparve alla vista e io mi accasciai sulla mia coperta, sola e tormentata.

"Bene" pensai. "L'unica persona che posso mettere in pericolo sono io, adesso."

9

Il sogno era vivido. Stavo sul limitare della foresta, guardando una pallida luce tra gli alberi. Strinsi gli occhi per distinguere ciò che mi si parava innanzi, dirigendomi da quella parte senza muovere consapevolmente i piedi. Ero come una falena attratta da una fiamma: sapevo che non poteva essere nulla di buono, ma ne ero attirata comunque.

La luce era quella della lampada di Toris. Lui stava a qualche centinaio di metri, nel profondo del bosco, rannicchiato, le ombre gli trasformavano il volto in qualcosa che a stento gli somigliava. Mi nascosi dietro il tronco di un grande albero e lo vidi prendere la fiala che portava al collo con il sangue del Fondatore, stapparla e versarsi il liquido sulla faccia. Una. Due. Tre gocce. Poi la ripose sotto la camicia.

Toris si rialzò lentamente, e per un minuto la sua faccia parve sbagliata, come le sue ossa si fossero disposte in maniera innaturale. Mormorava qualcosa, parole sconosciute e spaventose. Potevo sentirne il potere. Era magia del sangue, aveva usato il sangue del Fondatore per lanciare un incantesimo. E a giudicare dalla pesantezza dell'aria, niente di piacevole.

Il sogno mutò all'improvviso, gettandomi in un groviglio caotico di immagini disturbanti: un brano di tessuto azzurro. Una mano su un pugnale. E il volto di Kellan, contorto dal dolore, mentre Toris colpiva.

Mi svegliai dal sogno con il respiro strozzato, tappandomi la bocca per non gridare. Avevo visto la Messaggera per meno di un istante, ma il mio braccio portava il segno freddo della sua mano.

Rotolai fuori dal letto, afferrai una borsa di cuoio e presi a riempirla con tutto ciò che trovavo sotto mano.

Kellan sedeva di spalle davanti al fuoco, attizzandolo stancamente con un bastoncino. Sgattaiolai verso di lui e mi inginocchiai al suo fianco. «Kellan» il suo nome era appiccicoso sulla mia lingua. Provai di nuovo, scuotendolo. «Kellan!»

Si voltò, il torpore scacciato dalla mia ansia.

«Che succede?» chiese. L'istinto per il pericolo affinato da cinque anni trascorsi a proteggermi aveva dissipato il dolore e la rabbia.

«Dobbiamo andare. Solo noi e Conrad. Ora. È... è Toris. Sta usando la magia. Magia del sangue. Nel bosco, lui...» la mia voce si spense, mentre mi rendevo conto quanto dovesse apparire ridicolo accusare di stregoneria un magistrato devoto. Ma la Messaggera non sbagliava, ne ero certa; dovevo fare in modo che lui mi credesse, ma come?

Lo presi per le spalle. «So che deve sembrarti strano, ma ascoltami. Non importa se credi o no a quello che ti ho detto finora, ma devi credere a questo: dobbiamo andarcene subito. Per favore, Kellan, ti supplico. Fidati di me.»

Mi guardò attentamente in viso e disse: «D'accordo, Aurelia. Mi fido di te».

Prendemmo quanto più possibile e Kellan assicurò il bagaglio alla sella. Poi prese in braccio Conrad, che ancora dormiva, e lo tenne stretto mentre montava in groppa a Falada. Montai anch'io a cavallo.

Ma, al pianto terrorizzato di Conrad, Lisette si svegliò. «Che succede? Aurelia? Che stai facendo? Aurelia! Lascialo stare!»

Fuggimmo al galoppo nella foresta, inseguiti dall'eco delle grida di Lisette. «Padre! Padre! Hanno preso il principe! Stanno scappando!»

Sfrecciammo accanto a Toris che stava correndo verso l'accampamento. Una lanterna appesa a una catena gli pendeva dalla mano, trasformando la sua faccia in una maschera furente di luce e ombra, simile a quella del mio sogno. Lo vidi raggiungere i cavalli e montare sul primo che gli capitò. Lisette dovette tuffarsi di lato per evitare di essere travolta.

Spronammo i destrieri lungo un sentiero serpeggiante che si inerpicava sempre più in alto fra gli alberi. Toris ci inseguiva da vicino, e riuscivo quasi a sentire le parole della filastrocca intrecciate al ritmo degli zoccoli del suo cavallo.

Non andare, tesoro, a Ebonwilde nel bosco,
c'è là una strega dall'aspetto fosco.

Ma i nostri cavalli erano affidabili e forti, e noi stavamo guadagnando terreno. Mi concessi un barlume di speranza che ce l'avremmo fatta, dopo tutto.

Il barlume si spense subito.

Il sentiero svoltò bruscamente a destra procedendo lungo il ciglio aspro di una gola. Il fiume Sentis scorreva impetuosamente sul fondo. Era una strada insidiosa, irregolare e stretta, erosa dalle intemperie e dagli anni e in alcuni punti franata nel fiume sottostante, lasciando sulla sponda tracce profonde come ferite. Sul lato opposto si stendeva la foresta. Da qualche parte, nell'oscurità misteriosa, un lupo ululò. A quel suono, il mio cavallo sussultò e calpestò vivacemente il suolo e, quando l'ululato si ripeté, si impennò nitrendo di terrore, gli zoccoli che scalciavano selvaggiamente in aria.

Non riuscii a tenermi e caddi a terra. L'animale balzò in avanti e sfrecciò tra gli alberi.

Mi ritrovai in ginocchio, mentre lacrime e terriccio mi pungevano gli occhi, e il dolore mi mordeva le ossa. Più avanti, Kellan si fermò e si girò.

«Vai!» esclamai. «Non aspettarmi, corri!» Se la visione della Messaggera era corretta, Kellan doveva allontanarsi da Toris il più possibile. Ma con mio grande sgomento, lui voltò Falada e cavalcò verso di me.

Toris mi aveva raggiunto. Smontò di sella con un balzo leggiadro e mi corse incontro, agitando il pugnale con un sorriso. Kellan trattenne Falada.

«Lasciami!» gridò Conrad, divincolandosi dalla stretta di Kellan.

«Adesso basta» disse Toris. «Lasciate andare il bambino, tenente. Ora.»

Con la mascella serrata Kellan fece scendere Conrad, poi smontò a sua volta.

«Attento, magistrato» lo ammonì Kellan. «Non fate niente di cui vi pentireste.»

Dagli alberi emerse un altro cavaliere. I capelli di Lisette erano sciolti e le volavano attorno alla faccia come una nuvola impazzita. Smontò da cavallo. «Lascia stare Conrad» disse in tono cauto, persuasivo. «Non devi fargli male, Aurelia.»

«Cosa? Io non...»

Con un singhiozzo spaventato, mio fratello si liberò dalla stretta di Kellan e si gettò fra le braccia di Lisette. «Aveva ragione» disse. «Hanno cercato di prendermi. Come ha detto Toris.»

«Neanch'io volevo crederci» mormorò lei, «ma ora sei con me.»

«No, Conrad» esclamai. «Non ti avrei mai fatto del male! Devi credermi! Non potrei...»

«Menzogne.» Toris si muoveva in circolo attorno a me. «Sappiamo tutto del tuo tradimento. La tua alleanza con Simon Silvis e il complotto per uccidere gli eredi di due regni: tuo fratello e il tuo promesso sposo. Per fortuna siamo venuti con te, altrimenti saresti riuscita nel tuo intento.»

Kellan intervenne a mia difesa. «Sta mentendo, Conrad. Non...»

«Il principe ha visto abbastanza» disse Toris. «Riportalo all'accampamento, figlia. Penserò io a questi due.»

«Aspetta! Non portarlo via, no...» Sentii la punta del pugnale di Toris fra le scapole.

Lisette aiutò mio fratello a salire a cavallo, rivolgendomi un'occhiata di delusione e compatimento prima di lanciarsi al galoppo lungo la strada che avevamo appena percorso.

«Ora» disse Toris, alzando il pugnale, «mi servono i lasciapassare.»

«Non so di cosa stai parlando.» E in quel momento ero sincera.

«Suvvia. Simon Silvis non ti avrebbe mandato ad Achlev senza un modo per superare le mura. I lasciapassare. Ora.» Il pugnale premette con maggior forza contro la mia schiena e mi spinse verso il mio cavallo; la lama era penetrata nel tessuto. Una mossa sbagliata e avrebbe inciso la pelle.

Presi i documenti dalla mia sacca. «Vuoi questi? Te li darò. Ma solo se mi riporterai Conrad e ci lascerai andare tutti.» Con la coda dell'occhio vidi Kellan che avanzava piano.

«Conrad non vuole venire con te» replicò Toris. «Ti odia, in verità. Non hai molti amici, mia cara, vero?» chinò la testa di lato. «Ti brucia terribilmente perderne anche uno solo, vero?»

Si mosse fulmineo, evitando il fendente di Kellan; gli fu alle spalle e gli tirò bruscamente indietro la testa, offrendola alla lama del pugnale. Kellan alzò le mani e lasciò andare la spada.

«Vorrei non aver bisogno dell'invito, ma purtroppo mi serve. La magia può essere molto fastidiosa. Ecco perché il lavoro del Tribunale è così prezioso: mantiene l'ordine. Ora, dammi i lasciapassare, non te lo chiederò di nuovo.» Una goccia di sangue lasciò una traccia sottile lungo la gola di Kellan.

Deglutii e riflettei... e tenni i documenti sospesi nel baratro sopra il fiume. «Metti giù il pugnale o andranno persi per sempre.»

«Non sei nella posizione di trattare.»

«Mettilo giù!» ripetei con forza.

Contrariato, allontanò il pugnale alla gola di Kellan.

Avanzai lentamente e posai i documenti a terra accanto al ciglio del burrone.

Il chiaro di luna accarezzò il sigillo di un rosso opaco. Toris trascinò Kellan e lo lasciò solo per prendere i documenti.

Mi gettai fra le braccia di Kellan. Da sopra la sua spalla, vidi Toris sogghignare mentre riponeva gli inviti nella tasca della giubba.

«Ecco!» gridai. «Hai quello che volevi! Ora lasciaci andare, come hai promesso.»

«Non ho promesso niente.»

E con un rapido movimento del polso, Toris affondò il pugnale nel fianco di Kellan.

Lui si afflosciò contro di me. Barcollai sotto il suo peso. «Kellan!»

Le mie ginocchia cedettero. Ero troppo vicina al burrone; mi aggrappai al suo mantello per non perdere la presa su di lui. Lo tenni con tutte le mie forze, mentre i suoi occhi diventavano vitrei e vacillò, sbilanciato, sul precipizio.

Con un ultimo grido gutturale puntai i talloni nel terreno e torsi il mantello disperatamente, ma la fibbia cedette e il suo corpo precipitò, scomparendo nel vuoto.

La bocca spalancata dall'orrore, fissai le mie mani avvolte nel tessuto blu cobalto che ondeggiava al vento. Non sentivo altro che il ruggito lontano del fiume e il mio respiro breve. L'oscurità l'aveva inghiottito. Kellan non c'era più.

Toris mi afferrò per il polso, strattonandomi per guardarmi in faccia. Il pugnale, ancora ricoperto del sangue di Kellan, era puntato sotto il mio mento. Parlò con calma. «Sarebbe finita comunque male per te. Avresti dovuto saperlo.»

Il sangue mi divenne freddo come il fiume sotto di noi, raggelando il dolore e trasformandolo in odio. «Vuoi a tal punto tenere lontane Renalt e Achlev da arrivare a uccidermi?»

«Combatto per tenerle unite. Il matrimonio sarà celebrato: una principessa sposerà un principe. Semplicemente non sarai tu. Lisette era più adatta di te a questo scopo, fin dall'inizio.»

Quindi si trattava di questo: Lisette sarebbe andata ad Achlev al posto mio, e io sarei morta lì.

«E Conrad?»

«Una garanzia. Ci serviva per tenere in riga tua madre. E al contrario di te, si è dimostrato opportunamente malleabile. Sarà una storia facile da credere.» La sua voce divenne urgente e angosciata, quando si rivolse a Conrad. «Non capite, principe? Dovevamo celare le nostre intenzioni per scoprire l'identità dei complici di vostra sorella. Era in gioco la vita della regina!» Rise e avvicinò la lama.

Volevo chiudere gli occhi, ma non lo feci. Toris doveva vederli, doveva guardarmi in faccia, mentre la vita scorreva via da me. Forse l'incantesimo di Simon avrebbe funzionato e un'altra vita si sarebbe spezzata invece della mia – una possibilità che non potevo sopportare – ma in caso contrario volevo morire furiosa. Vendicativa. Volevo diventare uno spettro e terrorizzare Toris per il resto dei suoi giorni.

«Senza rancore, principessa» disse. «Non fai parte del piano.»

Le sue mani erano abili, e il taglio che praticò attraverso la mia gola fu netto e preciso. Ma io non sentii la lama. Non sentii niente.

Il suo colpo era stato assorbito da qualcos'altro.

La Messaggera si era materializzata nell'aria tra Toris e me. Lui aveva tagliato la sua gola invece della mia. Ma lei non poteva essere ferita. Toris lasciò cadere il pugnale, trasalendo come se fosse stato punto. «Aren?»

La vedeva. Sapeva chi era. Il suo sguardo era sbalordito e confuso mentre scivolava da me a lei.

La Messaggera svanì come era apparsa.

Afferrai la fiala appesa al collo di Toris e tirai; il laccio si ruppe e io lo colpii con una spallata nel petto, gettandolo a terra. In tre passi fui accanto a Falada, e balzai in sella, come Kellan mi aveva insegnato. Stringendo in mano il sangue del Fondatore, afferrai la criniera di Falada e affondai i talloni nei suoi fianchi.

Lei scattò in avanti senza esitare, le zampe flessuose che calpestavano la terra nera e umida di Ebonwilde, portandomi nell'oscurità accogliente della foresta.

10

Non siamo qui. Siamo invisibili. Non siamo qui. Siamo invisibili.

Recitai l'incantesimo di occultamento di Simon per tutta la notte, molto dopo che il sangue versato per lanciarlo si fosse asciugato. Quando dovetti fermarmi a riposare, pena il rischio di cadere svenuta dalla groppa di Falada, lo mormorai nel buio, stringendomi in cerca di calore nel mantello di Kellan, ascoltando i lugubri ululati dei lupi in lontananza. *Non siamo qui. Siamo invisibili. Non siamo qui. Siamo invisibili.*

Quando mi risvegliai, all'inizio non mi resi conto di quanto tempo fosse passato. Dentro la foresta non c'era molta differenza tra notte e giorno. La poca luce era fioca e grigia, appena sufficiente per distinguere il taglio insanguinato nella stoffa del mantello di Kellan, lo squarcio aperto dal pugnale di Toris prima che Kellan cadesse.

Era caduto.

Lui. Il mio migliore amico. Il mio custode. Il mio protettore. La persona che mi amava e – oh, Empyrea! – che avevo respinto... era scomparso.

Emisi un suono innaturale, un incrocio fra un vagito e un lamento e rimasi a tremare sul terreno di foglie, i lembi del mantello tra i pugni serrati. Mi cullai avanti e indietro, tossendo e soffocando tra i singhiozzi, provando ciò che si prova quando si annega.

Falada mi spinse delicatamente con il muso e i miei occhi annebbiati videro cosa aveva attirato la sua attenzione: una volpe mi osservava tra gli alberi. Era incredibilmente immobile, la pelliccia color del fuoco e occhi come dischi d'oro.

Mi alzai in piedi, prendendo brevi respiri spezzati. «Era buono» dissi alla volpe. «Non meritava questo.»

Mi fissò per un lungo momento, come cercando di farsi un'idea di me. Poi scomparve nella foresta, rapida così come si era palesata.

L'apparizione della volpe mi riportò alla ragione. Mi ero persa nella foresta. Se fossi rimasta dov'ero, sarei morta – di fame, di freddo, di qualche creatura più malevola della volpe. Dovevo salvare Falada, per Kellan. Dovevo salvare me stessa, per lui. Dovevo muovermi.

Ma in quale direzione? Ero sospesa tra due mete impossibili. Da una parte Achlev: ora sapevo che Toris era diretto là con l'intento di far passare Lisette per me, darla in sposa al principe e alterare la linea del trono. Dall'altra Renalt: dove Simon e mia madre erano nascosti e al sicuro dal Tribunale, o almeno così speravo.

Non potevo andare ad Achlev e rivelare chi fossi. Toris e Lisette avevano mio fratello e lo avevano convinto che ero colpevole di aver cospirato contro entrambi i regni. Se Conrad confermava la falsa identità, spontaneamente o sotto minaccia, non avevo modo di provare il contrario. Sarei stata accusata di tradimento anche solo per aver affermato di essere chi ero.

Ma non potevo nemmeno andare a Renalt. Simon stava tenendo mia madre al sicuro, per ora, ma se mi presentavo alla porta il Tribunale avrebbe capito all'istante l'errore commesso con Emilie. Ed espormi al pericolo avrebbe significato esporre al pericolo Simon, mia madre...

Tirai fuori il panno dell'incantesimo, lo sfiorai con le dita. I tre cerchi di sangue c'erano ancora, ma uno, quello di Kellan, era sbiadito al punto da essere quasi invisibile.

La terza possibilità era di andare avanti e trovare un altro modo per superare le Mura di Achlev. Nascondermi da Toris ed elaborare un piano nell'ombra.

Non ero solo io in gioco, adesso. Che lo volessi o no, il destino del mio paese si intrecciava a qualunque decisione avessi preso da questo momento in poi. Nella mia vita s'era prodotta una cesura: avevo lasciato il prima alle spalle, era tempo di affrontare il dopo.

Feci un passo. Poi un altro.

Avrei sempre considerato quella la mia prima vittoria – muovermi invece che giacere e morire nella foresta di Ebonwilde.

Mentre procedevo, le uniche interruzioni nella monotonia del paesaggio erano le epifanie della Messaggera. Appariva e spariva nel tempo di un respiro, sempre un passo avanti, sempre fuori portata. Non ero mai sicura se io e Falada fossimo dietro di lei o se lei ci stesse seguendo. Ma mentre il tempo passava – un giorno? Due? Non lo sapevo – e la fame e la spossatezza mi spingevano a poco a poco sull'orlo del delirio, la visione di lei era un momento di chiarezza su cui potevo concentrarmi.

A dispetto delle circostanze, Falada non cedette mai. Mi condusse nel buio fino al limite di Ebonwilde, e si fermò solo quando gli alberi si diradarono all'improvviso rivelando la città lontana che si stendeva nella valle, come sorpresa che esistessero anche altre creature al mondo.

Millenni di ghiaccio avevano scavato la piana e lasciato depositare l'acqua color cobalto del fiordo, circondato da montagne aguzze su tutti i lati. Al centro di tutto, dove convergevano le montagne e la foresta e il fiordo, stava la città fortificata di Achlev. Nuvole tempestose gravavano basse e dense sulla conca, ma sopra la città si apriva un cerchio perfetto di cielo chiaro, come se la tempesta premesse, furente, contro una barriera invisibile, che le impediva di entrare.

Erano le famigerate Mura di Achlev – incantate per tenere lontani gli ospiti indesiderati e non farli mai passare attraverso i suoi cancelli, la ragione per cui la città non era mai caduta in tutti i lunghi anni di guerra contro Renalt. Era come se il re Achlev le avesse tagliate da una montagna e avesse riassemblato la roccia altrove, compatta come prima. Alte quindici metri e spesse quattro e mezzo, si stendevano in un cerchio continuo sopra i picchi e i crepacci e attraversavano i passaggi più stretti del fiordo. Dietro quelle pareti invalicabili si levava una complessa serie di torri grigie e ripide torrette. Le più alte sorgevano al centro, puntate verso il cerchio di cielo nudo come una spada. Questo era un luogo concepito per resistere anche al peggiore assalto.

Era un luogo costruito per sconfiggere eserciti e secoli.

Il sole stava calando quando io e Falada lo raggiungemmo. C'erano fuochi sparsi lungo il perimetro esterno del muro, soprattutto accampamenti di viaggiatori. Persone allontanate dalla città, immaginai, e altre che attendevano di essere invitate. Si radunavano attorno ai fuochi, avvolti nelle coperte consumate e, quando smontai di sella, superandoli a fianco di Falada, mi rimpicciolii sotto il peso dei loro sguardi.

«Siete molto lontana da casa, vero, signorina?»

Era un uomo di mezza età, alto e grosso, con ciuffi di barba grigia che spuntavano in chiazze disordinate sul mento e sulle guance rosse. Si alzò in piedi, tenendo in mano una tazza di latta.

«Non sono fatti vostri da dove vengo» risposi.

Sorrise, mostrando una fila di denti gialli piantati nelle gengive a intervalli irregolari.

«Sembrate stanca e affamata. Venite a sedervi vicino a me. Riposatevi. Bevete qualcosa.» Mi afferrò il polso con la mano grassoccia.

Fissai quella mano offensiva chiedendomi quale fosse il modo più efficace di declinare il suo invito – un calcio all'inguine o due dita negli occhi –, quando qualcuno lì accanto rise.

«Su, vai avanti, Darwyn. Fa' sedere la pupa sulle ginocchia e facci amicizia. Pagherei una sovrana d'oro per vedere che succede quando torna Erda e ti vede. Forse stavolta ti taglia anche l'altra palla.» L'uomo stava staccando dei fogli dal muro e se li metteva sottobraccio.

Darwyn mi lasciò il polso e rispose, sulla difensiva: «Era solo un graffietto, Ray. Erdie non l'ha fatto apposta. Ce le ho ancora tutt'e due, le palle».

«Per ora» ribatté Ray, ridendo e staccando un altro foglio dal muro.

Darwyn gli rivolse un'occhiataccia e tornò a sedersi accanto al suo fuoco, incrociando ostentatamente le gambe.

«Grazie» dissi al mio pseudosalvatore. «Signor...»

«Thackery. Raymond Thackery.» Spostò la pila di fogli sotto l'altro braccio e si strofinò i bianchi capelli rasati con la mano libera. «Darwyn non è nemmeno il peggiore, signorina. Questo posto pullula di scostumati, che mancano di rispetto a una signora appena possono.»

«E voi, signor Thackery?» chiesi debolmente. «Siete uno di loro?»

Scoppiò in un'altra risata. «Dritta al punto, eh? Potrei dire no, ma come si fa a esserne sicuri?»

«Scusatemi, ho solo bisogno di un posto dove riposare anche per poco. E un po' d'acqua e cibo per il mio cavallo.»

«Niente è gratis, signorina. Non cercherò di sbirciare sotto il vostro vestito come il vecchio Darwyn laggiù, ma nemmeno mi metto a dare da mangiare a tutti i vagabondi che me lo chiedono. Avete soldi?»

«No, mi dispiace.»

Scrollò le spalle con noncuranza. «Peccato. Allora meglio proseguire. A meno che...» si grattò il mento. «Il cavallo è un Empyreano?»

Strinsi gli occhi. «Il cavallo non è in vendita.»

Un altro foglio venne via dal chiodo e si unì alla pila. «Vi pagherò un buon prezzo, considerato che è così malconcia. Anzi, proprio mezza morta.»

«No. Per nessun prezzo.»

«Tutto ha un prezzo. Venderei mia madre per il giusto prezzo.» Scrollò di nuovo le spalle. «Ma è un'arpia intrigante, quindi mi sa che finirei con il prenderci molto poco. Peccato per voi, comunque. Ho paglia fresca nella mia stalla, e stavo per mettermi a tavola con una bella zuppa di verdure.» Mi voltò le spalle.

«Aspettate!» frugai nella tasca, tirai fuori il bracciale e staccai un altro ciondolo. «Questo va bene?» Mostrai il grifone di topazio, rampante sulle zampe posteriori, gli artigli sguainati e la lingua esposta.

Alzò un sopracciglio. «Be', immagino di sì». In un batter d'occhio aveva afferrato il ciondolo e l'aveva nascosto tra i vestiti laceri. «Da questa parte, signorina.»

Mi condusse oltre vari accampamenti, strappando i fogli lungo la strada. «Decreti reali» disse, percependo la mia curiosità. «Re Domhnall ne emana uno nuovo ogni due o tre giorni e li fa attaccare dappertutto, dentro e fuori la città, chiedendo ringraziamenti per cose che non ha mai fatto e lodi per talenti che non ha. Ogni volta, pensiamo che questo è il più stupido dei suoi proclami... finché non arriva quello dopo.» Ci fermammo davanti a una struttura traballante di legnetti e cordicelle, accatastata contro il muro, coperta da pelli sottili. «Li uso per accendere il fuoco, vedete. L'unica cosa che il vecchio Domhnall sa fare: appiccare il fuoco.» Si accovacciò accanto a un focolare fumante, appallottolò i proclami e ridacchiò guardandoli bruciare.

«Questa è la vostra stalla?» domandai delusa. «E cos'è questo odore?»

«Oh, quello.» Si inginocchiò accanto al fuoco e indicò sopra la sua testa. «È solo il vecchio Gilroy.»

Alzai gli occhi e vidi una gabbia di ferro che cigolava appesa a un gancio attaccato ai bastioni. Una gabbia sospesa. E dentro, un mucchio di ossa e carne decomposta che una volta era stato un uomo. Il mio stomaco si contrasse dolorosamente, troppo vuoto per trovare sollievo nel vomito.

«Gilroy era un mio amico» disse Ray, rivolgendo ai resti un deferente cenno del capo. Un volto spettrale si affacciò dalla gabbia, ricambiando il saluto senza che Ray potesse vederlo. «Si è messo dal lato sbagliato di sua maestà. Lo ha battuto a carte, senza barare. E subito dopo...» si passò il pollice sulla gola. «Gilroy se l'è un po' cercata, però. Non sarebbe mai dovuto andare al Bricco e Boccale. È il bordello preferito di Domhnall, lo sanno tutti. E non doveva mettersi a giocare con la bestia, non importa quanto fosse ubriaco marcio. Ma nessuno ha mai accusato Gilroy di essere un genio.»

Il fantasma di Gilroy fece un gestaccio dalla gabbia sopra di noi.

«Oh, be'» disse Ray. «Almeno, con Gilroy nei paraggi, nessuno cerca di sconfinare nel mio territorio. Ed è un buon promemoria.»

Avevo ancora la mano davanti al naso. «Di cosa?»

«Della fragilità dell'esistenza, naturalmente. E del fatto che re Domhnall è un bastardo che quando perde al gioco prima fa giustiziare chi vince e subito dopo emana un decreto per abolire le carte.» Si alzò in piedi e mi mise in mano una scodella. «Ecco. Mangiate.»

La zuppa era poco più che acqua tiepida con pezzetti di qualcosa che forse una volta erano state verdure. «Grazie» dissi, con tutta la sincerità che riuscii a mettere insieme, e condussi Falada nella stalla traballante.

Almeno la paglia era relativamente pulita, come aveva promesso Raymond. Bevvi qualche sorso dalla scodella e lasciai il resto a Falada. Le accarezzai i fianchi candidi. «Brava ragazza» mormorai. «Mi hai reso un grande servizio. Kellan sarebbe fiero di te.»

Il suo nome pronunciato ad alta voce mi perforò il cuore come una lama, e alla fine cedetti a un lugubre miscuglio di spossatezza, rabbia, e dolore. Con le spalle contro le Mura di Achlev, sprofondai nella paglia, chinai la testa fra le ginocchia e chiusi gli occhi.

Parte seconda

ACHLEV

11

Era ancora buio quando mi svegliai al suono delle voci fuori dalla stalla. La prima apparteneva a Raymond Thackery, ma la seconda era più giovane e limpida.

«È molto carina, ti dico» stava dicendo Ray. «Un po' malconcia e sporca, ma davvero carina. Pelo lungo, belle gambe. Un po' magrolina per i miei gusti, ma può essere una bella cavalcata, ti dico.»

«Voglio vederla prima di tirare fuori anche solo un soldo, Thackery.»

«Conosco i tuoi gusti, Zan. Lei è proprio quello che cerchi, te lo giuro.»

Mi guardai intorno nel buio in cerca di qualcosa – qualunque cosa – da usare per difendermi, e alla fine presi un bastone dal muro, pregando che questo non mi facesse crollare in testa l'intera struttura. Quando la porta della stalla si aprì, fui accecata dal bagliore di una lanterna.

«Non vi avvicinate!» alzai il bastone, strizzando gli occhi alla luce. «Non azzardatevi a toccarmi!»

«Toccarvi? Pensate che lui è qua per voi?» Ray scoppiò in una grassa risata. L'altro, l'uomo chiamato Zan, abbassò la lampada fino a immergere la faccia nella luce gialla, e io sussultai nel vederla. "Simon?" pensai. "Come..."

Ma non era Simon, naturalmente. Quest'uomo era più alto, più giovane... forse poco più vecchio di me, ventuno o ventidue anni al massimo. I suoi occhi non erano castani ma verdi, e il volto più affilato. Era anche meno curato: i capelli scuri erano disordinati e arruffati dal vento, abbastanza lunghi da sfiorare il colletto della giubba di cuoio e della camicia di lino sbottonata. Ma cionondimeno, gli abiti erano di buona fattura, come quelli di Simon – l'opera di un sarto esperto. E forse, il segno più rivelatore di tutti era l'anello a forma di corvo dalle ali aperte che portava al dito. Lo stemma dei Silvis, ne ero certa.

Inclinò la testa, le sopracciglia alzate. «Posate pure la vostra... ehm... arma» disse. «Non sono qui per voi.» Guardò intenzionalmente Falada.

«L'ho già detto a lui, non è in vendita.»

Si voltò verso Ray.

«Puoi uscire un momento?»

Ray annuì e si allontanò, senza smettere di ridacchiare.

«D'accordo, saltiamo i sorrisetti e i sospiri. Io adesso comprerò la vostra Empyreana, e pagherò quello che vorrete. Non sono in vena di negoziare; ditemi il prezzo e concludiamo.» Il giovane tirò fuori un sacchetto pieno di monete e aspettò la risposta.

«Non c'è prezzo» risposi a denti stretti. «Non è in vendita.»

«Davvero?» Mise via il sacchetto. «Da quanto tempo non mangiate qualcosa?»

Abbassai di poco il bastone.

«Vi tremano le mani» proseguì lui. «Avete cerchi scuri intorno agli occhi. Direi che sono passati almeno due giorni, forse tre, dal vostro ultimo pasto. So che non avete mangiato la zuppa di Ray, perché l'avete data a lei.» Colpì lievemente la scodella ripulita da Falada con la punta dello stivale. «Meglio per voi, forse, ho poca fiducia nelle doti culinarie del signor Thackery.» Mi osservò con attenzione, esaminando il mio vestito da cameriera Renaltana. «Ditemi, cosa fa una ragazza di Renalt in giro per gli accampamenti dei viaggiatori? Sola, mezza morta di fame, che dorme sulla paglia in una stalla sporca...»

Gli diedi la stessa risposta che avevo dato a Ray. «Non sono affari vostri.»

«Sappiate che non sopravvivrete a lungo senza denaro. O riparo. O riposo.» Si avvicinò con cautela, come se fossi un animale selvaggio messo all'angolo, e mi sfilò il bastone dalle dita.

Decisi che la differenza maggiore stava nella bocca. Simon sorrideva spesso, mentre le labbra di Zan, pur perfettamente disegnate, erano severe. «Posso darvi quello che vi serve.»

«Non è mia» dichiarai, cercando di non pensare a come avrei dormito in un letto caldo e lindo, a stomaco pieno e senza terrori in attesa dietro la porta.

«L'avete rubata?»

«No! No, io non... io...» Sospirai. «Apparteneva a qualcuno che... che amo. Amavo» mi corressi, e il nodo nel mio petto si strinse un poco. «È morto.»

Fece un passo indietro, senza smettere di osservarmi.

«Non la venderò. Preferisco morire di fame.»

«E lei? La farete morire di fame? È quello che il vostro defunto amore avrebbe voluto?»

Non avevo una risposta.

Prese un profondo respiro. «Ne parleremo domani, dopo che avrete mangiato e dormito e ricominciato a ragionare. Venite.» Prese Falada per le redini e la condusse fuori, mentre io li inseguivo.

«Cosa fate? Dove andiamo?»

«C'è una locanda a Canal, non lontano da Porta Somma. È un posto tranquillo e pulito. Mi auguro che la troverete confortevole.»

«Non posso attraversare le mura.»

L'angolo della sua bocca si piegò verso l'alto. Era la prima traccia di sorriso che vedevo, e pensai che non mi piaceva. Non pareva naturale sul suo volto cupo. «A quello ci ho già pensato.»

Sapevo che non avrei dovuto fidarmi di qualcuno le cui motivazioni erano così palesemente opposte alle mie, ma per avere un ruolo qualsiasi nella caduta di Toris dovevo attraversare le mura in un modo o nell'altro. Guardai di nuovo l'anello al suo dito (era d'argento, con lo stemma del corvo ad ali spiegate, come quello di Simon) e decisi di fidarmi, per il momento.

Raymond Thackery ci seguì. «E il mio compenso?» domandò. «Per i miei servigi?»

«Ecco qua» rispose Zan, porgendogli un fascio di fogli ripiegati, chiusi con la ceralacca e stampati con il sigillo di Achlev.

Thackery li contò e disse: «Questi sono nove. Me ne avevate promessi dieci».

«Ne tengo uno» replicò l'altro, «a mo' di tassa. Il cavallo aveva un bagaglio, come vedi. Ritieniti fortunato. Il principe era di umore generoso per firmare dieci inviti. La prossima volta potrebbe non darmene così tanti.»

«Forse non ci sarà una prossima volta. Il re si è insospettito, si chiede chi è che sta firmando gli inviti e li sta facendo girare tra la marmaglia...»

«Grazie dell'avvertimento» lo interruppe Zan. E aggiunse, rivolto a me: «Andiamo».

«Inviti?» gli chiesi, camminando.

«Ray è un contrabbandiere» spiegò Zan. «Uso i miei contatti nella famiglia reale per rifornirlo di inviti marchiati con il sangue da vendere al migliore offerente. In cambio mi chiama quando trova qualcosa che può interessarmi. In questo caso, voi. O meglio, la vostra Empyreana.»

«Si chiama Falada.»
«E voi come vi chiamate?»
«Ehm... Emilie.» Fu una decisione impulsiva, quella di prendere il suo nome. L'avrei portato come si porta un cilicio: mi avrebbe fatto male, ma in questo modo non avrei potuto dimenticarla.
Perfino nel cuore della notte, Zan percorreva la parte esterna delle mura con una destrezza che rivelava quanto fosse esperto di quella geografia casuale.
Procedemmo a zig-zag attraverso un alveare di accampamenti e baracche di tavole di legno intervallate dalle gabbie sospese, di cui molte erano occupate.
«Dove stiamo andando?» chiesi a Zan.
«A Porta Somma» rispose. «Lo capirai appena lo vedi.»
Aveva ragione.
Impossibile non riconoscerlo: un cancello che superava di oltre sei metri il muro ciclopico, affiancato da barbacani sui due lati e sormontato da una scultura levigata raffigurante tre maestosi cavalli rampanti dalle fauci aperte in silenziosa sfida. Scintillavano candidi al chiaro di luna, parevano copie perfette di Falada. Dovetti girarmi a guardarla per assicurarmi che lei, al contrario di loro, era fatta di carne e ossa.
«I cavalli Empyreani sono incredibilmente rari e di grande valore ad Achlev» disse Zan. «È fondamentale portare la vostra nella stalla prima che qualcuno la veda.»
«Avete paura che qualcuno possa comprarla prima di voi?»
«Non esattamente.»
Sotto la scultura, uno sciame di ombre si accalcava urlando al cancello. La loro densità variava: alcune erano pienamente formate, quasi al punto da essere solide al tatto, probabilmente vite che avevano raggiunto la fine negli ultimi anni. Gli spiriti più antichi erano solo brandelli di anime, catturate come mosche in una ragnatela nel punto in cui erano cadute. Avevano tutte una cosa in comune: un reticolo di vene annerite che sporgeva dalla loro pelle biancastra.
Zan mi scrutò da sopra la spalla. «Vi avverto: anche con l'invito marchiato dal sangue reale, il passaggio potrebbe essere... disagevole.»
Niente di strano, considerato che procedere senza invito pareva trasformare le vene in carbone.
Zan mi passò il foglio. «Vado per primo. Quando arrivate alla linea di confine, rompete il sigillo sulla pergamena e mettete la mano sul marchio del principe. Dopo, fate un passo avanti tenendo l'invito da-

vanti a voi, così» me lo mostrò, poi fece per prendere Falada. «Gli animali possono attraversare senza conseguenze. La farò passare prima.»

«No» ribattei. «Lei passa con me.»

Lui fece un sospiro irritato. «Bene. Solo... Va bene. Buona fortuna.» Dopo un dietrofront avanzò sotto la saracinesca senza fermarsi né parlare. Quando arrivò dall'altra parte, infilò le mani in tasca e aspettò.

Mi domandai se, passando sulla linea di confine, avessi scoperto che l'invito era falso.

Lui avrebbe preso Falada comodamente dopo avermi lasciato bruciare fino all'osso.

Ma cosa avevo da perdere?

Con gli occhi fissi nei suoi – sia per convincerlo del mio coraggio, sia per evitare di guardare la folla di spettri in attesa di vedere se stessi per unirmi ai loro ranghi – ruppi il sigillo di ceralacca e aprii la pergamena. In lettere accuratamente vergate in inchiostro nero c'era scritto: "Questo sangue, dato liberamente da Valentin de Achlev, garantisce al portatore del presente atto l'accesso alla città di Achlev, oltre le mura e attraverso il cancello". Sotto, un disegno stilizzato del nodo a tre punte tracciato con il sangue color ruggine. Con un profondo respiro, premetti le dita sul simbolo e, tenendo la pergamena a due mani, misi il piede sotto la saracinesca.

Sulle prime non sentii nulla.

Ma lentamente, dal marchio di sangue si propagarono sottili filamenti che si sparsero nella pagina, riducendola in cenere. Ma non si fermarono: dopo la pergamena, le linee rosse si contorsero sinuose sulle mie mani. Lottai contro l'impulso di urlare quando un calore insopportabile si diffuse sulla mia pelle e penetrò sotto di essa, come un ago, invadendo la carne, le ossa, il sangue, finché tutto il mondo non fu che un intreccio di fuoco rosso e dolore. Chiusi gli occhi e mi lasciai sopraffare, mi lasciai invadere dalla magia finché non divenni luce fusa e ardente.

E poi finì. Barcollai con il respiro mozzo e caddi in ginocchio oltre la linea di confine. Falada mi seguì con naturalezza: se aveva vissuto la stessa esperienza, non lo diede a vedere. «Il Sangue del Fondatore» mormorai rantolando. «Che bastardo.»

Zan torse le labbra. «Ve l'avevo detto che sarebbe stato disagevole. La porta è schermata con un incantesimo del sangue forestiero. È una magia incredibilmente potente: è invasiva, mette alla prova. Riuscite a immaginare come sarebbe stato se non aveste avuto il marchio del principe a proteggervi?»

Rabbrividii, gettando un'occhiata compassionevole alla triste folla di spettri privi di marchio.

«D'altro canto» proseguì amabilmente, «basta farlo una volta sola, a meno che la famiglia reale non revochi l'invito.» Mi aiutò a rialzarmi. «La locanda è da questa parte. Dobbiamo sbrigarci, il sole sorgerà presto.»

Barcollai in avanti, ma dovetti fermarmi per paura di cadere di nuovo. Avevo le gambe deboli e malferme. Zan borbottò impaziente e si passò il mio braccio sulle spalle. «Non era proprio questo, il mio programma per la serata.»

«Potete andarvene senza indugio e lasciare in pace me e il mio cavallo» ribattei gelida. «Ce la caviamo benissimo da sole.»

«Come no. Dev'essere per questo che mi avete salutato con un randello» replicò lui.

Lo guardai con odio, desiderando di avere un altro randello a portata di mano.

Camminammo per diversi isolati in silenzio, tenendoci nell'ombra sotto le finestre degli edifici in legno che costeggiavano i lati della strada.

Una figura spuntò da un vicolo, almeno di una testa più alta di Zan e due più di me.

Si abbassò il cappuccio, rivelando un viso di carnagione scura dall'espressione solenne.

«Non avresti dovuto oltrepassare le mura da solo, Zan» disse in un brontolio esasperato. «Lo sai che non puoi...»

«Mi dispiace, Nathaniel, ma il fattore tempo era essenziale» Zan si tolse frettolosamente il mio braccio dalla spalla. «Ho dovuto correre appena ricevuto il messaggio di Thackery. Aveva ragione: era un'Empyreana.»

Nathaniel mi lanciò un'occhiata. «E lei è...»

«Una complicazione» Zan gli lanciò le redini di Falada.

«Sono Emilie» ribattei irritata, rivolta a Nathaniel. «Il vostro lavorante è assai privo di buone maniere.»

Nathaniel si sforzò di nascondere una risata, mentre Zan si accigliò. «Temo che abbiate frainteso. Lui è il mio spadaccino e la mia guardia del corpo.» Poi si corresse. «E anche amico, naturalmente.»

Lanciai a Nathaniel un'occhiata solidale. «Dovete davvero amarlo, il vostro lavoro. Conosco il vostro amico da meno di un'ora e ho già voglia di ucciderlo.»

«È un incarico gravoso» ammise Nathaniel.

Zan ci ignorò. «Dovremo metterla nella stalla della locanda. L'animale, non la ragazza. Benché anche lei sembri apprezzare le comodità di una stalla.» Lo guardai in cagnesco, ma lui continuò, imperturbabile. «Parlerò con il locandiere per farle avere qualcosa da mangiare e un letto per un paio di notti.»

«Non vi venderò il mio cavallo» ripetei.

Zan mi rivolse un sorriso condiscendente. «Ne parliamo domani.»

12

Fu con mia somma vergogna che mi ritrovai a dormire pacificamente, nella mia piccola stanza alla locanda. In quelle ore, con la pancia piena e un cuscino sotto la testa, dimenticai tutto: Kellan, Conrad, mia madre... perfino la sensazione del pugnale di Toris alla mia gola e l'incommensurabile oscurità della foresta.

Quando finalmente mi risvegliai nel pomeriggio, fui felice di scoprire una bacinella d'acqua preparata apposta per me, e mi inginocchiai con reverente gratitudine davanti alla polla profumata di lavanda. L'acqua era fresca e meravigliosa. Mi strofinai la pelle fino a farla tornare rosa e mi lavai i capelli con un pezzo di sapone che profumava di menta, vaniglia e rosmarino.

Dopo essermi rivestita, passai in rassegna i pochi averi portati con me in tasca, nel corpetto e nella sella di Falada. Il bracciale dalla chiusura rotta, con l'uccello di fuoco di rubino, la sirena con la coda di zaffiro e il cavallo alato di diamante e opale. Un pezzo di seta insanguinata, due macchie color rame scuro e una terza sbiadita e ormai quasi impercettibile. L'involto di lino con il mio abito da sposa non ancora finito. E un'ampolla legata a una cordicella, che pareva contenere il sangue di Cael, il Fondatore in persona.

L'ultima cosa che trassi dalla sacca fu una stoffa appallottolata blu cobalto, orlata d'oro. Il mantello di Kellan. Lo strofinai tra le dita. Aveva il suo odore, di foglie di clethra e colline ventose e sole al tramonto. Passai quasi un'ora a strofinarlo furiosamente come se lo sforzo di cancellare le macchie di sangue potesse cancellare dalla mia memoria il modo in cui ci erano arrivate. Ben presto l'acqua era diventata marrone e le mie mani, come il mio cuore, erano scorticate e piene di tagli.

Trascorsi il resto del tempo a riprendermi, infilando quasi meccanicamente le mie cose al sicuro nella sacca una dopo l'altra. Poi mi raddrizzai e rimasi di fronte al mio riflesso nello specchio opaco, respirando lentamente e assumendo un'espressione di collaudata compostezza. Durante un negoziato, diceva sempre mio padre, era meglio tenere sotto controllo le emozioni o potevano essere usate contro di te. Quando avessi visto Zan di nuovo, la mia faccia sarebbe stata vuota e indecifrabile come un pezzo di pergamena nuova.

Prima di scendere a recuperare Falada e lasciare il rifugio della locanda, tolsi il ciondolo con l'uccello di fuoco dal bracciale. Non avevo intenzione di vendere Falada, ma Zan mi aveva aiutato, e non potevo non ripagarlo. Dovevo troppo a troppe persone, e il peso dei miei doveri mi piegava le spalle. Meglio non aggiungerne altro.

L'interno della stalla era buio tranne che per i raggi di sole che filtravano nelle fessure del tetto e la luce che proveniva dalla porta. Odorava di fieno umido e cuoio vecchio, così simile all'odore della stalla di Kellan a Greythorne che un nodo mi si formò in gola e deglutii con sforzo per scacciarlo. Andai da un recinto all'altro, ascoltando il debole nitrito dei cavalli al mio passaggio.

Arrivai fino in fondo. Poi mi girai sui tacchi e tornai indietro.

Falada non c'era.

Quando sentii il rumore dei passi sulla ghiaia, non dovetti voltarmi per sapere chi fosse. «L'avete presa voi.» Non era una domanda.

«Non mi aspetto che capiate» rispose Zan.

«Capisco che l'avete vista, l'avete voluta e l'avete presa. Dov'è? Prima o poi la troverò, e...»

«Non la troverete. Vi prego di credere che è al sicuro sotto la mia custodia. Ecco, vi ho portato il vostro pagamento, penso che lo troverete generoso. Più che sufficiente per stabilirvi in Achlev: prendere un alloggio e provvedere al vitto e alle spese finché non troverete un'occupazione consona a voi. Basterà per un paio di mesi, anche di più se sarete parsimoniosa.» Mi porse una borsa di cuoio.

«Non voglio denaro» ribattei.

«Ne avete bisogno.»

Ignorai la borsa, gli afferrai la mano libera e gliela strinsi attorno al ciondolo con l'uccello di fuoco.

«Cos'è?»

«Il pagamento per la stanza e il cibo.» Lo spinsi da una parte e uscii dalla stalla nel cortile.

Lui mi trattenne per il gomito. «Non posso accettarlo» disse.

Feci scorrere lo sguardo dal ciondolo a lui. La somiglianza con Simon era ancora più evidente alla luce del giorno.

«Dovrete.» Respinsi la sua mano dal mio braccio. «In questo modo non potrete obiettare che la vostra sia stata una specie di transazione. Voi avete rubato Falada. Ricordatelo quando le metterete finimenti di seta e la monterete davanti ai vostri amici, lasciandoli sbalorditi per la vostra fortuna.» C'era molta amarezza nelle mie parole, e aggiunsi a denti stretti: «Avevo sbagliato a fidarmi di voi. Non somigliate affatto a vostro padre».

Gli occhi di Zan si strinsero. «E cosa pensate di sapere su mio padre?»

«Voi siete il figlio di Simon Silvis. Portate lo stesso stemma. Altrimenti, come potreste essere così intimo del principe da ottenere tutti quegli inviti marchiati a sangue per venderli negli accampamenti? È perché siete suo cugino.» Sollevai il mento. «Somigliate molto a Simon, ma solo nell'aspetto. Lui era un gentiluomo e voi siete un bastardo.»

«Lo avete visto? Quando? Aspettate!»

Ero già corsa fuori dal cortile e intendevo scomparire nel traffico della via, come avevo fatto tante volte a Renalt, ma Zan non si lasciò scoraggiare. «Emilie!» chiamò. «Volete fermarvi?»

Mi fermai, ma non perché me l'avesse detto lui. Nathaniel apparve davanti a me, impassibile come le mura. Teneva le braccia incrociate come una madre che si prepara a rimproverare il figlio, ma la sua espressione arcigna non era indirizzata a me, bensì a Zan.

«Lei conosce mio padre» disse lui, senza fiato.

«Lei cosa?»

«Simon.»

«Simon... tuo padre.» Nathaniel si schiarì la gola. «Bene. Come mai?»

«Lo ha conosciuto a Renalt, prima di arrivare qui.» Zan si rivolse a me. «Vi prego, Emilie, dovete dirci come sta. Abbiamo sentito ogni sorta di notizie...»

Avevo commesso un errore. Non avrei mai dovuto dire niente. Era una briciola di pane: piccola e apparentemente insignificante, ma se ne gettavo troppe Toris avrebbe potuto seguirle fino a me. E finire così quello che aveva iniziato prima dell'intervento della Messaggera.

C'era anche lei, ritta nel tumulto del mercato.

Mentre la guardavo, si voltò e si allontanò verso il castello e la torre svettante alle spalle.

«Ebbene?» stava chiedendo Zan. «Cosa sapete di Simon Silvis?»

Mi riscossi e tornai al presente. «Niente. Non so niente.»

«Dobbiamo trovare un altro posto per continuare a parlare» disse Zan a Nathaniel. «Prendila in braccio se necessario.»

Nathaniel si mosse, ma lo fulminai con un'occhiata. «Non ci provate nemmeno» lo ammonii.

Mi spinsero in una strada laterale lontano da occhi indiscreti, e Nathaniel rimase di guardia mentre Zan mi interrogava camminando avanti e indietro mentre io lo ascoltavo appoggiata contro il muro a braccia incrociate. «Sono passate settimane da quando abbiamo avuto sue notizie» disse. «Simon... mio padre, come avete dedotto così brillantemente... doveva mandare un messaggio appena fosse arrivato a Renalt, e non lo ha fatto. O forse non è ancora arrivato. E invece arrivano ogni sorta di allarmanti resoconti di disordini politici...»

«Ditemi dov'è Falada e io vi dirò tutto quello che volete sapere» replicai gelida.

«È al sicuro. E così rimarrà sotto la mia custodia.»

«È buffo come, spesso, chi dice che vuole proteggerti in realtà intende controllarti.»

«Dev'essere terribile avere persone che si preoccupano del vostro benessere.»

«Sono tenuta contro la mia volontà nel vicolo vuoto di una città di infedeli. Ovviamente, questo non è più un problema.»

«Una città di infedeli.» Zan si strofinò un punto sotto le labbra. «Perché Renalt è molto civilizzata, vero? Se qualcuno si azzarda a respirare nella direzione sbagliata voi lo ammazzate e basta. In modo molto efficiente, mi dicono.» Vide la mia faccia incupirsi. «Ah, ho toccato un punto dolente, vedo.»

«Lasciatemi andare. Non vi dirò niente...» Ma fui interrotta dal sonoro rintocco di una campana, poco lontano. Zan trasalì e, quando la campana suonò ancora, Nathaniel venne correndo verso di noi.

«Porta Foresta» disse

«Lo so» replicò Zan, e imprecò.

«E cosa dovrebbe significare?» domandai.

«La campana della porta suona solo per due motivi: l'arrivo di un esercito o l'arrivo di un reale.»

Ah. Pareva che Toris, Lisette e Conrad fossero finalmente arrivati.

Nathaniel chiese: «E il re?».

«È a una festa al Bricco e Boccale, stasera. Trova uno dei suoi capitani, ci penserà lui a recuperarlo.»

Nathaniel partì di corsa via e Zan mi prese il braccio. «Venite.»

Eravamo più vicini al secondo cancello di quel che immaginavo.

Dopo due svolte ci ritrovammo in mezzo a una folla che si andava radunando. Zan e io ci mettemmo lungo il ciglio della strada accanto a una fila di cespugli spinosi, come spettatori a una parata.

La strada era un'arteria principale, che si stendeva dal cancello fino all'entrata del castello. Alle finestre sopra di noi cominciavano a brillare le luci, e non passò molto tempo prima che la gente accorresse in strada per vedere cosa fosse tutto quel rumore.

Sotto il cancello, che raffigurava tre donne maestose, la saracinesca era sollevata, e tre figure, piccole in lontananza, avanzavano verso il confine, tenendo ognuna l'invito rubato di fronte a sé.

Fu più rapido di quanto pareva essere stato per me. Ci fu un lampo di luce rossa che divenne blu prima di sparire, e tutti e tre erano dentro, con il respiro affannoso ma in ottime condizioni. Mi allungai per cercare di vedere la figura più piccola sulla sinistra, dai capelli lucenti come oro brunito.

Fui travolta da un timore angoscioso. Conrad stava bene? Era ferito? Era nauseato dal passaggio? Era spaventato?

Due cavalieri nell'uniforme della guardia galopparono lungo la strada dal castello, e la folla si divise per permettere loro di passare. «Bene» disse Zan sottovoce. «Nathaniel è riuscito a trovare un capitano.» Lo guardai per un istante. Nella mia ansia per Conrad avevo quasi dimenticato che fosse lì.

Quando i cavalieri raggiunsero il cancello, la campana interruppe il suo lugubre richiamo e un sussurro eccitato si sparse attraverso la città inquieta.

I due cavalieri, dopo aver parlato con il guardiano, si voltarono e attesero che gli ospiti rimontassero a cavallo per scortarli, uno per l'uomo e l'altro per la ragazza e il bambino. Tutti e tre erano inzaccherati e portavano i segni di un duro viaggio.

«Fate largo!» gridarono i cavalieri. «Fate largo alla principessa di Renalt!»

Rabbrividii, sentendomi all'improvviso vulnerabile, esposta. Lisette, Toris, Conrad e la loro scorta avanzavano rapidi ora, gli zoccoli dei loro cavalli battevano ritmicamente sull'antico selciato di Achlev. Non sapevano che fossi lì. Se mi avesse visto, Toris mi avrebbe ucciso, ne ero certa.

Pochi istanti prima del loro passaggio, tirai Zan dietro la siepe e mi gettai fra le sue braccia, usandolo come scudo così che, se gli arbusti non mi avessero nascosto, lo avrebbe fatto il suo corpo.

Zan mi guardò sbalordito e allarmato mentre mi rannicchiavo contro di lui e usavo le goccioline di sangue che sentivo formarsi sui bordi dei graffi causati dalle spine per pronunciare freneticamente un incantesimo. «*Non siamo qui. Siamo invisibili...*»

A dispetto delle spine e della stranezza di essere avvolto nell'abbraccio di una bizzarra ragazza, Zan non cercò di divincolarsi finché i cavalieri non furono abbondantemente lontani. Con calma, recuperai abbastanza controllo da alzare su di lui uno sguardo circospetto. Il mio incantesimo si ridusse a un sospiro e mi morì sulle labbra mentre lui mi osservava con una nuova consapevolezza, confusa e cauta, come se mi fossi trasformata da damigella a drago davanti a lui.

«Hai qualcosa da dirmi?» chiese Zan, piano.

«Sì» risposi, sorprendendo sia lui che me.

Poi, in un moto di panico improvviso, gli sferrai un calcio nello stinco, lo spinsi con forza fuori dalla siepe e mi misi a correre dalla parte opposta, troppo velocemente perché mi seguisse.

13

Non dormii molto quella notte, né la seguente. Mi appisolai per qualche ora sulle scale sul retro di una taverna, ma quando il proprietario mi scoprì mi svegliò con un secchio di acqua gelata. «Non c'è posto per quelli come te» dichiarò, sputando tabacco e saliva ai miei piedi. «Questo è un locale rispettabile.»

Camminai ininterrottamente lungo le strade di Achlev, per far asciugare i vestiti – desiderando di aver preso i soldi di Zan e odiandomi per questo – mentre le mie speranze diminuivano. Avevo giurato di sconfiggere Toris e salvare mio fratello, ma adesso che mi ero persa in quella città labirintica mi domandavo se una cosa del genere sarebbe mai stata possibile.

Ero impotente, priva delle più basilari risorse per la sopravvivenza: cibo e riparo. Non potevo ottenerli senza denaro, e l'unica maniera di procurarmelo era guadagnarlo o rubarlo. Il mio primo tentativo di borseggio, però, mi procurò solo una sferzata sulla schiena da parte di una vecchia signora munita di bastone.

Abbandonai in fretta qualunque progetto di vita basato sul furto e decisi di trovarmi un lavoro.

Il problema era che non avevo nessuna capacità che mi garantisse un impiego. Non sapevo cucire o cucinare o pulire o servire. Rallentai davanti a un paio di bordelli, considerando la possibilità, ma anche in quel caso ero totalmente priva di esperienza e avevo poco da mostrare, dato che ero ben provvista di spigoli e quasi sprovvista di curve. Alla fine decisi di non tentare, ma mi domandai quanto avrei resistito per strada prima di ritrovarmi di nuovo alla porta di un bordello e quante possibilità avessi di trovare dei protettori appassionati di gomiti e ginocchia. Stavo ancora guardando la porta del bordello quando inciampai in qualcosa che squittì. «Attenta, signora!» gridò una bambinetta, e mi accorsi che tre ragazzini mi stavano guardando in cagnesco, tenendosi per mano e formando un cerchio protettivo attorno a tre sassi rotondi. Su uno sedeva allegramente un altro bambino, che aveva rotto il cerchio per conquistarlo. I ragazzini scattarono per occupare gli altri due sassi, ma una di loro rimase indietro, offesa.

«Non vale» disse un'altra bambina al compagno. «Non sei stato tu a buttare giù il muro, è stata lei.»

«Mi dispiace» mi scusai. «Non volevo disturbare il vostro gioco.»

«Non importa come si butta giù il muro, tocca ancora a te» disse il bambino.

I ragazzini si rimisero in cerchio mentre li superavo. La filastrocca mi seguì fino in fondo alla piazza.

Prima son morti i tre cavallini,
poi la damina, la madre e la vecchia,
infine su un letto di ciclamini
muoion tre re, con il trono che invecchia.

Strillavano e ridevano mentre lottavano per mantenere saldo il muro e tenere lontana la compagna dai loro sedili di pietra.

Quando non riuscii più a sentirli, mi ritrovai davanti alla porta di una bottega dalle vetrine scure su un angolo di strada meno trafficato. Sopra pendeva un'insegna di speziale su cardini scricchiolanti. Il vetro era troppo appannato per lasciar vedere qualcosa all'interno, ma recava dipinta la scritta SAHLMA SALAZAR: GUARITRICE, ESPERTA DI FILTRI. ERBORISTA DI FIDUCIA DELLA FAMIGLIA DE ACHLEV.

Mi venne la pelle d'oca nel vedere quel posto, ma non avevo altra scelta: quello era l'unico campo di cui avevo un po' di conoscenza, e la padrona sembrava raccomandata presso la famiglia reale. Mi dette una scintilla di speranza, malgrado l'apprensione che mi scavava nello stomaco come gli artigli di un gatto agitato.

Un campanello suonò sopra la porta mentre varcavo la soglia del locale, ma la donna dalla cuffia bianca dietro il bancone non parve notarmi. Era occupata a discutere vivacemente con un'altra che le porgeva una manciata di monete simili a marchi Renaltani d'oro. «Vi prego» implorava la donna. «È tutto quello che ho. Dovete aiutarci.»

«E cosa ci faccio io con tutto questo metallo inutile? Ve l'ho detto, tre corone Achlevane! Ora andate, ho altri clienti.»

La donna se ne andò in lacrime.

Sahlma era piccola di statura, ma incombeva nel negozio come una nuvola temporalesca. La bottega stessa era tenebrosa e disordinata, con le ragnatele negli angoli e un tanfo di marciume che sovrastava il profumo delle erbe. «Allora» abbaiò da sotto la cuffia, «cosa vi serve oggi?»

«Io...» balbettai «... io sono entrata per vedere... per chiedere se vi serviva un'aiutante...»

«Aiutante?» scoppiò in una risata sguaiata, che le provocò una violenta crisi di tosse. «No, non mi serve un'aiutante. Se non compri niente allora puoi andartene» disse, salutando con un gesto un uomo entrato dopo di me.

«Aspettate!» mi torsi le mani sul bancone. «Sono molto brava con le erbe, conosco tutte le varietà e posso fare le pozioni e assistervi in qualunque necessità. E vista la vostra salute incerta, non potrebbero farvi comodo due mani in più?»

Mi lanciò un'occhiataccia. «La mia salute è ottima.» Altri colpi di tosse suggerivano il contrario, ma lei proseguì: «Perché dovrei pagare qualcuno per pasticciare quello che so fare benissimo da sola?». Cominciò a prendere diverse erbe per l'altro cliente. Le riconobbi: belladonna, stramonio, giusquiamo. Tutti potenti sedativi di dubbia fama. Cercai di non porvi attenzione.

«Ma forse non dovrete nemmeno pagarmi» continuai, distrattamente. «Ho solo bisogno di un posto dove dormire e magari qualcosa da mangiare. Lavorerei anche solo per questo.»

«Be', se è tutto quello che ti serve, c'è un postribolo a un paio di edifici di distanza. Non uno di quelli schizzinosi» mi scrutò da capo a piedi. «Sono certa che sapranno cosa farsene di te.»

L'altro cliente mi stava guardando con attenzione, un sorriso lascivo che si allargava sulla sua faccia come se lo stesse immaginando a sua volta. Arretrai di un passo e cercai di sembrare occupata a frugare nella mia sacca. Aspettavo che se ne andasse per continuare a insistere.

Un soffio di aria fredda mi sfiorò il braccio e mi voltai di scatto, piena di terrore, aspettandomi di vedere la Messaggera. Invece, vidi gli occhi timidi di un bambino che mi sbirciava da dietro la porta. Aveva un berrettino rosso inclinato sulla testa da cui spuntavano dei morbidi capelli ricci.

«Oh, ciao» dissi, inginocchiandomi.

Si nascose, ma vedevo ancora le sue manine. Dopo un istante, si sporse di nuovo.

«Non aver paura» dissi. «Non ti faccio niente.»

Mentre incartava le erbe per l'uomo, Sahlma abbaiò: «Con chi stai parlando, ragazzina?».

«Il bambino» risposi, rialzandomi. «Ma si nasconde. È timido?»

Lei mi guardò male e cacciò il pacchetto nelle mani del cliente. «I bambini non possono entrare in questo negozio.»

«Non è vostro? Un nipote o qualcosa del genere? È un amore. Riccioli scuri e un berrettino rosso...»

Il colore abbandonò il viso di Sahlma. «Vattene» mi disse.

«Ma... io...»

«Vattene» ripeté.

«No, ascoltate. So che posso essere d'aiuto...»

«FUORI!» ruggì.

Incespicai giù per i gradini della bottega, inseguita dalla nuvola della sua ira e dall'uomo con la borsa piena di sedativi. Mi nascosi dietro un chiosco vicino, osservandolo mentre frugava la strada con gli occhi. Quando non riuscì a trovarmi, parve rinunciare e si allontanò.

Perfino quando spuntai dal mio nascondiglio e mi assicurai che l'uomo se n'era andato davvero, non riuscii a liberarmi della sensazione di essere osservata. Fu allora che vidi nuovamente il bambino.

Era alla finestra della bottega, al piano superiore, il berretto ancora inclinato sui ricci scuri. Tutta la parte destra del viso era coperta di lividi e lunghi lividi viola segnavano la pelle grigia del collo. Premeva la manine contro il vetro, e ci scambiammo una lunga occhiata prima che lui si voltasse e sparisse.

Quella sera vendetti il ciondolo con la sirena a una donna con un banchetto per sei monete d'oro, una coscia di pollo bruciata e un boccale di birra chiara, solo per farmi derubare di nuovo da lei un'ora più tardi, mentre ero impegnata a vomitare nel canale di scolo a causa della carne marcia. Quando gli spasmi dolorosi del mio stomaco finalmente si placarono era buio. Con gli occhi appannati, mi tirai su e mi costrinsi a camminare, solo per evitare la tentazione di sdraiarmi per terra da qualche parte e farla finita. Simon e mia madre erano ancora legati a me. Benché fosse più nobile pensare di essere motivata dal dovere di preservare le loro vite, a quel punto ciò che mi spingeva era l'idea che la mia morte sarebbe stata inutile, quindi perché preoccuparsi?

Ero da qualche parte nella zona dei locali, sul versante sud del castello tra Porta Somma e Porta Foresta, quando la sensazione di essere osservata si fece più intensa. In diversi momenti avevo dovuto voltarmi e guardarmi intorno, convinta che qualcuno mi stesse seguendo da vicino.

«Chi è là?» chiamai, ma nessuno rispose.

Pochi minuti dopo, sentii un altro rumore, stavolta inconfondibile: un passo che non era il mio, sul selciato dietro di me. Non era nemmeno la Messaggera – lei non faceva mai rumore.

Fulmineo, un uomo sbucò dal vicolo scuro e mi serrò tra le braccia prima che avessi tempo di urlare.

«Su, amore» disse stringendomi la gola, «non complicare le cose.»

Era l'uomo della bottega. Un altro uomo si avvicinò – ero in minoranza. «Lasciami... lasciami... andare...» balbettai, ma la presa alla gola si strinse, levandomi l'aria.

Chinò la faccia sui miei capelli, sentii il suo fiato caldo sul collo. «Ecco, così. Rilassati.»

«Sbrigati» mugolò l'altro.

Continuò a stringermi la gola con la mano destra, ma dovette usare l'altra per slegare la fibbia della cintura. In un unico movimento fluido, sbattei la testa contro il suo naso e gli pestai il piede con forza – un metodo che avevo visto usare da Kellan durante i combattimenti in caserma. L'uomo mi lasciò con un guaito, dandomi abbastanza spazio da colpire l'altro tra le gambe con una ginocchiata. Crollò come una marionetta con i fili tagliati, gemendo sul selciato umido del vicolo.

Cercai di scappare, ma non andai lontano. Il primo uomo mi afferrò per i capelli e mi strattonò all'indietro. Mi colpì con un pugno alla mascella, sentii la testa sbattere contro il muro con uno scricchiolio nauseante. Il mondo girò vorticosamente e il lampione a gas all'entrata del vicolo divenne una striscia di luce confusa mentre lui mi rialzava per colpirmi di nuovo.

«Ti piace farlo così, eh?» estrasse dalla cintura un coltello macchiato di rosso. «Io volevo essere gentile» continuò, come se fosse una gentilezza che non mi meritavo più.

«Sei così ripugnante da dover picchiare a sangue una donna per farti notare da lei?» gli chiesi.

Arricciò le labbra e balzò in avanti con il coltello in pugno, come mi aspettavo. Ma ero troppo debole e stordita; calcolai male la sua rapidità e la mia lentezza, e invece di evitarla scartando di lato, sentii scivolare la lama lungo le costole.

Urlai mentre mi scaraventava a terra, e cercai di strisciare via aiutandomi con un solo braccio, l'altro premuto contro la ferita nel fianco, che irradiava dolore. Lui mi afferrò la caviglia e mi trascinò indietro. «Puttana.»

Il dolore era ovunque, ogni organo e ogni parte del mio corpo parevano tesi in un unico, inarrestabile grido di agonia. E il sangue mi scorreva tra le dita, macchiandole. Vedevo solo la luce del lampione e il reticolo pulsante delle vene negli occhi. Sentivo solo i battiti del cuore nelle orecchie e l'eco distante del mio nome.

Emilie! Emilie!

Ma non era davvero il mio nome. Io non ero Emilie. Emilie era morta bruciata. Per colpa mia. La vidi nel bagliore guizzante del lampione, mentre urlava tra le fiamme del rogo del Tribunale.

No. Non ero sicura di averlo detto ad alta voce, mentre tendevo la mano grondante sangue verso la luce della lanterna. Non lei.

L'uomo mi rovesciò sulla schiena e si mise a cavalcioni sopra di me, dimenandosi per aprire la cintura. Nel chiarore della lanterna, la sua faccia si trasformò, assumendo tratti più familiari.

«Hai ucciso Kellan» dissi a Toris. «E io ti ucciderò.» Rabbia e furia mi crebbero dentro senza freno, e all'improvviso la mia anima si strappò. Urlai mentre il fuoco straripava, inondandomi. Strinsi la faccia che vedevo davanti a me tra le mani insanguinate e lasciai scorrere il fuoco.

La pelle cominciò a gonfiarsi e crepitare là dove le mie dita lasciavano impronte sanguinolente. Barcollò all'indietro, portandosi alle guance le mani contratte mentre il calore si tramutava in fiamma e la fiamma diventava un'esplosione.

Sentii delle braccia liberarmi dal fuoco e mi divincolai.

«Emilie! Sono io» esclamò Zan. «Non ti faccio niente, fermati! Va tutto bene. Tutto bene.»

«Tutto bene?» ripetei.

Non sapevo più cosa volesse dire.

Nathaniel aveva messo all'angolo il secondo uomo. Lo colpì forte al mento e al petto, facendogli volare via il coltello di mano. Lo spinse contro il muro, con un braccio contro la gola, poi anche l'altro cominciò a prendere fuoco.

«Maledetti numi» imprecò Nathaniel, allontanandosi con un balzo.

«Sei salva» ripeté Zan, accarezzandomi una guancia. «Basta. Non possono farti più niente.»

Le sue parole erano come acqua fredda su un incendio. Quando guardai di nuovo, non vidi Toris contorcersi a terra, con i vestiti carbonizzati e la pelle esplosa, ma lo sconosciuto che mi aveva aggredito. Dietro di lui l'altro uomo singhiozzava come un bambino, fissando le ustioni che gli sfiguravano le mani e le braccia.

«Portali fuori dalla città» ordinò Zan a Nathaniel. Poi aggiunse, freddamente: «Vi sarà revocato l'accesso in questa città. Se rimetterete piede entro le mura, brucerete. Prima all'interno, poi all'esterno, e soffrirete così tanto che vorrete essere stati uccisi qui».

Se disse altro, non riuscii a sentirlo. Avevo consumato tutte le energie, e mi sentii cadere, senza vedere altro che tenebre.

14

Santi numi. È questa la ragazza? Cos'è successo?

L'abbiamo trovata nella zona dei locali.

Mettetela qui. Aiutatemi a toglierle il vestito. E i suoi aggressori?

Sono stati espulsi da Achlev.

Quanti?

Due. Uno di loro portava questo.

Oh stelle, Zan. È ricoperto di sanguifoglia. Se è stata ferita con questo, non so se potrò fare qualcosa...

Devi tentare. Fai tutto quello che serve. Abbiamo bisogno di lei.

Mi risvegliai nella traboccante luce del sole, in una stanza dal profumo dolce, dipinta a fiori gialli.

Una donna stava accanto al focolare. «Sei sveglia. Non credevo davvero fosse possibile.» Mi mise in mano una tazza di brodo fumante. «Bevi. Ti sentirai meglio quando avrai qualcosa nello stomaco.»

Era di una bellezza vivace, dalle guance rosee e dolci occhi scuri, incorniciati da folti capelli castani. Doveva avere tre o quattro anni più di me. Quando si voltò, la rotondità della sua figura rivelò che era incinta già di diversi mesi. Ciononostante, si muoveva per la camera con grazia e padronanza, senza alcun affanno per la sua condizione. «Sono Kate. La moglie di Nathaniel.»

«Rosmarino» dissi, con una voce che era poco più di un sussurro. Impressi alla tazza un movimento circolare, guardando il liquido agitarsi.

«Zan mi ha detto che il tuo nome è Emilie» ribatté lei, sorpresa.

«No. Cioè sì. Mi chiamo Emilie. Ma c'è il rosmarino nel brodo.»

«Esatto» sorrise lei. «Mi piace perché calma i nervi. Lo aggiungo a tutto, non molto, solo un pizzico.» Mescolò il contenuto di una pentola sulla stufa, poi appoggiò il cucchiaio da un lato.

«Zan mi ha portato qui?»

«Non ti ricordi?»

«Io...» deglutii, una vaga eco nelle orecchie: "Abbiamo bisogno di lei. Abbiamo bisogno di lei". «No» conclusi. Nella tazza, il brodo era increspato, agitato, disturbato dal tremito delle mie mani.

Kate mi guardò, compassionevole. «Sì. Zan ti ha portato qui» mi tolse gentilmente la tazza dalle mani. «Sei stata molto fortunata, sai. Sei sopravvissuta a malapena.»

«Guarisco in fretta.»

«Be', le ferite erano una cosa. Le ho ricucite meglio che ho potuto, ma sono una sarta, non un chirurgo. Ho fatto un lavoro migliore con lo strappo nel tuo mantello. Ma il veleno di sanguifoglia... dev'essere per volere di Empyrea se tu sei ancora tra noi. Giuro che è l'unica spiegazione logica.»

«Il coltello era avvelenato?» la mia mente sembrava girare a vuoto. Sanguifoglia? Il panno dell'incantesimo mi aveva salvato? Qualcun altro era morto al mio posto? «La mia sacca» proruppi, disperatamente. «Dov'è la mia sacca? Devo trovarla.» Feci per alzarmi.

«No, no, no, non alzarti. È qui, vedi?»

Gliela strappai di mano e, dato che non riuscivo a sollevare il lembo per aprirla, la rovesciai e la svuotai sul pavimento, sotto gli occhi stupiti di Kate. Caddi in ginocchio e frugai tra i miei miseri averi finché non trovai il quadrato di seta. Quasi gridai di sollievo quando vidi che delle tre macchie solo quella di Kellan era sbiadita, e meno di quel che ricordavo. Le altre due erano ancora di un rosso scuro.

Fu più facile rimediare al disordine che averlo causato; le mie mani erano già più ferme. L'ultimo oggetto che riposi fu il bracciale, da cui pendeva un unico ciondolo, il cavallo alato. Lo porsi a Kate.

«Perché me lo dai?»

«Per il tuo aiuto. Prendilo, ti prego, e andrò subito via.»

Alzò le sopracciglia. «Non puoi farlo. Non te lo permetto.»

«Devo ripagarti in qualche modo. Lo so che non è molto, ma...»

«No, intendo... Non posso lasciarti andare.» Fece un borbottio deluso. «Zan arriverà a breve... È venuto ogni ora a vedere come stavi. Vuole parlarti. Gli ho detto che, se per qualche miracolo ti fossi risvegliata, ti avrei tenuta qui fino al suo ritorno. Non gli ho detto che non gli avresti dato un pugno in faccia. So che se lo merita, visto che ti ha rubato il cavallo.»

Nonostante tutto, mi ritrovai a sorridere. «L'ho già colpito una volta» ammisi. «Ma era più uno spintone.»
«Davvero? Fa questo effetto alla gente. Anch'io gliele ho suonate. Soprattutto quando eravamo piccoli, ma conta lo stesso.»
«È perché sei sempre stata un bullo, in realtà.»
Non mi ero accorta del suo arrivo, ma Zan era sulla soglia, con una spalla appoggiata allo stipite.
«E dov'è mio marito?» domandò Kate. «Gli hai fatto fare il lavoro sporco al posto tuo, senza dubbio. Se dovrò ancora togliere le macchie di sangue dalle sue camicie...»
«Sai bene che non è mai il suo sangue.»
«E questo dovrebbe farmi stare meglio?»
Lui scrollò le spalle. «Sì, un po'.»
Lei si mise le mani sui fianchi.
«Continua a non piacermi.»
«Non ti preoccupare, non è niente di pericoloso. È andato a porgere le mie scuse al re perché non potrò essere presente al banchetto della Giornata dei Postulanti.»
«Niente di pericoloso?» Kate fece una smorfia. «Solo perché dirà a Domhnall quello che vuole sentire.» Si chinò verso di me e aggiunse in un sussurro da cospiratrice: «Zan non è proprio il benvenuto agli affari di corte. Una volta lo interpellavano spesso, ma lui si rendeva tremendamente fastidioso e rovinava tutto quello che gli capitava a tiro finché nessuno lo ha più sopportato e hanno smesso di invitarlo. Ed è davvero notevole, considerato che Domhnall è il re».
«Era una mossa calcolata» rispose Zan. «L'ho fatto per avere la libertà necessaria per svolgere il lavoro vero, senza l'intralcio delle manovre politiche di corte e dei capricci di quel gran genio d'uomo.»
«Certo, senza dubbio» ribatté Kate in tono soave. Ma Zan non rispose, la sua attenzione era rivolta a me.
Non alzai gli occhi mentre si avvicinava, preferendo fissare i suoi stivali attraverso le sottili ciocche di capelli che mi ricadevano sul viso. Nel nostro ultimo incontro, in pieno delirio, avevo bruciato vivi due bruti degenerati. La volta precedente, lo avevo trascinato dietro una siepe e mi ero abbarbicata a lui come una pazza innamorata. A questo punto avrei potuto mettermi a ballare nuda nella piazza cittadina e la mia umiliazione sarebbe stata completa.
Eppure, percepivo intensamente la sua vicinanza. Qui pochi secondi insieme nel cespuglio di rosa avevano cambiato qualcosa di fondamentale tra di noi, rivelando uno strano, inquietante legame di cui

eravamo ignari prima. Zan si fermò un poco più vicino di quanto la formalità consentisse, visto che ci conoscevamo appena. Anche lui sembrava percepire il legame ed era come se ne mettesse alla prova i limiti.

Decisa a non farmi intimidire da lui o dalla mia inedita curiosità nei suoi confronti, mi obbligai a guardarlo in faccia. Lui allungò una mano verso la mia guancia, ma si fermò un istante prima di toccarmi.

«Non mi prenderai di nuovo a calci, vero?» domandò.

«Ci sto pensando» risposi.

Accettando le possibili conseguenze, mi ravviò i capelli all'indietro e mi sollevò il mento con un dito, voltandomi delicatamente la faccia di lato per controllare i lividi sullo zigomo e il labbro gonfio.

«So quello che hai dovuto affrontare, ma te la sentiresti di fare due passi? Vorrei mostrarti una cosa.»

Muovermi fu molto più difficile di quanto immaginassi, ma Zan cercò di essere paziente. Imboccammo un sentiero accidentato, che mi fece stringere i denti e mi mozzò il respiro a ogni passo; e pur mantenendo un atteggiamento noncurante lui mi circondò le spalle con il braccio e mi sostenne. Eravamo usciti dalla casa di Kate per la porta sul retro, costeggiando un vecchio casotto e un piccolo lago da dove una decina di oche ci guardava con pigro disinteresse. L'atmosfera era alquanto diversa dal centro della città. Il vecchio re Achlev aveva voluto che le sue mura fossero un cerchio perfetto, e questo significava includere parte delle scogliere, della foresta e delle montagne.

«Dove stiamo andando?» chiesi, guardando i pini maestosi.

«Manca poco» rispose lui, aiutandomi ad attraversare un canale forse lasciato da un torrente nella sua corsa verso il fiordo prima che venisse immessa nel bacino.

«Questa non è una risposta.»

«Guarda» separò una fila di alti giunchi e indicò una zona nascosta sotto il ponte.

«Non vedo...»

Zan mi spostò delicatamente e all'improvviso vidi un'apertura. Era alta poco più di un metro, incorniciata da vecchie travi di legno, forse l'ingresso di una conduttura abbandonata. «Occorre un lieve cambio di prospettiva per trovarla» disse, chinandosi per entrare e invitandomi a seguirlo.

Il passaggio era scuro e segnato dal tempo, e odorava di muffa e di fango. «Dopo che le mura furono erette, sotto la città venne costruito un sistema di canali per irrigare la vegetazione che cresceva all'interno. A mano a mano che la città diventava più grande, il sistema originario non era più sufficiente, così circa trecento anni fa alcuni canali vennero chiusi e ne furono costruiti altri, più grandi e capienti. Attenta alla testa. Quando ero piccolo, ho passato un sacco di tempo a leggere i libri antichi, e in uno di questi ho trovato la mappa della vecchia rete di irrigazione.»

«Quindi sarebbe questo? Un vecchio canale?»

«Sì. Questo è uno di quelli in buono stato. La maggior parte è crollata o allagata, impercorribile. Da questa parte.»

Più avanti il passaggio si biforcava: uno dei rami proseguiva dritto, mentre l'altro si inclinava ripidamente verso destra. Imboccammo il sentiero a destra, che pareva scendere in profondità prima di risalire e avvolgersi verso l'alto, a spirale. Infine, quasi senza preavviso, ci ritrovammo all'aperto.

Eravamo arrivati a un'insenatura rocciosa. L'acqua pareva lambire nervosamente la spiaggia, protetta da un alto sperone di roccia sporgente. In lontananza, dall'altra parte del fiordo vedevo il terzo dei cancelli di Achlev, sormontato da tre figure incoronate.

Il Cancello del Re.

Zan stava procedendo cautamente lungo le rocce, scivolose e molto ripide. Lo seguivo, benché i punti tirassero dolorosamente la ferita sul fianco. Mi aiutò a superare l'ultimo alto dislivello e a salire sulla cengia.

Eravamo alla base di una torre solitaria, separata dal castello e più alta delle sue torrette. Si ergeva sul bordo dell'acqua, avvolta da rampicanti che si snodavano fin sulla sommità. Occorreva una seconda occhiata per capire che era effettivamente una costruzione in pietra e non una massiccia struttura vegetale cresciuta spontaneamente a forma di torre.

Sfiorai un tralcio con la punta del piede. «Questa è...»

«Sanguifoglia» disse Zan. «Sì. Meglio non avvicinarsi troppo. È la ragione per cui tanti si tengono alla larga da qui.»

«Che posto è questo?»

«Un monumento ad Aren» rispose Zan. «Lo sai chi era?»

Pensai allo sconcerto di Toris quando aveva visto la Messaggera nella foresta di Ebonwilde. L'aveva chiamata Aren. Ero troppo sconvolta per rifletterci, in quel momento, ma chissà se la Messaggera e la leggendaria regina erano la stessa persona? «Sì» risposi. «Era una grande maga e regina di Renalt. Lei e i suoi fratelli stavano lanciando un incantesimo quando Achlev la uccise...»

«Questo è il luogo dell'incantesimo» riprese Zan, «ma secondo le nostre leggende fu Cael a uccidere Aren. Stavano chiudendo un portale fra il piano fisico e quello spettrale quando Cael udì una voce proveniente dall'altra parte, una voce irresistibile che lo convinse a uccidere sua sorella e interrompere l'incantesimo.» Guardò in alto, i capelli mossi dal vento attorno al profilo dai lineamenti nobili e severi, netti contro il cielo grigio. «Achlev era un mago ferino, ma il suo vero talento era la trasfigurazione, non la guarigione. Usò ogni goccia di magia per fermare Cael e salvare Aren, ma non funzionò. Sentendosi in colpa per il proprio fallimento, costruì questa torre in memoria di lei, poi fondò la città e innalzò le mura per proteggerla.»

«Nelle nostre storie, Cael morì cercando di salvare Aren da Achlev, ed Empyrea lo riportò in vita per farne il suo messaggero.»

Zan ridacchiò. «Credi davvero che se Empyrea avesse voluto garantire l'immortalità a una persona sola in tutta l'umanità avrebbe scelto l'uomo che un giorno avrebbe fondato il Tribunale? No, se devo incolpare uno dei fratelli per ciò che successe quel giorno, scelgo quello che in seguito ha fatto dell'omicidio una carriera.»

A Renalt Empyrea era sia la misericordiosa creatrice dei nostri spiriti, sia colei che decideva del nostro destino con furia vendicativa. Non mi era mai venuto in mente quanto fossero contraddittori i due aspetti. Faticai ad assimilare questa nuova idea, anche se in un certo senso ne fui sollevata. «Non avevo mai pensato a questo» mormorai. «Per tutta la vita, ho dato per scontato...»

«Che la Dea responsabile di averti fatto come sei ti disprezzi per quello che sei?» Zan tacque un istante, scrutandomi, ed ebbi la netta sensazione che potesse vedermi dentro. Vedere attraverso di me. Come se fossi poco più densa di una scatola di vetro, con tutti i miei pensieri inutili e le mie emozioni infantili che la ingombrano in bella mostra. «Non è difficile indovinare perché sei qui, Emilie. Specialmente ora che la principessa e il principe di Renalt hanno reso noto il tentativo del Tribunale di spodestare la regina. La città di Achlev è sempre stata un rifugio per quanti erano perseguitati dal quel consesso. La maggior parte non era dotata di alcun talento speciale, magico o di altro tipo; arrivano solo perché il mero sospetto di stregoneria a Renalt basta ad assicurare l'indagine e l'esecuzione. La principessa è una di questi sfortunati: è chiaramente priva del dono della magia, a dispetto di qualunque insinuazione del Tribunale» si interruppe. «Ma tu no.»

Chiusi gli occhi.

«Tu lavoravi al castello, vero? Ecco come hai conosciuto Simon. Ed ecco perché non volevi essere vista all'arrivo della principessa Aurelia e del principe Conrad; sapevi che probabilmente ti avrebbero riconosciuto, e questo ti ha spaventato.»

Era la mia occasione. Potevo raccontargli tutto. Avevo le mani madide di sudore, il cuore batteva impazzito. Zan avrebbe portato il mio caso a Valentin – erano cugini, dopo tutto. Potevo raccontare ogni cosa, e avevo l'intera storia sulla punta della lingua: dovevo solo aprire la bocca e parlare. Potevo dirgli il mio vero nome, raccontargli del tradimento di Toris, di Conrad, di Lisette...

Lisette. Se l'avessi smascherata ora, cosa ne sarebbe stato di lei? Si era macchiata di alto tradimento, ma sembrava convinta di essere nel giusto, proteggendo Conrad e Valentin... da me. Mi tornarono in mente i suoi occhi luminosi, mentre teneva la lettera del principe di Achlev. Era lei quella pronta a rispondergli, non io. Con i capelli biondi e gli occhi azzurri, assomigliava a Conrad più di me. C'era la possibilità che non mi avrebbero creduta, se avessi rivelato la mia identità: e sarei stata punita, imprigionata, infilata in una gabbia sospesa solo per aver insinuato che Lisette era un'impostora.

Ma se mi avessero creduta, allora Lisette avrebbe affrontato un fato simile se non peggiore. Nonostante tutto quello che era successo tra noi, non potevo dimenticare che per sette anni avrebbe potuto denunciarmi come strega, ma non l'aveva mai fatto.

Mi accorsi che Zan mi stava guardando, in attesa di una risposta. Deglutii e ordinai al mio cuore di calmarsi. «Come stanno?» domandai. «Il principe e... la principessa?»

«Hanno vissuto una terribile esperienza, senza dubbio. Ma si sostengono l'un l'altro. La principessa è molto protettiva verso di lui e il principe la adora. Mi fa quasi desiderare di avere un fratello.»

«Ringrazia il cielo di non averlo» dissi, provando un dolore allo stomaco che non aveva niente a che fare con la ferita al fianco.

«Tu hai fratelli?»

«Uno» risposi. «Non siamo rimasti in buoni rapporti, temo. Sono abbastanza certa che al momento mi odi.»

«Perché sei una strega?» Il mio sguardo scattò verso il suo, e lui proseguì: «Tu sei fuggita da Renalt non perché avevi paura di essere accusata di essere una strega, come la principessa, ma perché lo sei. Ti ho vista due volte usare la magia. Hai quasi ucciso due uomini senza usare altro che il sangue e le tue mani».

«E mi farai arrestare? Mi rimanderai a Renalt? Ti prego» dissi, la voce improvvisamente rotta, «ti prego, no.» "Non posso lasciare da solo mio fratello, anche se con Lisette è al sicuro, Anche se mi odia."

«Non è per questo che ti ho portato qui.»
«E allora perché mi hai portato qui?»
«Guarda.»
Attirò la mia attenzione oltre il giardino selvatico e le vaste terrazze di pietra che ornavano la base del castello fino a una striscia di erba alta nella zona nordoccidentale dei campi, dove diversi cavalli erano al pascolo. Sotto i miei occhi, una giumenta di un bianco brillante partì allegramente al galoppo, a testa alta e criniera al vento.
«Non posso restituirtela» disse. «E mi dispiace. Ma volevo che la vedessi, puoi venire quando vuoi. Prendi il passaggio segreto, la zona è fortificata per tenere alla larga gli intrusi, ma tu saprai come entrare e uscire dal tunnel senza problemi. Ti avverto che la principessa Aurelia e il principe Conrad sono alloggiati nell'ala ovest del castello, in modo che tu possa evitare di passare di là se non vuoi incontrarli per caso.» Tacque un istante. «Non intendo sfilare in groppa a Falada, come mi hai accusato di voler fare. Non è questo il motivo per cui avevo bisogno di lei.»
«E perché, allora? A che ti serve, se non a esibirti?»
Lui respirò profondamente. «È quello il punto. Non mi serve. E se non fosse stato per te, probabilmente l'avrei già abbattuta.»
Indietreggiai, esterrefatta. «Cosa vuol dire questo?»
«Leviamoci da questo vento» rispose lui. «E te lo dirò.»

15

La tempesta montò rapidamente. Nei pochi minuti di tragitto dalla torre attraverso le terrazze, il cielo al di là di Achlev era mutato da grigio a un nero tumultuoso. Le nuvole non potevano superare la barriera, ma il vento sì; mentre Zan mi portava in cima alle mura del castello, persi la sciarpa che mi copriva i capelli e adesso le ciocche libere mi sferzavano il viso e le braccia come fruste.

Ci riparammo in una postazione di guardia deserta proprio mentre un fulmine divampava nel cielo e colpiva la mano tesa di uno dei re di pietra al cancello. In un istante, il fulmine penetrò la statua e il muro, spezzandosi in un milione di scintille di luce blu-candida che rimbalzò sulla barriera invisibile che ricopriva la roccia, incrociandosi più volte e circondando la città in un cilindro di luce che si innalzava dritto verso il cielo.

«Com'è possibile? Cos'è questo?» domandai, senza fiato.

«Sangue e sacrificio» rispose Zan. «Come accade sempre con il vero potere. Ecco perché Falada è importante» aggiunse bruscamente.

«Vuoi abbatterla... a causa del vento?»

«Sì. No. Cioè... non proprio. Sei settimane fa avremmo guardato la tempesta sotto un sole brillante in un terso cielo blu.»

«Cosa è cambiato?»

«Simon Silvis» disse, «mio padre, è l'unico sanguimago di grande potere rimasto ad Achlev. Prima che partisse per raggiungere Renalt e accompagnare la principessa, temeva che ci fosse all'opera un complotto contro il regno e aveva dei sospetti su cui voleva indagare lungo il viaggio, seguendo una strada più lunga che percorreva la costa. Il re era stato categoricamente contrario a questo viaggio, così quando stavolta Simon aveva ottenuto il suo permesso, era partito di corsa. Avrebbe dovuto mandare notizia del suo arrivo, ma non l'ha mai fatto. Non ero nemmeno certo che fosse arrivato finché non me l'hai detto tu.»

«Non hai sentito altro?» gli chiesi con interesse. «Niente su di lui, sulla regina, su Renalt?»

«Niente più di quanto la principessa ha riportato: che è sotto custodia a Syric insieme alla regina, come prigionieri politici del Tribunale. È un sollievo che sia illeso e fuori pericolo... ma poiché non era qui, noi non lo siamo. Diversi giorni fa ci siamo svegliati con la gelata. Il ghiaccio era sulle finestre, sulle foglie e sugli alberi. Ogni cosa brillava.»

«Una gelata? E cosa c'è di pericoloso in...»

«Era la prima volta da quando sono state erette le mura che la temperatura all'interno di Achlev è scesa sotto lo zero. È stata una delle cose più belle e inquietanti che abbia mai visto. Due giorni dopo, è arrivato il vento.» Si appoggiò al parapetto, volgendo il viso alle raffiche. «I fenomeni non sembravano collegati tranne che per una cosa: entrambe le notti precedenti, un cavallo era stato trovato ammazzato per strada. Età diversa, proprietario diverso, ma Empyreano tutt'e due le volte.»

«Non capisco.»

«Sai cosa sono le linee di forza?»

Scossi la testa. Ne avevo letto il nome nei ritagli che avevo collezionato negli anni, ma non avevo mai trovato nessuna descrizione o definizione.

«Le antiche scritture affermano che quando l'Empyrea lasciò la sua casa tra le stelle e cedette le sue ali per correre libera sulla terra per una notte, i sentieri che solcò furono illuminati dal suo fuoco bianco, e perfino quando ritornò alla sua dimora nel cielo, il fuoco rimase e formò le linee di forza. Sono, essenzialmente, fiumi di energia.

«Quando Achlev costruì le mura, imbrigliò questi fiumi e li deviò in un cerchio perfetto, poi li fissò costruendo i tre cancelli. Ognuno di questi fu incantato con tre gocce di sangue da tre donatori simbolici, e ogni incantesimo fu sigillato e reso indistruttibile dalla morte inevitabile dei donatori. Porta Somma...»

«Tre cavalli bianchi.»

Lui annuì. «Porta Foresta: una fanciulla, una madre, una vecchia. E Porta del Re: tre Achlevani di sangue reale.»

Ricordai la filastrocca dei bambini che avevo sentito nella piazza. *Prima son morti i tre cavallini...*

«Hai visto cosa fanno le mura: non si limitano a respingere l'energia che le attacca, ma l'assorbono. Ora, immagina l'energia di ogni tempesta, ogni rovo, ogni assalitore, per cinquecento anni, tutta conservata nelle mura. Cosa accadrebbe, se crollassero?»

Fu come se il respiro mi sfuggisse dal corpo. «Un cataclisma.»

«Annientamento. Probabilmente, la città intera verrebbe rasa al suolo. Ci sarebbero vittime, morte a livelli inconcepibili.» I suoi occhi erano cupi. «E qualcuno che sa come le mura sono state costruite si sta dando molto da fare per buttarle giù, usando simulacri sacrificali al posto delle figure che avevano contribuito a erigerle.»

"Non può essere Toris" pensai. Era troppo impegnato a fischiettare fastidiose canzoncine popolari e a progettare la mia dipartita.

Zan sospirò lentamente. «Gli incantesimi originali vennero lanciati ciascuno per dieci giorni nell'arco di un mese, in accordo con le fasi lunari, partendo dalla luna nuova per finire con la luna nera. Si possono abbattere i cancelli solo annullando gli incantesimi nello stesso modo, partendo dalla luna nuova per finire con la luna nera» si schiarì la gola. «Questo mese comincia con una luna nuova e finisce con una luna nera. Basta un ultimo sacrificio di Empyreano per distruggere il sigillo di Porta Somma e, se i miei calcoli sono esatti, deve essere compiuto prima del decimo giorno del ciclo della luna crescente.»

Indietreggiai. «Mancano solo due giorni. Ecco perché volevi Falada, perché non cadesse nelle mani di chi intende rompere l'incantesimo.»

«L'intera faccenda sarebbe stata molto più semplice da risolvere se me l'avessi venduta come ti avevo chiesto.»

«Ma in questo caso non saresti venuto a sapere del mio... talento.» Non era la parola giusta, ma dire magia sembrava ancora innaturale e in qualche modo vergognoso. «Ecco perché mi stai raccontando tutto questo. Perché mi hai mostrato Falada e il passaggio, perché non ti sei limitato ad abbatterla per impedire a qualcun altro di farlo. Tu hai bisogno di magia del sangue per rimediare al danno che è stato già fatto, forse anche per trovare chi ne è il responsabile, e con Simon scomparso...»

«Rimani solo tu. Quando hai lanciato quell'incantesimo nella siepe, ho provato speranza, vera speranza per la prima volta dalla gelata di otto giorni fa. Ho passato la città al setaccio per trovarti, perché hai ragione: abbiamo bisogno di te. Le lune nere sono relativamente rare, capitano a distanza di qualche anno. Se tu e io riuscissimo a impedire il completamento della prossima sequenza di sacrifici, ci vorranno anni prima che la successiva luna nera permetta di tentare ancora. Tempo sufficiente per trovare e punire il colpevole e annullare il male che ha fatto.»

«Ma... ma...» balbettai «di certo ci saranno altri in grado di fare questo oltre me.»

«Potrebbero esserci. Ma da quando l'Assemblea è stata sciolta, chi ha il talento per la magia del sangue non sa di averlo o sceglie deliberatamente di non praticarla.» Prese la mia mano e la voltò, mostrando la quantità di piccoli tagli a vari stadi di guarigione. «Lo so che è doloroso. Non chiederei a te né a nessun altro di farlo, se non avessi così tanta paura di ciò che potrebbe accadere alla gente di Achlev se le mura crollassero.» Posò l'altra mano sulla mia, celando i tagli. «Il dono che possiedi è difficile, perfino qui ad Achlev. Ma è un dono. Pensa a quello che puoi fare, alle vite che puoi salvare.»

L'ultima volta che mi avevano detto che avevo un dono, Emilie stava bruciando sul rogo. Fissai le sue mani sulla mia. «Non ho mai studiato e non ho nessun addestramento. Hai visto cosa ho fatto a quegli uomini. Non so come controllarmi. Quello che chiedi... può essere pericoloso. Potrei peggiorare la situazione.»

Il suo sguardo era fisso su di me. «Avresti potuto ucciderli entrambi, nessuno ti avrebbe biasimato per questo, ma li hai risparmiati.»

«Mi sono fermata solo perché tu mi hai riscosso dalla trance. C'è stato un momento in passato in cui ero convinta di fare del bene, solo per scoprire poco dopo che avevo... fatto del male ad altri. Persone innocenti.»

«Ti sarò accanto in ogni passaggio, stavolta.»

«E se facessi del male a te? Se tu morissi?»

Represse una risata, come se l'idea che io potessi essere pericolosa fosse intrinsecamente buffa. «Allora sarò morto. È un rischio che intendo correre per mantenere quelle mura intatte e proteggere la gente che vive entro i suoi confini.» Una smorfia gli storse la bocca. «Ci tengo ad aggiungere che se non fosse necessario, preferirei non morire.»

«Non posso prometterlo.» Guardai il cielo e scossi la testa. «Come mai una responsabilità come questa è caduta su di te? Non dovrebbe riguardare il re e il principe?»

«Il re non vuole ascoltare i problemi, solo le lodi. E il principe...» Il suo sguardo si perse in lontananza. «Il principe è un codardo. Passa tutto il suo tempo a nascondersi dal mondo, troppo debole e inefficace per aiutare qualcuno.»

Dopo che Simon aveva parlato così bene di Valentin, la critica di Zan suonò particolarmente aspra. «Lo odi davvero tanto.»

Zan si addolcì appena. «Non lo odio, in verità. Ha buone intenzioni. È solo debole.»

Sospirai. Stavo cedendo. «Devo vedere tutto quello che hai sugli incantesimi originari, tanto per avere un punto di partenza.»

«Ti porterò alla biblioteca del castello appena possibile. Ti giuro che se mi aiuterai in questo, ti ripagherò dieci volte tanto. Tutto ciò che desideri. Troverò la tua famiglia a Renalt, e la farò venire qui a bordo di un galeone, e racconterò le tue gesta. Se vorrai tanto oro quanto pesi, lo farò fondere in una statua con le tue fattezze, con gli occhi di opale che guardano il cielo con aria esasperata. Sì, proprio come ora.» Poi, in tono più basso, aggiunse: «Qualunque cosa. Ti prego».

Mi stava ancora tenendo la mano.

«E se volessi soltanto rivelarti un segreto, un segreto importante, e chiederti di credermi, lo faresti? Me lo prometteresti?» Immaginai come sarebbe andata avanti la conversazione: "Ciao, Zan. Sorpresa! Sono io la vera principessa di Renalt. Per favore, non far giustiziare Lisette; ha solo commesso un piccolo tradimento".

«Sì» rispose lui, lentamente. «Sì, te lo prometterei.»

Se volevo combattere Toris e salvare la corona per la mia famiglia, dovevo avere prestigio sufficiente ad Achlev da convincere il re e i suoi a unirsi a me per combattere il potere del Tribunale. E questa poteva essere una buona occasione – forse l'unica – per acquisire quel prestigio.

«Va bene» conclusi. «Ti aiuterò.»

Quella notte, dopo che Kate e Nathaniel si furono addormentati, indossai il mantello blu di Kellan e sgattaiolai fuori, ripercorrendo la strada verso il passaggio di Zan. La tempesta si era frantumata contro la barriera invisibile di Achlev e, quando uscii dal tunnel sopra la spiaggia, il fiordo immobile e il cielo erano uno splendente calderone di stelle, in alto e in basso, al punto che era difficile distinguere quale dei due stesse riflettendo l'altro. Le finestre del castello erano scure e, mentre mi avvicinavo al lato ovest, mi domandai se ve ne fosse qualcuna che appartenesse alle stanze di mio fratello. Sapevo che stava dormendo già da un pezzo, ma alzai triste lo sguardo, sperando di vederlo anche solo un istante.

Percorsi senza far rumore i giardini terrazzati e i prati sul lato opposto. Falada nitrì quando mi avvicinai, e le accarezzai teneramente la testa. «Ciao, mio tesoro» dissi, imitando il modo con cui Kellan le parlava. «Pensavi che ti avessi dimenticata, non è vero? Ma come potrei dimenticare un cavallo bello come te?»

Falada nitrì ancora, e io continuai ad accarezzarle il muso mentre, allo stesso tempo, premevo con le unghie in uno dei tagli non ancora rimarginati. Feci una smorfia quando si riaprì e ne uscì il sangue. «Non so cosa sto facendo» le confessai mentre lasciavo cadere tre gocce sulla sua fronte. «Ma devo fare pratica, e questo sembra un buon punto di partenza.» Posi la mano sopra il sangue e chiusi gli occhi, cercando dentro di me; sapevo riconoscere la sensazione che la magia mi dava abbastanza da cogliere la sua presenza, come un calore basso e costante che si irradiava da qualche parte dentro di me. Ma per arrivarci e indirizzarlo, comunque, dovevo scoprirne la fonte – dovevo trovare le braci.

Dopo svariati e inutili minuti di crescente frustrazione, mi domandai a voce alta: «Ma cosa mi viene in mente? Come posso aiutare Zan se non so fare nemmeno questo?».

Falada nitrì placidamente, come se mi stesse fornendo una risposta ovvia e ragionevole. «Mi dispiace molto, Falada. Non sono Kellan. Non parlo la tua lingua.» Frugai in tasca e presi il panno insanguinato. La goccia sbiadita sembrava in qualche modo più scura – un effetto della luce, senza dubbio. Quando la sfiorai, la tristezza mi si riversò dentro, invadendo ogni più oscuro recesso; la percepivo in ogni minuscolo anfratto, dalla cima della testa alla punta dei piedi, alle estremità delle dita.

Chiusi gli occhi e posai di nuovo la mano su Falada, stavolta concentrando il potere nelle parole. «*Ubi albus, nox videtur*.» "Dove regna il bianco, vedranno solo notte." Poi riaprii gli occhi.

Al posto di Falada c'era una cavalla dal manto nero. Era un'illusione approssimativa: stringendo gli occhi riuscivo a intuire il suo vero colore, come uno strato sottostante. Ma nessuno avrebbe guardato attentamente. Provai un sollievo immediato e immenso. Falada non correva rischi ora che nessuno poteva più dire che fosse un'Empyreana.

Le accarezzai un fianco lucido, continuando a sussurrarle parole dolci, offrendole ogni tanto dei pezzetti di carota che avevo preso dalla tavola di Kate e Nathaniel, a cena. Lei guardava oltre la mia spalla, come se aspettasse qualcuno.

«Lo so» dissi. «Anch'io sento la sua mancanza.»

Ma non stava aspettando Kellan: stava fissando la Messaggera, in piedi di spalle in mezzo al cerchio di sanguifoglia, di fronte alla torre.

Mi avventurai nel perimetro disegnato dai tralci; la mia scarpa si impigliò in un viticcio contorto che si ruppe, spillando una linfa vischiosa, color rosso scuro, sul piede e sull'orlo della veste. La calciai via furiosamente, non sapendo se il veleno fosse in grado di agire mortalmente anche quando assorbito dalla pelle invece che ingerito o a contatto con una ferita. Procedetti con estrema cautela, benché a ogni passo le foglie che schiacciavo aumentassero, lasciando una scia sanguinosa che aveva la forma delle mie impronte.

La sanguifoglia era una pianta che infestava il suolo, ma lì aveva ricoperto la pietra inerpicandosi per tutta l'altezza della torre. La porta non c'era più – o se c'era, era impossibile trovarla sotto il groviglio di foglie. Doveva essere rimasta indisturbata per moltissimo tempo, perché i nuovi ramoscelli crescevano sopra lo scheletro secco e friabile di viticci morti.

Presi la strada verso la cengia che sovrastava il fiordo, e in quel momento provai una sensazione familiare, un formicolio che partiva dalla nuca e si irradiava lungo le spalle. La Messaggera stava immobile davanti alla torre, fissando la sommità.

Feci un passo verso di lei. «Cosa vuoi da me, perché mi hai portato qui? Come mai Toris ti conosce?» Deglutii. «Tu appari solo quando qualcuno sta per morire. È così? Qualcuno morirà?»

Era totalmente immobile, tranne una ciocca di capelli mossa da un vento invisibile, che soffiava in direzione opposta alla brezza fredda dietro di me.

«Aren?» la chiamai, pronunciando per la prima volta il suo nome ad alta voce. Lei si voltò e io dovetti soffocare un grido.

Non era la Messaggera. Era lo spirito di un'altra donna, il cui volto era sfigurato e insanguinato al punto da essere irriconoscibile. Mi esaminò a lungo, poi caracollò in avanti, mentre le sue ossa formavano angoli innaturali, sul fitto tappeto di sanguifoglia, e scomparve, come dissolta nella torre.

16

«Avresti dovuto vederlo» disse Kate ridendo, mentre attraversavamo il quartiere del mercato il giorno successivo. «Nathaniel sembrava un grosso orso sbalordito, lì in piedi a fissarsi le mani vuote, mentre il pesce era schizzato fuori dalla sua portata, tra le fronde degli alberi.»

Mi aveva invitato ad accompagnarla nel suo giro di consegna dei lavori di cucito ai clienti che abitavano vicino al centro della città, e per tutta la mattina aveva raccontato animatamente come lei e Nathaniel si erano conosciuti. Sebbene m'intimidisse ancora un po', ero totalmente presa dal racconto. «Ed è stato allora che ti sei innamorata di lui? Quando il bambino ha preso all'amo il suo pesce e lo ha tirato su in mezzo agli alberi?»

«Be', non in quel momento esatto» replicò amabilmente. «Nathaniel ha inseguito il ladruncolo fino a casa, gridando lungo tutta la strada. L'avrebbe preso a ceffoni appena gli avesse messo le mani addosso, ma poi ha visto la sua famiglia: la madre malata e costretta a letto, i fratellini più piccoli che non mangiavano da giorni. Neanche a dirlo, Nathaniel e io non ci siamo ripresi il pesce rubato. Abbiamo trascorso una serata fantastica.»

«Quindi è stato allora. Quando ha dato via la tua cena.»

Strinse le labbra e scosse la testa. «Nemmeno allora, in verità. Ma dopo, ogni volta che passavamo davanti a quella casa ci fermavamo, e lasciavamo un cestino di pesce davanti alla porta. E anche latte, formaggio, pane... Nathaniel pagava tutto con il suo stipendio, per settimane, finché la madre non si è ripresa ed è potuta tornare in città per lavorare. E in qualche punto lungo la strada, avanti e indietro tra i terreni del mio fidanzato e la casa dei miei genitori, mi sono innamorata di Nathaniel. La mia scorta, il migliore tra gli uomini al servizio del mio fidanzato, la sua "risorsa più preziosa". Sono la figlia di un lord Achlevano, mentre lui è il figlio di uno spadaio itinerante: non ci saremmo mai dovuti incontrare. Ma quando l'ho conosciuto ho voluto lui e ho deciso che avrei fatto tutto quello che era necessario per averlo. Se questo voleva dire lasciare la mia vecchia vita, l'avrei fatto. Così un giorno, lungo la strada verso casa del mio fidanzato, gli chiesi di portarmi al santuario Empyreano più vicino e sposarmi» sorrise al ricordo. «Abbiamo lasciato le nostre vecchie vite senza mai voltarci indietro. Ci siamo trasferiti qui, Nathaniel ha cominciato a lavorare per Zan mentre io sono diventata sarta. E ora questo.» Sorrise beatamente alla sua pancia rotonda. «Non è la vita che immaginavo da bambina. È molto meglio.»

«E come ha reagito il tuo fidanzato?»

«Con grande sollievo, in verità. Mi piaceva molto... è difficile che non piaccia... ma non c'era mai stato niente oltre l'amicizia, tra noi. L'unione sarebbe stata opportuna, in termini di beni e posizione sociale, ma temo che Dedrick avrebbe trovato il matrimonio follemente noioso» si mise a ridere con affetto. «Stiamo meglio separati. Ci siamo scritti qualche volta dopo la mia partenza, e lui ha detto più o meno le stesse cose.»

«E non hai più visto la tua famiglia da allora?»

«Non è una gran perdita» rispose Kate giocherellando con la punta della treccia. «Mia madre è l'unica che mi manca. Eravamo molto legate.»

Dopo l'ultima consegna, Kate e io camminammo tra i banchetti di spezie. Trecce di aglio e ghirlande di timo e rametti di rosmarino erano disposti come collane attorno al collo di una bella donna. «È la Giornata dei Postulanti» disse Kate. «Il re dà udienza al popolo sulla pubblica piazza una volta al mese, ascolta le lamentele, emette sentenze, comunica proclami. Dobbiamo sbrigarci. Zan ha detto di tornare per metà pomeriggio, sarà più difficile una volta cominciata l'udienza.»

Eravamo arrivate alla piazza principale, che brulicava di persone. Vari uomini prendevano posto sulla piattaforma eretta ai piedi dell'immensa scalinata del castello. «Quelli sono lord?»

«Sì. Vedi quello piccolo e grasso in broccato viola? È il barone Ingram. E quello con i capelli grigi è Castillion. Alla sua sinistra c'è Ramos e poi Achebe. Laggiù c'è Lim e...» si interruppe prima di nominare il giovane all'estremità più lontana. Era di una bellezza convenzionale, con un sorriso affascinante.

«Quello chi è?» domandai.
«Il fidanzato di cui ti parlavo. Dedrick Corvalis.»
Sulla piattaforma, il re sedeva sull'ampio scranno di velluto che gli serviva da trono. Lontano, alle sue spalle, distinguevo la scintillante cascata di capelli d'oro di Lisette. Accanto a lei sedeva Conrad, con l'aria da principe in ogni singolo dettaglio. Indossava un corto manto bianco con bottoni d'oro a forma di medaglia. Aveva la schiena dritta, le mani strette in grembo. Stava cercando disperatamente di non dimenarsi. Con un tuffo al cuore, capii il perché: aveva bisogno di un giocattolo da manipolare, come quelli che gli davo io per aiutarlo a calmarsi e alleviare lo stress. Toris incombeva su entrambi, vestito come un ufficiale Renaltano. Avevo un sapore amaro sulla lingua: indossava l'uniforme di ricambio di Kellan, a cui mancava solo il mantello. Mi domandai se gli avesse rubato anche il nome. Sentire che lo chiamavano tenente Greythorne poteva essere più di quanto riuscissi a sopportare.
«E qual è il principe Valentin?» chiesi a Kate.
Lei mi lanciò un'occhiata di traverso. «Nessuno di loro. Lui non presenzia a queste cerimonie. Non ha mai amato trovarsi davanti a una folla.»
Pareva un tratto comune tra i principi, mi dissi. Ma almeno Conrad era lì fuori a provarci.
Il re si alzò. «Brava gente» cominciò, i denti bianchissimi nel volto paonazzo. «È scritto nelle nostre leggi e tradizioni che il re debba regolarmente dare udienza al popolo, così che voi possiate portare le vostre lagnanze ed esporle al suo cospetto perché egli le accolga e affinché lui ascolti le accuse contro gli imputati e garantisca un giudizio imparziale. Oggi è quel giorno. Venite, postulanti. Parlate, e il vostro beneamato re vi ascolterà.»
Kate sbuffò e sussurrò tra i denti: «Ritiene che se dice continuamente a tutti che tutti lo amano, deve essere vero. Mi sorprende che non abbia emesso un decreto al riguardo. Santi numi, è un idiota della peggior specie».
«Che specie è, quella peggiore?»
«Quella che crede totalmente, fondamentalmente di essere un genio.» Indicò con un cenno del capo un muro dove gli annunci di Domhnall erano affissi uno sopra l'altro, per molti strati. Strizzai gli occhi per leggere il più recente:

Si dispone per decreto che il terzo giorno della terza settimana di ciascun mese, il Castello de Achlev sarà aperto ai Lord e ai Cittadini che desiderano esprimere il proprio amore e il proprio ringraziamento a Re Domhnall de

Achlev, i cui incessanti sforzi per il benessere di Achlev hanno portato ad aumentare la prosperità, la ricchezza e la felicità degli abitanti...

«La parte peggiore» continuò Kate «è che è troppo stupido per capire quando viene manipolato. I lord lo adulano, rinforzando la sua illusione di grandezza, e lui firma ogni legge che gli mettono davanti. Come questa, vedi?» Indicò il banco dove un giovanotto stava spiegando il proprio caso. «Quello è il nipote di un lord. È stato colto mentre compiva atti indicibili, ma la sua famiglia è ricca. Guarda.»

Mentre venivano esposti i sordidi dettagli delle accuse, il giovane rimase impassibile. A lettura terminata, una donna si fece avanti. «Sono Sahlma Salazar, guaritrice riconosciuta dai reali di Achlev. Su richiesta della famiglia di quest'uomo, ho condotto un accurato esame della sua salute e l'ho trovata gravemente compromessa» tossì furiosamente, come se anche la sua salute lo fosse altrettanto. «Mi duole informare il re che il soggetto è troppo malato per sostenere il processo, e raccomando vivamente che sia affidato alla famiglia finché non si sia del tutto ristabilito.»

«Cosa che non avverrà mai, naturalmente» disse Kate sottovoce. «Un paio d'anni fa, una seria petizione venne portata all'attenzione del re, con la richiesta di concedere ai prigionieri malati la possibilità di curarsi. Voleva essere un modo di salvare la vita ai poveri, che spesso morivano prima di essere giudicati per piccoli crimini – pane rubato, affitti non pagati, cose del genere. Domhnall emise uno dei suoi pomposi decreti come gli era stato richiesto, ma aggiungendo la clausola che il prigioniero dovesse provvedere al pagamento del guaritore. Ed è andata a finire così: i poveri non possono permettersi di pagare, e quindi muoiono come prima, mentre stavolta i ricchi possono direttamente comprarsi la via d'uscita: pagano un guaritore per dichiarare il falso e pagano Domhnall per confermarlo.»

Ci spostammo tra la folla mentre il re accoglieva la raccomandazione di Sahlma, e altri due casi furono discussi e respinti prima che arrivassimo al centro della piazza. Un terzo uomo era salito sul palco, con le catene ai polsi e alle caviglie. «Lo conosco» dissi, sorpresa. «È quello che ha portato Zan da me agli accampamenti.»

«Raymond Thackery» disse il re, «siete accusato di aver falsificato documenti reali per la tratta di clandestini non richiesti oltre le mura, conseguentemente insozzando la nostra grande città con la feccia degli indesiderabili: vagabondi, mendicanti, meretrici...»

Thackery rise sarcastico. «Da quando avete problemi con le meretrici, maestà?»

La faccia del re da rossa divenne viola. «Respingete queste accuse, signor Thackery?»

«Le respingo eccome» rispose lui. «Se non fossero nati qui o non avessero un invito reale, non sarebbero potuti entrare, punto e basta. Conseguentemente» aggiunse, scimmiottando il re con un ampio sorriso «non è tratta.»

«Allora prego, signor Thackery, diteci quale membro della famiglia reale vi sta illecitamente rifornendo di inviti.»

«Be', ce ne sono un sacco, no? Scommetto che la città brulica dei vostri piccoli bastardi, giusto? Ma no, non ho nomi da fare. Quello che faccio non è mica illegale.» Spostò il peso sulle punte e sui talloni con aria orgogliosa. «E l'identità dei miei soci in affari è confidenziale. Sapete meglio di me che non ho mai fatto il vostro nome per tutti quei carichi d'oppio, non è vero?» concluse con un sorriso ancora più largo.

«Non voglio ascoltare una parola di più!» ruggì il re. «Come osate lanciare queste false accuse contro di me?»

«False accuse, maestà?» Raymond non sembrava capire che si trovava nei guai o, se lo capiva, si era rassegnato al suo destino e voleva solo creare più caos possibile. «I fatti sono fatti. Anche se speri e dichiari che sono falsi, mica lo diventano.» Alzò una mano. «Giuro che se mi lasciate andare non dirò a nessuno delle festicciole smutandate che tenete una volta al mese al Bricco e Boccale, d'accordo?»

«Raymond Thackery, siete condannato a quaranta giorni di gabbia per le vostre spudorate falsità!» abbaiò il re, che sembrava aver completamente dimenticato la tratta dei clandestini. Si rivolse alle guardie: «Prendetelo!».

«Quaranta giorni? Il mio amico Gilroy ne ha avuti cinquanta! Dai, avanti, li voglio anch'io!»

«Quasi nessuno resiste più di dieci» sussurrò Kate.

Smisi di guardare, incantata e inorridita, mentre le guardie imbavagliavano Thackery e lo trascinavano verso una gabbia vuota accanto al muro. Lo spinsero dentro, poi una guardia attaccò la gabbia a una catena mentre un'altra, dall'alto del parapetto, girò la manovella e la gabbia cominciò a salire.

Sperai per il suo bene che Ray non finisse come Gilroy. Morire nelle gabbie sembrava terribile: la sofferenza dello spirito intrappolato in un corpo marcescente doveva essere oltre ogni immaginazione.

Non avrei mai creduto di considerare le esecuzioni del Tribunale – impiccagioni, decapitazioni, roghi – come atti di misericordia.

17

Quando tornammo, Zan ci stava aspettando con impazienza davanti alla porta. «Sei in ritardo» disse bruscamente.

«Non è vero» ribatté lei. «E tu lo sai.» Mise le mani sui fianchi e aggiunse: «E tu hai fatto quello che ti ho chiesto?».

Lui annuì appena.

Kate mi prese per mano, felice, e mi trascinò per il vialetto. «Da questa parte» disse.

Non andammo lontano: Kate mi condusse al casotto dietro la sua abitazione, quello vicino allo stagno delle oche. Aspettammo mentre Zan armeggiava con una chiave arrugginita nella serratura e infine la porta si aprì con uno scricchiolio.

«Zan, avresti dovuto pulirlo, prima» disse Kate, passando un dito su un tavolo sporco.

«L'ho fatto.»

Kate strinse le labbra. «Ben mi sta per aver pensato che tu sapessi come si fa a pulire.» Si voltò verso di me. «Ti piace? So che è piccolo... L'ho usato solo per conservare le erbe, i decotti e le conserve. Scusa per il disordine, è inevitabile quando lascio venire qui Zan da solo a dipingere, ma non fa schifo, vero?»

Era buio, l'unica luce veniva da una finestrella sporca. C'era un focolare di pietra con un gancio per un calderone, un tavolino e una sedia sbilenca. Le pareti erano coperte di scaffali con file e file di bottigliette colorate e barattoli di erbe, ma due o tre erano carichi di fogli, matite e carboncini di varie misure. Trassi un foglio da una pila e dovetti girarlo un paio di volte per capire cosa raffigurasse. Sulle prime sembrava un caos insensato di segni tracciati a carboncino che andavano da tutte le parti senza logica. Osservandolo più attentamente, però, dal caos si stagliava un'immagine: uno studio particolareggiato di un'ala di uccello, ma così totalmente diversa dall'imitazione manierata e puntigliosa che ne veniva fatta in tutti i libri e dipinti da spingermi a dubitare che l'autore avesse mai visto un uccello. Non si trattava di una lista di elementi – piuma, becco, osso, petto – ma piuttosto una sintesi di tutta la gioia e il terrore del volo.

Da mozzare il fiato.

Mentre lo contemplavo, Zan me lo strappò di mano e lo aggiunse a una pila che stava frettolosamente cercando di raddrizzare, prima di arrendersi e ammassare tutto in un angolo. «Butta qui, passerò a recuperarlo più tardi» disse in tono imbarazzato.

Mi voltai a guardare la stanza semivuota. «Mi piace tantissimo» dissi con allegria, sedendomi sul piccolo letto che scricchiolò fieramente per protesta. «Ma non ho soldi per pagare l'affitto.»

Zan stava per rispondere, ma Kate gli lanciò un'occhiata penetrante prima di rispondermi con un sorriso dolcissimo. «Nessun affitto. Zan coprirà le spese con i soldi che ti deve per aver affittato il tuo cavallo. D'accordo, Zan?»

Lui annuì a labbra strette. «Certo.»

«E ti corrisponderà un salario» aggiunse Kate.

«Sì, ma non prima di...»

«Un salario giornaliero. Con un bonus a lavoro concluso.»

Chinai la testa di lato. «Una statua d'oro con le mie sembianze, avevamo detto.»

«Sarà innalzata nella piazza cittadina, il giorno dopo» rispose Zan, assediato. «Sul mio onore.»

«Non farla scolpire a lui» continuò Kate. «I suoi disegni sono perfetti se sai cosa stai guardando, ma le sue sculture...» Parve rattrappirsi e scosse la testa.

«Possiamo andare adesso?» domandò Zan bruscamente.

Kate aveva già preso una scopa. «Ti dispiace? Mi pare di avere del lavoro da fare.»

«Erano tuoi, tutti quei disegni?» chiesi mentre Zan mi accompagnava giù per il condotto. «Non sembri un artista.»

Mi lanciò un'occhiata di sbieco. «Nemmeno tu somigli a un sanguimago, eppure...» Nel condotto, Zan camminava come in una passeggiata rilassante. «Da bambino mi sono ammalato gravemente, e sono rimasto a lungo a casa senza poter uscire; mia madre mi insegnò a disegnare per scacciare la noia. Ma non guarivo. Sono addirittura diventato cieco per un po'. Poco dopo, ho perso mia madre.»

«Mi dispiace» dissi. «Era malata anche lei?»

«Forse era stufa di curarmi» tacque, cercando di essere delicato, ma sapevo cosa intendeva. «Stavo sempre male. Questo ha avuto un prezzo. Non guardarmi così. È stato tanto tempo fa.» Indicò la direzione al bivio con un cenno della mano. «Da questa parte.»

Invece di imboccare il percorso che conduceva alla torre, continuammo dritti lungo una salita. Zan manteneva la sua andatura tranquilla.

«Non devi andare piano per me, oggi. Guarisco molto in fretta» dissi, portando la mano al fianco ferito. «Non sento quasi più niente.»

«Chi ha detto che stavo andando piano per te?» chiese lui.

Il passaggio terminava bruscamente sotto un quadrato da cui filtrava una luce vaga. Una botola. Zan la tirò e lo sportello si spalancò verso il basso, lasciando cadere una scala di corda sfilacciata. Si arrampicò per primo e poi mi resse mentre salivo dietro di lui.

Volevo chiedergli ancora dei suoi disegni, ma lui mi ammonì di tacere, sfiorandosi le labbra con un dito, poi rimise a posto la botola e la scala. Eravamo in una cantina, circondati da barili di birra e scaffali carichi di bottiglie di vino. Grida e lamenti riecheggiavano fuori, nelle aule di pietra. «Le segrete sono da quella parte» sussurrò al mio orecchio. «Risuonano sempre così nella Giornata dei Postulanti.» Si sporse a guardare oltre l'angolo. «Via libera. Andiamo.»

Il fasto e la grandiosità del castello non si fermavano alla facciata: gli interni erano altrettanto ricchi, se non di più. Arcate rampanti di legno lucido si libravano verso i soffitti a volta decorati da un intreccio di rilievi floreali. Ogni elemento era minuziosamente scolpito e dipinto di colori ricchi e inebrianti. Oro, borgogna, blu oltremare, viola... Era difficile distogliere lo sguardo.

Si udì un boato di musica e di voci proveniente dalle sale più interne del castello – i preparativi del banchetto della Giornata dei Postulanti, spiegò Zan – ma i corridoi erano perlopiù vuoti. Un servo ci venne incontro frettolosamente, immerso in qualche faccenda e, prima che potesse vederci, Zan si rannicchiò tra le ombre trascinandomi con sé. «Ma perché sei così furtivo?» sibilai. «Credevo che questa fosse casa tua.»

La strada si liberò e lui rispose: «Mi conviene tenere per me i miei spostamenti. In troppi ritengono di sapere meglio di me che uso dovrei fare del mio tempo».

Conoscevo benissimo il problema. Era quello che facevo da quando ero nata.

La biblioteca, quando finalmente ci arrivammo, un'enorme sala circolare su due livelli, aveva una galleria che correva tutt'intorno al piano superiore. Il pavimento era di lastre di marmo bianche e nere, e dal soffitto pendeva un lampadario di stelle di cristallo che tintinnavano e ruotavano in un'orbita lenta attorno a una luna scintillante di vetro soffiato.

E poi c'erano i libri. Libri innumerevoli.

«Sangue del Fondatore!» esclamai. «È incredibile.»

«Non avete biblioteche a Renalt?»

«Non come questa» dissi. «C'è solo un libro che dobbiamo preoccuparci di conoscere: il Libro dei Comandamenti del Fondatore.»

«Questo spiega perché il principe Conrad ama così tanto questa stanza. Trascorre qui la maggior parte del suo tempo. Trascina qui sua sorella. Oggi temevo che se ne sarebbero andati troppo tardi perché io riuscissi a farti entrare.»

«Ah sì?» commentai, cercando di non sembrare troppo interessata. «E quali libri cerca?»

«Storie di pirati, di cacce al tesoro. Cose del genere.»

Provavo sentimenti contrastanti. Non sapevo se essere contenta del fatto che Lisette si prendesse cura di Conrad e delle sue letture sui pirati o non piuttosto gelosa che lo stesse facendo a mie spese. «C'eri anche tu con loro?»

«Per una parte del pomeriggio, prima che venissero chiamati ad assistere all'udienza dei Postulanti. So che diffidi di Aurelia, Emilie, e rispetto la tua decisione di mantenere il segreto sulla tua presenza, ma penso che tu non abbia niente da temere. Lei sembra davvero amabile.»

Lo immaginai mentre la disegnava con quei suoi tratti decisi, nero carbone, affidando la sua bellezza alla propria memoria. Mi vergognai di ammettere che in quel momento provai verso Lisette un'antipatia travolgente che non riguardava affatto Conrad. «Ne sono certa» risposi in tono secco, «ma le cose non sono sempre come sembrano.»

«Dillo a me» rispose lui, ma prima che riuscissi a chiedergli cosa intendeva, si voltò pigramente e non potei fare altro che seguirlo. Mi guidò fino a un angolo nascosto della biblioteca, con un largo sedile imbottito nel vano di una finestra che pareva chiamarmi, una pila di libri pronta da leggere.

«Ho fatto buon uso del mio tempo stamattina.»

Il *Compendium Magiae* di Vitesio. I *Saggi Teorici sulla Magia del Sangue* di Wiltstine. C'era perfino un'antologia sull'uso della magia ferina per aumentare i raccolti – soia inclusa – insieme a decine di altri testi e storiografie, in perfette condizioni.

«Potrei mettermi a piangere» dissi, sfiorando le rilegature con reverenza.

«Non farlo, per favore» ribatté Zan. «Molti di questi libri vennero portati qui dopo che l'Assemblea dei Maghi fu abolita. Sono molto preziosi. Non voglio lacrime che arriccino le pagine e sciolgano l'inchiostro. Troverai i riferimenti agli incantesimi di Achlev qui» prese un libro e lo mise su una nuova pila, «qui e qui. Sto ancora cercando gli scritti originali, ma puoi cominciare da questi.»

Zan ripartì per le sue faccende e mi lasciò sola con i libri. Mi accomodai tra i cuscini con i volumi in grembo, ansiosa di leggere volumi privi di censure. Ma avevo appena girato la prima pagina quando udii delle voci .

«Sbrigati» disse una ragazza. «Il banchetto sta per cominciare, e noi non possiamo fare tardi. È solo un giocattolo, davvero non puoi farne a meno? E sei sicuro di averlo lasciato qui, e non nella Sala Grande?»

«So che era qui, lo avevo in mano quando ero vicino alla finestra.»

I miei occhi scattarono all'estremità del sedile. C'era un oggetto dimenticato: una figurina di metallo dai pezzi intercambiabili, abbastanza piccola da stare nel palmo di una mano. La riconobbi immediatamente; era stata il premio di una caccia al tesoro a cui avevamo giocato io e Conrad, un oggetto che lo aiutava a star fermo e tranquillo durante i noiosi doveri del suo rango. Non sapevo che lo avesse ancora con sé, men che meno che lo avesse portato per tutto il viaggio da Renalt – non l'avevo mai visto usarlo durante il viaggio, nemmeno una volta. Eppure eccolo là sul sedile della biblioteca, a metà di una trasformazione, parte lepre e parte segugio.

Lo afferrai e scattai in piedi, ma era troppo tardi. Conrad era apparso da dietro l'angolo e mi guardava sbattendo le palpebre, a occhi spalancati. Ci fissammo l'un l'altro per un lunghissimo minuto, poi misi a posto i pezzi rimanenti – *clac, clic, clac* – e gli porsi la figura completa, una lepre.

La prese senza emettere suono.

«Allora?» lo chiamò Lisette all'estremità opposta della biblioteca. «L'hai trovato?»

Attesi, con il cuore in tumulto, la sua risposta. Una sua parola bastava a condannarmi.

Infine si voltò e disse: «Sì, l'ho trovato. Arrivo».

Lo vidi tornare da Lisette da dietro uno scaffale. Lei gli scompigliò

i capelli. «Perderesti il cervello se non fosse chiuso in quella tua testa da sciocco» disse sorridendo, mentre si allontanavano.
Conrad non si voltò indietro.

Quella sera, sotto la luna crescente che precede il primo quarto, sgattaiolai fuori dal castello verso ovest. Se la stanza di Conrad era in quell'ala, dalla sua finestra si poteva avere una buona visuale dei giardini. Mi sfilai il nastro dai capelli – blu, di quelli usati di Kate – e lo legai stretto attorno al ramo di un cespuglio di rose. Poi mi inginocchiai e scavai una piccola buca nel terreno sottostante, pregando che ricordasse il nostro vecchio gioco. Giallo va su, azzurro va giù, rosso va a nord, verde va a sud...
Quando la buca fu abbastanza grande, ci misi il ciondolo a forma di cavallo alato e coprii tutto. Sperai che bastasse a trasmettere il mio messaggio:

Sono qui, fratello, non ti ho abbandonato. Non temere.

18

Il giorno dopo, all'imbrunire, Zan mi raggiunse alla casetta. Aveva una sacca sulle spalle e una lanterna in mano; io non avevo altro che appunti scarabocchiati e il cuore in tumulto. «Ho preso quello che hai chiesto da Falada, e ho visto cosa hai fatto per lei» disse lui. «È irriconoscibile.»

«Avevo bisogno di fare pratica. Mi è sembrato un buon punto di partenza.»

«Ti senti pronta?»

«Niente affatto» ribattei. «Ma ho un'altra scelta?»

«Niente affatto» mi fece eco lui, con un sorriso schivo.

La notte era arrivata. Avremmo rinforzato Porta Somma, collocando Falada come sostituta simbolica al posto dell'Empyreano perduto. Attraverso le cronache del rituale originario, avevo composto un nuovo incantesimo che avrebbe bendato il sigillo e fermato l'emorragia. Avrei preferito avere più tempo, ma quello era il decimo giorno del mese, e bisognava agire ora o mai più.

Ci inoltrammo nei fitti boschi lungo il letto del torrente finché non arrivammo ai piedi delle mura. «Ci sono dei gradini da qualche parte qui sopra» disse Zan, camminando lungo la parete di pietra. «Non li usa mai nessuno. Eccoli.»

Aveva ragione: c'era una stretta scalinata di poco più di mezzo metro che, vista dal basso, si confondeva nella pietra. Zan salì per primo, un gradino alla volta.

A poco a poco, mi sentivo invadere dall'ansia. E se avessi sbagliato? E se non fossi riuscita a fare quello che andava fatto? Volevo sbrigarmi e andare avanti, ma ero bloccata lungo i gradini dietro Zan, e stranamente lui non sembrava avere fretta. «A quanto pare conosci un sacco di stradine segrete» commentai.

«Passo gran parte del mio tempo a escogitare modi per evitare l'interazione con gli esseri umani. Esploro molto.»

«Ma chi l'avrebbe mai detto» ribattei sarcastica. «Sei così carino con la gente.»

In cima, le mura erano ampie circa due metri, la semplice larghezza del passaggio fra i due parapetti. C'erano sbuffi di antiche ombre alle feritoie, soldati che lanciavano frecce fantasma contro l'esercito fantasma schierato di sotto.

Cercai di non calpestare nessuno dei vaghi spiriti che disseminavano il percorso a mano a mano che procedevamo verso nord, lungo una ripida salita. Ci fermammo spesso perché Zan si lamentava che andavo troppo veloce e che per questo la ferita sul fianco poteva riaprirsi: preoccupato, ovviamente, dal fatto che sanguinassi quando non era necessario.

Il tratto più orientale delle mura si ergeva sulla montagna, e gli alberi diradavano a mano a mano che la pietra si arrampicava, non più edificato sul terreno ma sulla solida roccia. La luna si affacciava tra le nuvole più alte, incisa nel mezzo, uno spaccato perfetto tra luce e buio. Un rombo sordo cominciò a crescere, e percepii una lieve vibrazione nella roccia sotto i miei piedi.

«Cos'è?» domandai.

«Guarda tu stessa.» Si sporse oltre il bordo del parapetto sul lato interno e indicò verso il basso.

Per un'estensione di almeno sei metri, le mura si allineavano perfettamente al bordo della rupe, creando un'altezza vertiginosa. Proprio sotto di noi, un torrente ruggiva lungo la parete di roccia e scompariva nell'oscuro varco tra i boschi. Oltre, brillavano le tenui luci della città. L'unica cosa che si ergeva più in alto di noi era la cupa torre solitaria. Sentii il cuore accelerare i battiti.

«Achlev sapeva che la costruzione delle mura avrebbe impedito alla pioggia di cadere, ma non voleva privarci del tutto della presenza di fresca acqua corrente. Dato però che i cancelli dovevano rimanere l'unico accesso, lui perforò la roccia stessa. Buchi abbastanza grandi da far scorrere l'acqua, ma troppo piccoli per compromettere la solidità della montagna o per far passare intrusi umani. E ora, che ne dici?»

Avevamo deciso che era troppo pericoloso pronunciare un incantesimo così complesso proprio sotto Porta Somma, con tanta gente intorno, e io avevo suggerito di usare la parte delle mura meno frequentata.

Ma ora, guardando da quell'altezza impressionante, mi domandavo se non avrei fatto meglio ad affrontare un pubblico.

Deglutii e annuii. «Ce lo faremo andar bene.»

Zan si tolse la sacca dalle spalle e prese gli ingredienti dell'incantesimo: del gesso, una ciotola, una lanterna e infine un ciuffo della criniera di Falada, di nuovo biancoargentea da quando era stata recisa e sottratta all'incantesimo di occultamento.

Zan prese il gesso e con mano rapida e sicura tracciò sulla pietra il nodo a tre punte: una triquetra, come avevo scoperto, grazie al *Compendium* non censurato. Quando ebbe finito, mi tolsi le scarpe e mi posi al centro, stando attenta a non cancellare le linee.

Respirai profondamente. «Mi serve un pugnale.»

«Ci ho pensato io.» Zan estrasse quella che sembrava una daga in miniatura da una tasca interna: dall'impugnatura alla punta il pugnale era lungo esattamente come la mia mano. Le iscrizioni sull'elsa erano indecifrabili, ma riconobbi una triquetra al centro. La sfoderò e scoprii con sorpresa che la lama era di vetro, non di metallo.

«È luneocite» spiegò Zan. «Sbriciolato nella sabbia e reso incandescente come il vetro. Ma al contrario del vetro» sbatté la lama contro la parete di roccia con un sonoro *ting!*, «una volta raffreddato non si rompe.» Me lo porse. «Un tempo, venivano consegnati ai triumviri dell'Assemblea. Questo apparteneva ad Achlev in persona. Ho pensato che, dovendo rinforzare i suoi incantesimi, ci avrebbe fatto comodo usare il suo pugnale.»

«È affilato» dissi, sfiorando la punta con il polpastrello. Una gocciolina di sangue affiorò sulla pelle. «Molto affilato.»

«Infatti» rispose lui, prendendo un fazzoletto per tamponare il sangue. «Quindi stai attenta.»

«Attenta?» trattenni una risata. «Tra poco verserò ben altro che una singola goccia di sangue.»

«Esatto» rispose con un sorrisetto. «Abbiamo bisogno del tuo sangue. Cerca di non sprecarlo. Ecco, lascia fare a me.»

Prese il pugnale e lo tenne per il lungo sul palmo della mia mano, la lama trasparente brillava al chiaro di luna, emanando scintille di luce come costellazioni sulla mia pelle. «Ti ferisci in modo sbagliato» disse. «Ti tagli troppo in profondità, e il taglio è troppo largo, in punti tali che è facile che ti sfregi o si riapra. Devi fare così, invece.»

Dopo un rapido movimento dimostrativo, e prima di restituirmi il pugnale, mi guardò attraverso i capelli che gli ricadevano sugli occhi. «Fin da piccolo ho osservato come lo faceva Simon» esitò. «Quello che fai è doloroso. Lo so. Credimi quando ti dico che non te lo chiederei mai se non fossi certo che ne vale la pena. Tu stai salvando delle vite, Emilie. Le vite della mia gente.»

Ci guardammo negli occhi. «Capisco» risposi, sincera. «Capisco perfettamente.» Poi praticai il taglio, con mano leggera e attenta, proprio come Zan mi aveva mostrato, sentendo il dolore e il potere crescere mentre il sangue sgorgava e assorbiva la luce dalla lama.

Zan mi tolse delicatamente il pugnale di mano e lo sostituì con la ciotola, guidandovi sopra il mio pugno sanguinante. Quando la prima goccia colpì il metallo, riecheggiò dentro di me come il rintocco di una campana. Alla seconda goccia, il suono divenne un lamento. Alla terza, divenne un grido così acuto e penetrante che temetti che le mie cellule esplodessero. Ma pur nel dolore straziante, la voce di Zan era chiara e limpida. «È l'ultima occasione per ritirarti. Sei sicura di essere pronta? Che hai fatto ogni cosa nel modo giusto?»

«Ho passato al setaccio quei libri. È così che ha fatto Achlev. Ne sono sicura.»

Lui annuì. «Come ci si sente a salvare il mondo?»

«Ti farò sapere» risposi nervosamente. «Leggi l'incantesimo che ti ho dato parola per parola, e fai una pausa tra una riga e l'altra in modo che possa ripeterle.» Wilstine magari non aveva bisogno di incantesimi, ma non avevo voglia di rischiare. «Alla fine, brucia il sangue e il crine nella ciotola.»

Lui accese un fiammifero e lesse la prima riga. «*Divina Empyrea, deduce me.*» "Divina Empyrea, guidami."

«*Divina Empyrea, deduce me.*»

Tenne il fiammifero sopra la ciotola. «*Hic, unione terrae, caeli marisque.*» "Qui all'unione di terra, cielo e mare."

«*Hic, unione terrae, caeli marisque.*» Il calore si spandeva dal vaso alla punta delle mie dita, dove si trasformò in un pizzicore che mi raschiava l'epidermide. Il sangue aveva cominciato a formare un cerchio attorno alla ciocca di crine.

«Continua» disse Zan. «*Ad te cum dono tua imagine et similitudine nos venimus.*» "Veniamo a te con un'offerta a tua immagine e somiglianza."

«*Ad te cum dono tua imagine et similitudine nos venimus.*» Era come se pezzi di vetro appuntito mi stessero scorrendo nelle vene, nella testa, giù per la gola, dentro e fuori le valvole cardiache prima di precipitarsi lungo le gambe e gettarsi fuori dalla pianta dei piedi e dentro le mura. E poi, ci fu l'espansione. Come se crescessi fuori dalla mia pelle e dalle mie ossa ed esistessi in un cerchio di luce.

«*Sanctificetur nomen tuum et imploretur misericordia tua.*» "Il tuo nome sia santificato e la tua misericordia implorata."

Riuscivo a malapena a formare le parole. Non ero quasi più cosciente di me stessa. Era difficile capire cosa dovevo muovere – non percepivo la bocca, le labbra, la lingua. Il vento frustava le mura come un uragano: lo presi, piegai l'aria per produrre i suoni che volevo. *Sanctificetur nomen tuum et imploretur misericordia tua.* Non era la mia voce, ma il fischio malinconico del vento.

Zan gettò il fiammifero nel vaso, e ciò che conteneva si accese con un sibilo e un lampo. In quell'istante sentii il potere del fuoco incandescente ascendere e unirsi al vento. Mulinando in una colonna ardente, scavando un cerchio nel cielo.

E allora le vidi: le linee di forza.

Il mondo fuori di Achlev era coperto di lampi di luce bianca accecante. Destra, sinistra, attraverso... Si intrecciavano sopra la terra, ovunque tranne che all'interno delle Mura di Achlev, attorno alle quali vorticavano implacabilmente... ma, perfino sotto i miei occhi, le linee cominciarono a svanire lentamente; e il vento si indeboliva.

«Non fermarti» ordinò Zan.

Il sangue nel vaso consumò il crine di Falada, trasformando il fuoco da oro in argento. La vidi, mentre correva libera attraverso una brughiera nebbiosa. Sentii il suo orgoglio selvaggio, la sua gioia esuberante, la sua passione violenta. Era come se sapesse che, se solo l'avesse voluto, avrebbe potuto correre così veloce da spiccare il volo e raggiungere la dea in cielo. Lei era Empyreana. Magia pura. E mi avrebbe dato ciò di cui avevo bisogno, perché mi amava. Si fidava di me. Non usò parole, ma sapevo quello che mi stava dicendo, che voleva aiutarmi, perché Kellan così avrebbe desiderato.

Ma di nuovo il fuoco scoppiettò. «Aspetta! Aspetta!» pregai. «Non ho finito, non ancora!» Uscii dalla triquetra, all'inseguimento della visione che sbiadiva.

«Cosa stai facendo?» esclamò Zan quando lasciai cadere la ciotola e versai il sangue e la cenere attraverso le linee di gesso. «Aspetta. Emilie!»

«Guarisco troppo in fretta» risposi, stordita, cercando di trattenere il fuoco argenteo che svaniva. «Il dolore non basta.»

Tutte le volte che avevo praticato la magia non avevo mai usato il dolore per farla funzionare. Cosa aveva detto Simon? La magia del sangue trae origine dalle emozioni: più il tuo cuore batte, più il tuo sangue scorre. A casa non avevo mai usato la magia senza essere terrorizzata dalla possibilità che il Tribunale mi scoprisse. Quando avevo salvato mia madre incinta, l'avevo fatto per pura disperazione. Quando avevo bruciato i miei aggressori nelle strade di Achlev, l'avevo fatto per mettere fine alla loro violenza selvaggia su di me. Esalai ad alta voce: «Paura. Devo sentire la paura».

Spinsi Zan da una parte e corsi verso il parapetto, piantando le dita sul bordo della merlatura e issandomi sopra. Frammenti di malta si sbriciolarono sotto i miei piedi nudi e la ghiaia smossa cadde nel vuoto divorante sotto di me. Mi sporsi sul bordo, ricordando la sensazione che avevo provato nel vedere Kellan scivolarmi dalle mani verso la morte, e il mio cuore sussultò in rapidi battiti furiosi. Se fossi caduta sarei morta – ma non era la mia vita che temevo di perdere. L'unico modo per spaventarmi abbastanza da completare l'incantesimo era mettere a repentaglio le vite legate alla mia. Alzai la mano ancora una volta e lasciai scorrere il sangue direttamente sul parapetto.

Funzionò, ma sapevo che non sarebbe durato a lungo. Freneticamente, attraversai il vuoto oltre il quale mi aspettava Falada. Chinò la testa e mise il suo splendido muso bianco nel mio palmo sanguinante. «Grazie» le dissi, prendendo tra le mani la luce argentea del suo spirito. Raccolsi solo ciò che mi serviva e lo trattenni, facendolo scorrere ed espandere. Poi allargai la mia consapevolezza e trovai la crepa nelle mura e la fissai con lo spirito argenteo di Falada. "Ci sono quasi!" pensai, ma il fuoco sbiadì ancora. Il mio corpo fermava il flusso del sangue e mi impediva di accedere alla magia all'interno delle mura – mi stavo coagulando, chiudendo, guarendo. Dovevo essere spaventata, ancora di più. Mi allungai oltre il bordo, in punta di piedi...

«Emilie!» gridò Zan, afferrandomi la mano mentre oscillavo. «Emilie, no. È pericoloso. No!» mi strattonò con rabbia, e caddi dal bordo fra le sue braccia.

Tremavo. Ero coperta di sangue. Ma avevo fallito. Fallito.

«Stai bene?» Era trasandato, i capelli aggrovigliati, gli occhi scuri come i boschi. Ci guardammo. E lentamente, alzai le dita insanguinate fino al suo viso, posandole dolcemente sul profilo della mascella. Senza rumore.

"Non hai paura di nulla, vero?" mi aveva chiesto Toris al banchetto a Syric. "Di tutto" avevo pensato. "Di nulla" avevo risposto.

"Non hai paura di nulla, vero?" Lo udii chiedere ancora, come un'eco.

«Sì» risposi.

"Zan."

"Ho paura di Zan."

Tutto rallentò e si fermò. Eravamo soli in quell'istante fragile, sospesi insieme nella magia e nella luce.

Poi chiusi gli occhi e mi lasciai andare.

L'ultimo residuo di potere eruppe da me come un'onda, infrangendosi contro le mura e riempiendo le crepe come balsamo su una ferita. Quando finì, crollai tra le braccia di Zan. La magia era andata, lasciandomi vuota e prosciugata e fredda. Eppure, mentre eravamo stretti uno tra le braccia dell'altra in uno stupore senza fiato, ero certa di non essere mai stata così viva.

19

Ricordavo a malapena di essere tornata a casa; l'incantesimo mi aveva completamente esaurito le forze. L'unica cosa che riuscivo a ricordare era la voce di Zan che mi diceva di mettere un piede davanti all'altro. «Non riesco a portarti» disse, anche se le parole erano confuse nella mia memoria. «Per favore, Emilie. Continua ad andare avanti. Dobbiamo farlo insieme.»

La mattina dopo mi svegliai sulla mia branda al suono di un coro lieve, sincopato, che si trasformò in un mormorio. Era un suono familiare e confortante, e fluttuai a lungo nella terra di confine tra il sonno e la veglia, ascoltando con soddisfazione. Kate aveva fatto un gran lavoro nella mia capanna: l'odore di muffa e di polvere erano scomparsi, sostituiti dal profumo dei fiori freschi del giardino e del pino imbevuto di pioggia.

Fu solo quando intervenne un secondo rumore, un suono duro e martellante, che mi scrollai di dosso gli ultimi residui di sonno. Mi alzai a sedere e vidi che anche Zan si stava svegliando, strofinandosi gli occhi mentre si alzava, sparpagliando le carte che aveva in grembo. Sembrava che si fosse addormentato mentre disegnava vicino al focolare dopo avermi aiutato a mettermi a letto. «Che succede?» Aveva la voce roca, le occhiaie, macchie di fuliggine sulle dita.

Bum! Bum! Bum!

Incespicai verso la porta e la aprii: Nathaniel era sulla soglia, con i vestiti fradici di pioggia e i capelli appiattiti sulla fronte.

Pioggia.

«Zan!» disse lui senza fiato. «Zan! È qui?»

«Sono qui» disse lui da dietro di me. «Cosa succ...» Sgranò gli occhi e mi passò davanti per mettersi sotto l'acquazzone, alzando le mani per catturare le gocce di pioggia, con un misto di meraviglia e orrore.

«Devi venire con me adesso, subito» disse Nathaniel con urgenza. «È la Porta Somma.»

«Resta qui» ordinò Zan, sbattendomi la porta in faccia. Fissai stordita il pannello di legno per alcuni lunghi secondi prima di andare a prendere il mantello di Kellan. Non sarei rimasta indietro, non se qualcosa stava andando male alla porta.

L'intera città stava uscendo dalle case per meravigliarsi della pioggia; tutti sussurravano e puntavano in un'unica direzione.

Presto i tre cavalli apparvero sopra i tetti, ma il loro marmo candido era adesso completamente rovinato dalle bruciature. Nel vicolo scorsi il cadavere di uno stallone bianco-argento, un Empyreano, ma non lo conoscevo. Lo guardai a bocca aperta. Avevo usato Falada per annullare uno dei due sacrifici compiuti. La morte di un solo cavallo non sarebbe dovuta bastare a provocare tutto questo.

Sentii una mano sul gomito e mi voltai. Era Kate, con il viso a forma di cuore incupito dalla preoccupazione sotto il cappuccio gocciolante. «Emilie» disse in tono serio. «Non andare laggiù. Ti assicuro che non vuoi vedere.»

Il mio respiro accelerò a un ritmo affannoso. Mi divincolai e mi feci largo tra la folla.

Sapevo che era successo qualcosa di terribile, lo sentivo nelle ossa, ma niente mi avrebbe potuto preparare a quella vista. Non riuscii a trattenere un grido di dolore.

Inchiodata all'architrave sopra la saracinesca di Porta Somma c'era la testa di una cavalla che un tempo era stata bianca. Il suo muso era contorto sui denti, congelato per sempre in un urlo straziante, mentre il sangue aveva ridotto la sua bella criniera a corde simili a serpenti. Era schizzato su tutto il marmo, delle bruciature nere si allargavano dalle macchie in striature simili a fulmini. Sangue e pioggia gocciolavano dalle sue labbra, formando dei rivoli rossi che delineavano i ciottoli della strada. Gli spiriti della porta vagavano svogliati sotto lo spettacolo grottesco, indifferenti alla morte o all'acquazzone.

Non mi accorsi quasi che Zan e Nathaniel stavano venendo verso di me, o dei tentativi di Zan di calmare i terribili suoni che provenivano dalla mia bocca. Non riuscivo a distogliere lo sguardo. Falada era morta. *Morta.*

«Emilie, smettila. Per favore. Stai facendo una scenata.»

«Non toccarmi.»

«Emilie, basta...»

«Non *toccarmi*!»

Nathaniel mi prese in braccio come se fossi stata una bambina che fa i capricci. Cercai di divincolarmi, ma quell'uomo doveva essere fatto di granito; non sembrava nemmeno accorgersi dei miei colpi. Quando mi posò a terra, eravamo lontani dagli sguardi curiosi. Kate e Zan ci seguivano.

«Come osi» dissi, fremente di rabbia.

Il viso di Zan era una maschera di calma, cosa che mi fece infuriare ancora di più. «Questo è ciò che stavamo cercando di evitare, Emilie... per tutte le stelle. Devono aver capito, dopo che hanno ucciso un solo cavallo, quello che avevamo fatto. E anche se era camuffata, forse hanno lanciato un incantesimo per vederla.» Imprecò di nuovo. «Mi dispiace per la tua cavalla, ma devi capire che ora abbiamo problemi molto più grandi...»

«Ti *dispiace*?» Pioggia e lacrime mi pungevano gli occhi.

«Anch'io sono arrabbiato. Avremmo dovuto farlo noi stessi. Almeno le avremmo dato una fine più pietosa, ma abbiamo fallito...»

Gli saltai addosso; non sapevo nemmeno io cosa avessi intenzione di fare, ma non riuscii a scoprirlo perché Nathaniel si mise in mezzo. Bloccata da quella barriera umana fui costretta a ritirarmi e mi misi a camminare su e giù.

«*Tu* hai fallito!» Mi pulii inutilmente gli occhi con la manica inzuppata. Il mento mi tremava. «Mi sono quasi ammazzata per il tuo incantesimo, perché tu avevi detto che l'avresti protetta e non l'hai fatto. Non so nemmeno perché ti ho creduto, non sai neanche proteggere te stesso. È a questo che ti serve Nathaniel, giusto? Per essere sicuro di non doverti mai spostare un capello sulla testa, di non sporcarti mai le mani.»

Zan disse, con una voce tranquilla e pericolosa: «Forse dovresti andartene. Calmati, e potremo parlare di nuovo quando sarai tornata lucida».

«Oh, me ne vado» dissi. «Ma finisce qui. *Io* ho chiuso con te.»

«Emilie» disse Kate, «aspetta!»

«Se vuole andarsene» disse Zan, «non fermarla.»

Tornata alla capanna, in preda a un turbine di emozioni, sbattei la porta con uno schianto assordante e mi ci appoggiai, mentre la rabbia scemava e lasciava il posto al vuoto e alla stanchezza. I miei vestiti erano umidi e freddi, me li sentivo pesanti addosso. Slacciai il corpetto e il vestito e me li tolsi, lasciandoli sul pavimento, poi mi misi davanti al fuoco con indosso solo la camicia bianca. Tremavo. Mi accovacciai, togliendomi i capelli bagnati dagli occhi.

Ero circondata dai fogli caduti dalle ginocchia di Zan quella mattina. Li raccolsi solo per toglierli di mezzo, ma non riuscii a metterli da parte senza dar loro un'occhiata. I primi due erano schizzi a carboncino di una città scintillante, come l'avevamo vista la sera prima dall'alto delle mura, catturata senza sforzo nello stile audace e drammatico di Zan. Il terzo disegno era di un paio di mani: le mie. In una c'era un coltello di luneocite; nell'altra, nient'altro che sangue nero che filtrava tra le lunghe dita bianche.

Posai gli schizzi e mi guardai le mani. Il taglio di ieri sera si era già rimarginato in una sottile linea rossa. Chiusi il pugno per nascondere il segno e la vecchia, familiare vergogna. Riudii nella mente l'eco lontana delle grida della folla inferocita del Tribunale: "*Strega! Strega! Strega!*".

Mi cadde lo sguardo sull'angolo di un altro disegno che era scivolato un po' più in là. Lo presi e mi alzai, nauseata. Volevo cancellare quell'immagine dalla mia mente per sempre, eppure non riuscivo a non guardarla.

La ragazza del disegno aveva i capelli che svolazzavano intorno al viso in una specie di aureola contorta, gli occhi spalancati e fissi, le labbra aperte in quello che sembrava un grido, non avrei saputo dire se di dolore o di estasi. I tratti armonici ed eleganti dello studio delle mani qui non c'erano: in questo disegno le dita della ragazza erano piegate e rigide come artigli. Le guance e le orbite degli occhi erano segnate da ombre profonde, accentuate dalle lingue di fuoco del sangue e dei capelli che bruciavano nella ciotola.

"Non mi stupisce" pensai. "Non mi stupisce che ci odino. Che ci brucino sul rogo. Non mi stupisce che l'Empyrea voglia liberare il mondo da noi." Questa... questa persona... era potere, pericolo e morte.

Era quello che Zan vedeva quando mi guardava.

Gettai il disegno alle fiamme. Mentre andava in fumo, mi misi in ginocchio, raccolsi tutti gli altri disegni e bruciai anche quelli.

Il fuoco ruggiva, il mio corpo soffriva nel caldo soffocante, come se la mia effigie e io fossimo indissolubilmente legate e anch'io fossi consumata dall'incendio. Avevo bisogno di aria. Corsi fuori sotto la pioggia e non mi fermai. Superai gli alberi, il laghetto, poi mi infilai nella galleria di scarico e nel tunnel successivo.

Quando mi arrampicai sulle rocce e arrivai al campo di sanguifoglia, la Messaggera mi stava già aspettando. Sapeva che sarei venuta, come sembrava sapere sempre tutto tranne quali strade mi avrebbero effettivamente aiutato.

«Per tutti questi anni ho lasciato che tu mi guidassi. Mi sono messa in pericolo per fare quello che mi ordinavi, e guarda a che punto sono. Guarda che fine ho fatto. È questo che volevi?»

Lei aspettò, in silenzio come sempre.

«Sono stufa. Di tutto. Di te, della magia, della morte.» Presi il coltello in luneocite di Achlev e mi feci un taglietto sull'indice. «Non voglio che tu venga più da me» dissi. «Non voglio che tu mi segua. Ho chiuso. Finisce qui.» Raccolsi ogni grammo di emozione che mi era rimasta dentro e gliela scagliai contro. «Basta... sparisci!» gridai, poi sentii uno strano, inquietante strappo.

Lei incespicò all'indietro, come se invece di parole le avessi lanciato delle pietre. Cadde nella rete di sanguifoglia che circondava la torre, e i tralci reagirono al suo tocco, avvolgendosi intorno agli arti e al tronco, risalirono sulla gola e si intrecciarono nei suoi capelli. La sanguifoglia la avvolse, divenne tutt'uno con lei, finché non rimasero solo le orbite nere dei suoi occhi, che splendevano cupi nell'intrico di germogli rossi.

Poi lei emise un urlo silenzioso, e il groviglio esplose in braci arancioni, si ridusse in cenere e lasciò uno spazio scuro nella siepe, rivelando una vecchia porta.

Toccai con mani tremanti l'intarsio di ferro arrugginito. Era un delirio di spirali e curve. Nel legno antico della porta c'era un lucchetto corroso, ma non ebbi bisogno di chiavi: cedette con una leggera spinta e io entrai, nervosa.

La pioggia filtrava da antiche crepe nelle pareti e cadeva da sottili feritoie su un mosaico raffigurante un nodo triquetra.

Ai piedi delle scale lo rividi, lo spettro di una donna con il corpo troppo distrutto per poterla riconoscere. Mi guardò al di sopra della spalla e poi si spostò verso le scale, rivelando un dipinto sul muro. Anche se il tempo ne aveva cancellato una buona parte, riuscii a distinguere tre figure: una donna fra due uomini, uno con i capelli scuri in piena luce e l'altro, al buio, con i capelli chiari.

Il dipinto proseguiva un pannello dopo l'altro, raccontando la storia di Aren, a mano a mano che salivo. Ombre nere fuoriuscivano da uno strappo nella barriera tra il piano materiale e quello spettrale, una più grottesca e spaventosa dell'altra.

Aren e i suoi fratelli seguivano le linee di forza fino a un luogo posto in un antico bacino accanto a un fiordo, in mezzo a una macchia di rose selvatiche. Lì, con le mani giunte, avrebbero lanciato l'incantesimo che avrebbe chiuso per sempre il foro.

Più mi avvicinavo alla cima della torre, e più i dipinti erano sbiaditi. Non riuscii a distinguere nulla fino al penultimo pannello, che mostrava Cael con un coltello in mano e Aren che moriva tra le braccia di Achlev. All'inizio sembrava che Achlev la stesse avvolgendo nelle rose, ma un secondo sguardo mi rivelò che i tralci erano diventati parte di lei. Quando la ebbero sopraffatta, le rose rosse diventarono di un bianco puro.

Invece di morire, era stata trasformata in sanguifoglia.

Ero in cima alla torre ora, e davanti a me c'era una porta basculante. Come quella dell'ingresso, era vecchia e fragile. La spinsi. Dava su una terrazza aperta nella luce del giorno grigio e piovoso. Mi voltai e vidi l'enorme statua di una donna, contornata da un alone fioco, che mi guardava dall'alto. Un coltello di luneocite, non dissimile da quello che avevo in tasca, era stretto fra le sue mani di pietra. Conoscevo bene la sua faccia ora. La mia antenata. La Messaggera. Aren.

Sentii il freddo della pioggerella cupa che mi pizzicava le braccia, e mi voltai.

Il fantasma della donna era sull'orlo della terrazza, accanto al parapetto semicrollato. Allungò la mano: voleva mostrarmi com'era morta. Troppo stanca per avere paura, la presi.

Ancora più violenta del freddo fu la transizione dal giorno alla notte, dalla mia prospettiva alla sua, negli ultimi istanti della sua vita.

In questa eco del passato, non avevo né occhi né orecchie miei. Vedevo ciò che vedeva lei, sentivo ciò che lei sentiva.

Stava parlando con un'altra donna nello stesso punto in cui ci trovavamo noi. "Non sopporto più di vederlo soffrire" stava dicendo. "Peggiora ogni giorno. Sento che mi sta abbandonando, Sahlma. E io non posso lasciarlo andare... non voglio..."

Sahlma? Ora riconoscevo la guaritrice della città. Più giovane, ma con lo stesso cipiglio funesto. "Meglio lasciare che la natura faccia il suo corso" disse Sahlma. "La sanguifoglia è sia malvagia che volubile: anche se riuscissi a raccogliere uno di quei petali, cosa quasi impossibile visto che si disintegrano nel momento in cui li tocchi, se poi non funzionasse? Allora sareste morta per niente."

La donna abbassò gli occhi e vidi un anello su ciascuna delle mani sottili. Uno rappresentava un corvo dalle ali spiegate, lo stemma della famiglia Silvis. L'altro era una pietra bianca trasparente, tagliata in mille sfaccettature triangolari. "Se non lo faccio, Zan morirà." Alzò la testa e guardò Sahlma. "Una madre non dovrebbe mai stare senza il suo bambino." Poi si tolse entrambi gli anelli e li mise nel palmo della mano di Sahlma. Tremando, disse: "Dopo che gli avrai dato il petalo e lui starà meglio, farai in modo che abbia questi? Gli dirai che gli voglio bene? Promettimelo".

"Non fatelo, mia signora. Per favore."

La donna salì sul parapetto e guardò il vasto panorama per l'ultima volta. La città, tutta la città era costruita a forma di nodo triquetra, lo vidi attraverso i suoi occhi. Ciascuna delle tre porte era un vertice. Le linee delle strade cittadine, degli alberi e la forma del fiordo costituivano le curve del nodo, racchiuse nella cerchia delle grandi mura. Noi eravamo al centro esatto, protetto dal castello su un lato e dal fiordo sull'altro.

Poi la donna guardò il tappeto di sanguifoglia molto, molto più in basso.

Fece un respiro profondo, si girò un'ultima volta a guardare Sahlma e disse: "Meglio che mi sbrighi".

Poi ci voltammo e saltammo giù, lei e io insieme.

Ma prima di cadere, due braccia mi circondarono, strappandomi alla visione e al parapetto. Caddi all'indietro con un grido, rotolando attraverso la porta già in pezzi e giù per le scale, avvinghiata a un altro corpo. Sentii le costole, la testa e le membra sbattere sulla pietra impietosa, poi ci fermammo contro il muro su un largo pianerottolo. Rotolai su un fianco, stordita dal dolore, e vidi Zan.

Aveva gli occhi velati, la faccia coperta da uno strato di sudore. Sembrava sconvolto.

«Zan? Ma che succede? Che cosa...»

Lui aveva le mani al petto e ciascun respiro era come un coltello che grattava sulla pietra, roco, metallico disperato. «Non. Saltare. Per favore.»

«Cosa?» Mi voltai verso il riquadro di luce della terrazza della torre e capii. Mi aveva salvato. Pagando un prezzo molto alto.

«Zan? Zan!» Nathaniel stava salendo precipitosamente le scale, angustiato. «Sta bene? Ti ha vista salire, e ti è corso dietro. Ho cercato di fermarlo, ma lui mi ha spinto via.» Zan, cercando di alzarsi, era caduto su un fianco, con il respiro sempre più stentato.

«È il cuore» disse Nathaniel. «Non so cosa gli sia preso... Lui conosce i suoi limiti. Sapeva che non sarebbe riuscito a salire fin quassù senza mettersi nei guai. Però l'ha fatto lo stesso.»

Passò il braccio sotto la spalla di Zan e lo sollevò. Stavo per prendergli l'altro, quando lui mi afferrò il polso e mi guardò con terrore negli occhi.

«Stai... sanguinando» ansimò. Mi guardai la mano, e in effetti era coperta del sangue che colava da una ferita nel braccio. Poi, senza pensare, premetti il mio palmo insanguinato sulla sua guancia e dissi al suo dolore: "Non qui". Gli parlai come avevo parlato al fuoco. I libri dicevano che la magia del sangue non si presta alla guarigione. Ma il dolore... Era universalmente noto che la magia del sangue poteva essere alimentata e incanalata con il dolore. Perciò, anche se non potevo guarirlo, potevo usarlo, giusto? Forse perfino spostarlo.

Indirizzai il dolore dentro di me. "Qui" gli dissi.

E all'improvviso fui in preda a un'agonia che non sarei mai riuscita a immaginare, un peso sul petto, una morsa intorno alle costole, il cervello in fiamme. Stavo annegando. Niente aria. Niente aria. Non avevo modo di gridare il mio terrore. Niente aria.

Non so quanto tempo restammo seduti lì: Zan che si contorceva sulla scala della torre e io china su di lui con la camicia fradicia, aggrappata alle sue braccia mentre respiravamo allo stesso ritmo. Sentivo la disperazione in ogni tentativo di inspirare, la fitta lancinante che accompagnava ogni battito del cuore, e poi... presi io quel dolore. Dentro di me.

Quando finalmente, esausto, richiuse gli occhi e reclinò la testa, io fui libera; ansimavo ed ero ancora aggrappata al suo braccio inerte. Me lo passai sulle spalle: era pesante.

«Credo di aver tolto la parte peggiore» dissi, respirando a fatica. «Ma dobbiamo portarlo in un posto asciutto e caldo, dargli qualcosa che lo aiuti a respirare. C'è un guaritore al castello?»

«Non possiamo portarlo al castello» disse Nathaniel. «Non permetterebbe mai che gli altri... che il re lo vedesse così a corte. Sarebbe furibondo.»

«Nemmeno per salvarsi la vita, accidenti?»

«Nemmeno.»

Imprecai. Anche da svenuto, Zan era una rottura di scatole. «Posso pensarci io, credo, se riusciamo a portarlo alla mia capanna.»

Trascinammo il suo corpo inerte in mezzo a noi, con i piedi che sbattevano contro ogni gradino, e uscimmo sotto la pioggia mentre io alternavo gli insulti per la sua idiozia alle preghiere per la sua piena guarigione. Ma poi il pensiero che sarebbe uscito indenne da quel disastro mi faceva arrabbiare di nuovo, e ricominciava daccapo.

Ci trascinammo lungo i canali abbandonati, con l'acqua che mi arrivava alla vita, prestando attenzione al tempo che passava tra i suoi respiri faticosi.

Arrivati alla capanna, aprimmo la porta e lo scaricammo sulla branda. Lui gemette, a malapena cosciente.

Nathaniel fece per avvicinarsi, ma io alzai la mano. «Va bene così. Lasciamolo riposare.»

Mentre raccoglievo il necessario per la pozione, Nathaniel si appoggiò allo stipite della porta. «Lui mi ha assunto, per ordine di Kate, perché gli insegnassi a combattere. Per farlo diventare più forte, più sano. Gli ho insegnato tutto il possibile, e lui ha fatto grandi progressi. Ma certe cose non guariscono, bisogna solo adattarsi.» Poi aggiunse dolcemente: «Per lui è difficile lasciar fare a me le cose che fisicamente non può affrontare».

«Non lo sapevo» dissi. Tutte le volte in cui lo avevo giudicato noncurante, pigro... "È a questo che ti serve Nathaniel, giusto? Per essere sicuro di non doverti mai spostare un capello sulla testa, di non sporcarti mai le mani". Ripensai alle mie parole di quella mattina con rimorso crescente.

«Lui non voleva che lo sapessi» sospirò Nathaniel. «Mi sento inutile a stare qui senza far niente. Posso aiutarti in qualche modo?»

Mi alzai, un po' a fatica. Dissi stancamente: «Sai che cos'è la canfora?».

«Sì» rispose lui. «Kate ne ha distillata un po' di recente.»

«La tiene qui?»

«No... È da noi, in un mobile della cucina.»

«Puoi andare a prendermene un po'?»

«Certo. Torno subito.»

Avevo tutto il resto. Ricordavo bene le pagine dell'erbario di Onal. Per facilitare il respiro. Mentre preparavo l'occorrente, ansimavo: la malattia di Zan indugiava ancora anche nei miei polmoni.

Misi il bollitore sul fuoco e cominciai ad aggiungere gli ingredienti presi dalle riserve di Kate. Menta, foglie di tè, curcuma, zenzero. Inalare il vapore mentre mescolavo. Il sollievo, anche se piccolo, fu immediato.

Quando la mistura cominciò a bollire, Zan si svegliò. «Cos'è questo odore?»

«Una medicina. Ancora non è pronta. Nathaniel è andato a prendermi un altro ingrediente, ma intanto tieni.» Ne versai un po' in una tazza. «Questo ti farà bene, per ora. Non berlo. Inala.»

Lui prese la tazza e chinò il viso sul vapore. «Hai intenzione di parlarmi del fatto che stavi per saltare giù dalla torre?»

«Hai intenzione di parlarmi del fatto che ti sei quasi ammazzato per fermarmi?»

Mi lanciò un'occhiataccia e guardò di nuovo la tazza.

«Non volevo saltare» dissi.

«No? Allora che stavi facendo?»

Esitài. Era lo stesso dilemma che avevo affrontato tante volte con Kellan: dirglielo e instillargli dei dubbi sul mio conto? Oppure tenerlo per me, l'ennesimo segreto da custodire, un altro mattone nel muro che mi separava dalle persone care?

«Dopo quello che è successo a Falada, sono andata alla torre per stare un po' da sola. Quando ho visto che c'era modo di entrare, la curiosità è stata troppo forte.» Non era un granché come spiegazione, e lo sapevo. Cercai un pezzo di verità per costruire una bugia credibile. «Quando sono arrivata lassù ho visto la forma della città, l'ho vista davvero per la prima volta. È stata costruita a forma di nodo Achlevano, con le porte a ciascuno dei vertici. Era bellissima. Allora... Sono salita sul parapetto per guardare meglio.»

«Una qualunque mappa decente ti avrebbe detto la stessa cosa. Non c'era bisogno...» Fu preso da un attacco di tosse aspra e violenta. Mi chinai accanto a lui, pronta a ritentare l'incantesimo, a trasferire la sua sofferenza su di me, ma lui mi allontanò. Quando l'attacco finì, disse: «Non volevo che vedessi questo».

«Che cosa?»

«La mia debolezza.»

Non risposi. Andai a mescolare la pozione nella pentola con forza eccessiva, prima di posare il mestolo con uno schianto metallico. Poi strinsi i pugni e mi appoggiai al tavolo, incapace di guardarlo in faccia.

«Sei arrabbiata» osservò lui.

«La tua è una malattia, non una debolezza.»

«Per me è la stessa cosa.»

«Se penso alla debolezza, penso ai deboli di mente, ai deboli di volontà, ai codardi. Tu non sei nessuna di queste cose.»

«E invece sì, tutte.»

«Smettila» lo implorai. «Quello che ho detto stamattina... è che...»

Lui si alzò e venne ad appoggiarsi al tavolo accanto a me, in quel modo casuale e noncurante che ora sapevo essere solo una facciata. «Non scusarti» disse. «Non c'è niente di questa mattina che vorrei cambiare, a parte una cosa. Quando hai detto che avevi chiuso con me. Dicevi sul serio?»

Tra noi due c'era pochissimo spazio.

«No» sussurrai.

«Emilie, oggi sarei dovuto morire, eppure sono qui. Sei stata tu, vero? Mi hai salvato.»

«Anche tu hai salvato me» bisbigliai.

«I tuoi occhi mi confondono» disse. «Sono come una tempesta: grigi, poi azzurri, poi d'argento... cambiano di continuo. C'è qualcosa di assolutamente incredibile in loro. E in te.»

Ma con la forza di uno schiaffo mi tornò in mente quando mi aveva fatto il disegno che mi ritraeva sulle mura, la maestà da incubo di quella figura che lanciava un incantesimo di sangue. Ero una forza primigenia, strana e devastante, bella come un fulmine, terribile come il tuono. Incredibile, sì. Inumana.

Mi voltai bruscamente, e tutto il calore che c'era fra noi fu spazzato via all'istante da un colpo d'aria fredda.

«Ho portato la canfora» disse Nathaniel entrando quasi di corsa.

Andai subito a prendergli di mano il barattolo e lo vuotai nella pentola, sperando che lui non vedesse il rossore che mi era salito dal petto su per il collo e le guance.

Nathaniel lanciò un'occhiata a Zan. «Vedo che ti senti meglio.»

«Sì» rispose lui, guardandomi con curiosità. «Molto meglio, direi.»

20

Quella sera, quando rimasi sola, per prima cosa aprii la copia del *Compendium* che Zan mi aveva permesso di prendere dalla biblioteca. La giornata aveva lasciato i miei sentimenti in un groviglio indisciplinato; ora, ogni volta che i miei pensieri andavano alla deriva, era sempre per tornare a Zan. Il suo sorriso insopportabile. Il suo atteggiamento indifferente e irritante. Il suo ingegno, la sua lingua affilata. I suoi occhi.

Per distrarmi, misi tutta la mia energia in un unico, semplice compito: l'identificazione del sanguimago che aveva ucciso Falada.

Nonostante l'origine discutibile della mia motivazione, l'obiettivo era degno. Ora che il sigillo di Porta Somma era rotto, l'orologio di Porta Foresta ticchettava.

Se non avessimo agito in fretta, una fanciulla, una madre e una vecchia avrebbero subito lo stesso destino di Falada. Zan riteneva che questi tre sacrifici sarebbero stati tentati nell'intervallo tra le lune gibbose, e la luna piena che segna l'apice del mese. Dieci giorni in totale; ma gli attacchi sarebbero potuti iniziare in qualsiasi momento. Non potevamo permetterci alcun ritardo.

Lessi rapidamente il libro, ma non trovai nulla di utile, fino a una sezione intitolata "Preveggenza".

Praticata più spesso dai maghi ferini o dagli arcimaghi, la magia del sangue è meno precisa e può dare risultati insoddisfacenti.

Era la mia opzione migliore, ma le speranze di poterla usare svanirono in fretta: l'incantesimo richiedeva un piccolo pegno personale. Potevo usarlo per vedere una persona lontana, qualcuno che conoscevo, ma sarebbe stato inutile per identificare uno sconosciuto. Chiusi il libro, frustrata, ma poi lo riaprii immediatamente.

Potevo usarlo per vedere una persona lontana, qualcuno che conoscevo. Potevo usarlo per vedere mia madre.

Avevo bisogno di lei. Volevo raccontarle tutto. La paura, il dolore, i trionfi... l'inaspettato, complesso legame con un irritante, affascinante ragazzo dagli occhi verdi.

Seguendo le istruzioni dell'incantesimo, riempii d'acqua una ciotola di rame fino all'orlo, e la lasciai riposare finché la superficie non fu liscia come uno specchio. *Metti davanti a te il memento della persona che cerchi di raggiungere,* continuava il libro. *Una ciocca di capelli, un esempio della sua scrittura, un ritratto.*

Avevo il mio abito da sposa, cucito dalle mani di mia madre, ma l'avevo messo via e non volevo pensare al fatto che quando tutto fosse finito, se le cose fossero andate per il meglio, avrei dovuto comunque sposare il cugino di Zan. No, avrei usato il panno di sangue. Mi inginocchiai con il panno in una mano. Mi punsi il dito e lasciai cadere le gocce di sangue nella ciotola.

Concentratevi e ripetete le parole: Mihi ostende quem quaero. "Mostrami chi cerco."

«*Mihi ostende quem quaero*» dissi, mentre le gocce di sangue nell'acqua sbocciavano come rose.

Strinsi la stoffa nella mano e scrutai la superficie liquida, in cerca di un segno che l'incantesimo stesse funzionando... un segno qualsiasi...

Quando finalmente si formò una specie di patina oleosa, non vidi il viso di mia madre, bensì quello di un uomo. L'incantesimo mi aveva avvertito che la magia del sangue poteva dare risultati insoddisfacenti, ma ero delusa comunque. Mi chinai per guardare meglio. Sembrava...

Gridai per lo spavento, rovesciando la ciotola e facendo sparire la visione.

L'acqua mi aveva mostrato un uomo, sospeso nella luce, con gli occhi chiusi e grandi foglie verdi a medicare la ferita sul petto nudo, dove Toris aveva affondato il coltello.

Tremando, spiegai il panno.

Dopo la morte di Kellan, la macchia circolare della sua goccia di sangue era sbiadita fin quasi a sparire, ma solo quasi. Ora era nitida come il giorno in cui l'aveva fatta cadere, per legare le nostre vite.

C'erano tre gocce sulla stoffa. Tre. Era la prova che in qualche modo lui fosse riuscito a fermarsi sulla soglia della morte e tornare indietro?

"Che le stelle mi salvino" pensai sbalordita. "Kellan è vivo."

Dovevo mandare un messaggio a casa a Renalt. Non a mia madre, trattenuta sotto la custodia del Tribunale, ma alla tenuta dei Greythorne, la famiglia di Kellan. Erano stati gentili con me quando ero piccola, ed erano fedeli a mia madre e alla corona.

E per di più, avrebbero avuto le risorse e le motivazioni per trovare Kellan, se fosse stato davvero ancora vivo e se quella non fosse stata solo un'illusione della mia fantasia, e garantire il suo sicuro ritorno a casa. Portare qualcun altro a conoscenza della mia identità poteva metterlo in pericolo. Doveva essere uno sconosciuto a recare il messaggio, qualcuno che non mi conosceva, che non avrebbe messo in discussione ciò che chiedevo e perché. Qualcuno che non ci avrebbe pensato due volte a fare un viaggio pericoloso solo sulla base della mia parola.

In breve, dovevo trovare qualcuno che non aveva niente da perdere.

Indossai il mantello azzurro e misi nella sacca gli oggetti sul tavolo, aggiungendo un pezzo di pane e una fiasca d'acqua tappata. Fuori era completamente buio, ma trovai facilmente le scale nascoste di Zan, salii fino alla cima delle mura e proseguii lungo il camminamento. Non verso nord questa volta, ma a sud, verso le gabbie. Superai prima Porta Foresta, costeggiando lo stretto percorso ai piedi della statua delle tre donne. Non le avevo mai viste così da vicino, ed erano ancora più belle. La prima era giovane e agile, la seconda aveva le forme morbide e il ventre rotondo di una futura madre, e l'ultima era nodosa e piegata dall'età, come un albero antico.

L'aria era fresca e chiara ora che la pioggia era finalmente cessata. L'acqua piovana si era raccolta in diversi punti delle strade sottostanti, riflettendo la luna crescente come frammenti sparsi di uno specchio rotto. Fui grata alla pioggia per aver lasciato quell'odore umido a coprire in parte il fetore di morte che cominciava a pervadere l'aria a mano a mano che mi avvicinavo alle gabbie.

Le gabbie erano disposte tra Porta Somma e Porta Foresta, appese a delle catene a distanza di una quindicina di metri l'una dall'altra. Le prime due ospitavano due uomini morti da poco, uomini che probabilmente erano rimasti feriti quando erano stati infilati dentro ed erano morti dissanguati. La terza gabbia conteneva solo ossa e uno spirito dagli occhi vuoti accasciato tristemente in mezzo ai suoi resti. Quando mi vide, si lanciò contro le sbarre, ringhiando e battendo i denti, tendendo verso di me le dita ossute. Rabbrividii e passai oltre.

Alla quarta gabbia mi fermai e mi sporsi dal parapetto merlato. Incrociai lo sguardo di un uomo vivo. La bocca era ancora coperta dal bavaglio, ma gli occhi erano accesi. Cercai di calcolare quanti giorni erano passati dalla Giornata dei Postulanti. Due? Tre?

«Ray? Raymond Thackery?» dissi nel buio, e lui annuì lentamente. «Ho cibo e acqua. Senza, morirai. Hai qualche giorno di vita, se sei fortunato. Hai capito?»

Un cenno della testa.

«Ho bisogno di inviare un messaggio. A Renalt. È della massima importanza, e richiede una segretezza assoluta. Ci sarà una grande ricompensa per te. Una somma di denaro, più la sicurezza e l'asilo a Renalt. Comprendi i rischi?»

Un altro cenno.

«È una cosa che hai intenzione di fare?»

Un altro sì.

«Bene.» Andai all'argano e girai la manovella. La gabbia cominciò a rientrare un centimetro alla volta, mentre io ruotavo la manovella cigolante appoggiandomi con tutto il peso. I disturbi al cuore e ai polmoni che avevo assorbito da Zan erano spariti da tempo, ma quando la gabbia finalmente ondeggiò sul camminamento sudavo e ansimavo. Con altri due giri di manovella fu a portata di mano.

C'era un lucchetto sullo sportello, e Thackery mi guardò armeggiare con il mio coltellino finché non riuscii a forzarlo, aprendo la porta. Lui tremava quando lo aiutai a scendere, e si accasciò contro il parapetto.

Gli tolsi il bavaglio. «Ecco» dissi, stappando la fiasca dell'acqua. «Bevi. Piano, però. Piano.»

«Ti... ti ammazzano... se scoprono che mi hai aiutato.» Thackery ansimava, asciugandosi la bocca con la manica. «E sarà molto sgradevole. C'è un motivo per cui la gente non fa evadere i parenti che finiscono in gabbia.»

«Non ho paura del re.»

Tra un sorso e l'altro, disse: «Il re è stupido, ma ha una certa creatività quando si tratta di far soffrire la gente. E ci sono un sacco di persone che si approfittano della sua stupidità e speculano su quella sua particolare creatività. Bisogna aver paura anche di loro».

«Lo terrò presente.» Poi gli detti il pane. «Mangia lentamente o ti sentirai male.»

Tra un gran boccone e l'altro, mi chiese: «Che messaggio devo portare e dove?».

«Solo questo.» Presi un foglio, piegato e sigillato e indirizzato a lord Fredrick Greythorne, il fratello maggiore di Kellan. Vi avevo scritto tutto: quello che Toris aveva fatto nel bosco, che Lisette viveva nel castello spacciandosi per me, che Conrad era illeso ma sembrava riuscire a mantenere la farsa. L'ultima cosa che avevo scritto era la mia convinzione che Kellan fosse ancora vivo, ferito, e che si stesse probabilmente riprendendo in uno dei villaggi fuori dall'Ebonwilde. L'avevo firmato con il mio nome, stupendomi di quanto mi suonasse estraneo.

Se Fredrick fosse riuscito a trovare Kellan, la sua storia avrebbe confermato la mia testimonianza scritta e fornito la prova del tradimento di Toris. Probabilmente, avremmo potuto collegare i suoi sforzi per insinuarsi ad Achlev con la presa del Tribunale e accusarli tutti di tradimento. Mia madre avrebbe potuto riprendersi la corona, e poi... sarebbero venuti a cercare me e Conrad. Saremmo stati salvi.

«Dovrai portare questo a lord Fredrick Greythorne. Consegnalo a lui e a nessun altro, capito? La sua terra si trova nella provincia del Renalt occidentale. Risparmierai tempo andando in barca fino al porto di Gaskin. Da lì ci vorranno circa quattro giorni di cammino.»

«C'è un problema.» Thackery smise di masticare voracemente. «Come pagherò il prezzo della barca? Mi hanno tolto tutto quando mi hanno preso. E come faccio a mangiare, poi? Un uomo deve mangiare.»

Strinsi le labbra, chiedendomi se dovevo ricordargli che fino a cinque minuti prima stava per morire di fame in una gabbia. Ma ci ripensai e dissi: «Ecco. Questo dovrebbe bastare per la barca e anche per un po' di cibo». Era l'ultimo dei miei tesori: la catenina d'oro del mio bracciale con i ciondoli. Un altro pezzo di me a cui ero costretta a rinunciare. «Non fermarti. Non perdere tempo. Il tempo è essenziale. Ora togliamoci da questo muro» dissi. «Presto, prima che arrivi qualcuno.» Cercai di aiutarlo ad alzarsi, ma era troppo debole per stare in piedi.

«Non posso aiutarti... nelle mie condizioni. Sarei già... morto se non fosse stato per la pioggia. La succhiavo dal bavaglio.» Deglutì. «Non ti servo a niente, ragazza. Tanto vale rimettermi nella gabbia. È meglio così. A Gilroy mancherei troppo, comunque.»

«Silenzio» ordinai. «Non farò niente del genere.»

Mi feci un altro taglietto con il coltello di luneocite e poi misi la mano in quella di Thackery. «Dallo a me» dissi, proprio come avevo fatto con Zan nella torre.

Ma con Zan avevo agito d'istinto, emotivamente. Stavolta era diverso. Non conoscevo quest'uomo e non mi importava di lui. Non riuscii a stabilire la stessa connessione.

Però dovevo farlo. Il tempo stava per scadere. Era la mia occasione, probabilmente l'unica, di rimediare ad alcune cose che mi erano state fatte. Sentii montare la rabbia e l'impazienza. «Dallo a me, accidenti!»

Fu come un pugno. La fame nauseante. La sete. La debolezza. Inspirai con forza ed espirai, rompendo la connessione.

«Ecco fatto» borbottai, piegata in due.

Lui si rialzò. «Cos'hai fatto?»

«Ho fatto in modo che tu... possa uscire di qui.» La mia voce era roca.

Lui sgranò gli occhi. «Sei una...»

«Stai zitto... via di qui.»

«Ma...»

«Io... sto bene. Fai come ti ho detto... e vai. Subito!» ringhiai.

Lui corse via, veloce come un coniglio, lungo la curva delle mura che conducevano oltre il molo, a Porta del Re. Mi trascinai al parapetto per cercare di vederlo, ma la mia vista era offuscata; appena superò Porta Somma non lo vidi più. Non c'era altro che potessi fare: o sarebbe arrivato a Renalt o non ce l'avrebbe fatta. O consegnava il mio messaggio o non lo faceva. Non aveva senso preoccuparsi ora. Era andata.

21

Non andai a casa quella notte: passai le ore tra l'evasione di Thackery e l'alba vagando a fatica, confusa e svuotata, da una strada all'altra. L'ultima volta che ero quasi morta di fame, perlomeno, era successo a poco a poco; invece ora la fame mi colpì come un sacco di mattoni dritto nello stomaco. A metà mattina ero arrivata solo alla piazza.

La fame di Thackery stava svanendo, ma ora era la mia stanchezza a farsi sentire. Mi accasciai contro la colonna del portico di un negozio di tessuti per riprendere fiato quando sentii una voce alle mie spalle. «Emilie?» Kate stava uscendo dal negozio, con un cesto pieno di stoffe sotto il braccio.

Mi voltai e feci un sorriso forzato. «Buongiorno» dissi, con tutta l'allegria che mi riuscì.

Lei mi prese sottobraccio. «Sono contenta di averti incontrata! Con il matrimonio reale così vicino, ho una quantità di ordini per i costumi del ballo di fidanzamento. Una donna ci andrà vestita da gufo, un'altra... non ci crederesti mai... da albero. Da *albero*. E nemmeno uno buono, che so, un abete rosso o un salice. No, ci va vestita da gelso. Che poi è abbastanza carino con quei piccoli frutti e tutto quanto, ma quando ero piccola ne avevamo uno nella nostra proprietà e faceva delle cose molto sgradevoli agli uccelli che mangiavano le more...» S'interruppe. «Emilie, stai bene?»

Annuii debolmente. «Sì, bene» dissi.

Lei non sembrò convinta, ma proseguì: «Insomma, con i soldi dei nuovi ordini ho comprato questi» indicò le stoffe nel cestino, delicati motivi floreali su tessuti soffici, «così posso fare finalmente qualcosa per il bebè. Non sono un amore?». Accarezzò i tessuti con aria sognante. «Ti immagini una vestaglietta fatta con questo? Le starà benissimo.»

La vista mi si stava un po' annebbiando, ma feci del mio meglio per ignorarla. «*Le*?»

«Oh sì» disse Kate raggiante, guardandosi la pancia. «È una bambina. Lo sento. Non dire niente a Nathaniel, ma voglio chiamarla Ella, come sua madre.»

Ci stavamo avvicinando alla villetta di Kate, appena in tempo: le forze mi stavano abbandonando. Capire cosa stava dicendo Kate mi costava una gran fatica, dovevo concentrarmi su ogni parola.

Alla fine del vialetto, però, lei si fermò all'improvviso. C'era un uomo sulla soglia, con il pugno alzato come per bussare.

«Dedrick?»

L'uomo si voltò, sbalordito. «Katherine? Sei proprio tu?» Poi corse a stringerla in un abbraccio entusiasta.

«Che ci fai qui?» chiese lei con un gran sorriso. «È passato tanto tempo dalle nostre ultime lettere che non pensavo nemmeno che saresti riuscito a trovarmi!»

«Sono venuto per la Giornata dei Postulanti, ma visto che il matrimonio reale è così vicino, ho deciso di restare fino a dopo il ballo di fidanzamento. È per questo che sono qui, a proposito. Ho chiesto dove trovare i costumi più belli e mi hanno dato questo indirizzo. Non avrei mai sperato che fossi tu la sarta di cui parlavano.» Fece un passo indietro. «Ma guardati, sei uno spettacolo. Quanto manca ancora?»

«Poche settimane, ormai» disse allegramente Kate.

«Ho sempre saputo che saresti stata una madre meravigliosa.» L'uomo ridacchiò. «Ovviamente immaginavo circostanze un po' diverse.» Posò lo sguardo su di me, notandomi solo allora. Io ansimavo e la vista mi si stava oscurando.

«Oh!» disse Kate. «Ho dimenticato di presentarvi. Dedrick, questa è la mia amica Emilie. Emilie, lord Dedrick Corvalis, il mio...»

«Amico» disse lui, inchinandosi educatamente. «Ed ex fidanzato.» Ammiccò, poi raddrizzò la schiena. «Katherine, la tua amica non sta bene, mi sembra. Forse dovremmo...»

Fu in quel momento che le mie gambe cedettero.

«Falla stendere qui, su questa poltrona.»

Dedrick ubbidì e mi sistemò con delicatezza, mentre Kate mi si agitava intorno, sentendomi la temperatura sulla fronte e sollevandomi le palpebre per controllare la dilatazione delle pupille. Cercai di allontanare la sua mano. «Smettila di agitarti. Sto bene. È stato solo un piccolo incantesimo un po' spiazzante.»

«Da quanto tempo non mangia, mia cara?» chiese Dedrick con un tono preoccupato da padre. Visto da vicino era anche più bello: aveva capelli castani e lucidi, un sorriso seducente e un accenno di fossetta nel mento. Batté appena la mano guantata sulla mia.

«Sto bene» insistei.

«Ci penso io a lei» disse Kate. «E tu avrai il tuo costume domani a metà pomeriggio, parola mia.» Fece una pausa. «Dedrick, so che non ci parliamo di persona da... da quando...»

«Da quando sei scappata con il mio braccio destro?» Dedrick ridacchiò piano.

«Sì. Esatto.»

«Mi sono reso conto da tanto tempo che se mi fossi preso più cura di te, se ti avessi accompagnato di persona, forse le cose sarebbero andate diversamente. Ma non posso biasimarti per esserti innamorata. L'ho fatto anch'io. Centinaia di volte.»

Lei rise. «Non ne dubito. La tua reputazione è nota. Probabilmente saresti stato un pessimo marito.»

«Probabilmente sì» disse lui ridendo, «invece tu saresti stata una moglie straordinaria.» Guardai altrove quando lui le sfiorò affettuosamente la guancia. Il sorriso di Kate vacillò e Dedrick tolse subito la mano, schiarendosi la voce. «Tua madre sarà felice di sapere che ti ho vista. Posso comunicarle la bella notizia?»

«Lo faresti?» chiese Kate, con gli occhi che brillavano. «Mi piacerebbe tanto rivederla, anche se nessun altro vuol vedere me. Forse dopo che sarà nata...»

«Tua madre sente disperatamente la tua mancanza» disse Dedrick. «Sono sicuro che si può organizzare un incontro.»

Si era messo il cappello ed era già alla porta, quando quella si aprì e Nathaniel, che stava per entrare, rimase immobile con la mano sul pomello. L'atmosfera si raffreddò immediatamente.

«Dedrick» disse, quasi più un'accusa che un saluto.

«Nathaniel» rispose Dedrick. «Che piacere vederti.» Inclinò il cappello in direzione di Kate e si guardò intorno. «Avete proprio una bella casetta. Spero di rivederla presto.»

Nathaniel, che occupava tutta la soglia, non si spostò per lasciarlo passare e l'impatto fra le loro spalle fu duro. Dedrick diede un ultimo saluto guardandosi appena indietro. «Buona giornata a tutte e due.»

Quando uscì, Kate si rivolse al marito, livida. «Che significa? Era un ospite... anzi, un cliente. È venuto perché cercava una sarta per un costume, non sapeva che avrebbe trovato me. Non potevi mettere insieme un po' di buona educazione?»

Il tono di Nathaniel era teso. «Non far più entrare quell'uomo in casa mia.»

«Casa tua? Questa è casa *nostra*, Nathaniel. Io posso far entrare chi voglio. Ma che ti è preso?»

«Non farlo» disse Nathaniel, pericolosamente calmo. «Non disubbidirmi, Kate. È la mia ultima parola sull'argomento.»

Kate aprì la bocca, poi la richiuse: ero sicura che era la prima volta che Nathaniel le parlava in quel modo. Se non fosse stata così sbalordita, forse lei avrebbe pianto.

Zan entrò senza nemmeno bussare. Attraversò la stanza a grandi passi e sbatté sul tavolo un libro, ignaro della tensione che aveva rotto.

«Ho studiato ancora» disse. «E credo di aver individuato il modo di venirne a capo. Per scoprire, se non il criminale, il momento e il luogo del prossimo omicidio.»

Kate respirò a fondo e si lisciò l'abito, evitando lo sguardo di Nathaniel. «E come?»

Lui mi fece un cenno e io mi alzai a fatica per andare a vedere. «Ecco. Questo è un libro sull'alta magia. Ai vecchi tempi, i maghi vivevano e morivano secondo quella che loro chiamavano la vista: visioni dell'Empyrea. Alcuni erano in grado di vedere immagini del passato; altri, del presente. E altri ancora, pochi e molto speciali, avevano la capacità di vedere il futuro.»

«Questo non ci aiuta» disse Kate. «Emilie è una maga del sangue.»

«È vero» disse Zan, «e la magia del sangue non funziona allo stesso modo dell'alta magia: lei può tracciare una mappa delle stelle o fissare foglie di tè per tutto il giorno, ma non sapere con certezza cosa mangerà a pranzo.» Il suo entusiasmo cresceva allo stesso ritmo della mia paura. «Ma nelle circostanze giuste, i sanguimaghi possono parlare con i morti.»

Per la seconda volta quel giorno, vidi le stelle e mi aggrappai al bordo del tavolo, barcollando, cercando di non svenire di nuovo.

L'espressione di Zan cambiò; per la prima volta da quando era arrivato aveva visto qualcos'altro a parte il suo libro. «Che hai?»

Kate accostò una sedia e mi fece sedere. «Non si sente bene oggi.»

«No» dissi in tono stanco. «Cosa vuoi che faccia? La risposta è no.»

«Potrebbe essere la nostra unica possibilità, Emilie. Non voglio vedere morire nessuno.»

«Nemmeno io, quindi...»

«Pensaci, Emilie.» Il suo tono era molto serio. «C'è almeno un caso documentato di un'arcimaga la cui abilità era di vedere la morte prima che accadesse. Aren.»

«Non le è servito granché» mormorò Nathaniel. «Non è stata molto brava a vedere la sua, no?»

Zan prese qualcosa dalla tasca e lo mise al centro del libro di magia: un ramoscello di sanguifoglia. Goccioline di linfa rossa stillavano dallo stelo tagliato, tingendo le pagine del libro. «Ma abbiamo qui un pezzo di Aren, giusto? Possiamo usarlo per richiamarla dal piano astrale e chiederle tramite Emilie chi sarà sacrificata. Se sappiamo chi è la ragazza, possiamo impedirlo. Potremmo perfino usarla come esca per attirarlo da noi.»

«Vuoi usare una povera ragazza come esca?» chiese Kate, incredula.

«Se hai idee migliori, sei la benvenuta.»

Io rimasi in silenzio, a riflettere. Avevo spezzato qualunque legame esistente con la Messaggera. L'avevo scacciata. E ora Zan mi chiedeva di richiamarla. Di sottopormi volontariamente a una delle sue terribili visioni. La sola idea mi dava il voltastomaco.

«Tu non sai cosa mi stai chiedendo» dissi piano, passando la punta del dito sulle venature color rubino della foglia.

«Ti sto chiedendo... di provare.» Lui chinò la testa di lato. «Non hai un bell'aspetto. Peggio di quando ci siamo conosciuti, se possibile.»

«Ragione di più per lasciarla in pace. Ha bisogno di mangiare, di riposare...» Kate lo prese per la manica e lo trascinò verso la porta. «Tutto questo può aspettare.»

«No, ha ragione lui» dissi, chiudendo gli occhi e pensando a Falada. «Non può aspettare. Devo provarci, almeno.»

«Abbassate le luci» disse Zan in fretta, prima che cambiassi idea. «Oscurate le finestre.» Prese tutte le candele che riuscì a trovare nella stanza e le mise alla rinfusa in mezzo al tavolo. Poi accese un fiammifero e lo accostò a ognuno degli stoppini. «Ecco» disse, mentre il fiammifero si consumava fino alle sue dita, «cominciamo. È ora di evocare una regina.»

Le istruzioni sembravano abbastanza semplici. Dovevamo sederci intorno al tavolo, tenendoci per mano, mentre uno di noi (Zan) tracciava con il gesso la triquetra al centro del tavolo. «Ciascuno di questi punti rappresenta un piano dal quale i maghi traggono il loro potere.» Toccò i vertici uno dopo l'altro. «Il piano spirituale, materiale e spettrale. Su ciascuno di questi piani governa un'iterazione deificata del ciclo della vita umana: la fanciulla, la madre, la vecchia.»

Lo guardai stupita. Non avevo mai sentito parlare di questi miti; a Renalt l'unica divinità riconosciuta era Empyrea, che regnava sui cieli e sulle anime. Lei avrebbe sicuramente simboleggiato la fanciulla, ma le altre due? Non ebbi il tempo di pensarci: Zan stava già passando alla fase successiva della seduta.

«È con il piano spettrale che desideriamo parlare» disse, rivolto all'aria. Mi fece un cenno, dall'altra parte del tavolo.

Lasciai le mani di Nathaniel e Kate e presi la scodella davanti a me, con il rametto di sanguifoglia che aspettava sul fondo. Con un gesto rapido, versai una minima quantità di sangue. La temperatura nella stanza calò all'istante.

Zan, Nathaniel e Kate si scambiarono un'occhiata.

«Lo sentite?» chiesi. Kate annuì, emettendo piccole nubi bianche nell'aria fredda. Le mie orecchie avevano cominciato a ronzare, come durante la cerimonia del panno di sangue.

«Le parole» bisbigliò Zan. «Devi dirle.»

Deglutii e feci cadere qualche goccia di sangue sulle foglie, che per un istante si incurvarono, quasi come per cullarle, prima di assorbirle completamente nelle venature. Il ronzio nelle orecchie aumentò.

Lessi il testo che mi aveva dato Zan, in un sussurro. «"Oh, Aren! Spirito del piano spettrale, regina in vita e beniamina dell'Empyrea, noi ti evochiamo."» Poi lo ripetei nella lingua antica: «*Aren! Spiritus plani spectri, regina in vita dilectaque Empyreae, evocamus te*».

"Ti prego, Aren" implorai in silenzio mentre le ombre si raccoglievano in un angolo e un bisbiglio roco e snervante si faceva strada nelle mie orecchie, "vieni subito". Poi detti fuoco al contenuto della scodella. La sanguifoglia sibilò mentre bruciava.

Le ombre erano sempre più ampie, amalgama di oscurità che non erano né umane né animali, né vegetali o minerali... non erano spiriti vissuti e trapassati. Non erano nemmeno la morte: erano le cose acquattate nelle ombre più oscure della morte.

«Emilie?» stava dicendo Zan. «Sei tu a farlo?»

Il tavolo tremava violentemente sotto le nostre mani giunte.

«Aren» dissi ad alta voce, con gli occhi chiusi. «Ti prego, Aren, ti prego. Empyrea misericordiosa, chiunque mi ascolti. Fallo smettere. Fallo smettere. Fallo smettere.» Quando non ebbi risposta, presi la magia liberata dal mio sangue e la brandii come un'arma. «*Basta.*» Stavolta non era un'esortazione ma un ordine.

All'improvviso il brusio nelle orecchie tacque. Il tavolo rimase immobile. La temperatura dell'aria, già gelida, scese ancora. Quando aprii gli occhi, le ombre erano scomparse, e Zan, Nathaniel e Kate mi guardavano a bocca aperta. Le candele fumavano: le fiamme si erano spente.

Dietro di loro c'era la Messaggera. Non era come prima: sembrava più evanescente, più sbiadita. Le cavità degli occhi e sotto gli zigomi erano più pronunciate, i capelli più flosci e arruffati.

«È qui» dissi piano. Loro mi fissarono. Non riuscivano a vederla.

«Chiediglielo» disse Zan. «Rivolgile la nostra domanda. Chi sarà la prima sacrificata di Porta Foresta?»

Aren si trascinò ancora più vicino a me, allungando le dita fredde come il ghiaccio, passandomele fra i capelli, sulla guancia.

«Aren» sussurrai. «Per favore. Mostrami il prossimo sacrificio. Mostrami la fanciulla.»

Lei si chinò e mi prese il viso fra le mani, sollevandolo a forza finché non fu al livello del suo. Le visioni cominciarono in un tumulto caotico, una successione di immagini incoerente e confusionaria. Ero una nave alla deriva in un vortice spaventoso, senza altra possibilità che affondare.

«Parla» disse Zan in tono serio. «Cosa ti sta mostrando? Cosa vedi?»

«Una... una festa, credo. Ci sono luci. Movimento... danza. La ragazza aspetta qualcuno fuori. Vedo il suo abito... è color argento. No, è bianco. Arriva un uomo. È buio. Lui è alto. È buio... non vedo la sua faccia.» Le immagini arrivavano sempre più veloci. «Non... non lo so. C'è una mano. Denti. Un coltello. Il rintocco di un orologio. Quindici minuti a mezzanotte.» Annaspai. «Sangue sulle mani. Sangue nei capelli. Un taglio in un occhio. Rosso. Rosso. Rosso.»

«Lei che aspetto ha? Come si chiama? Puoi dirci qualcosa?»

Arrancavo in una nauseante valanga di immagini e suoni. Musica, grida, lampi di luce accecante, migliaia di voci che parlavano all'unisono. Mi concentrai sulla ragazza, separandola dal frastuono.

Aspetta. Sente un rumore. Si volta.

Oh no.

Gridai disperatamente e la Messaggera mi lasciò andare, scomparendo nello stesso istante. Era finita.

Kate si alzò e andò subito ad aprire le tende, inondandoci di luce, mentre Nathaniel cancellava furiosamente la triquetra di gesso. Zan si inginocchiò accanto a me, cercando di calmarmi. Mi ci vollero diversi respiri spezzati prima di ritrovare la voce.

«L'ho vista» dissi in un sussurro. «So chi è.»

«Chi è?» chiese lui, guardandomi attentamente.

«Sono io. La fanciulla sono io.»

22

Cercavano di non disturbarmi, di lasciarmi riposare, ma vedevo le loro sagome sulla soglia. Sentivo i loro mormorii.

«Non è cambiato niente» stava dicendo Nathaniel. «Anzi, siamo in una posizione più forte di quanto potessimo sperare. Emilie sa cosa sta succedendo, vuole aiutarci e non dobbiamo convincere qualche altra povera ragazza spaventata a rischiare la vita. Lei è capace e coraggiosa. Pensa a tutto quello che ha già dovuto fare...»

«È cambiato *tutto*» sibilò Zan. «Senza di lei, non abbiamo niente.»

Kate chiese: «Ne hai parlato con il re? Se comprende il pericolo, di certo farà qualcosa. Rimanderà le nozze e tutte quelle sciocche feste e tradizioni, magari comincerà anche a evacuare la popolazione».

«Ho provato ad avvertirlo» disse Zan «e lui mi ha riso in faccia.» Si passò la mano fra i capelli. «Ha fatto battute sulla mia intelligenza e sul mio "atteggiamento da ragazzina isterica".»

Nathaniel disse: «Non possiamo escludere l'idea che ci sia lui dietro tutto questo...».

«Lui non ha motivo di abbattere le mura; al contrario, il sigillo di Porta del Re richiede la sua morte. E malgrado la sua passione esagerata per il papavero e il porto, non sembra avere molta fretta di morire. Anche se trovasse il modo di aggirare questo dettaglio, i proprietari terrieri fuori dalla città diventano ogni giorno più forti e influenti. Se non fosse per la protezione delle mura, chiunque di loro potrebbe decidere di essere stufo del suo governo e decidere di tentare di rovesciare il trono. No, è qualcun altro. Probabilmente qualcuno che ce l'ha con il re.»

«Questo non restringe molto il campo» disse Kate seccamente.

«Un modo c'è» ripeté Nathaniel. «Emilie potrebbe...»

«No» disse Zan, con durezza. «Non se ne parla.»

«Sono d'accordo con Nathaniel» dissi dalla soglia. «Non possiamo sfuggire alle conseguenze cui tutti gli altri devono adattarsi.» Era un detto che avevo imparato da mio padre. "Quello non è governo" diceva sempre. "È *dispotismo.*" «Volevate una ragazza da usare come esca. Ora ce l'avete.»

«E che succede se muori?»

«Muoio» dissi, scrollando le spalle con la stessa spavalderia che aveva avuto lui quella sera sulle mura.

«Tu non sei sacrificabile.»

«Tutti lo sono.» Il riposo aveva quasi cancellato ciò che restava della malattia di Thackery e mi aveva permesso di elaborare la visione di Aren. Mi sentivo di nuovo me stessa: testarda, determinata e, per qualche motivo, costantemente irritata con Zan. Dissi a Kate: «Mi servirà un costume per il ballo».

Lei mi guardò. «Non credo di avere il tempo. Ho altri ordini, e fare un vestito da zero...»

«Ho visto l'abito che indosso e ce l'ho già. È uno dei miei. Non devi cucirne uno nuovo.» Rividi nella mente la scena del ballo. «Devi solo farlo splendere.»

Un'ora dopo ero seduta sul letto di Kate, con un pacchetto ben avvolto sulle ginocchia. Toglievo con cura lo spago sotto lo sguardo scettico di Kate, che teneva un sopracciglio inarcato. Lei mi aveva sempre visto in abiti semplici, nemmeno con qualcosa di abbastanza carino da mettere per pregare a un altare Empyreano, figuriamoci per partecipare al gran ballo di Achlev. Ma poi tolsi l'ultimo spago dal pacco e il tessuto di seta si allargò intorno a me.

Kate rimase senza fiato. «Stelle del firmamento! Dove l'hai preso?»

«Doveva essere il mio vestito da sposa» dissi.

«Davvero? Ti sposi?»

«No» risposi con cautela. «Non più. Non credo.»

Lei mi guardò perplessa, ma visto che non aggiunsi altro disse: «Sei davvero piena di misteri, Emilie». Tornò al vestito. «Ha bisogno di qualche ritocco.» Lo prese e fece una piroetta. «Ma credo di farcela. Aggiungo qualcosa qui e riprendo questa parte...»

Nathaniel si affacciò nella stanza. «È arrivata la notizia che un prigioniero è sfuggito alla forca» disse. «Zan mi ha chiesto di andare a vedere se riesco a scoprire qualcosa. Probabilmente tornerò tardi.»

Lo sguardo di Kate non si mosse dal vestito e lei non rispose. Nathaniel non aspettò che lo facesse e se ne andò.

«Tutto bene fra voi due?» chiesi quando lui si fu allontanato.

«Lui non si fida di me, Emilie.» Distolse lo sguardo, ancora offesa. «Non mi aveva mai parlato in quel modo prima. Mai.»

«Aveva torto» dissi. «Ma sono sicura che risolverete tutto.»

Lei si incollò sulle labbra un gran sorriso, una misera copertura. «Hai ragione, ne sono sicura.»

Kate aveva mentito sulla sua abilità con l'ago. Non era brava: era incredibile. Invece di aggiungere la manica mancante (un pezzo della quale era diventato il mio panno di sangue), terminò il corpetto senza, in modo che tagliasse una diagonale audace sul petto e si unisse alla manica restante all'altezza della clavicola con una curva delicata, simile a un'ala spiegata. Tutto in meno di un giorno.

In effetti il vestito ricordava decisamente un uccello: Kate aveva ricamato l'edera in soffici piume d'argento che danzavano a ogni fruscio della gonna. E aveva anche realizzato una maschera, fatta di delicate e complesse trecce di filo d'argento che si piegavano all'altezza degli zigomi come la sagoma di un uccello in volo. Da una certa angolazione l'abito scintillava d'oro, da un'altra d'argento, e i minuscoli cristalli splendevano di luce bianca a ogni minimo movimento. E quando Kate ebbe finito di sistemare l'abito e di cospargermi il viso di una polvere perlata, divenni una creatura soprannaturale quanto il mio costume.

Una delle modifiche più pratiche che Kate aveva realizzato era l'aggiunta di tasche, che mi permettevano di portare di nascosto il mio coltello di luneocite senza doverlo mettere nel corpetto, che è un modo profondamente scomodo di portare un'arma. Avere una lama così a portata di mano mi tirava su il morale.

Quando la mia trasformazione fu completa, Kate rimirò la sua opera. «Che te ne pare?» dissi, mascherando con la spavalderia il nervosismo. «Sono assassinabile?»

«Molto assassinabile» rispose lei, approvando. «Tutti i presenti avranno voglia di ucciderti.»

Il tunnel del canale era ancora troppo allagato; avrei dovuto fare il mio ingresso dalla porta principale, insieme agli altri invitati. Kate, che era stata in piedi tutta la notte a lavorare sui costumi, insisté comunque per accompagnarmi su per le scale anteriori.

«Zan mi ha lasciato delle istruzioni per te» disse. «Nella Sala Grande ci saranno i reali, che riceveranno gli ospiti. Lui è stato molto specifico: lì non devi andarci. Resta sulle terrazze, dove si svolgeranno quasi tutti i festeggiamenti. Se qualcuno ti chiede chi sei, di' che sei la pronipote del barone Percival. I suoi fratelli e sorelle sono stati molto prolifici, nemmeno lui sa quanti pronipoti ha. Tieni il più possibile un basso profilo, ma rimani in mezzo alla gente fino a mezzanotte. Allora vedrai Zan, ma non cercarlo tu: verrà lui da te. Nathaniel sorveglierà gli ingressi e le uscite, se hai bisogno di lui.» Mi abbracciò. «E poi, non morire. Non ti è permesso.»

«Anche questo fa parte delle istruzioni di Zan?»

«No, delle mie. Ma è la più importante. Ora vai.»

Tutte le lanterne erano accese per l'evento, e il castello, solitamente cupo, splendeva in modo spettacolare. Mi misi la maschera, raccolsi le gonne e il coraggio, e salii la scalinata di granito verso le porte, spalancate in un benvenuto dorato a incorniciare lo splendore della festa.

All'interno, la mia paura di essere notata si affievolì; per quanto fosse bello il mio vestito, non spiccava in mezzo a quello spettacolo. In un raggio di tre metri dalle porte, superai una donna addobbata con tutti i colori di un pavone, un uomo con la lucida livrea nera di un gatto selvatico, e una donna che portava sulla testa il cranio incrostato di gemme di quello che poteva essere stato un orso.

In passato avevo partecipato a qualche ballo: perlopiù faccende tristi e ingessate, in cui la gente ballava rigida e ben distanziata dai compagni. Un ballo Renaltano non poteva mai essere troppo festoso, pena un rimbrotto da parte del Tribunale. Per i magistrati l'edonismo era a un passo dalla stregoneria.

Questo era completamente diverso. L'aria vibrava di energia gioiosa. Tutti ballavano vicini, sulla pista; e quelli intorno ridevano e mangiavano con entusiasmo. Un tavolo era carico di carni: cinghiale, fagiano, anatra; un altro traboccava di dolci sontuosi e frutta esotica. Cameriere in grembiule immacolato erano allineate dietro ogni tavolo. Sapevo di non dover entrare nella Sala Grande, ma non riuscii a trattenermi e rimasi fuori, a guardare. Si sarebbe svolto così il ballo se fosse stato per me? Se fossi stata io la festeggiata e non Lisette?

Era impossibile non vederla, Lisette, in fondo alla sala, che sorrideva con orgoglio agli invitati come un pastore davanti a un gregge esemplare. Indossava un abito di tulle con schegge di vetro colorato, fatto in modo da assomigliare alle ali di una farfalla. Accanto a lei c'era mio fratello, in braghe di pelliccia e orecchie flosce da coniglio che gli pendevano davanti agli occhi. Aveva un aspetto sano e florido, nonostante l'imbarazzo mortale. Per poco non scoppiai a ridere vedendolo curvo sulla sedia, completamente mortificato, ma mi sollevò il vederlo giocherellare con una statuina di metallo. Un giorno, decisi, avrei fatto dipingere quella scena. Poi l'avrei impacchettata in modo stravagante e gliel'avrei regalata per il compleanno. O magari l'avrei tenuta da parte per il giorno della sua incoronazione o del matrimonio, e gliel'avrei data davanti a tutta Renalt.

Il pensiero del matrimonio mi riportò al presente: accanto a Lisette, appoggiato pesantemente all'alto schienale della sedia di Conrad, c'era un uomo con una maschera piumata. Anche il suo costume era da uccello, rosso; era stato evidentemente creato per apparire maestoso, ma le spalle curve dell'uomo e il modo in cui teneva la testa china gli davano un'aria più comica che imponente. "Valentin" pensai. Il principe inetto e malaticcio. Il mio ex promesso sposo. Forse dovevo essere ansiosa di vederlo, finalmente, e invece ero inquieta; avevo una missione da compiere e non volevo ammettere che alla fine non ci sarebbe stato Zan ad aspettarmi.

In quel momento sentii una mano sul braccio e mi voltai: un uomo con la maschera da lupo alzò la mano per invitarmi a ballare, e la presi esitando.

«Pensavo che non ti saresti mascherato» dissi, mentre lui mi metteva una mano dietro la schiena.

Per tutta risposta mi fece piroettare, e il mio vestito esplose in mille scintille luminose.

Quando mi attirò di nuovo a sé, sentii il cuore accelerare per l'intensità dell'abbraccio. Aveva le braccia forti e mi guidò con facilità via dalla folla. Ci spostammo verso le terrazze senza smettere di ballare, lontano dalla confusione della sala.

Le terrazze del giardino erano state trasformate in un sogno: una fiaba divenuta realtà. Sfere con minuscole candele pendevano dalla volta, e nastri colorati ondeggiavano alla brezza. Lungo tutto il perimetro c'erano tavoli apparecchiati carichi di dolci e paste, e frutti a forma di stella. Mi tirò verso un angolo buio, lontano dagli occhi degli altri invitati.

Sola con lui, gli tolsi la maschera esitando, il cuore in gola, nervosa ma anche ansiosa di vedere il sorriso sardonico di Zan dietro quei denti appuntiti. Denti. C'erano, nella mia visione.

Ma proprio nel momento in cui la maschera stava per ricadere nella mia mano, gli occhi del lupo balenarono e la sua mano si strinse intorno alla mia gola.

«Toris» annaspai.

Lui lasciò cadere la maschera dagli occhi vuoti. «Che sciocca. Sempre imprudente. Pensavi che non avrei riconosciuto il vestito su cui Genevieve ha sudato sangue per mesi?»

«Lasciami!»

Lui strinse più forte. «Dov'è la fiala?»

«Non so di cosa...» Non riuscii a finire: lui mi impediva di respirare.

«La mia reliquia» disse. «Il sangue del Fondatore. Dov'è?»

Annaspai. Stavo soffocando e cominciavo a vedere stelle che danzavano sotto le palpebre. Lui allentò la presa quel tanto che bastava perché riuscissi a dire, tossendo: «Non ce l'ho».

«Che cosa ne hai fatto?»

«L'ho nascosta» mentii, «e l'ho incantata. Se muoio, sarà distrutta.» Lui mollò la presa sulla mia gola.

«Credi di poter giocare a questo gioco, ragazza?»

«Gioco da molto, molto tempo.» Avevo già la mano stretta intorno al pugnale che tenevo in tasca.

«Il modo più veloce di perdere è sottovalutare l'avversario.»

«Esatto» dissi, lacerando il suo costume con la lama.

Il tessuto si aprì, mostrando la pelle intatta. Feci per colpirlo di nuovo, ma lui alzò la mano per parare il colpo: la lama gli trapassò il palmo. La sentii passare in mezzo alle ossa, ma quando la ritirai, era pulita.

«Non c'è sangue» dissi, confusa. «Non sanguini.»

Lui mi saltò addosso, tirandomi i capelli per attirarmi a sé e strappandomi dolorosamente le forcine dalla testa. Mi puntò il coltello alla gola, con gli occhi che sporgevano dalle orbite per la rabbia. Agli angoli della bocca aveva goccioline di saliva, i denti scoperti in una smorfia contorta che lo rendeva simile alla maschera da lupo. C'era qualcosa di sbagliato nella sua faccia, come un puzzle disfatto e rimesso insieme scambiando qualche pezzo.

Il desiderio di squartarmi era in agguato nei suoi occhi. Potente. Primitivo. Ma nella visione di Aren avevo guardato la sagoma dell'uomo che mi aveva ucciso, e non era Toris. L'aggressore era troppo alto, troppo snello per essere lui.

«Se mi uccidi» ansimai, «non riavrai mai la tua reliquia.»

Con un ruggito furibondo, mi spinse a terra.

Ripresi fiato a fatica, con respiri affannosi, mentre cercavo di rialzarmi. Lui se ne andò, stringendo la mano ferita e priva di sangue.

«Emilie?»

Zan era in mezzo alle piante del giardino, vestito con la sua solita camicia di lino, la giacca di pelle lunga e i calzoni con le bretelle.

«Non ti sei mascherato, poi?» Cercai di mantenere un tono disinvolto, ma la voce roca mi tradì.

«Non sei rimasta dove ti avevo detto» disse lui, in tono accusatorio. «Mi è preso il panico quando non ti ho più vista. Non dovevi venire qui da sola.»

«Non sei il mio guardiano, Zan. E nemmeno la mia governante. Non ho bisogno della tua sorveglianza.»

«No? Perché stando a quello che tu stessa dici che accadrà stasera, sembrerebbe il contrario.»

«E se devo raggiungere i tuoi obiettivi per stasera, è necessario che tu faccia un passo indietro.» Sapevo che non era colpa di Zan se avevo scambiato Toris per lui e mi ero esposta tanto stupidamente al pericolo, ma ero comunque arrabbiata con lui, per quanto avrei voluto che fosse lui. Per quanto ero rimasta spiazzata quando avevo scoperto che non era lui. Il collo mi faceva ancora male per la stretta di Toris, ma l'orgoglio aveva subito il colpo più duro.

«Quindi dovrei starmene tranquillo da parte mentre tu ti fai sacrificare?» Le sopracciglia nere di Zan formavano una v rabbiosa.

«Il piano è tuo, non mio.» Guardai l'orologio che incombeva sopra le porte di vetro della terrazza. «È quasi ora.»

Stavo per voltarmi e andarmene quando lui mi prese per il braccio. «Mi sbagliavo.»

«Cosa?» Ero sbalordita: Zan non mi sembrava capace di una simile ammissione.

«Tu non sei un'esca. Nessuno dovrebbe fare da esca. Non avrei mai dovuto proportelo. Ho sbagliato.»

Lo guardai stupita e lui proseguì: «Odio l'idea di usarti. Odio vederti soffrire, sapendo che la colpa è mia. Se non fosse per le mura, se non fosse per un sacco di cose...».

Sopra le nostre teste, i rintocchi di un orologio.

«Mezzanotte» dissi, allontanandomi. Corsi verso le terrazze, sapendo che, con il cuore, non mi avrebbe potuta seguire. Svoltai bruscamente e mi trovai nel punto esatto della mia visione, direttamente sotto la torre dell'orologio. "Molto appropriato" pensai cupamente. "Quale luogo migliore per l'esecuzione di una strega?"

Lo vidi in quel momento, a un paio di metri da me: un uomo con un costume da cavaliere Renaltano del III secolo, tinto di nero invece che di azzurro. Mi dava le spalle ed era chino in avanti, da solo al chiaro di luna.

No, non era solo. Era chino su una ragazza. Una delle cameriere, dall'aspetto. Una delle tante che servivano al tavolo del banchetto, vestita con uno di quegli immacolati grembiuli bianchi. Solo che il suo non era più così bianco. Lei tossiva e sputava sangue su tutto il davanti.

Rosso. Rosso. Rosso.

«*Nihil nunc salvet te.*» La voce dell'uomo era bassa e liquida, come olio.

Il balenio di una lama.

Il dodicesimo rintocco dell'orologio.

Lampi di luce accecante in cielo, e un grido.

Il mio.

Lui le affondò il pugnale nel petto.

Mi lanciai sull'uomo, brandendo il mio coltellino come una spada, aprendogli uno squarcio notevole nell'avambraccio prima che lui mi facesse cadere di mano l'arma. Sulla faccia aveva una maschera nera priva di espressione, e la riconobbi subito: era la maschera di Ebonwilde, un boia senza faccia del folclore Renaltano. Sferrai un colpo alla sua maschera con le dita piegate ad artiglio, lasciandogli segni rossi sull'orecchio e sul collo. La maschera non si mosse. Ringhiai come un cane rabbioso finché lui non mi sferrò un colpo alla tempia con il manico del suo pugnale: un pugnale di vetro, specchio del mio. Per un attimo vidi le stelle, ma la maschera assorbì la maggior parte del colpo e si spaccò lungo il lato destro.

Una crepa nell'occhio.

Mi lanciai di nuovo, stavolta dal basso, mirando all'addome. L'impatto gli fece perdere l'equilibrio; cadde insieme a me sulle pietre delle terrazze, battendo la schiena contro il bordo di uno scalino con un rumore secco e un grido soffocato di dolore da dietro la maschera. Mi chiesi se si fosse rotto la schiena, poi lui mi spinse via con un ruggito. Inciampai sul corpo della ragazza e caddi, impigliandomi nelle sue membra senza vita, e rotolai giù per le scale. Arrivata in fondo, strisciai da sotto il suo cadavere dagli occhi velati, singhiozzando.

Sangue sulle mie mani.

L'uomo sparì nell'ombra.

Avevo fatto un errore. Avevo sbagliato a identificare la ragazza, e lei era morta.

Zan e Nathaniel mi raggiunsero nello stesso momento, e Zan, senza fiato, mi aiutò ad alzarmi e mi strinse fra le braccia. Da sopra la mia testa gridò a Nathaniel: «È andato da quella parte! Non può essere andato lontano. *Trovalo*».

23

La ragazza si chiamava Molly. Era una domestica di servizio in cucina. Era sgattaiolata via dalla festa per un rendez-vous con il suo spasimante segreto; a dire il vero, aveva cercato quel lavoro al castello per potergli stare più vicino. Tutte le altre ragazze dissero che non aveva mai detto il suo nome, e ora non l'avrebbe mai più fatto.

Dell'uomo non c'era traccia.

Dopo tutto era un sanguimago, e probabilmente aveva usato la ferita per rendersi invisibile, come avevo fatto io tante volte. Se avessi ottenuto un campione del suo sangue, anche solo una goccia, avrei forse potuto rintracciarlo, ma la scena era macabra. Non c'era modo di capire quale sangue fosse suo, se ce n'era.

La notizia della morte brutale della ragazza, però, era stata messa in secondo piano da un altro evento singolare: in città tutto il verde stava lentamente diventando marrone. Le rose appassivano sui tralci, i boschi erano tappezzati dalle foglie cadute di sempreverdi ormai scheletrici... e i giardini delle terrazze, che al ballo in maschera erano stati uno spettacolo magnifico, ora erano avvizziti e distrutti. L'odore di decomposizione aveva invaso la città e permeava ogni cosa; era impossibile sfuggirgli. L'unica cosa che sembrava prosperare era il tappeto di sanguifoglia intorno alla torre.

Il livido che avevo sulla tempia era di un viola sgradevole, ma sarebbe andata molto peggio se la maschera non avesse assorbito la maggior parte del colpo. Come Zan non si stancava di ricordarmi, ero stata fortunata.

A me non sembrava fortuna.

La mattina dopo trovai Nathaniel, Kate e Zan riuniti in silenzio intorno al tavolo di Kate. L'umore nella stanza era malinconico. «*Nihil nunc salvet te*» dissi.

«Dovresti riposare» disse Zan.

«Ho riposato abbastanza. Non ne posso più di riposare.» Ripetei: «*Nihil nunc salvet te*. Sapete cosa significa?».

«Che niente ti salvi, ora» rispose Zan a bassa voce. «Perché...»

«È parte del rituale di esecuzione del Tribunale» dissi. «Lo dicono prima di impiccare la gente.» Deglutii. Loro fecero una smorfia e io proseguii: «Ieri sera lui l'ha detto a lei prima di ucciderla. Per il Tribunale è una frase cerimoniale, ma quello di ieri sembrava un incantesimo. Quasi una consacrazione». Feci una pausa. «Appena gliel'ha detto e ha avuto il suo sangue, ho capito che per lei non c'era più niente da fare.»

Kate mi batté sulla mano. «Che cosa terribile da vedere.»

«Non ho mai letto quella frase negli scritti di Achlev né nei libri di incantesimi. Solo a Renalt, e solo dal Tribunale.»

Zan era scettico. «Secondo te c'entra in qualche modo il Tribunale? Ma loro non usano la magia. La odiano, vogliono distruggerla. Questa persona invece vuole scatenarla in proporzioni mostruose.»

«Probabilmente hai ragione» dissi. «Era solo un'idea. Il fatto è che abbiamo così poco su cui lavorare e così poco tempo, anche...»

«Ancora meno di quanto pensassimo» disse Nathaniel.

«In che senso?»

«Dovresti rispondergli tu» disse lui a Zan.

Aggrottai la fronte. «Rispondergli cosa?»

Zan aveva le labbra strette in una smorfia infelice. «Il re era molto contrariato per lo sgarbo di aver interrotto la festa. Il fatto che una ragazza abbia perso la vita non conta.» Si risistemò sulla sedia. «Se aggiungiamo il disappunto per la fuga di un prigioniero, il re è decisamente giù di morale. Perciò ha deciso di consolarsi nell'unico modo che conosce, crogiolandosi nei divertimenti. Stavolta vuole portare il principe Conrad e la principessa Aurelia a una battuta di caccia in grande stile.»

Rimasi a bocca aperta. «Le piante stanno marcendo. La gente viene assassinata, e lui va a caccia?»

«Di solito sono contento quando fa così» disse Zan. «Se lui non c'è, non può fare danni.» Stava evitando il mio sguardo. «Ma stavolta ha deciso che tutti i nobili devono andare con lui, me compreso.»

«Tutti? Anche il principe?»

Zan lanciò un'occhiata a Nathaniel e Kate, poi aggiunse in fretta: «Anche lui».

«Non dirai sul serio» feci. Mi sforzai di formulare una risposta migliore, ma non riuscii a chiedere altro che: «Quando?».

«Partiamo domani. Prima del tramonto» disse Nathaniel.

«Vai anche tu?»

Kate rispose in tono brusco: «Gli ho detto io di andare». C'era ancora una certa freddezza nel modo in cui si comportavano fra loro. Lui non fece commenti e guardò altrove. «Zan ha bisogno di lui» tagliò corto Kate.

«Non puoi andare» dissi freddamente. «Di' a Domhnall di no. Abbiamo bisogno di te, qui. *Io* ho bisogno di te.»

Zan si schiarì la voce. «Possiamo parlare? Magari... fuori?»

Lo seguii, con le braccia conserte.

Quando fummo soli sui gradini esterni, Zan disse: «Emilie, so che è un brutto momento, e non mi aspetto che tu capisca...».

«Bene. Ottimo. Perché *non* capisco.»

«Questo è l'ordine del mio re...»

«Il tuo re è un idiota incapace.»

«Questo non lo rende meno re.»

«Ah no? Pensavo che fossi fedele ad Achlev.»

«Lo sono. Ecco perché devo ubbidire alle leggi del suo monarca.»

Risentii l'eco della voce di mio padre insieme alla mia. «I re non comandano; servono. Non sono i cittadini a giurare fedeltà al re, ma lui a loro.»

«Accidenti, Emilie, non ho *scelta*.»

«Guardati intorno, Zan.» Indicai la poltiglia marcia che copriva il giardino di Kate, che solo ieri era stato pieno di allegri fiori gialli. «Se ubbidire a Domhnall significa lasciare che la gente soffra, o metterla in pericolo, hai solo una scelta.»

«E quale sarebbe?»

«Disubbidirgli. *Resistere*.»

«Tu non capisci.»

«Capisco benissimo. Ci siamo dentro fino al collo e tu te ne vai in vacanza. Scappi quando dovresti restare e combattere.»

«Come hai fatto tu con il Tribunale.»

Dissi minacciosamente: «Non hai *idea* di cosa stai parlando».

Le nostre facce erano a pochi centimetri di distanza. «Nemmeno tu.»

«Buona fortuna con la caccia.» Chiusi il discorso sbattendo la porta.

Kate si tenne occupata con il cucito mentre io mi immergevo nei libri, per distrarmi dai preparativi di Nathaniel per la caccia; ma anche se voltavo le pagine, non ricordavo molto di ciò che leggevo. Dopo aver visto Kate fare e disfare per tre volte la stessa cucitura, sospettai che fosse agitata quanto me.

Poco dopo mezzogiorno, Nathaniel si fermò sulla soglia del salotto, con una borsa in mano. «Vado» disse. Teneva gli occhi fissi sulla parete, come se stesse parlando con lei invece che con noi.

Quando Kate non rispose, lui sollevò la borsa e si diresse alla porta, le spalle larghe un po' più curve del solito.

Kate chiuse il libro e si alzò. «Aspetta» disse, prendendo la grossa mano di lui nella sua, molto più piccola. «Stai attento.»

L'espressione del marito si addolcì. «Torno presto.»

Lei annuì e si mise la mano sul ventre. «Ti aspettiamo.»

La partenza di Nathaniel lasciò Kate svuotata; mi sentii tranquilla nel lasciarla sola in casa soltanto dopo che mi promise che avrebbe cercato di dormire. Lei mi aveva estorto una promessa simile, ma io non avevo intenzione di mantenerla. Cercai di convincermi che forse era meglio così. Forse, senza Zan, avrei potuto concentrarmi di nuovo sui miei problemi invece di essere costantemente distratta dai suoi.

La prima cosa di cui dovevo occuparmi era la reliquia con il sangue del Fondatore. Toris aveva scoperto le carte quando era fuggito davanti alla mia minaccia di distruggerla. Avevo insinuato di aver messo un incantesimo sulla reliquia e di averla nascosta, ed era su questo che avevo deciso di concentrarmi. Meglio tardi che mai, in fondo.

Mi vennero in mente una manciata di posti dove nasconderla, ma nessuno andava bene. Uno era troppo vicino a casa: non volevo che Toris arrivasse a Nathaniel e Kate. L'altro era troppo esposto: poteva essere visto facilmente da un passante. Seppellirla non si poteva: e se un animale l'avesse trovata? Tenerla sempre addosso sembrava una buona idea... a meno che Toris non mi avesse perquisita. Allora sarebbe stata la mia fine.

Il pensiero che continuava a tornarmi in mente era uno: Aren.

Lei aveva spaventato Toris nell'Ebonwilde. La sua torre era protetta dalla sanguifoglia; nessun individuo dotato di istinto di conservazione l'avrebbe attraversata volontariamente. Più diventavo abile nella magia, più ero consapevole delle sue correnti. Al centro esatto della città, la torre era come un'ancora per le linee di forza reindirizzate nelle mura. Ne ero attratta.

Il passaggio allagato si era quasi del tutto asciugato dalla caduta di Porta Somma, lasciando uno spesso strato di fango e detriti. Avanzai a fatica, cadendo più di una volta, e salii le scale della torre fradicia e abbattuta.

Non mi ci volle molto a trovare un mattone allentato, facile da rimuovere e rimettere a posto dopo aver nascosto la fiala; a dire il vero, sembrava che tutta la struttura fosse ancora in piedi per pura fortuna o per magia, o per una combinazione di entrambe. Il mattone che scelsi era sul piedistallo, appena sotto il tallone sinistro di Aren. Avrei potuto usare un mattone sul davanti, ma non mi sembrava giusto farle sorvegliare il sangue del fratello che l'aveva uccisa. Non lanciai nemmeno un incantesimo: ero stanca, mi facevano male le mani (c'era sempre qualche taglio nuovo, per quanto guarissi in fretta) ed ero sicura che se l'avessi fatto sarebbe andata male, proprio come tutto il resto.

Mentre mi rialzavo per spolverarmi il vestito dalla terra e dai frammenti di calce, sentii il suono delle trombe in lontananza. Mi sporsi dal bastione appena in tempo per vedere la partita di caccia del re che usciva da Porta Foresta, con gli azzurri gagliardetti Achlevani al vento. Era un gruppo di signori e signore vestiti con abiti belli (e assurdi) quasi quanto quelli del ballo in maschera. Una mezza dozzina di cani snelli accompagnavano di corsa il corteo, abbaiando felici e mordicchiando gli zoccoli dei cavalli. Intravidi le teste dorate di Lisette e Conrad mentre sparivano sotto la porta. Tre cavalieri più indietro c'erano Nathaniel e Zan. Volevo essere arrabbiata ma, da lassù, lontana dal resto del mondo, vedere Zan che seguiva ciecamente i capricci del suo re indegno mi dispiacque. Per lui, per la città che stava abbandonando, e per me stessa, perché lui teneva così poco alla mia buona opinione, quando io avrei smosso le montagne per guadagnarmi la sua. Fino a questo momento, almeno.

Stavo per allontanarmi dal parapetto quando lo vidi: un minuscolo frammento rosso che fremeva nel vento e spiccava sul marrone avvizzito del giardino. Non era molto furbo bighellonare nel parco del castello in pieno giorno, ma ora che l'avevo notato non riuscii a farne a meno. Corsi giù per le scale e attraversai il prato di sanguifoglia fino a quel lampo di rubino.

Infatti c'era un nastro rosso, legato alla mano di una statuetta da giardino dall'aria maliziosa. Rosso per il Nord.

Sciolsi il nastro e feci qualche passo verso il fiordo ma dovetti fermarmi al parapetto della terrazza. Mi sporsi e vidi un sasso, quasi completamente nascosto dai cespugli avvizziti, posato su qualcosa di bianco. Una scatoletta di cartone. La aprii e vidi con stupore che conteneva una statuina di Conrad, piegata con cura a forma di cigno.

Mi frugai nelle tasche, ma sapevo già che non avevo più nulla da dargli; tuttavia, il pensiero di interrompere il nostro gioco era intollerabile. Per quanto volessi tenere quel pegno, non potevo. E non potevo nemmeno restare lì in bella vista. Perciò ripiegai la figurina una, due, tre volte, finché l'animale non fu più un grazioso cigno ma un nobile cervo. Scambiai il nastro rosso con quello che portavo, color lavanda, e lo lasciai sotto il sasso. Poi mi spostai verso est e nascosi la scatola sotto la sporgenza fra una pietra della terrazza e l'altra.

Tornando a casa, lasciai i capelli sciolti mentre stringevo il nastro rosso come se fosse stato la cosa più preziosa al mondo. Perché per me lo era.

24

La mattina dopo trovai Kate sulla sedia a dondolo accanto alla finestra della sua camera da letto. Canticchiava a bocca chiusa una dolce, malinconica ninnananna a ritmo del movimento dell'ago. Si interruppe per ammirare il capo, un vestitino adorabile. «Non male.» Poi aggiunse, rivolta all'addome: «Tu che ne pensi, bimba mia?».

Bussai appena sullo stipite della porta per segnalarle la mia presenza. «Con tutti i vestiti a fiori che hai fatto, cosa gli metterai se sarà un maschio?»

«Vestiti a fiori, ovviamente» disse lei con un gran sorriso. «Ai bambini non importa cosa hanno addosso, e ci ho lavorato troppo per non usarli. E poi, non vorrei mai che il mio bambino crescesse pensando di non poter amare i fiori.» Mi puntò contro l'ago. «Ma comunque... è una femmina, e finché non nascerà nessuno potrà dirmi il contrario.»

«Cosa ne pensa Nathaniel?»

Il suo sorriso si spense. «Non gliel'ho detto.»

«Vanno così male, le cose?» osai chiedere.

«Molto. Ho fatto il costume di Dedrick... come potevo rifiutare? Era un modello semplice e lui ha pagato parecchio. Ma quando è venuto a ritirarlo prima del ballo c'era anche Nathaniel e non è andata bene.»

«E ora lui è andato a caccia di coniglietti con Domhnall.»

«Non voleva andarci, l'ho capito» disse lei in tono infelice. «Ma non ho voluto fermarlo.»

«Ma perché? Prima che partisse sembrava che poteste parlare... Forse, se non fosse andato avreste potuto...»

«Ecco perché.» Tirò fuori un biglietto dalla tasca. «Dedrick me l'ha mandato ieri. Mia madre sta venendo in città per suo ordine. Lui ha organizzato un incontro con me domani mattina presto. Lei crede di essere stata invitata a vedere una proprietà che mio padre pensa di comprare. Io l'aspetterò lì, per farle una sorpresa. Se Nathaniel lo sapesse...» Cincischiò con i fili ancora liberi del vestitino, si strinse nelle spalle.

Qualcosa non mi sembrava giusto, in quel sotterfugio, ma chi ero io per giudicare? Tutti loro pensavano che mi chiamassi Emilie.

«È passata solo qualche settimana da quando ho visto mia madre... e nemmeno noi ci siamo separate in modo amichevole, ma darei qualsiasi cosa per poterle parlare. Se sapessi di poterla vedere, mi batterei con chiunque cercasse di impedirmelo.» Incrociai le braccia. «Perciò capisco come ti senti. Però non dovrebbe essere un segreto. A Nathaniel non deve andare bene per forza, ma credo che dovrebbe saperlo.»

«Sembri mia madre» disse Kate, ironica. «Dovresti venire anche tu. Andreste d'accordo, secondo me.»

«Se ti somiglia almeno un po', sarebbe difficile il contrario. Ma Zan ha detto che Molly lavorava al mercato del pesce giù al porto prima di essere assunta al castello. Forse qualcuno là può dirmi di più sul suo "spasimante". Magari perfino un nome.»

«Niente magia stavolta? Niente sedute spiritiche?»

Scossi la testa. «L'unica cosa che ho ottenuto con la magia è stata peggiorare la situazione.» Mi guardai le mani, piene di piccoli tagli in vari stadi di guarigione. «Proverò in un altro modo.»

«Dedrick ha una casa al porto. È lì che vedrò mia madre domani.» S'illuminò. «Possiamo andarci insieme.»

Uscimmo all'alba, con il sole che sorgeva in un cielo striato di rosa. Riusciva quasi a distrarre dall'odore delle piante morte. Il puzzo dolciastro di marciume aleggiava su tutta la città.

Sulla strada per il porto Kate disse: «Stai molto attenta. In questo quartiere è facile restare con le tasche vuote senza aver speso neanche una moneta».

Qui l'odore di decomposizione era sovrastato da quello del pesce, dei corpi non lavati e da altri aromi meno piacevoli. Le grida di marinai macilenti e segnati dal mare si mescolavano a quelle dei gabbiani che volteggiavano sul porto. Kate indicò un edificio sul lato est, una villa di vetro e oro che dominava i moli come un'imperatrice compiaciuta. «Ecco la casa di Dedrick» disse, palesemente nervosa. «Ora di andare. Come sto?»

«Sei bellissima» dissi dolcemente. «Ma tua madre non ci baderà, sarà troppo felice di vederti.»

Kate mi abbracciò in fretta. «Augurami buona fortuna.»
«Buona fortuna!» dissi, ma lei era già scomparsa tra la folla.
Mi avvicinai a un chiosco di assi grigie e vecchia lamiera, accanto allo spettro di una donna dall'aria agguerrita la cui espressione era un misto di cauto sospetto e aperta ostilità. Una piccola sorpresa: la parte posteriore della sua testa era sfondata. Sedeva su un barile come una gargolla, mentre una ragazza, vera, in carne e ossa, si occupava di un'esposizione di secchi pieni di fiori appassiti. Mi avvicinai con cautela dall'angolo più lontano dallo spettro: era una morte che preferivo non vedere.
«Bella giornata, vero?» dissi alla ragazza.
Lei sorrise nervosamente. «Perfetta per una margherita, signora, se posso dirlo.»
«È proprio vero. Ne prendo un po'.» Le offrii due monete d'argento, quasi tutto lo stipendio che mi aveva dato Zan.
Lei rimase a bocca aperta. «Nossignora, non posso accettare. Non per dei fiori che sono a tanto così dal finire nella spazzatura, maledetta questa peste.»
«Tienili» dissi. «Come ti chiami?»
«Elizabeth» rispose lei esitando. «Mi chiamano quasi tutti Beth.»
«Beth, sto cercando di sapere qualcosa su una certa Molly, che faceva la cameriera al castello e che...» mi schiarii la voce «è morta di recente. La conoscevi?»
Lei si rabbuiò. «Sì, conoscevo Molly. Vendeva cioccolata e caramelle in quel chiosco laggiù.» Indicò un punto dall'altra parte della strada. «Era simpatica. Mi dispiace molto per lei.»
«Dicono che si sia fatta assumere al castello per stare più vicino al suo uomo.»
«Di questo non so molto» disse Beth. «Non la conoscevo così bene, eravamo solo gentili fra noi.»
«Non hai mai visto un uomo frequentare il suo chiosco?»
«Un sacco di uomini ronzavano intorno al suo chiosco, signorina. Ai moli è così. Le ragazze come me imparano in fretta a farci i conti.» Mi mostrò un coltello dall'aria rozza nascosto nella tasca del grembiule. «Gli uomini non imparano altrettanto in fretta. Ci vuole qualche puntura a volte per fargli capire che qui vendo solo fiori.» Fece una pausa. «Molly aveva uno spirito più dolce. Non era dura come me. Secondo me per questo vendeva anche di più, ma a che prezzo?»
«In che senso?»
Beth giocherellò con le monete. «Niente, signorina. È solo che Molly

magari si sarebbe trovata ancora qui se fosse stata più brava a distinguere la pecora dal lupo travestito.»

«Beth» dissi lentamente, «c'è qualcosa che vuoi dirmi?»

Lei scosse la testa, forse un po' troppo in fretta. «No. Nossignora. Solo un piccolo consiglio, magari. Ultimamente di pesce ce n'è poco, e i pescatori sono tutti di malumore. Meglio stare alla larga, se vuole conservare quel bel passo veloce.» Mise via le monete. «Tranne Firth, ovviamente. Lui è tutto allegro. Ieri sera ha catturato un evaso, secondo me ci sarà un bel po' d'oro nel suo futuro.»

«Un evaso?» chiesi.

«Quello fuggito dalle prigioni del re» disse lei. «Il primo. Quel povero disgraziato non è andato lontano, però. Firth ha trovato il suo corpo che galleggiava nel porto accanto. Ora lo portano di qua, se vuole dargli un'occhiata.»

«Grazie» riuscii a dire.

Il frastuono del moli, gli odori, la luce forte del mattino, la felicità per aver trovato il giocattolo di Conrad... tutto sbiadì e finì nell'ombra.

Ringraziai Beth di nuovo e mi infilai con passo incerto in un vicolo tra due magazzini, dove mi strinsi le braccia intorno. "Non è Thackery" mi dissi. "Non può essere Thackery."

Lo capii prima ancora che il corpo fosse portato in corteo come un trofeo di caccia, perché il suo spirito lo precedeva, gocciolante e gonfio, con una mezza dozzina di ferite all'addome. Thackery era morto e, con lui, le mie ultime speranze di un salvataggio. Ci guardammo per una frazione di secondo e poi lui mi afferrò. Il mio grido si perse nel frastuono del molo.

Si era accampato nei boschi. Qualcuno lo seguiva. Aveva sentito i ramoscelli spezzati, il respiro, si era voltato cercando di vedere qualcosa. Sentii un leggero sussurro: "Sono invisibile. Sono invisibile".

Quando il suo inseguitore si era manifestato, era stato per affondargli un coltello di luneocite nelle costole, da dietro. Un respiro caldo sul collo. Una voce untuosa che diceva: "È la tua ultima occasione di salvarti la vita, vecchio. Il re vuole sapere chi ti ha venduto quegli inviti. La stessa persona che ti ha fatto uscire dalla gabbia?".

"Non posso dirlo" aveva risposto Thackery senza fiato, mentre il coltello gli penetrava nella pelle.

"Il re ha un bastardo da qualche parte? Un figlio di cui nessuno sa niente a parte te? Rispondi!"

Thackery aveva ridacchiato. "Lo sanno tutti che il re è sterile come una balla di cotone. L'unico motivo per cui ha avuto il suo unico figlio è perché la moglie ha chiesto all'Assemblea di usare la magia per concepire. E ci si sono dovuti mettere tutti insieme, mi hanno detto."

"Sei inutile" aveva detto l'uomo, affondando il pugnale.

Thackery era caduto, con la gola che si riempiva di sangue. L'uomo lo toccò con la punta dello stivale e si chinò su di lui.

"Tanti saluti all'altra parte" disse, prima di pugnalarlo con la lama di luneocite una, due, tre volte...

Uscii da quella orrenda visione con le guance bagnate di lacrime.

Thackery era già morto. Aveva fatto quello che intendeva: mi aveva mostrato quello che voleva vedessi.

La faccia del suo assassino. Dedrick Corvalis. Lasciai cadere i fiori mezzi appassiti e mi misi a correre.

La villa dava sul molo, ma era tagliata fuori dalla brulicante attività del porto. Mi infilai sotto un cancello, colpita dal vuoto. Non c'era nessuno. Né domestici né marinai. Non si sentiva alcun rumore a parte quello sordo delle mie scarpe sulle assi del molo.

Entrai, per fortuna la porta non era chiusa a chiave. La casa era un labirinto di lampadari dorati e colonne di marmo, privo di mobili. «Kate?» dissi piano, timidamente, e la mia voce riecheggiò sotto i soffitti a volta.

Quando svanì, sentii altri suoni: voci, un uomo e una donna.

"È di sopra" pensai, e corsi verso il grande scalone ricurvo, salendo due gradini alla volta prima di arrivare, senza fiato, al piano superiore.

Mi trovavo in un'enorme anticamera affrescata fino al soffitto con l'immagine di una spaventosa Empyrea alata che scendeva dai cieli sulla terra. Fuoco, acqua, pietra e tempesta e foreste esplodevano intorno a lei, mentre lampi di luce bianca e azzurra si liberavano dal punto di collisione. Era un *sanctorium*, non diverso da quello di Renalt.

Sotto quel mostruoso dipinto c'era una porta.

Nonostante la penombra c'era abbastanza luce da vedere che tutta la parete di sinistra era coperta da tende di velluto. Le voci venivano da dietro le tende.

«Il gioiello della casa, il luogo dove una donna bella e pia può venire a riposarsi e rinfrancare lo spirito, crogiolandosi nella luce della grande Empyrea. È la parte della casa che mi manca di più.»

«Hai tenuto il meglio del giro alla fine» sentii rispondere Kate. «Questa casa è davvero notevole. Non riesco quasi a credere che tu l'abbia venduta, visto che ci sei così affezionato.»

«Volevo raccogliere i proventi del mio investimento prima che il valore degli immobili scendesse, in città.» Una risatina. «Ho buoni motivi per credere che il calo sia imminente.»

«Sei sempre un passo avanti nel prevedere il futuro» disse Kate con una risata cortese. «Per caso sai anche quando arriverà mia madre?»

Sbirciai tra due tende e vidi Kate e Corvalis da soli nell'enorme santuario interno. Era almeno sei volte più grande di quello di Renalt. Lui le prese la mano e la baciò, mentre il sorriso di lei le si congelava sul viso.

«Ora che siamo nel confessionale, ho giusto una confessione da farti, cara Katherine. Tua madre non verrà oggi, mi dispiace. È capitato un imprevisto e non ce l'ha fatta.»

«Ah» disse Kate, visibilmente delusa. «Be', allora grazie per avermi fatto visitare la tua bella casa. È meglio che vada, adesso.»

«Da un marito che ti maltratta?»

«Come, scusa?»

«L'ho visto, Katherine. Con i miei occhi. Il modo irriverente con cui ti parla, il modo in cui spadroneggia su di te. Per non parlare di come ti ha costretta a servire, a lavorare per gli altri quando dovresti essere tu ad andare ai balli, così che il resto del mondo possa contemplare la tua bellezza.» Le accarezzò la guancia. «Lasciarti andare è stata la mia follia più grande.»

«Dedrick, mi dispiace se ti ho dato un'impressione sbagliata...» disse Kate.

«Sarebbe facile mandarlo a monte» proseguì lui, come se non l'avesse sentita. «Un matrimonio stipulato chiaramente sotto pressione può essere annullato. Quanto al marmocchio, non lo sa praticamente nessuno di importante. Quando nascerà si potrà dare a una famiglia perbene, timorata di Empyrea, o a un orfanotrofio...»

Kate gli dette uno schiaffo, talmente rapido e forte da fargli girare la testa di lato, rivelando una serie di graffi accanto all'orecchio, sotto i capelli. Quelli che gli avevo fatto io dopo che aveva ucciso Molly.

Lui si portò le dita alle labbra e le ritrasse sporche di sangue. «Non fare la stupida, Katherine. Sto cercando di salvarti. Di darti una possibilità. Un uomo peggiore di me non concepirebbe nemmeno l'idea di riprenderti.»

Lei alzò la mano per colpirlo di nuovo, ma lui l'afferrò prima che potesse farlo. La sua bella faccia era contratta in un'espressione imbronciata. «Oh, Katherine. Così mi fai piangere.»

La attirò contro il suo petto e tirò fuori il coltello di luneocite, ferendosi la mano prima di puntarglielo al collo. Afferrai l'oggetto più vicino, un vaso, e corsi fuori dal mio nascondiglio. Ma riuscii solo a sentirgli dire: «Sappi che non avrei mai voluto questo per te. *Nihil nunc salvet te*».

Gli sbattei il vaso sulla testa con tutte le mie forze. Lui cadde, insieme a una pioggia di schegge di cristallo. Sentii un dolore alla mano: l'impatto aveva riaperto alcune ferite. Kate si teneva la mano intorno al collo, terrorizzata.

Dedrick era carponi e cercava di avvicinarsi a noi, con gli occhi che ardevano di un fuoco malevolo. Afferrò la mia gonna e io gli pestai con forza il braccio sinistro, che gli avevo già ferito nel nostro ultimo scontro. Lui gridò, ma io mi ero spostata dall'altro lato e lo atterrai con un calcio alla schiena, già contusa per la caduta sulle pietre della terrazza.

«Andiamo!» gridai, tirando Kate verso la porta e chiudendola di schianto alle nostre spalle.

Lei tremava, ma mi portò un candeliere che infilai nella maniglia per bloccarla.

Dietro la porta, Dedrick rise piano. Quasi educatamente. «Non avete idea di cosa sta per succedere» disse. «Di cosa accadrà quando esco di qui.»

Kate si ritrasse, e io battei sull'uscio con entrambe le mani. «Tu verrai fuori di qui solo in catene, bastardo.»

Le parole mi uscirono in un fiotto, insieme alla magia. Cosa aveva detto a Renalt Simon, nascosto nel santuario? Con il tempo e la pratica la magia diventa più istintiva e accessibile.

Quando feci un passo indietro, le mie impronte insanguinate rimasero sulla porta, come una promessa.

25

«La bambina» disse Kate. «Sta per nascere.» Aveva il viso bagnato di lacrime.

«Siamo quasi arrivate» dissi. «Ce la fai?»

Lei inspirò profondamente. «Non lo so. Credo di sì.»

«Conosci una levatrice che possa chiamare?»

«No» disse lei con una smorfia di dolore, presa da una nuova contrazione. «La sorella di Nathaniel è una levatrice, ma vive a giorni di distanza. Sarebbe venuta la settimana prossima.» Riaprì gli occhi. «Ci sei solo tu.»

"Non posso esserci solo io" pensai, ma non lo dissi. Avevo aiutato Onal qualche volta, quando ero più piccola, ma queste non erano circostanze normali. Non volevo nemmeno parlare della ferita al collo. Era piccola, ma non aveva ancora smesso di sanguinare.

La sostenni lungo il vialetto e l'aiutai a mettersi a letto. «L'ho mandato via» disse, fra le contrazioni. «Nathaniel ha cercato di mettermi in guardia contro Dedrick, e io l'ho mandato via.»

«Non è colpa tua» la rassicurai. «Vado in città, vedo se riesco a trovare una levatrice o un guaritore.» Kate teneva i guadagni dei suoi lavori di cucito in un barattolo sullo scaffale della cucina. Me lo svuotai nelle tasche.

«Non andare, per favore» mi implorò lei. Aveva la fronte coperta di sudore. «Non voglio restare da sola.»

«Ci metterò poco» promisi. «Andrà tutto bene, te lo giuro.»

Nella luce della sera, le finestre della farmacia di Sahlma erano vuote e ostili, ma bussai comunque alla porta. Tre, quattro, cinque volte. Feci una pausa e bussai ancora. «Apri!» gridai. «Per favore!» Non volevo tornare lì, ma Sahlma era l'unica che conoscevo in grado di aiutarci.

Quando la porta alla fine si aprì di poco, fu una faccia acida ad accogliermi; l'espressione peggiorò non appena mi tirai giù il cappuccio e lei vide che ero io. «Stupida ragazzina» disse con rabbia. «Come osi tornare qui a disturbare la mia quiete?»

«Ho bisogno del tuo aiuto!»

«Vattene.» Cercò di chiudermi la porta in faccia, ma mi ci appoggiai con le mani prima che toccasse lo stipite.

«No!» gridai, spingendola da parte per entrare. «Ascoltami, per favore! Posso pagare.» Presi le monete di Kate e le sbattei sul bancone. «Una mia amica sta per partorire, ma è... troppo presto e...» mi fermai per mandare giù il groppo in gola che bruciava come carbone «... è stata ferita da un uomo malvagio e non fa che sanguinare e non smette. Sta per avere il bambino e lei o lui moriranno se non mi aiuti.» Mentre lo dicevo mi resi conto di quanto fosse vero: anche se mi avesse aiutato, Kate aveva poche possibilità.

Nihil nunc salvet te.

«Vattene» ripeté Sahlma tossendo. «E portati via le tue monete e i tuoi guai.»

Dissi a denti stretti: «Per favore. Non pensi al bambino? Una madre non dovrebbe mai stare senza il suo bambino».

Era quello che le aveva detto la madre di Zan prima di saltare.

Lei arretrò come se avesse riconosciuto le parole, ma solo per un secondo. «Via di qui.»

Un faccino grigio mi guardò da dietro le gonne di lei. «Chi è il piccolino con il berretto?» chiesi, cercando di valutare le somiglianze tra quel visetto spettrale e la faccia segnata e anziana di lei. «È tuo figlio, vero?»

Il bambino con il berretto mi guardava, in attesa.

La mano di Sahlma mi frustò la faccia. Sentii ognuna delle sue cinque dita colpirmi le labbra, ma continuai. «Tu sei come sei per lui, vero? Perché l'hai perso.»

Lei abbassò lentamente la mano. «Come fai a...»

«Lo vedo. È proprio qui con noi, mentre parliamo.»

La sua voce cominciò a tremare. «Stai cercando di manipolarmi.» Fece una smorfia rabbiosa. «Come osi? Come osi servirti del ricordo di mio figlio in questo modo?»

Mi irrigidii. «Non sto mentendo.»

Per tutta la vita ero stata terrorizzata dal loro tocco, dalle loro storie spaventose che mi scorrevano davanti agli occhi. Però mi inginocchiai e gli tesi la mano. Lui uscì da dietro le gonne della madre e guardò prima la mia mano, poi la mia faccia, come per chiedermi il permesso. Annuii, e lui mise le sue piccole, pallide dita sulle mie.

Fu come immergere il braccio in un fiume congelato. Rimasi senza fiato, ma non gli lasciai la mano.

Lampi di parole, immagini e ricordi turbinavano intorno alla mia testa come neve. Le dissi: «Avevi dato a Kestrel il nome del tuo uccello preferito. Un... gheppio. Lui trovava sempre un bastoncino da portarsi dietro, quando giravi da una città all'altra in cerca di lavoro come cameriera. A volte dovevi prendere anche altri lavori, per comprargli da mangiare. Lo facevi aspettare fuori in strada, perché non sentisse quello che ti stava succedendo, ma lui sentiva lo stesso. Tu non mangiavi quasi, davi a lui tutto quello che potevi e mettevi da parte qualche soldo: per portarlo a fare una gita in barca, dicevi. Lui adorava le barche. Andavate sul porto tutti i giorni e osservavate le barche, confrontavate le dimensioni e i colori, pensando a quale avreste preso quando i soldi fossero bastati».

Lei aveva le lacrime agli occhi e si torceva le mani nel grembiule. Poi lo appallottolò e se lo premette sulla bocca, per soffocare il lamento di dolore.

Mi sembrava di avere un blocco di ghiaccio al posto della mano, ma non mollai. «Tuo marito spariva spesso per mesi, ma quando finiva i soldi ti ritrovava sempre. L'ultima volta ha rubato i risparmi per la gita in barca e li ha persi in scommesse. Quando Kestrel l'ha scoperto ha pianto, ma il suo pianto ha fatto innervosire tuo marito. Ha cercato di farlo smettere.» Un orrore indicibile mi stava soffocando; questo non volevo vederlo. «E lui... lui...»

«Basta» mi implorò Sahlma. «Basta, per favore.»

Avevo le guance bagnate di lacrime mentre la storia di Kestrel mi passava davanti agli occhi. «Stelle. Oh, Empyrea misericordiosa. Mi dispiace, mi dispiace tanto.» Chiusi le palpebre. «Lo hai seppellito nella foresta» dissi, con la voce che tremava. «Hai piantato un alberello in quel punto. Poi sei tornata dall'uomo che ti aveva portato via il tuo bambino e l'hai colpito sulla nuca con un sasso, mentre dormiva. Stavi per colpirlo di nuovo quando hai visto la macchia di sanguifoglia sotto il ponte... allora l'hai trascinato lì, gli hai tagliato la gola e l'hai buttato nel fiume. Poi sei tornata con i petali... hai sradicato l'alberello... hai cercato di...» La guardai con gli occhi velati, incapace di finire.

Sahlma si coprì il viso con le mani, singhiozzando.

Kestrel aspettava tranquillo che mi calmassi. «Tuo figlio... vuole che tu sappia che non è colpa tua, anche se lo pensi. Lui ti vuole bene e non vuole che tu sia triste.»

Il bambino annuì e ritirò la mano. Il braccio mi ricadde al fianco. Non riuscivo a muoverlo. Lo afferrai con l'altra mano e mi rialzai a fatica.

«Scusami» sussurrai. «Ora vado.»

«Aspetta» disse lei. «Ho raccolto davvero della sanguifoglia quel giorno. Due petali. Uno l'ho usato... hai visto come. L'altro l'ho venduto per poter studiare da guaritrice. Volevo aiutare la gente come me... ma il tempo e le circostanze sanno come farti dimenticare l'idealismo.» Si asciugò il viso gonfio con il dorso della mano rugosa. «Ti aiuterò, se posso. Fai strada.»

Era buio quando Sahlma e io entrammo di corsa a casa di Kate. Avevamo sentito le sue grida strazianti ancora prima di arrivare al vialetto. La trovammo in ginocchio accanto al letto, piegata in due dal dolore.

Sahlma si mise subito al lavoro, arrotolandosi le maniche. «Prendi dell'acqua. Subito.»

Riempii in fretta una bacinella e corsi nella stanza, sgocciolando dappertutto, e la misi accanto al letto. «Non va bene, vero?» chiese Kate.

«Vedrai che andrà bene» la rassicurai prima di lanciare uno sguardo preoccupato a Sahlma, che non disse niente.

Kate si contorse in preda a un'altra violenta contrazione, i tendini che sporgevano sotto la pelle. La macchia di sangue sulla garza che proteggeva la ferita al collo cominciò ad allargarsi. Il sangue non si era ancora fermato.

«Ormai non manca molto» disse Sahlma, con la fronte profondamente aggrottata.

Il travaglio di Kate andò avanti tutta la notte, con lei che si faceva sempre più debole.

Verso l'alba, con un'ultima spinta esausta, la bambina nacque.

«Guarda, Kate!» dissi. «Avevi ragione. È una femmina.»

«È viva» disse Sahlma, stanca e triste. «Ma è piccola, e non respira bene.»

Kate aveva gli occhi lucidi di lacrime. «Posso tenerla?»

Sahlma avvolse la bambina in una coperta e me la passò. Le scostai la stoffa dal viso. Era tondo e perfetto, con tenere guance brune e un accenno di riccioli neri sulla testa. Aprì gli occhi e cominciò a piagnucolare piano. Intuii che avrebbe avuto gli occhi di suo padre, marrone scuro.

Kate la prese fra le braccia tremanti. «Ce l'abbiamo fatta, bambina mia. Ce l'abbiamo fatta.»

Stordita, andai in cucina mentre Sahlma faceva del suo meglio per fermare l'emorragia di Kate. Cercai di tenermi occupata il più possibile, raddrizzando quello che era già dritto, pulendo quello che era già pulito. I lavori non finiti di Kate erano ovunque: una torta pronta per andare in forno, una catasta di legna nel camino pronta per essere accesa. Un cesto pieno di vestiti da bebè in corso d'opera, accanto alla poltrona. Presi il primo e lo guardai, confusa, con il desiderio di finirlo per lei e la certezza che non gli avrei mai reso giustizia. Quando lo posai di nuovo nel cesto, sentii una puntura sull'indice.

"Per le stelle" pensai. Mi ero punta.

Non era niente, solo una minuscola goccia di sangue, non più grande della capocchia dello spillo che l'aveva provocata. Ma fu l'ultima goccia. Lo stordimento che mi teneva insieme svanì. Mi inginocchiai accanto al cesto di Kate e crollai.

"Zan, Nathaniel" gridai nella mia mente, mentre la goccia di sangue cadeva, "tornate a casa. Kate ha bisogno di voi. Io ho bisogno di voi. Tornate."

Gli sforzi di Sahlma erano stati vani, si capiva. Kate sanguinava ancora. Se Empyrea fosse stata misericordiosa, a Kate sarebbe stato concesso il favore dell'incoscienza; invece i suoi occhi erano vigili e pieni di angoscia, mentre teneva fra le braccia il piccolo corpo debole della sua creatura. Accarezzava dolcemente il dorso della sua mano delicata, cantandole una ninnananna con voce rotta.

«Kate.» Ormai piangevo apertamente.

Lei voltò verso di me il viso pieno di dolore. «Come faccio a sopportarlo? Come?»

«Non lo so.» Uscii dalla stanza, lasciandola sola con la sua bambina per tutto il tempo che avevano ancora a disposizione.

Sahlma si stava lavando le mani dal sangue nella stanza accanto, con il viso smunto e triste. «Un peccato» disse. «Un peccato mortale.» Abbassò la voce e aggiunse: «Una madre non dovrebbe mai stare senza il suo bambino».

«Hai fatto tutto il possibile» dissi, stordita. «Ma dimmi... ci sono speranze per Kate?»

«No» disse Sahlma, rialzandosi. «Non c'è nulla, sotto le leggi della natura, che possa salvarle, ormai.»

Mi sentii sprofondare, ma lei proseguì: «Però credo che ci sia una soluzione al di fuori delle leggi della natura». Tirò fuori dalla tasca una fialetta con un contagocce.

«Che cos'è?»

«È una pozione di petali di sanguifoglia» rispose lei.

Sentii il cuore che accelerava. Quasi balbettando per la speranza, chiesi: «Cosa? Come hai fatto a...?».

«C'è stata un'altra volta. Un'altra madre, come lei voleva salvare il suo bambino e si è tolta la vita per farlo. Quella volta sono riuscita a prendere un solo petalo. Avrei dovuto dare tutto al bambino, ma poco prima avevo scoperto che in me c'era qualcosa che non andava. Un cancro. E io... io non volevo morire. Così ho distillato il petalo in un siero. Ho dato al bambino quanto bastava per superare il momento peggiore della malattia, e tenuto il resto per me. Con il siero ho prolungato la mia vita, goccia dopo goccia, per quasi dodici anni, ho placato il senso di colpa dicendomi che se non fosse stato per me lui sarebbe morto.» Mi mise la fiala in mano. «E ciononostante, per tutta la notte, ho sperato di non doverla usare. Ero combattuta all'idea di regalarlo a una sconosciuta, ma credo... credo che sia arrivata l'ora di mollare. Ne sono rimaste due, forse tre gocce. Bastano almeno per una di loro.»

«Stai scegliendo di morire?»

«Meglio sceglierlo da me che farlo decidere a qualcun altro.» Aveva gli occhi lucidi. «Ho fatto molte cose di cui non vado fiera. Sapevo che un giorno, se mio figlio mi avesse aspettato dall'altra parte, avrei dovuto renderglene conto, e non sopportavo l'idea. Ma ora non ho più paura, e credo di aver rimandato fin troppo il nostro incontro.» Raccolse la sua roba. «Una madre non dovrebbe mai stare senza il suo bambino.»

26

Quando Sahlma se ne andò, tornai nella camera da letto. Kate alzò il viso bagnato di lacrime.

«Continuo a pregare l'Empyrea che tutto questo non sia vero. Farò tutto ciò che chiede. Voglio solo che la mia bambina viva, Emilie.»

Le mostrai la fiala di Sahlma. «Forse ho una risposta» dissi piano. «È una pozione fatta con un fiore di sanguifoglia. Ce ne sono solo un paio di gocce. Potete prenderne una a testa, è la nostra unica speranza.»

Lei baciò la bambina e la strinse a sé. «Non la voglio. Dalla tutta a lei.»

«Pensa a Nathaniel. Lui ha bisogno di te. Per favore, Kate, prendila.»

«Lui è più forte di me. Lo è sempre stato. Guarirà e avrà una bella vita. Ma se la prendo io e lei muore non riuscirò a vivere con me stessa.»

«Se non la prendi...» Non finii la frase. Non sapevo come dirglielo.

«Non sono una sciocca, Emilie. So cosa mi ha detto Dedrick. "*Nihil nunc salvet te.*" So cosa significa. E se dopo averla presa morissimo entrambe comunque? In questo modo morirò sapendo di aver fatto tutto quello che potevo per lei.»

Respirai profondamente e annuii. Mi doleva troppo il cuore per discutere. *Una madre non dovrebbe mai stare senza il suo bambino.* «Va bene, allora. Dalla a me.»

Con la bambina in grembo, aprii la fiala e tenni il contagocce sulle sue labbra aperte.

Una, due. Due gocce. Non accadde nulla.

Era una follia. Cosa avevo fatto?

"Vivi" la implorai. "Vivi."

La restituii a Kate, incapace di dire una parola.

«Guarda» disse lei.

Sotto i miei occhi stupiti, il calore tornò nelle braccia della bambina, nelle gambe, nel busto, nelle dita. Due macchie rosate apparvero sulle guance grigie. E lei sospirò.

Un tremolio delle palpebre, e la bimba aprì gli occhi. «Ciao, amore» disse Kate con gioia.

Non mi resi conto di essermi addormentata finché non riaprii gli occhi, stordita, e vidi Kate in piedi davanti alla culla della bambina. Non era nemmeno l'alba: la luna piena splendeva dalla finestra.

«Non dovresti stare in piedi» dissi, alzandomi a fatica, con un brivido involontario. L'aria del mattino era fredda. «Ti aiuto io. Tu riposati. Kate?»

Lei si voltò e fece un sorriso dolce e triste. Mi fermai di colpo.

Il corpo di Kate era disteso sul letto, accanto alla culla. La bambina dormiva profondamente, con il piccolo petto che si sollevava a ogni respiro.

«No. No... Kate!» singhiozzai.

Lei mi posò una mano rassicurante sul braccio. Il suo tocco era freddo. Gli ultimi momenti della sua vita mi passarono davanti agli occhi, leggeri come la prima brezza d'estate. Aveva guardato sua figlia dormire, mandando a memoria con gioia ogni dettaglio prezioso: i capelli, le mani, le guance, i piedi. Quando la morte giunse, fu delicata e gentile, come il sonno. Morì in pace, sapendo che sua figlia sarebbe vissuta.

«Penserò io a lei» le sussurrai. «Baderò a lei per te. Qualsiasi cosa sia in mio potere, la farò.»

Lei annuì e fu la fine. Il sacrificio della "madre" di Porta Foresta era completo. Una nebbia innaturale si alzò oltre la finestra, inghiottendo la luna piena. In un istante, il paesaggio divenne un oceano bianco.

Non ebbi molto tempo per piangere, prima che fosse il pianto della bimba a interrompermi. Avevo promesso a Kate che mi sarei presa cura di lei, perciò mi asciugai le lacrime e mi misi al lavoro. La lavai e la vestii, mentre lei mi guardava con occhi spalancati e imperscrutabili. Erano del colore delle piume più morbide: grigio chiaro e marrone argenteo, e sorprendentemente limpidi.

Quando mi guardava, era come se mi ponesse una domanda alla quale non potevo rispondere.

Senza una madre che la nutrisse, feci del mio meglio con un panno pulito intinto in una ciotola di latte di capra, borbottando un incantesimo raffazzonato per rendere quella misera offerta più sopportabile per il suo stomaco, più dolce al gusto e più nutriente. Non potevo sapere se stesse funzionando, ma lei succhiò l'angolo del panno finché la ciotola non fu quasi completamente vuota, poi si addormentò fra le mie braccia.

Sonnecchiava ancora quando sentii i primi passi affrettati sul vialetto. Stava di nuovo scendendo la sera: avevo passato quasi tutto il giorno in silenzio, solo io e la bambina. In quella nebbia fitta, cominciavo ad avere la sensazione che fossimo le due uniche persone rimaste al mondo.

Sentii la porta che si apriva. «C'è nessuno?» disse la voce di Nathaniel dalla cucina. «Kate?»

«Emilie non è nella sua capanna» disse Zan. «Forse Kate sa...»

Nathaniel si fermò di botto sulla soglia della camera da letto a guardare Kate, immobile, senza dire una parola.

«Mi dispiace tanto» bisbigliai, alzandomi dalla sedia a dondolo.

Avevo ripulito bene la stanza; non c'erano tracce del dramma della notte, dei tormenti che Kate aveva dovuto sopportare. Giaceva tra lenzuola immacolate, con i bei capelli intrecciati e disposti intorno al viso. Aveva gli occhi chiusi, l'espressione serena.

Nathaniel crollò accanto a lei, le prese la mano e se la portò alle labbra. Le spalle tremavano, ma lui non emise un suono.

Zan, che era entrato dietro di lui, chinò la testa e si appoggiò allo schienale di una sedia.

All'inizio fu solo un chiarore, come quando una nuvola sottile passa davanti al sole. Poi il chiarore creò una forma. Kate si inginocchiò e toccò il viso di Nathaniel con mani leggere, fatte di luce e aria. Lui non reagì: non sentiva il suo tocco. Lei mi guardò, in cerca di aiuto.

«Nathaniel» azzardai, e il suono della mia voce piombò nell'oscurità profonda del suo dolore come un sassolino in un laghetto immobile. Non mi rispose, così ripetei: «Nathaniel».

Kate si avvicinò e io le tesi la mano. La prese per la seconda volta e il freddo si propagò sulla mia pelle in delicate spirali, come brina su una finestra.

"Digli che mi dispiace."

«Kate vuole che tu sappia che le dispiace.» Deglutii a fatica.

"Digli che lo amo."

Respirai, tremando. «Ha detto che ti ama.»

Nathaniel alzò la testa e mi guardò con gli occhi gonfi e rossi.

"Digli che sarò felice."

«Ha detto che sarà felice.»

"E voglio che lo sia anche lui."

«E vuole che anche tu sia felice.» Gli porsi la bambina in fasce e dissi lentamente: «Ha dovuto fare una scelta per salvare la bambina. E... lei era in pace con la sua scelta».

Mi avvicinai e gli misi la bambina fra le braccia. Kate mi seguì, con gli occhi velati e impenetrabili, e lo guardò mentre la cullava, esitante.

Ricordai cosa mi aveva detto fuori dal negozio di stoffe. «Si chiama Ella» dissi.

«Era il nome di mia madre» disse lui, asciugandosi gli occhi. «Ho sempre pensato che a Kate non piacesse. Le assomiglia, vero?» disse, e poi sorrise.

«È vero» dissi. «È parte di tutti e due.»

«Arielle Katherine. Probabilmente sarò un disastro. Non mi aspettavo di doverlo fare da solo. Ma ti giuro che ti vorrò bene ogni giorno della tua vita. Lo giuro, lo giuro. Ti darò tutto l'amore che voleva darti lei e non ha potuto.»

Kate mi lasciò la mano e andò da loro, posò un bacio impalpabile sulle labbra di Nathaniel e poi un altro sui capelli soffici di Arielle. Poi svanì. Ma anche se non c'era più, la sua luce indugiava ancora.

Zan mi venne vicino e intrecciò le dita con le mie. Il gelo del tocco di Kate si sciolse con il suo. Guardai le nostre mani unite, poi alzai la testa. Lui disse, con un filo di voce: «Ti ho sentito quando mi hai chiamato. Siamo tornati prima possibile». Chiuse gli occhi. «Non sarei mai dovuto andare. Mi dispiace, mi dispiace tanto.»

Annuii in silenzio e guardammo di nuovo Nathaniel che fissava la sua bambina appena nata, e si aggrappava a lei come un marinaio che sta annegando si aggrappa alla corda che lo riporta in vita.

Ci ritrovammo di nuovo al tramonto, sulla riva nebbiosa del fiordo, per dare l'ultimo addio a Kate. Lei giaceva su una zattera che Nathaniel aveva costruito con salice e sorbo rosso, con lavanda ai piedi e alloro sulla fronte. Dicemmo poche parole e nessuno fece discorsi solenni, nessuno se la sentiva. Cosa potevamo dire per migliorare le cose?

Nathaniel accostò la torcia alla pira, stringendo al petto la bambina con l'altra mano. Zan lo aiutò a spingere la zattera verso il largo, e la guardammo allontanarsi con lei, spargendo scintille simili a stelle rosse, finché non sparì nella nebbia.

27

La sera dopo Zan era davanti alla mia porta, incerto se bussare o andarsene. Sembrava aver optato per la seconda, ma si voltò e si trovò davanti me. Dopo avergli spiegato tutto quello che era successo con Kate, Zan era andato a vedere cosa si poteva fare per consegnare Dedrick Corvalis alla giustizia, lasciandomi per tutta la giornata ad aiutare Nathaniel a cambiare e vestire Ella e poi a darle da mangiare il mio latte incantato e cullarla, finché non si addormentarono entrambi. Rallentai e mi fermai.

«Probabilmente non dovrei essere qui» affermò lui. «So che non dovrei disturbarti. Ma è stata una giornata difficile e non sapevo dove altro andare.» Mi guardò da sotto i capelli neri. «Era qui che venivo sempre quando avevo bisogno di un posto tranquillo. Per pensare e disegnare.»

«Non te lo impedisco di certo.» Aprii la porta e mi feci da parte per farlo entrare.

All'inizio fu tutto un po' goffo e silenzioso; lui si sistemò sulla sedia con carta e carboncino, mentre io accendevo il fuoco e mettevo su l'acqua per il tè. Ma il disagio svanì quasi subito, e ben presto ci ritrovammo assorti nelle nostre attività: lui disegnava e io lo guardavo.

Trasalimmo entrambi quando il bollitore fischiò.

Versai due tazze di tè e ne posai una accanto a lui. «Posso vedere?» chiesi.

Lui annuì e si appoggiò allo schienale.

Mi chinai timidamente al di sopra della sua spalla per contemplare il suo lavoro e rimasi senza fiato.

Era un ritratto di Kate che rideva, richiamato da qualche luogo luminoso della memoria. Un ritratto chiaro e vivido, pieno di vita e di colore... non facile, visto che era in bianco e nero.

Quando ritrovai la voce dissi: «So che qui si usa bruciare i morti, e che il suo è stato un congedo degno... ma una parte di me pensa che lei...» arrossii, deglutendo il groppo che sentivo in gola «che lei meriti di più. Qualcosa che segni il suo passaggio. Qualcosa che la ricordi». Mi costrinsi a una risatina. «Credo che sia la Renaltana che è in me a parlare. A Renalt, una lapide è come un trofeo di virtù. Più grande è, meglio è.» Battei sul lato della tazza. «Lei merita un monumento, capisci cosa intendo?»

«Sì, capisco.» Zan mi guardò a lungo, poi si alzò. «Ti va di fare una passeggiata?»

Lo seguii nel bosco oltre il canale sotterraneo. Il terreno era roccioso, saliva bruscamente e il sentiero restava virtualmente indistinguibile sotto la nebbia fitta e bassa. Zan però procedeva con sicurezza nella foresta di sempreverdi ormai avvizziti. Ruppe il silenzio proprio guardando gli alberi. «Sai, se non fosse per tutto questo» disse, indicando la volta scheletrica, «vorrei davvero che le mura venissero giù.»

«Vuoi lasciare aperta Achlev? In modo che chiunque possa andare e venire a suo piacimento?»

«Sì» rispose. «Immagina quanto sarebbe diverso questo posto senza le mura... Pensa a tutta l'arte, il pensiero e le novità che abbiamo perso per colpa sua.»

«E pericoli» dissi. «Le mura servono anche a proteggere.»

«E tuttavia, la minaccia più grande che questa città abbia mai subito è venuta da dentro, non da fuori.»

«È finita, allora?» chiesi. «Dedrick è stato arrestato?»

«Molte delle guardie erano andate a caccia con il re, ma sono riuscito a reclutare, cioè a corrompere, alcuni di quelli rimasti. Quando sono andati a prenderlo, era ancora nel *sanctorium*, come avevi detto tu. Il tuo incantesimo ha tenuto: non sono riusciti a tirarlo fuori prima che fosse debitamente incatenato. Stanotte rimarrà nelle prigioni sotterranee. Ho intenzione di interrogarlo domani. Se faccio a modo mio, non arriverà alla prossima Giornata dei Postulanti. Ehi, attenta.»

La punta della mia scarpa si era incastrata sotto una radice contorta, ma Zan mi prese per mano prima che cadessi. Vide la nuova benda macchiata di rosso.

«Fai incantesimi senza di me?» chiese.

«Stai per dirmi che non devo?»

«Mi guardo bene dal dirti cosa fare e cosa non fare.»

«Era per Nathaniel ed Ella» ammisi. «E non era nemmeno un incantesimo. Era più una... una preghiera. Perché trovino pace ora che Kate è tra le braccia di Empyrea.»

Lui annuì. «Che abbiano pace loro, anche se noi non possiamo. Non mi perdonerò mai di aver scelto di seguire il re, anche se sapevo che era sbagliato.»

«Se c'è qualcuno da biasimare, anch'io ho la mia parte di colpa. Ho capito tutto troppo tardi.» Sospirai. «Praticamente l'ho accompagnata fino alla porta di Dedrick.»

Ci fermammo davanti a una cavità nel fianco della collina, una specie di caverna. Lui disse, abbassando la testa per entrare: «Ci siamo. Seguimi».

Alla fine non era una caverna, solo una breve galleria che si apriva poco dopo su un prato circondato dalle montagne e aperto verso il cielo. La nebbia saliva a spirale dal terreno. Mi avventurai al centro del cerchio illuminato dalla luna. Ovunque guardassi, c'erano colonne e lapidi che svettavano nella foschia. Non c'era coerenza nella posizione e neppure nei materiali: alcune erano di pietra, altre di travi di legno marcito, e c'erano perfino alcune statue rozzamente sbozzate. E semplici tumuli, i cui ornamenti si erano persi da tempo. Ma a differenza dei cimiteri di Renalt, in cui gli spiriti aspettano e vagano tra le tombe vistose, quel posto era tranquillo: non si sentivano rumori né anime agitate.

«Qui non è sepolto nessuno» dissi, voltandomi. Niente spiriti significava niente corpi. Quel luogo era fatto per la consolazione dei vivi, non per ospitare i morti.

«È vero» concordò lui. «Sulle vecchie carte si chiamava *Sepulcrum Perditorum*, la Tomba dei Perduti.» Guardò il santuario velato dalla nebbia. «La città di Achlev ha sempre cremato i suoi morti. Lo scopo è di far arrivare lo spirito tra le braccia di Empyrea più in fretta, ed è considerato un congedo degno di grande onore. Ma durante le guerre non c'era sempre qualcosa da bruciare. Per i soldati più nobili, veniva bruciata una zattera vuota. Per quelli molto poveri, o per i prigionieri di guerra, o per quelli morti per mano propria invece che del nemico... non si faceva né si diceva niente per onorare la loro vita, per quanto imperfetta, o ricordare la loro morte. Erano semplicemente... scomparsi.»

«I Perduti» dissi.

Lui annuì. «E per i parenti in lutto, non veder riconosciuto il loro caro era intollerabile. Perciò venivano qui, eseguivano i loro rituali di commiato, erigevano i simboli per onorare i defunti. Spesso di notte, spesso da soli... sempre in segreto.»

«Non ci sono nomi.»

«Lasciare qui, o in qualsiasi punto al di qua delle mura, una lapide non autorizzata per gli svantaggiati può costare una multa salata o peggio. Non lasciavano nomi: se questo posto fosse stato scoperto, non c'era niente che potesse riportare a loro e farli punire per qualcosa che poteva essere visto come un atto di ribellione.»

«Ma i re hanno lasciato qui le pietre?»

«Se lo sapevano, chiudevano un occhio. Con la guerra finì anche questo modo di piangere i morti, e l'usanza si perse, alla pari di coloro che avrebbe dovuto ricordare. Eppure questo luogo rimane.» Spiegò il ritratto di Kate e me lo porse.

Trovai un bel punto accanto al margine della radura e mi inginocchiai. Posai il ritratto di Kate e lo fermai con una pietra. Piccole spirali di nebbia lo circondarono, cullandolo per alcuni lunghi istanti prima di ricoprirlo. Il viso di Kate sparì come il sole dietro le nubi temporalesche.

Mi rialzai e notai una lapide poco lontano. Era una lastra sottile di pietra che spuntava verticalmente dal terreno, proprio come in una tomba. Sopra era stata incisa rozzamente la sagoma di un uccello simile al corvo Silvis, ma bianco e delicato. Una colomba. La pietra, intatta, si notava in modo particolare. Gli altri cippi erano lì da almeno duecento anni, e anche senza contare la pioggia, il vento o la neve, il tempo aveva lasciato il segno. Ma su questa no: in confronto alle altre era nuova.

«Questa è tua» dissi. «Vero?»

Lui rispose, a bassa voce. «Stavo male quando mia madre è morta. Ero incosciente, vicino alla morte io stesso. Lei si è tolta la vita, perciò non ha ricevuto un funerale Achlevano. È stata seppellita in una fossa poco profonda e anonima, nella foresta fuori le mura, prima ancora che io sapessi che era morta. Ancora oggi non so dove riposi.» Respirò profondamente. «Lei era l'unica cosa buona della mia infanzia infelice. Insieme disegnavamo, leggevamo, studiavamo le carte. Questo è stato uno degli ultimi posti che abbiamo scoperto insieme, prima che io mi ammalassi al punto da non poter lasciare il letto.»

Mi inginocchiai accanto alla lapide. L'incisione era rozza, rudimentale. Deglutii, sfiorando le linee. «Chi ti ha aiutato a metterla qui? È stato Simon?»

«Simon non c'era sempre. I suoi doveri di sanguimago lo portavano spesso lontano.» Scosse la testa. «Sono stato io, da solo. Avevo sette anni.»

«Sette anni» ripetei, immaginando un bambino della stessa età di Conrad, distrutto e indebolito da una lunga malattia, che vagava per questi boschi e metteva la lapide in una radura nascosta, poi la incideva facendo del suo meglio con mani piccole e fragili. Da solo. Il pensiero era quasi insopportabile.

«È morta a causa mia, perché curarmi era diventato troppo gravoso per lei. Era il minimo che potessi fare.»

«Zan» dissi, alzandomi, «ti sbagli su tua madre.»

«So quello che stai per dire: non è stata colpa mia, ero solo un bambino...»

«No» mi avvicinai cautamente. «Devo dirti... una cosa importante. Ti sembrerà folle, ma è tutto vero. Devi credermi.»

«Se non ricordo male, era il tuo prezzo per avermi aiutato con le mura. Visto che Corvalis è stato arrestato, direi che ora è un buon momento per riscuotere.»

Le parole uscirono di getto, quasi una sull'altra. «La maggior parte degli spiriti se ne va subito dopo la morte, ma alcuni indugiano sul confine. È per questo che siamo riusciti a evocare Aren durante la seduta. Gli spiriti che ritardano l'ultimo passaggio... vogliono essere visti. E quando ci riescono, vogliono raccontare la loro storia.»

«Non capisco» disse lui, con la fronte aggrottata e un sorriso confuso.

«Io lo so perché li vedo. Perché sono io quella con cui comunicano. Non so il motivo... ma i morti fanno parte della mia vita quanto i vivi, fin da quando ho memoria.»

Il suo sorriso svanì lentamente.

«Io l'ho vista, Zan. Ho visto tua madre. Ho visto il suo spirito alla torre. Quel giorno che sei salito dietro di me... io ero lì solo perché lei voleva che la seguissi. Voleva mostrarmi come era morta.»

Lui distolse bruscamente lo sguardo. Io continuai, il più dolcemente possibile. «Ho rivissuto i suoi ultimi momenti. Era insieme alla guaritrice del paese, Sahlma. Parlava di suo figlio, che era malato. Sapeva che non gli restava molto da vivere, e non tollerava l'idea di perderlo. E così... così ha deciso di agire. È saltata giù dalla torre, ma non perché voleva morire. L'ha fatto per spargere il suo sangue sulla sanguifoglia, così che Sahlma potesse raccogliere i petali dei fiori per salvare suo figlio. Per salvare te.»

Lui indietreggiò di un passo, con la mano sul cuore stretta a pugno. Cercava di mantenere il respiro regolare, si poteva quasi percepirne il ritmo. Gli misi una mano sul braccio e, quando lui alzò gli occhi, non vi era più traccia del solito luccichio cinico.

«Non ti stava abbandonando» dissi, dal cuore. «Ti amava. È morta per la speranza di creare i petali che potevano salvarti la vita. Ha dovuto scegliere fra se stessa e te, e ha scelto te.»

Lui si mise le mani fra i capelli e mi voltò le spalle. Sentivo che stava riconsiderando tutto il racconto della sua vita. Sua madre l'aveva salvato. Questo non toglieva niente alla perdita, nulla poteva farlo, ma la luce in cui vedeva la sua morte era cambiata in modo irrevocabile.

«Zan?» chiesi. Volevo toccarlo, ma ero troppo nervosa. «Stai bene?»

Lui fece un lungo, profondo respiro. «No» disse, «e... sì.» Una colonna storta spuntava dalla nebbia, e lui ci si appoggiò come se all'improvviso fosse stato esausto, ma aveva gli occhi accesi di emozione, qualcosa tra il sollievo e il rimpianto.

Mi avvicinai timidamente. «Mi credi? Non pensi che sia matta?»

«Con tutte le cose sbalorditive che ho visto da quando ti ho conosciuta, potresti dirmi di essere Empyrea in persona e ci crederei.»

Non mi mossi; osavo a malapena respirare. Ripensando allo spaventoso ritratto di me sulle mura, dissi: «Sono solo una ragazza, Zan, che cerca di venire a capo delle cose lungo il cammino. Sono persa e confusa e sola come chiunque altro».

«Persa? No.» Mi prese le mani fra le sue. «Confusa... Non direi proprio. Sola?» Si chinò e le nostre fronti si toccarono. «Non se posso impedirlo.»

Eravamo molto vicini. Sentivo il suo respiro sulla guancia, delicato e lento. Lo guardai, con il cuore che batteva forte, e lui si chinò verso di me. Poi la terra sobbalzò sotto i nostri piedi.

Lui mi strinse a sé e la colonna alla quale si era appoggiato cominciò a tremare e cadde, frantumandosi. La terra si sollevò mentre la parete della montagna franava e una pioggia di polvere e sassolini ci finiva sulla testa. Mi aggrappai alla mano di Zan e corremmo in mezzo al caos verso l'imbocco della radura. La frana chiuse la strada stretta alle nostre spalle. Uscimmo dall'altra parte. Aghi di pino trasformati in proiettili tagliavano l'aria come frecce su un campo di battaglia che ondeggiava. Davanti a noi, il tronco di un abete rosso gigante si spezzò con un gemito e cadde sbarrandoci il passaggio. Non potevamo proseguire. Non potevamo tornare indietro. Sentivo il sapore del panico sulla lingua, simile a sangue e bile.

Zan mi tirò giù contro il tronco dell'albero caduto e mi fece scudo con il suo corpo, proteggendomi dai detriti. La terra tremò per un ultimo violento scossone, poi finalmente si fermò.

Lui si alzò per primo, poi mi aiutò a fare altrettanto, in silenzio. La nebbia era sparita, apparentemente inghiottita dalla terra che tremava. Restava solo la polvere: quando alla fine si posò, rivelò un paesaggio quasi irriconoscibile. Frane, alberi spezzati, sbuffi di fumo che si alzavano dal cuore della città in basso e che si stagliavano contro i primi deboli raggi di un sole opaco.

«No» mormorò Zan, sgomento. «Lo abbiamo fermato. Era finita. Non può essere.»

Ma sapevamo entrambi la verità: quello era il segno della morte della vecchia. Il sigillo di Porta Foresta era caduto.

Ci volle quasi tutta la notte per farci strada nel caos della foresta. Usammo il canale di scarico per rientrare al castello, ma si sentivano le grida provenienti dalla città anche nei sotterranei. Quando sbucammo dall'altra parte, il sole stava sorgendo. Zan mi disse di aspettare in un magazzino, in mezzo a bottiglie rotte e cassette rovesciate, mentre lui andava a parlare con la guardia più vicina all'ingresso delle celle sotterranee.

«Non te lo chiederò un'altra volta» stava dicendo, con un'inflessione pericolosa nella voce. «Ti ho lasciato qui ieri sera. Ti ho pagato bene. Ora dimmi la verità: tra allora e adesso, hai fatto entrare qualcuno da lui? Qualcuno è uscito?»

«Te l'ho detto, no» mormorò la guardia. «Non è entrato né uscito nessuno per tutta la notte. Nemmeno quando il castello si è messo a tremare.» Fece una pausa. «Be', a parte il medico. Il medico autorizzato dalla corte. Lui ha chiesto una visita e io non gliela potevo negare. Conosci le regole. Decreto del re. Di quattrini per pagarselo ne ha eccome.»

«Zan» lo apostrofai, uscendo dal magazzino.

«Emilie» disse lui con fermezza, «dovevi restare...»

«È Sahlma» gli spiegai con tristezza, indicando con mano tremante la donna che ci attendeva in cima alle scale che portavano alle celle. Il grembiule bianco era macchiato di sangue, di cui erano intrisi anche i lacci bianchi della sua cuffietta, ma Zan non poteva vederla.

Andai dietro allo spirito di Sahlma nelle profondità della segreta, seguita da Zan. Le celle a Renalt erano fatte per tenere prigioniere le streghe: sbarre di ferro, soffitti bassi, finestre minuscole che lasciavano entrare un filo di luce malata. Ma per quanto fossero buie e tristi le prigioni di Renalt, queste erano peggio. Non c'erano finestre, niente luce, e nessun suono a parte il lento sgocciolio che veniva da qualche parte nel ventre della caverna. E la puzza... Il fetore di marcio, di vomito e urina formava una nebbia immonda che mi saliva su per il naso e si attaccava alla pelle.

Sahlma si fermò all'ultima porta. Sapevo cosa ci aspettava all'interno; ne vedevo i segni ben chiari sul suo spirito. Annuii, sussurrando: «Faremo giustizia. Ora vai. Kestrel ti aspetta». Un sorriso tenero e speranzoso le apparve sulle labbra. Poi Sahlma scomparve.

Zan spostò il chiavistello. La porta si aprì e vedemmo Dedrick Corvalis, seduto languidamente contro il muro, le mani coperte di sangue fin oltre i polsi e un sorriso pigro che gli aleggiava sulle labbra. «Finalmente» disse. «Sono ore che chiamo. Il mio medico mi ha aggredito. Sono stato costretto a difendermi... Temo di aver fatto proprio un disastro.»

Il corpo di Sahlma era accasciato sul pavimento nell'angolo.

Nihil nunc salvet te.

Un leggero tremore, una scossa di assestamento, fece vibrare la superficie della pozza di sangue. Quando si fermò, Dedrick sorrise. «Tempo bizzarro, vero?» disse in tono casuale. E poi: «Ho bisogno di acqua. E di vestiti puliti. Non posso andare al processo conciato così». Alzò le mani e fece una risatina.

«Processo?» disse Zan. «Il tuo processo sarà quando lo decido io.»

«È qui che ti sbagli, ragazzo» disse Corvalis in tono di scherno. «Il re sarà presente al processo. Per mia fortuna, è tornato prima dalla sua battuta di caccia. Mi hanno assicurato che il processo inizierà subito.»

Impallidii. Avevo agito nella convinzione che la lontananza di Conrad dalla città per via della battuta di caccia lo avrebbe protetto. Sperai che stesse bene, anche se l'aveva sentito.

Dedrick stava ancora parlando. «Siamo ottimi amici, il re e io. Sono sicuro che capirà che questa mia prigionia è frutto di una grande ingiustizia. Scommetto che le sue guardie verranno a prendermi da un momento all'altro.» Inclinò la testa, ascoltando il rumore dei passi sulle scale. «Ah. Eccoli che arrivano.»

Zan e io ci infilammo nella cella accanto prima che le guardie ci vedessero.

«Ora che facciamo?» bisbigliai.

«Vedrò come impedire tutto questo. Devi andare a prendere Nathaniel e ci vediamo qui sulle scale del castello. Digli di stare pronto a testimoniare.»

Annuii, cercando sulla parete opposta una via d'uscita, con il coltello pronto per lanciare l'incantesimo di invisibilità se non l'avessi trovata. «Stai attento» sussurrai, rubandogli un ultimo sguardo rassicurante prima di lanciarmi giù per il corridoio.

Alle mie spalle, le guardie si erano radunate davanti alla cella di Corvalis. Lo sentii ridere. «Signori!» disse compiaciuto. «Era ora!»

28

Solo quando Nathaniel aprì la porta mi resi conto che in fondo mi aspettavo ancora di vedere sulla soglia Kate, che sorrideva e mi dava il benvenuto in casa per assaggiare quello che stava cucinando. Nathaniel non offriva niente del genere: aveva le spalle curve, due rughe profonde gli segnavano i lati della bocca. Si fece da parte per mostrarmi l'interno: libri caduti dagli scaffali, vasellame a terra in frantumi, mobili spostati. Un'altra scossa di assestamento fece tremare i vetri e il pavimento.

Nathaniel disse: «Un altro sigillo rotto. Un'altra porta che cede. Ma com'è possibile, se Dedrick Corvalis è in prigione?».

«Era Sahlma» dissi. «Corvalis ha chiesto il consulto di un medico nella sua cella.» Deglutii, ripensando al suo cadavere nell'angolo della cella, mentre Dedrick si pavoneggiava. «Il re sta forzando la mano perché il processo si faccia immediatamente, Nathaniel. Oggi stesso. Zan vuole che tu sia pronto a testimoniare...»

C'era sempre stato qualcosa di intimidatorio nella presenza di Nathaniel, severo, silenzioso. Ma oggi vedevo una rabbia che ribolliva sotto la sua pelle e mi domandai se non avessi scambiato un vulcano per una montagna. «No» disse piano.

La bambina piagnucolò nell'altra stanza e Nathaniel si precipitò a prenderla in braccio. Lo seguii, esitando. Ai piedi del letto c'era un bagaglio. «Vai da qualche parte?»

«Sì» disse lui. «Mia moglie è morta, la città cade a pezzi. Ho una figlia che riesco a malapena a nutrire, a vestire, a mettere a letto... Mia sorella ha due figli, lei saprà cosa fare.»

«E Zan?»

«E Zan?» sbottò lui. Poi prese un respiro profondo. «Zan ha cercato di aiutarci, è vero. Ma questo non cambia il fatto che se non fosse per lui, mia moglie sarebbe ancora qui.»

Mi indignai. «Kate non è più qui per colpa dell'uomo che andrà al processo!»

«Stai lontana da Zan, Emilie. Fidati di me. Lui non può stare con te e, se ne fosse anche lontanamente degno, te l'avrebbe già detto.» Avvolse Ella in una delle copertine fatte a mano da Kate e la posò sul letto, poi chiuse la borsa e se la mise in spalla.

«Non capisco di cosa parli.»

«Lo capirai presto.» Prese Ella, che sembrava una bambolina fra le sue grosse braccia scure.

«Se vuoi dare la colpa a qualcuno, dalla a me!» gridai. «*Io* non sono riuscita a impedire la rottura dei sigilli. Sono io quella che non ha impedito a Kate di andare da Dedrick, e sono io quella che non l'ha salvata dopo.»

Lui era già sulla porta. Senza guardarsi indietro, disse: «Devo prendere una nave».

I viali erano bloccati da tronchi abbattuti e macerie. La gente, stravolta e confusa, rovistava fra i detriti nella luce del mattino, tentando di valutare i danni. In lontananza, le donne del monumento di Porta Foresta erano spezzate e annerite, e grandi blocchi di marmo sbarravano l'uscita.

Nel frattempo, le guardie del re stavano erigendo la pedana della Giornata dei Postulanti sulle scalinate del castello. Anche se non era il giorno giusto, a quanto pareva Dedrick Corvalis era troppo importante per languire nelle prigioni per un altro mese. Proprio come aveva detto lui, il re voleva processarlo immediatamente. Se la notizia del suo arresto non si fosse diffusa subito, forse non avrebbe dovuto nemmeno affrontare il processo, pensai.

Trovai Zan tra la folla che si stava radunando per guardare. «Dov'è Nathaniel?» chiese.

Scossi la testa. «Non è voluto venire. Sta portando la bambina a casa di sua sorella.» Mi schiarii la gola. «Ti accusa per quello che è successo a Kate, ma si sbaglia.»

Lui disse cupamente: «Non sbaglia».

«Mi ha anche detto di stare lontano da te. Ha ragione anche su questo?»

Zan si voltò per evitare il mio sguardo. «Sì, anche su questo.»

«Hai intenzione di dirmi perché?»

Lui rispose con calma: «Non se posso evitarlo». Con un sussulto, ricordai che ci eravamo quasi baciati prima che la terra cominciasse a tremare. Com'era possibile che fossero passate solo poche ore? Stavo formulando una risposta quando lui disse: «Guarda, le porte si stanno aprendo».

Ci facemmo strada tra la folla, cercando di avvicinarci il più possibile al palco. Presi una gomitata nelle costole e sentii i tacchi duri degli stivali sulle dita dei piedi; schizzi di saliva mi finivano addosso dalla bocca di uomini arrabbiati, che gridavano insulti a Dedrick. Ora era imbavagliato, ma sorrideva al suo pubblico dal gradino più alto della piattaforma. Dietro di lui, le guardie disponevano frettolosamente una sedia per far accomodare le terga abbondanti del re.

«Ho letto le accuse contro quest'uomo, come descritto nel verbale del suo arresto» disse il re. «Chi deporrà contro di lui? Chi?»

Eravamo quasi in prima fila: vedevo il bianco degli occhi di Dedrick.

«Io!» esclamò una voce sottile ma decisa.

«Parlate, dunque» ordinò il re.

Era Beth, la ragazza del chiosco di fiori. Salì le scale con i movimenti rapidi di un topo, gettando sguardi sia al re dall'aria cupa che all'accusato sorridente, ma fece del suo meglio per tenere la schiena dritta e la voce ferma. «Mi chiamo Beth Taylor, signore. Molly Cartwright, la ragazza che è stata uccisa durante il ballo, era mia amica. Era dolce e un po' ingenua. Aveva un sacco di uomini intorno al suo banco di dolci, ma ce n'era solo uno che le piaceva.» Giocherellò con la gonna. «Era innamorata... non parlava d'altro. Una persona importante se la intendeva con lei. L'amava e voleva sposarla. Non ha mai detto come si chiamava, ma io lo sapevo. Volevo dirlo a qualcuno, ma non avevo il coraggio. Corvalis è il padrone da cui prendo in affitto il chiosco per vendere i fiori. Avevo paura che accusandolo avrei perso l'unico modo che ho per guadagnare che non sia rubare o fare la puttana. Chiedo scusa per la volgarità, signore» disse, facendo una timida riverenza al re.

«Avete qualche prova a sostegno della vostra affermazione?» chiese il re imperturbabile.

«Niente, a parte le mie opinioni.»

«Le opinioni non bastano per condannare un uomo. Potete andare.» Agitò la mano verso la ragazza e la folla protestò.

Zan emise un suono profondo che sembrava un ruggito. Il suo corpo era teso, carico di tensione.

Il re disse: «C'è qualcun altro che può dare testimonianza dei presunti crimini del barone Corvalis?».

«Chiunque viva nelle sue case orribili!» gridò una voce.

«Chiunque sia stato pagato una miseria da lui!» gridò un altro.

«Io.» La voce era limpida e calma e attraversò la cacofonia come il rintocco di una campana. Nathaniel, a testa alta, salì le scale del palco. Afferrai Zan per il braccio.

«Quello cos'è?» domandò il re, guardando con scherno la bambina fra le braccia di Nathaniel. «Liberatevene.»

Beth stava scendendo e Nathaniel le passò Ella prima di prendere posto per testimoniare.

«Dite il vostro nome» disse il re.

«Mi conoscete, maestà.»

«Ho detto, dite il vostro nome.»

Lui si voltò verso la folla e parlò a voce più alta. «Mi chiamo Nathaniel Gardner. Sono di umili origini, ma mia moglie non lo era. Prima di sposare me era Katherine Morais, figlia del barone Morais, e originariamente promessa sposa di Dedrick Corvalis. È morta due giorni fa, in conseguenza del suo crimine, ma non è per questo che sono venuto a testimoniare.» Si guardò le mani, come se si vergognasse. «Ho lavorato per Dedrick Corvalis per anni prima di conoscere Katherine. Ho scalato i ranghi della sua guardia privata, fino a diventare uno dei suoi dipendenti più fidati. Ma non c'era nessun onore in quel titolo, maestà, perché per ottenerlo ho dovuto fare cose terribili. Corvalis era sempre molto bravo a convincere tutti di essere un perfetto signore: educato, devoto, con un gran senso degli affari. Ma era tutta una messinscena. In realtà era crudele e subdolo. Se voleva un pezzo di terra, mi mandava ad aggredire il proprietario e a spezzargli le gambe, così che non potesse più lavorare, e poi comprava la terra quando quello non poteva più permettersi di tenerla.»

«Questo non si direbbe un omicidio, signor Gardner» fu il commento del re. «Si direbbe che voi abbiate commesso un crimine punibile e che lo stiate usando per incolpare l'ex promesso sposo di vostra moglie morta.»

«Non è finita. Dedrick Corvalis voleva espandere i suoi commerci a Renalt. Voleva le vie commerciali già aperte ancora prima che Achlev e Renalt si alleassero. Ci è andato tre volte, a incontrare quelli che secondo lui erano i più potenti di quel paese: i magistrati del Tribunale. Non ho mai avuto accesso a quegli incontri, né ho mai visto gli uomini del Tribunale con cui parlava, ma poco dopo le casse di Corvalis hanno cominciato a riempirsi di oro Renaltano... molto più di quanto avrebbe potuto guadagnarne solo con i commerci.»

Il re a quel punto aveva iniziato a irradiare animosità, e Nathaniel sembrava sudare per quel calore. Deglutì. «Suo padre, Francis Corvalis, scoprì le attività di suo figlio. Non approvava e gli ordinò di smettere. Pochi giorni dopo Francis Corvalis è morto in circostanze misteriose.»

«State dicendo che Dedrick Corvalis ha ucciso suo padre?»

«Sto dicendo» rispose Nathaniel «che il mio capo mi ha chiesto di raccogliere diversi ramoscelli di sanguifoglia nella foresta, ed è stato molto specifico: non voleva che li comprassi da un farmacista che poteva registrare l'acquisto, e meno di un giorno dopo suo padre era morto. A mia moglie non l'ho mai raccontato.» Nathaniel si torse le mani. «Non volevo che lei sapesse cosa avevo fatto mentre ero al servizio di Corvalis. Sono stato un codardo, e ora l'ho persa per questo.»

«Ma non l'avete visto con i vostri occhi?» chiese re Domhnall. «È solo un sentito dire.» Si alzò. «C'è qualcuno che abbia una testimonianza diretta dei presunti crimini di quest'uomo?»

La folla cantilenava: "*Colpevole! Colpevole! Colpevole!*".

«Perché nessuna delle guardie del re dice niente? Hanno visto cos'è successo stamattina! Dove sono? Zan?» Mi guardai intorno e scoprii di essere sola nella calca. «Zan!»

«Allora» stava dicendo il re, «senza prove da discutere e senza testimoni oculari di qualità che testimonino contro di voi, barone Dedrick Corvalis, la corona non ha altra scelta che...»

«Parlerò io contro di lui.» Zan apparve sulle scale. Saliva con una lentezza deliberatamente calcolata; era per controllare il respiro e il battito del cuore. A testa alta, si rivolse al re. «Vuoi che ripeta il mio nome per il pubblico, padre?»

La rivelazione mi colpì come un fulmine. Ogni nervo si ribellò e rimasi stordita.

Re Domhnall strinse la mascella. «È obbligatorio che tutti i testimoni al tribunale reale dichiarino il loro nome.»

Zan mise una mano sulla spalla di Nathaniel e gli fece un breve cenno con la testa. Poi si voltò e dichiarò alla folla, ora in silenzio: «Io sono il principe Valentin Alexander de Achlev. Sono io che ho fatto arrestare e imprigionare quest'uomo». Teneva la schiena dritta, ma le mani tremavano.

Sentivo mormorii tutto intorno. "*Il principe? Il principe. Il principe. Il principe.*"

«Non porto ipotesi né supposizioni o congetture davanti a questa corte oggi, bensì un testimone oculare. Questa mattina, questa mattina stessa, sono andato a interrogare Dedrick Corvalis in cella e l'ho trovato coperto da capo a piedi di sangue non suo. Con lui c'era il corpo di una guaritrice di nome Sahlma Salazar. Una donna che da tempo assisteva la gente di questa città. Lui l'ha chiamata perché lo visitasse, e quando lei è arrivata per fare il suo dovere, l'ha aggredita. Le ha tagliato la gola. Ha versato il suo sangue» sollevò le mani di Dedrick, «sangue che potete vedere ancora sotto le sue unghie! E la terra ha tremato perché, con la morte di lei, i tre sigilli di Porta Foresta si sono rotti. Lui ha sempre cospirato contro di te, padre. Contro Achlev. Le prove sono intorno a noi. Tetti crollati. Case in macerie. Danni a strutture vecchie quanto le mura stesse.»

"Zan è il principe" pensai. "Come ho fatto a non capirlo?" E poi: "Davvero non l'avevo capito?".

Chiusi gli occhi e li riaprii solo quando lui riprese a parlare. La sua voce. La voce del principe.

«Corvalis ha ucciso Sahlma Salazar a sangue freddo, come parte di un piano per distruggere le mura, la struttura che ha garantito la sopravvivenza e la prosperità di questa città per secoli. Ci sono altri che sostengono la mia affermazione, ma non dovrebbe essercene bisogno, mio signore, mio caro re. Poiché io sono il principe di questo regno, e la mia parola come testimone è oggi irrefutabile.»

Negli occhi di Dedrick non c'era più traccia di sorriso. Al suo posto c'era solo odio. Nudo e bruciante.

Il re tamburellava le dita senza un ritmo preciso sul bracciolo intagliato della sua poltrona. Si alzò. «Molto bene. Udita questa testimonianza, barone Dedrick Corvalis, sembra che la corona debba condannarvi per la morte di Sahlma Salazar. La sentenza, con effetto immediato, prevede la confisca del vostro titolo e dei vostri beni, e l'esilio da Achlev.»

La folla si infiammò, cominciò a spingere e a gridare.

«No!» gridò Zan, mentre il re già voltava le spalle a tutto. «Le nostre leggi impongono che il tradimento e l'omicidio siano puniti in modo equivalente, e quest'uomo ne ha commessi almeno tre, e forse altri di cui non sappiamo. La gente di Achlev vuole giustizia! Vuoi privarla di ciò che chiede?»

Il re si voltò verso suo figlio, gli occhi sporgenti, ed estrasse la spada dal fodero con un sibilo metallico. La tenne sollevata, puntandola contro il cuore di Zan. «Osi contraddire il tuo re, ragazzo?»

"Non arretrare" pensai. Cercai di fargli coraggio. "Sii forte."

Zan non si mosse. La folla lo incitava, e lui alzò lentamente una mano.

Non era più il principe malaticcio. In un istante si era trasformato in qualcun altro, attingendo a una riserva di potere dentro di sé che prima non aveva mai toccato. Era come una lampada di vetro opaco che fosse stata appena accesa dall'interno, e di cui solo ora vedevo il fuoco.

«Lui ti ha tradito» disse piano. «Non vuoi sapere perché?»

Il re abbassò la spada. «La sentenza è cambiata» annunciò. «La condanna è a morte.»

Dedrick sapeva che la fine era vicina. Ora balbettava e ridacchiava, con gridolini acuti dietro il bavaglio.

«Credo che voglia dire qualcosa» fece Zan. «Toglietegli il bavaglio, che parli in sua difesa.»

Ma Domhnall non aspettò. Appoggiò il filo della lama sulla gola dell'uomo e tagliò. La folla rimase senza fiato: il re si era fatto boia. Il corpo di Dedrick cadde di lato e rimase lì, sanguinante, ai piedi di Zan.

29

Le guardie del re fecero gran mostra di deferenza nello scortare Zan giù dalla piattaforma, ma si vedeva benissimo la rudezza con cui lo trattavano. Stavo per seguirlo quando Nathaniel mi batté sulla spalla. «Non da quella parte.»

Ella dormiva sul suo petto, avvolta in una fascia che gli passava dietro le spalle e la vita. Cullata dal battito del suo cuore, lei era beatamente ignara del tumulto che la circondava.

«Cosa faranno a Zan?» chiesi spaventata, mentre Nathaniel mi portava fuori dalla calca. Qualcuno aveva strappato il corpo di Dedrick dalla piattaforma, e ora veniva passato di mano in mano sopra la folla, come una marionetta grottesca. Quando si trattava di esecuzioni, Renalt e Achlev non erano poi così diversi. Godere dello spettacolo della morte sembrava essere una brutta caratteristica dell'umanità, piuttosto che di una nazione in particolare.

«Non lo so» disse Nathaniel. «Domhnall lo odia da sempre. Zan è stato sempre cagionevole; Domhnall era indignato dal fatto che il suo unico figlio fosse così piccolo e fragile. Lo picchiava con violenza, nel tentativo di farlo diventare più forte.»

Ricordai le parole che aveva usato per descrivere il principe: "Debole. Fragile. Inutile...". Parlava di se stesso. Ripeteva le bugie e gli insulti che aveva sentito così spesso da crederci. Non riuscivo a elaborare l'orrore. Ero cresciuta commiserandomi, ma avevo avuto una madre e un padre che mi amavano, il cui unico scopo era quello di proteggermi. Mi sentivo male per Zan. Per il bambino che era stato. Per l'infanzia che non aveva avuto.

Seguii Nathaniel attraverso una porta laterale del castello, e da lì superammo una seconda porta. Ci ritrovammo in un salotto inutilizzato da tempo, pieno di sedie impilate e scaffali coperti di ragnatele. L'unica zona pulita era un percorso molto battuto sul pavimento, a zigzag in mezzo a quel labirinto. «Che cos'è questo?» chiesi.

«Zan conosce tutte le vie di fuga e i corridoi del castello. Va e viene inosservato da quando era un bambino. Da qui arriverai a una scala che termina in un breve corridoio. Segui il corridoio fino alla fine; lì ci sono le sue stanze private. È lì che probabilmente lo terranno mentre il re decide cosa fare di lui, ma si limiteranno a mettere una guardia in fondo alle scale, quindi sarà difficile che ti vedano.»

«Non vieni con me?»

«Non posso» disse Nathaniel, combattuto. «Quando Kate ha scoperto di essere incinta, le ho promesso che nostro figlio sarebbe venuto prima di tutto. Devo portare Ella via di qui. Non posso aspettare oltre, nemmeno per Zan.»

Annuii. «Capisco. Anche Zan capirà.»

Nathaniel mi abbracciò goffamente; era come essere abbracciati da un orso. «Stanotte mi accamperò lungo la strada che conduce da Porta Somma a sud-ovest, e domani partirò per Ingram. Mia sorella abita lì, è una levatrice. Si chiama Thalia. Se hai bisogno di me, mi troverai lì.»

«Che Empyrea ti protegga» dissi, con le lacrime agli occhi.

«Che protegga anche te» rispose, anche lui con gli occhi umidi. Poi mi fece un cenno con la testa e se ne andò da dove era venuto.

Seguii le sue indicazioni alla lettera, fermandomi di tanto in tanto mentre passavano guardie e cortigiani, ma per il resto senza ostacoli. Nel frattempo ripetevo fra me quello che volevo dire. "Sono la vera principessa, Zan. Sono Aurelia. Dovremmo stare insieme. Siamo destinati a stare insieme."

Il ritratto di una donna era appeso alla parete di fronte alla porta di Zan. Indossava un abito semplice ma elegante, con pochi ornamenti a parte un anello con una pietra trasparente sulla mano sinistra e uno a forma di corvo sulla destra. Aveva anche i capelli neri come le ali del corvo, e gli occhi grandi e verdi; la sua bellezza era offuscata solo da una ruga sulla fronte e da due linee ai lati della bocca, che le davano un'espressione preoccupata. La sorella di Simon. La defunta regina di Achlev, come ormai sapevo. Zan non somigliava a suo padre, ma a sua madre. LA REGINA IRENA SILVIS DE ACHLEV diceva la targhetta. Mi fermai sotto il suo ritratto per ringraziarla, in silenzio, per avergli salvato la vita. La porta della stanza non era chiusa a chiave. Si aprì appena girai la maniglia.

Zan era seduto in un angolo buio, con la testa tra le mani. Non volevo fissarlo, ma non potevo farne a meno; non mi ero mai permessa di guardarlo prima, di ammettere quanto lo desiderassi veramente e, ora che potevo, mi sentivo come un'ubriacona che beve un sorso dopo una lunga e faticosa sobrietà. Volevo assaporare ogni dettaglio: il modo in cui i suoi capelli, sempre arruffati, inquadravano perfettamente l'occhio destro e nascondevano il sinistro. La forma delle spalle sotto la camicia bianca di lino. Gli zigomi alti, la vita stretta...

«Zan?» dissi, ritrovando la voce.

Lui trasalì e alzò la testa, e per un attimo mi chiesi se venire qui di sorpresa fosse stato un errore. E se mi fossi sbagliata sui suoi sentimenti? E se della mia identità non gli fosse importato nulla? E se non gli fosse importato nulla di *me*?

«Scusa, io...» cominciai, ma mi interruppi quando lui attraversò la stanza in due passi e premette la bocca sulla mia. Stupore e dubbio si scontrarono dentro di me come due stelle erranti, che esplosero all'impatto in una nube di fuoco e polvere.

Il bacio si sciolse e mi allontanai a malincuore. «Stai bene?» mormorai contro la sua spalla. Sapeva di cedro e nebbia, di fuoco di legna autunnale e pioggia sul davanzale della finestra.

Sulla sua bocca perfetta apparve un sorriso triste. «Sto bene» disse stancamente. «Emilie, devi pensare...»

«Non sono arrabbiata perché non mi hai detto chi sei.» Gli misi una mano sul braccio. «A dire il vero avrei dovuto capirlo prima. Però assomigli così tanto a Simon...»

«È stato facile fingere che Simon fosse mio padre. Ho sempre desiderato che fosse davvero lui. Ma non avrei dovuto ingannarti. Non sapevo che tu saresti stata... tu.»

Scesi con lo sguardo dalle sue labbra alla cavità fra le clavicole: il pulsare leggero del suo battito sotto la pelle era ipnotico.

«Emilie» disse dolcemente, ma con un'urgenza che mi fece rialzare la testa per guardarlo negli occhi, «le cose che ho fatto oggi... non posso tornare indietro. Ci saranno conseguenze per la mia sfida al processo. Le guardie verranno a prendermi presto, in modo che il re, il mio vero padre, possa decidere cosa fare di me. Devi andartene. Se venisse a sapere di te, non ho dubbi che ti userebbe per danneggiarmi.»

«Aspetta! Aspetta un momento. Tuo padre... Corvalis era un suo stretto confidente. E Nathaniel ha detto che mentre lavorava ancora con lui, aveva stretto una sorta di alleanza con il Tribunale di Renalt, giusto?»

«Sì...» rispose lui lentamente.

«Corvalis voleva sapere anche il nome della persona che forniva gli inviti a Thackery. Sembrava volesse a tutti i costi la conferma che era stato un altro figlio di re Domhnall. E se ci fosse lui dietro tutto questo? Tuo padre?»

«Il sigillo di Porta del Re richiede la morte di tre reali di Achlev. Non avrebbe...»

«Zan, sta cercando altre persone di sangue reale. Potrebbe essere a caccia di qualcuno che lo sostituisca nel sacrificio?»

Zan fece un passo indietro, come stordito. «Il potere della monarchia ad Achlev è in declino da generazioni. I proprietari terrieri, se decidessero di unirsi, sarebbero in grado di rovesciarlo con facilità. Ma l'alleanza tra Renalt e Achlev...»

«... non vale nulla se anche la monarchia Renaltana è agli sgoccioli.»

«Mio padre è sempre stato un giocatore d'azzardo; deve aver considerato le probabilità e deciso di sostenere il cavallo più forte: il Tribunale.»

«E la prima cosa che il Tribunale farebbe, come alleato del re di Achlev, è abbattere le magiche mura che tengono le streghe ribelli come me fuori dalla sua portata.»

Dall'esterno venne un rumore di passi pesanti. «Qui» disse Zan concitato, spingendomi dietro la porta del guardaroba, «Nasconditi!»

«No, aspetta! Ci sono altre cose che devo dirti! Zan...»

Mi baciò di nuovo, con forza e passione. «Ora so cosa devo fare» disse. «E probabilmente affronterò l'esilio per questo.»

Un forte colpo alla porta. «Non so dove andrò, ma... verrai? Vuoi venire con me, Emilie?»

«Verrò» dissi, senza fiato. «Sono con te.»

Mi baciò con forza sulla fronte, a occhi chiusi, mentre alla porta risuonava un altro colpo, più violento. «Prepara il bagaglio di cui hai bisogno. Incontriamoci a mezzanotte» disse, prendendomi le mani. «Sulle mura, vicino alla cascata. Nel luogo del nostro primo incantesimo.»

Quando si allontanò, mi ritrovai qualcosa in mano. Un anello. Lo riconobbi immediatamente. Era di sua madre.

«Principe Valentin» disse una voce burbera oltre la porta, «siete atteso nella Sala Grande.»

Guardai attraverso la fessura tra le cerniere dell'armadio le guardie che sfondavano la porta ed entravano nella stanza, poi lo afferravano e lo spingevano a terra, tenendolo per le braccia, mentre il suo volto diventava ancora una volta una maschera di calma sardonica.

«Ragazzi, ragazzi» disse in tono leggero, con la faccia schiacciata a metà sul pavimento, «se ora mi strappate gli arti, mio padre sarà molto arrabbiato con voi per avergli tolto quest'opportunità.»

Piegai le dita contro l'anta dell'armadio. Sentivo la magia che premeva sui polpastrelli, impaziente di essere liberata, pronta a distruggerli tutti per aver osato mettere le mani su di lui. Ma Zan mi aveva avvertito di non farmi vedere, così mi trattenni fino a quando non lo trascinarono via. Poi mi feci un taglietto sul palmo e uscii dal mio nascondiglio. «*Ego invisibilis sum*» sussurrai. «Sono invisibile.»

Scivolai nel corridoio dietro di loro, e nessuno se ne accorse.

Nella Sala Grande, il re, il padre di Zan! (stavo ancora vacillando alla rivelazione), camminava su e giù, viola di rabbia, abbattendo tutto ciò che si trovava davanti. «Come osi?» ruggì. «Piccolo bastardo. Dedrick Corvalis era come un figlio per me!»

Le guardie lasciarono Zan ai piedi di Domhnall. Lui si ritrasse istintivamente, ma dopo alcuni respiri controllati riuscì a contenere la paura e si raddrizzò in tutta la sua statura. Il re parve stupito che suo figlio lo guardasse a un tratto dall'alto. «Sai, padre» disse Zan, «nonostante tutto... non avrei mai pensato che potessi essere tu.»

«Non so di cosa stai parlando.»

Zan continuò come se non l'avesse sentito. «Mi sono detto che non era possibile, perché finire il lavoro probabilmente avrebbe ucciso anche te. E se c'è qualcosa in cui sei bravo, è salvarti la pelle. Ma ora capisco perché hai insistito così tanto perché ti accompagnassi nella tua piccola stupida battuta di caccia, subito dopo averti detto tutto quello che sapevo sulle mura: volevi evitare ulteriori ingerenze nella tua operazione, vero? Questo spiega perché eri così inamovibile nel mantenere la data del mio matrimonio entro il mese della luna nera; quando saremo sposati, anche la principessa sarà adatta al sacrificio. Senza contare il fatto che tutti i proprietari terrieri probabilmente saranno presenti alle nozze, così moriremo tutti insieme.»

La fronte rubiconda di Domhnall era imperlata di sudore. Zan continuò: «Cerchi di nasconderti dietro la tua brutalità e la tua stravaganza; ti riesce bene. Ma hai paura. Il tuo potere si sta dissolvendo, e temi che sia solo una questione di tempo prima che qualcuno venga a togliertelo».

«Tu, per esempio?» chiese il re con un ghigno. Ma c'era una vena di timore nella sua voce.

Zan proseguì: «La risposta era semplice: trovare un alleato forte, che ti permettesse di mantenere la corona e il titolo se avessi eseguito i suoi ordini. Dedrick Corvalis ha negoziato l'accordo con il Tribunale, vero? Gli hai promesso che sarebbe stato lui il tuo erede? Conosceva già la magia del sangue prima che tu stringessi quell'accordo con i nostri nemici, o l'ha imparata in seguito, al solo scopo di abbattere le mura?».

«Stai dicendo sciocchezze.»

«Davvero?» ruggì Zan. «Lo so, lo so. Sono una disgrazia! Una seccatura! Ti vergogni di chiamarmi tuo figlio. Ho già sentito tutto, padre. Ma sai una cosa? Sono *d'accordo* con te. Non merito di essere chiamato tuo figlio.»

Zan si avvicinò alle porte della Sala Grande e le aprì, mentre io continuavo la mia cantilena sussurrando: «*Ego invisibilis sum.* Sono invisibile...».

«Chiamate la principessa Aurelia e la sua guardia» disse Zan alle guardie in attesa nel corridoio. «E anche uno scrivano.»

Arrivarono in pochi minuti, Lisette che svolazzava come una farfalla nervosa, Toris che si aggirava dietro di lei come un cane da caccia che ha fiutato l'odore della preda. «Di cosa si tratta?» chiese lei.

Zan non si rivolse direttamente a Lisette, ma all'intera platea riunita. «Sia messo per iscritto oggi che io, principe Valentin, ho formalmente rifiutato di sposare la principessa Aurelia di Renalt.» Ci fu un'esclamazione generale di sorpresa; Lisette rimase a bocca aperta. «Riconoscendo che si tratta di un atto di sfida contro gli ordini del re e di una criminale violazione del trattato tra i nostri regni, il principe Valentin ha accettato volontariamente la punizione dell'esilio, finché la questione non sarà risolta pacificamente attraverso la trattativa con la corona di Renalt. Se tale accordo non potrà essere raggiunto, il principe Valentin rinuncia a qualsiasi rivendicazione sul trono di Achlev.»

«Trattativa?» abbaiò Toris. «Non ci sarà nessuna trattativa. Questo è un atto di guerra.»

«Che sia» disse Zan. «Le Mura di Achlev, per quanto danneggiate, sono ancora in piedi, e la nostra città rimane al sicuro. Meglio questo che vederle cadere, con tutta la mia gente.»

Gli occhi di Toris brillavano. Allora capii che anche lui era coinvolto, probabilmente fin dall'inizio. Se sua figlia avesse sposato Zan e poi fosse morta accanto al marito e al suocero, senza eredi, sarebbe rimasta una sola persona a poter reclamare il trono di Achlev: Toris in persona.

«Vai in esilio, codardo» sibilò re Domhnall. «Così mi libererò di te. Proprio come anche tua madre voleva...»

«Mia madre» tuonò Zan «mi amava. Ha rinunciato alla sua vita perché io vivessi. E sai una cosa? Per la prima volta in vita mia, sono *contento*. Sono contento che grazie al suo sacrificio, ora ho la possibilità di guardarti in faccia e dirti che, finché vivrò, tu non vincerai.»

Me ne andai prima che aggiungessero altro: avevo un appuntamento. I baci di Zan indugiavano ancora sulle mie labbra. Cascata. Mezzanotte.

30

Non ero più tornata alla mia capanna dalla caduta di Porta Foresta, e il terremoto l'aveva praticamente distrutta. Era come se qualcuno avesse sollevato la struttura e l'avesse scossa con forza. La finestra era in frantumi, il camino in mattoni non era altro che un mucchio di macerie, e pezzi di bottiglie di tonico e di infusi di erbe erano sparsi dappertutto come coriandoli di vetro colorato.

Rovistai nel disastro a lume di candela; trovai prima il mantello azzurro di Kellan, poi la mia sacca vuota. Sotto c'era il pacco, legato con un nastro, che conteneva il mio abito da sposa. Tirai il nastro e lo guardai spiegarsi un'ultima volta, meravigliandomi di quanto fossero sbiadite le macchie di sangue, e di quanto fosse proprio da Kate tentare di pulirlo. Cercava sempre di salvare l'impossibile.

Conservai il nastro nero (poteva ancora tornare utile per comunicare con Conrad) e sistemai l'abito al centro del mucchio di macerie che una volta avevo chiamato casa. Poi ci gettai sopra la candela e lo guardai mentre andava a fuoco.

Il fuoco si diffuse rapidamente, prendendo le tende e in pochi minuti anche il tetto di paglia. Lo vidi crollare da diversi metri di distanza, con una sacca quasi vuota in spalla e il mantello di Kellan indosso. Ma nonostante il calore della capanna in fiamme e del mantello, una sensazione di freddo mi si insinuò lentamente su per il collo e gli arti. Un senso di terrore mi piombò addosso quando una nebbia cominciò a formarsi tra me e il fuoco, addensandosi in sussulti lenti. Il freddo si intensificò.

Non appena l'apparizione fu completamente formata, lei era quasi irriconoscibile, un'ombra sparuta di se stessa.

«No, Aren. Non ora. Ti prego, non adesso» la implorai. «È quasi finita. Dedrick è morto; la collusione tra Domhnall e il Tribunale è stata scoperta. Vado a prendere mio fratello, e poi lui e io scapperemo con Zan...» Mi rigirai l'anello di Zan intorno al dito. «Abbiamo quasi vinto. Se qualcuno sta per morire, non voglio vederlo. Per favore, non...»

Lei si avvicinò, stringendo le sue gelide dita ossute intorno al mio polso come morse, risucchiando ogni residuo di calore e immergendomi a capofitto in una visione che tremolava e sfarfallava.

Uno scambio di anelli. Il bagliore di un coltello.

Una ragazza in mezzo a una tempesta di neve, che singhiozzava... io. Riversa sul corpo del ragazzo che amavo disperatamente.

Sangue sulla neve.

La mia testa sul suo petto. Un anello al dito, il suo anello al mio. I suoi capelli scuri, scurissimi sulla terribile tempesta bianca.

Sangue sulla neve. Il suo sangue.

«No» dissi, tirando via la mano. La tempesta, la neve e il sangue scomparvero. «Le tue visioni mi hanno già ingannata in passato. Non ti permetterò di portarmi via questo, di portarmi via *lui*.» Provai a liquidarla girando sui tacchi.

Non andai lontano. La terra gemette e si contorse sotto i miei piedi, costringendomi in ginocchio. Un'altra scossa di assestamento, arrivata nel momento giusto per ricordarmi quanto fossi insignificante. Quando si fermò, Aren stava avanzando di nuovo su di me. Cercai di sfuggire alla sua ombra in espansione. Non c'era più la figura regale con cui ero cresciuta; al suo posto si profilava un involucro contorto, un amalgama ignobile di vene, tendini e ossa. Le dita aguzze spuntarono da sotto i nastri neri dei capelli, mi passarono sulle guance come ragni, si avvolsero intorno al cranio. Quando mi ebbe preso la testa fra le mani, mi spinse i pollici negli occhi.

Gridai, prima per il freddo e il dolore e poi per l'angoscia, mentre mi costringeva a guardare di nuovo tutto. Continuamente. *Gli anelli. Un coltello. La morte. Gli anelli. Un coltello. La morte.*

Sangue sulla neve.

Sangue sulla neve.

Sangue sulla neve.

L'uccello di fuoco.

Fu solo un'immagine fugace, un lampo nel corteo di visioni più spaventose, ma era inconfondibile: nel momento della morte, Zan portava addosso il mio amuleto.

Non mi accorsi quando Aren mi tolse i pollici aguzzi dagli occhi e si ritirò; le immagini terribili continuarono la loro corsa senza di lei. Crollai lì dov'ero, tormentata dai brividi nonostante le ondate di calore che venivano dalla mia capanna.

Voleva che io vedessi, e ora non potevo vedere nient'altro. Quando cercai di immaginare gli occhi di Zan, non li vedevo più verdi e limpidi, ma vuoti e fissi. Non riuscivo a pensare alle sue labbra senza vederle bluastre, prive di respiro e fredde. Non sarei più stata capace di toccarlo senza rivedere il suo corpo disteso davanti a me. Avevo bruciato la mia capanna per radere al suolo il mio passato, ma ora, tra le fiamme, era il mio futuro che guardavo finire in cenere. Il mio futuro con Zan.

Sangue sulla neve.

Aren era stata chiara. Lascialo o muore.

Aspettai sulle mura per tre ore, camminando e ripetendo fra me quello che intendevo dire, ma quando mi voltai e vidi Zan avvicinarsi al buio, illuminato da un raggio di luce lunare, la mia compostezza si incrinò.

«Qui ho capito per la prima volta che ti amavo» disse lui. «Quando ho visto fino a che punto ti sei spinta per il mio popolo, per me... quando ho sentito la forza del tuo spirito in quell'incantesimo... come potevo non amarti?» Mi ravviò una ciocca di capelli dietro l'orecchio. «Non ho mai osato sperare che tu potessi... che tu potessi mai...» si interruppe, arrossendo.

"Salvatemi, stelle." Volevo baciarlo, aggrapparmi a lui, sciogliermi contro di lui e contro queste mura e diventare pietra per non doverlo mai lasciare. Ma nel momento in cui lo pensai, mi ritrovai di nuovo di fronte a immagini raccapriccianti della sua morte.

Così, invece di appoggiarmi a lui o di ricambiare la sua confessione, repressi dentro di me ogni brandello di emozione. Li avvolsi così strettamente che sarebbe bastato un respiro sbagliato a spezzarmi dall'interno.

«Emilie?» disse lui.

«Non mi chiamo Emilie» gli rivelai in tono neutro, non osando guardarlo. «Mi chiamo Aurelia.»

«Cosa?» fece un passo indietro, stordito come se l'avessi schiaffeggiato.

«Emilie è il nome di una ragazza che conoscevo a Renalt. E l'Aurelia che conosci... il suo vero nome è Lisette. Siamo amiche da quando eravamo piccole. Le leggevo le tue lettere e ridevamo insieme. Per noi era una specie di gioco. Tutte le risposte che hai ricevuto erano sue. Lei ci si divertiva tanto, e anch'io.»

«Non capisco.» Zan si appoggiò pesantemente alle merlature.

«Non ho mai voluto venire ad Achlev» dissi, fissando le mie bugie su una verità plausibile. «Odiavo l'idea di essere sposata, senza il mio consenso, con un uomo che si diceva fosse afflitto da una serie infinita di malanni. Così ho escogitato un piano per non doverlo fare.» Sentivo il suo respiro diventare più doloroso e faticoso, e persi il coraggio. Per non vacillare, continuai in fretta. «Ho proposto a Lisette di pagarla per prendere il mio posto. Ho organizzato tutto. All'inizio lei non era molto entusiasta, ma la somma che le avevo offerto era notevole, e anche la prospettiva di diventare regina era molto allettante.»

«Perché mi stai dicendo questo?» mi chiese lui. «Perché adesso?»

«Le cose non sono andate come immaginavo» continuai. «Non ho contato sulla presa di potere del Tribunale. Questo ha reso tutto un po' più difficile. Non mi aspettavo di dover portare con me anche il mio fratellino. Crede che io sia una spia Achlevana e che stia aiutando Lisette a scoprire il mio tradimento, poverino.»

«C'era qualcosa di vero?»

«Io... mi sono... affezionata a te. E quando abbiamo parlato oggi pomeriggio ho creduto che potesse funzionare... ma poi ti ho seguito nella sala del trono e mi sono nascosta. Ho sentito tutto quello che avete detto e... non posso.» Gli misi in mano l'anello di sua madre. «Tu e tuo padre siete gli unici Achlevani di sangue reale rimasti, il che significa che non appena sposerai qualcuno, chiunque, lei diventerà un bersaglio per chi vuole abbattere le mura. È un rischio che non posso permettermi.» Pensai agli anelli nella visione di Aren. «A dire il vero, non dovresti sposarti affatto. Se morirai senza eredi, le mura dureranno per sempre.» "E tu vivrai una vita lunga e prospera."

«Secondo te dovrei morire da solo?» Zan era così attonito da sembrare quasi divertito. Poi la sua espressione cambiò. «No.» All'improvviso si avvicinò, mi mise entrambe le mani sul viso, con gli occhi che ardevano. «Emilie, Aurelia... chiunque tu sia... Ti amo. E nonostante tutto quello che mi hai detto, penso che anche tu mi ami. Ti prego, ti prego, *dimmi* che è così.»

"Oh, Empyrea!" Rivolsi al cielo la preghiera più fervida della mia vita. "Aiutami!"

«Non posso.» Gli presi le mani e le tolsi delicatamente dalle mie guance. «Nathaniel stanotte è accampato appena fuori dalla strada a sud-ovest verso Ingram. Penso che sarebbe una buona idea se lo raggiungessi. Forse puoi restare a Ingram per un po' di tempo finché non...»

Le mie dita sfiorarono qualcosa intorno al suo polso. Gli tirai su la manica: era un bracciale di pelle. Il mio amuleto dell'uccello di fuoco era ricamato sulla fascia, esattamente come mi aveva mostrato Aren.

Rimasi senza fiato. «Toglitela.»
«Cosa? No.»
«Toglitela!» ringhiai cercando di strappare via il bracciale con le dita piegate ad artiglio.
Lui ritirò subito il braccio, guardandomi con incredulità e qualcosa di simile al dolore mentre si rendeva conto della portata delle mie rivelazioni. L'Emilie a cui teneva non esisteva nemmeno.
Senza una parola, tirò fuori un pezzo di carta dalla tasca e me lo mise fra le mani, poi si voltò e se ne andò.
Aspettai fino a quando non lo persi di vista e poi spiegai il foglio con attenzione e il cuore in gola.
Era lo schizzo di una ragazza assorta nella lettura di un libro di incantesimi, con una mano sotto il mento e l'altra che girava le pagine. I tratti erano quelli scuri ed espressivi dei disegni di Zan, e i dettagli erano pochi, ma c'era una grande dolcezza nella curva del collo, nella linea delicata del polso. Questa non era la strega imponente e spaventosa dell'altro suo disegno. Questa era solo una ragazza normale in un momento tranquillo, vista attraverso gli occhi di qualcuno che l'amava.
Crollai a sedere sulle pietre e nascosi la testa fra le braccia, completamente distrutta.

Procedevo come una sonnambula. Non potevo fare altro. Avevo bruciato la mia capanna e il mio legame con Zan. Kate era morta, Nathaniel se n'era andato e le ultime morti necessarie per abbattere le mura erano state rimandate, speravo per sempre. Ad Achlev non c'era nient'altro per me. Avevo un solo obiettivo ora: riprendere mio fratello. Quando fosse stato al sicuro, avrei potuto tornare e concentrarmi sulla distruzione del Tribunale. E se per farlo avessi dovuto affrontare l'oblio... be', tanto meglio.
Andai al castello per la solita strada, ripassando davanti alle ceneri della mia capanna e attraverso il tunnel della torre, dove l'acqua arrivava ancora alla caviglia per via della pioggia. Dovetti in alcuni punti appoggiarmi alle mura per non cadere, toccando con disgusto la patina scivolosa che lo ricopriva. Quando sbucai dall'altro capo della galleria, vidi con sorpresa una persona, un po' più in basso sulla costa rocciosa, che guardava verso Porta del Re. Era troppo tardi per cercare di nascondermi: la figura si voltò quando sentì i miei passi.
Gridai e per poco non scivolai quando vidi la sua faccia, aggrappandomi a un tralcio di sanguifoglia per non cadere oltre la strada, sulle rocce sottostanti.

Re Domhnall era morto.

Lo spirito mi guardava con una smorfia che gli contorceva le labbra. Il sangue sgorgava dalla gola tagliata sul davanti, sul farsetto dorato. Mi avvicinai con cautela: la sua era stata un'anima brutta in vita, contorta dalla rabbia e dall'avidità. La morte non sembrava averla migliorata molto.

Mi avvicinai con la mano tesa, lentamente, ma lui non aspettò che mettessi insieme il coraggio di toccarlo; mi afferrò il polso nella zampa carnosa, stringendo le dita appiccicose e fredde attorno alle mie ossa. Caddi a capofitto nei suoi ultimi istanti di vita.

"Il piano è ancora in atto" stava dicendo il re. Era in piedi sotto la porta con i ritratti dei suoi antenati. "Ho mantenuto la mia parte dell'accordo. Non c'è motivo di cambiare strada ora."

"Ancora in atto?" disse Toris con una smorfia. "Il nostro sicario è morto. Il principe ha rotto il fidanzamento e ha scelto l'esilio. Non so come potrebbero andare peggio, le cose. Tu mi hai deluso, Domhnall. Hai ottenuto quasi tutto quello che volevi: il condono dei tuoi debiti, la libertà dai baroni, e il dominio incontrastato su due regni per il resto della tua vita." Scrollò le spalle. "Peccato che tuo fratello Victor non sia più in vita. Almeno avrei avuto un'alternativa."

"Mi serve solo un altro giorno, forse due. Ho sentito delle voci su un bambino nel Distretto Canina. Sono abbastanza sicuro che sia mio. Mi ricordo la madre..."

"Non abbiamo due giorni" disse Toris. "La luna nera incombe. La scadenza si avvicina rapidamente."

"Non sei costretto a uccidermi, Toris!"

Toris lo prese per il colletto e disse: "Ah, invece sì. Perché vedi, è la mia padrona che me lo ordina". Estrasse il coltello.

"Chiamerò le mie guardie" balbettò il re. "Non ti permetteranno di farmi del male."

"Le *tue* guardie?" disse Toris in tono di scherno. "Le paghi con due soldi e qualche scarto, e pensi che siano tue? Se non fosse stato per il mio abbondante oro, loro avrebbero disertato da tempo e tu non avresti avuto più nessuno. Sono *miei* uomini, e lo sono da molto. Ti obbediscono solo perché gliel'ho ordinato io. Non verrà nessuno in tuo aiuto, Domhnall. E francamente, hai abusato della mia pazienza abbastanza a lungo."

Domhnall cercò di fuggire, ma nonostante fosse molto alto e massiccio, la paura lo rendeva goffo. Toris non ci mise molto a metterlo all'angolo. "*Nihil nunc salvet te*" disse, mentre affondava abilmente il coltello di luneocite di Dedrick nel collo carnoso di Domhnall da un orecchio all'altro. Poi spinse il re oltre il parapetto e lui cadde giù, nella nebbia, lasciandosi dietro una scia di sangue, finché non finì in acqua. Rimase lì in superficie, con gli occhi vuoti e fissi, mentre il sangue gli scorreva intorno in sottili rivoli sempre più gonfi che screziavano l'acqua, tingendola di un rosso latteo, visibile anche al buio.

Con un grido, mi divincolai dalla presa di Domhnall e corsi fino al bordo della spiaggia. Il fiordo blu notte era sparito e le onde scarlatte lambivano la costa rocciosa.

Il primo sigillo di Porta del Re era stato rotto. Il re era morto e, dove un tempo c'era l'acqua, ora c'era solo sangue.

Parte terza

LE MURA E LA TORRE

31

L'albero che prima usavo per comunicare con Conrad era ormai poco più di un groviglio di rami spinosi e spogli; era ancora buio, così il nastro nero del mio vestito non spiccava quasi per niente sui miseri resti grigi del giardino. Lanciai una preghiera all'Empyrea perché mio fratello lo vedesse comunque.

Quando sentii un fruscio alle mie spalle mi voltai, pensando di vedere Aren. Ma non era la Messaggera. Era Lisette.

«Immaginavo fossi tu» disse. Aveva in mano un paio di guanti di pizzo che torceva fra le dita.

«Cosa vuoi?»

«Voglio che lasci in pace Conrad. Smettila di prenderlo in giro. I tuoi messaggi gli lasciano il segno. È un bambino, Aurelia. Solo un ragazzino che non merita di essere trascinato nelle tue cospirazioni, nei tuoi tradimenti.»

«I miei tradimenti?»

«So che hai ucciso Kellan» disse, con gli occhi accesi. «So tutto. E ricordati, non ci vorrà molto prima che tu debba pagare per quello che hai fatto. Mio padre dice che siamo molto vicini a scoprire tutta la faccenda, così questo incubo potrà finire.»

Era spaventata, si capiva. Aveva paura di me, ed era venuta qui per affrontarmi perché... cercava di proteggere mio fratello.

«Non hai idea» mormorai. «Tutto questo tempo... e tu non hai ancora la minima idea.»

«Non ho idea di cosa?»

«Di quello che sta succedendo davvero qui. Non ho ucciso Kellan. Era il mio amico più fidato.» Non osai dare voce all'idea che potesse essere ancora vivo; avevo tenuto questa possibilità in un angolo remoto della mia mente. «Tuo padre aveva minacciato di ucciderlo se non gli avessi dato l'autorizzazione ad attraversare le mura. Ho fatto quello che mi ha chiesto» dissi tra i denti, «e poi l'ha ucciso lo stesso.»

«Stai mentendo.»

«No, non mento.»

«Tu e quell'Achlevano, Simon Silvis... ci siete dentro insieme. Stai cercando di sabotare Achlev e Renalt. Tua madre...»

«È tenuta in ostaggio dal Tribunale per ordine di tuo padre!» Toris doveva aver incontrato Dedrick Corvalis grazie ai commerci nei porti di de Lena, proprio quello su cui Simon stava indagando. Toris aveva reclutato Dedrick, e poi re Domhnall, per i suoi piani. Ma anche se il come stava diventando più chiaro, il perché era ancora un mistero. «Tutto questo, in ogni minimo dettaglio, è stato orchestrato da lui, non da me. Lo sapevi che nella foresta ha cercato di uccidermi?»

«No. No. Mio padre è un uomo onesto. Niente di tutto questo ha senso...»

La presi per le spalle e guardai il suo bel viso. «Eravamo amiche una volta, tu e io. Avresti potuto mandarmi al patibolo anni fa, ma non l'hai fatto. Penso che tu sapessi, nel profondo del tuo cuore, che non me lo meritavo. Che sono una brava persona, nonostante sia nata con la magia nelle vene.»

Lei fece per dire qualcosa, poi ci ripensò. Avevo toccato un nervo scoperto. «Pensa, Lisette. Pensaci. Se la nostra amicizia significava qualcosa per te quando eravamo piccole, ti prego di ascoltarmi. Non c'è stato niente nelle azioni di tuo padre negli ultimi mesi... anni...! che ti sia sembrato strano? Che ti abbia fatto dubitare di te stessa, anche solo per un momento?» la lasciai andare. «C'è stato, non è vero?»

«No» rispose lei precipitosamente. «Sono io. Ho un'immaginazione molto fervida, mio padre dice...»

«Tuo padre è un bugiardo e un traditore. Non puoi credere a niente di quello che ti ha detto. Pensavi che tutto questo fosse solo una grande farsa? Che saresti venuta qui, ti saresti pavoneggiata con il mio nome, solo per... cosa? Per beccarmi in flagrante tradimento? Per dimostrare la mia slealtà? No, ti ha portato qui per sposare il principe, Lisette. Per poi farvi uccidere entrambi, così che la vostra morte potesse abbattere le mura. Si tratta di questo. Toris de Lena non si fermerà finché non avrà distrutto le Mura di Achlev e tutta questa città.»

«No, no... non lo farebbe mai! Perché avrebbe voluto questo per me? Sono sua figlia! Perché non lasciarti sposare il principe e poi uccidere te?»

Feci un passo indietro. «Perché ho visto attraverso di lui.» Aveva detto la stessa cosa nell'Ebonwilde, quando avevo cercato di negoziare per Conrad. "A differenza di te, si è dimostrato utilmente malleabile." «Non voleva usarmi perché non riusciva a intimidirmi. a controllarmi.» Non ci avevo mai pensato prima d'ora. Toris mi aveva escluso dai suoi piani non perché fossi debole, ma perché ero troppo forte per essere controllata.

«E io sono una sciocca, vero?»

«No» dissi. «È proprio come hai detto tu... sei sua figlia. Contava sul tuo amore per superare ogni dubbio. E vedi? Ha funzionato.»

Lei tirò su con il naso e mi voltò le spalle. «Non è sempre stato così, sai. Quando ero molto piccola, lui era premuroso, affettuoso...»

«Ma la perdita di tua madre lo ha cambiato. Lo so.» Non mi piaceva parlare di Camilla; non volevo ricordare a Lisette di chi fosse la colpa della sua morte.

«Cosa? No. Litigavano costantemente prima che lei morisse. Lei diceva sempre che era stato quello che aveva visto all'Assemblea a cambiarlo. Era lì quando è caduta. È stato lui a trasmettere la notizia a Renalt.»

«Perché era lì, Lisette?» chiesi con veemenza. «Cosa ha visto? Cos'ha trovato?»

«Non lo so!» gridò lei.

Le misi una mano sulla spalla. «So che vuoi bene a Conrad. Per molti versi, per lui sei una sorella migliore di quanto lo sia mai stata io. Di quanto potrò mai esserlo. E ti ringrazio davvero. Ma guardati intorno. Il re di Achlev è morto! L'acqua è rossa per le alghe e velenosa. Tutto ciò che era verde è marcito. Sta per succedere qualcosa di terribile, e devo allontanare Conrad prima possibile.»

«Tutto questo» indicò dal giardino morto della terrazza al fiordo cremisi «è a causa delle mura? E perché le mura cadano...»

Prima son morti i tre cavallini,
poi la damina, la madre e la vecchia,
infine su un letto di ciclamini
muoion tre re, con il trono che invecchia.

«Tre reali di Achlev moriranno.»

«Re Domhnall, io e...»

«Valentin» dissi, a fatica. «Il principe.»

Lei fece un passo indietro. Il nome l'aveva turbata.

«Puoi giudicarmi come vuoi per aver accettato tutto questo, per aver preso il tuo posto, ma...» si strinse nelle spalle, impotente «io lo amo, Aurelia. Lo amo da quando ero piccola, e leggevo le sue lettere. Ho continuato a scrivergli. Ho pagato uno dei messaggeri del castello per consegnare le sue lettere a me invece che a te. Dopo la morte di mia madre, sono state quelle lettere a farmi andare avanti.» Qualche lacrima le spuntò dagli occhi. «So che è stupido. Non poteva durare, lo sapevo. Ma da quando siamo arrivati qui, non mi ha quasi mai rivolto la parola. E... e...»

L'abbracciai, stupendomi di me stessa. Forse era l'influenza di Kate. Forse la nostra amicizia finita da tempo non era finita, in fondo. Forse perché sapevo cosa voleva dire amare Zan e doverlo lasciare. Lei ricambiò il mio abbraccio dolcemente, quasi con timidezza.

«Sto per andare via» le dissi. «Voglio che tu e Conrad veniate con me. Possiamo tornare tutti a Renalt e affrontare il Tribunale insieme. Sono loro che stanno orchestrando la distruzione delle mura, e quando il Tribunale non ci sarà più, Zan... voglio dire, Valentin, non avrà nulla da temere.» Le detti il nastro nero. «Dai questo a Conrad. Sa cosa significa.»

Lei lo prese. «Tu sai dov'è adesso?» chiese. «Valentin?»

«È andato in esilio» dissi. «È al sicuro, lontano dalle mura.»

Ripensai a quello che aveva detto Zan: "La campana della porta suona solo per due motivi: l'arrivo di un esercito o l'arrivo di un reale".

Lisette e io ci avvicinammo insieme, facendoci largo tra la folla arrabbiata mentre tre cavalieri della guardia del re procedevano con grande contegno. Un uomo incespicava dietro di loro, con i polsi legati stretti con delle corde.

Zan.

«L'hanno preso!» gridò con entusiasmo qualcuno vicino a me. La folla cominciò a lanciare insulti. *Regicida. Assassino. Traditore. Distruttore.*

Zan era stato identificato come l'assassino di suo padre. Domhnall era un pessimo re, ma il popolo era spaventato e voleva disperatamente qualcuno cui dare la colpa della sua sofferenza. Toris aveva dato loro Zan in pasto come una carogna a dei lupi affamati.

«Zan!» gridai, cercando di raggiungerlo fra la folla. «Zan!»

Lisette mi tirò indietro. «Se mio padre ti vede, ti ucciderà» sibilò.

Sentendosi chiamare, lui alzò lo sguardo, e il mio cuore perse un colpo alla vista del sangue secco sulla sua tempia e dei lividi viola che gli deturpavano le guance. Però i suoi occhi erano vividi, arrabbiati e respingenti. Mi ritrassi e insieme a Lisette procedemmo al passo della folla verso i gradini del castello, dove Toris stava aspettando con la tenuta da cerimonia del Tribunale.

«Brava gente di Achlev!» esclamò con lo stesso impeto che riservava alle esecuzioni di streghe più lascive. «Il vostro grande re Domhnall ha dedicato la sua vita al vostro servizio, per poi vedersela stroncare così presto dalla persona che amava di più: suo figlio. Il principe Valentin ha fatto tutto il possibile per distruggere questa città sacra e antica, un omicidio dopo l'altro... arrivando perfino ad accusare ingiustamente e far condannare l'innocente Dedrick Corvalis. Ma ora basta. Il suo tradimento è stato finalmente portato alla luce, e giustizia sarà fatta presto!»

La folla che solo ieri applaudiva la sfida di Zan al re ora gridava all'assassino, con una certezza piena di odio. Al diavolo la magia del sangue; questo era il vero potere. Toris era capace di maneggiare una folla come un'arma.

Avevo sbagliato a pensare che essere trascinata in mezzo a una moltitudine che voleva la mia morte fosse il mio più grande incubo. In verità, assistere impotente mentre accadeva a una persona amata era molto, molto peggio.

«Cosa facciamo?» sussurrò Lisette.

«Lo tiriamo fuori» dissi. «Lo portiamo con noi.»

Non potevo guardare Zan che veniva trascinato dentro. Rivolsi invece la forza del mio sguardo a Toris, che si crogiolava nella paura e nella rabbia dei cittadini come un serpente al sole. Fece un profondo inchino e, con un sorriso fiducioso, si ritirò nel castello che ormai era soltanto suo.

Io iniziai a calcolare tutti i modi possibili in cui gliel'avrei fatta pagare.

Lisette aveva ragione: se Toris mi avesse vista, mi avrebbe uccisa senza esitare. Lei, al contrario, poteva muoversi all'interno del castello senza destare sospetti, così toccava a lei sorvegliare. Doveva scoprire tutto il possibile sulla prigionia di Zan: era nella segreta e, se sì, in quale cella? Con quante guardie dovevamo fare i conti? Ogni quanto tempo si avvicendavano? Doveva raccogliere il maggior numero di informazioni, tutto ciò che poteva esserci utile. Al calare del buio, avrei fatto evadere Zan e avremmo incontrato Conrad alla torre, per lasciare tutti insieme la città.

Lei era una spia riluttante, io ero una sentinella ansiosa. Eravamo entrambe inadatte ai nostri ruoli ma unite dalla causa: salvare Zan, fuggire con Conrad. Sottrarre a Toris le sue pedine e negargli la vittoria.

Dovetti aspettare per tutto il giorno fuori dalla torre. Volevo andare fino in cima, per vedere dall'alto cosa stava succedendo in città, ma riuscii a malapena a entrare dalla porta prima che le mie ginocchia cedessero. Strisciai per qualche metro prima che la stanchezza accumulata negli ultimi giorni avesse la meglio su di me. Dormii per ore, accovacciata all'interno della triquetra a mosaico, con le mille scale della torre che salivano in una spirale infinita sopra di me.

Feci sogni inquietanti, pieni di ombre innaturali e sussurri. "Aiutami" mi dicevano. "Liberami." Vidi me stessa dall'alto, mentre mi agitavo nel sonno e tralci sottili di fumo si avvolgevano intorno alle mie membra. "Fammi uscire." I sussurri divennero più insistenti, trasformandosi da preghiera in ordine.

"Fammi uscire."

Mi svegliai in preda al panico e mi trascinai subito via dal mosaico, premendo la schiena fradicia di sudore contro il freddo muro di pietra. "Solo un brutto sogno" mi dissi. Uno sfortunato effetto collaterale di un corpo stanco e di un cuore ferito.

Comunque, non volevo restare nemmeno un secondo di più nella torre.

Passai il resto della veglia sulle rocce sottostanti, a osservare le barche (per lo più piene di ricchi mercanti) che lasciavano i moli a una a una, passando sotto Porta del Re e lasciandosi alle spalle la città sofferente. I poveri non potevano andarsene così facilmente; mio padre diceva che un uragano era un fastidio per i ricchi, mentre una semplice goccia di pioggia era una catastrofe per i poveri. Mi chiedevo quale saggia lezione mi avrebbe impartito ora, se non fosse morto nell'incendio che avevo mandato al molo dei de Lena. Mi serviva una guida, adesso più che mai.

Era di nuovo buio quando sentii dei rumori dall'altra parte della torre. Mi alzai subito.

«Aurelia?»

«Dove sei stata?» dissi in tono concitato. «È tutto il giorno che aspetto! Dobbiamo...»

Mi interruppi. Lisette era in piedi dietro Conrad, che mi guardava incerto. Corsi verso di lui incespicando e lo presi in braccio, stringendolo forte anche se rischiavo di cadere. Non sapevo se ridere, piangere o entrambi, ma non mi interessava. Mio fratello mi mise le braccia al collo e io affondai il viso tra i suoi capelli.

«Ha detto che hai ucciso Kellan. Che volevi fare del male alla mamma...»

«Non ho mai fatto del male a Kellan e non farei mai del male a lui, a tua madre, a te e a nessun altro, mai e poi mai. È stato Toris. È tutta colpa sua.»

«Aurelia, cioè Lisette, ha pensato sempre a me.»

«Lo so! È stata bravissima. Ma guardati, stai crescendo così in fretta. La mamma sarà molto fiera.»

«Guarda.» Tirò fuori l'amuleto a forma di cavallo alato che avevo nascosto per lui. «Guarda come lo tengo bene.»

Provò a restituirmelo, ma scossi la testa. «Tienilo tu. Così Empyrea ti porterà fortuna.»

«Non sono riuscita ad arrivare a Valentin» disse Lisette sottovoce. «Nemmeno lontanamente. Ci ho provato tutto il giorno. Hanno chiuso un intero piano. Ci sono almeno dieci guardie per ogni uscita. Mio padre ha isolato tutto.»

Riconsiderai i miei piani in base a questa nuova informazione. «Dovremo ricorrere a una specie di diversivo. Appiccare un incendio o qualcosa del genere. Aspettare che corrano a vedere...»

«Non possiamo» disse lei, mettendomi la mano sul braccio. «C'è dell'altro. L'ho sentito parlare con le guardie. Chiuderanno le porte della città stasera. Nessuno entrerà o uscirà. Dobbiamo uscire prima.» Lanciò un'occhiata al castello alle sue spalle. «E prima che si accorgano che ce ne siamo andati.» Deglutì. «Ho detto a mio padre che non mi sentivo bene, che io e Conrad saremmo andati a letto presto. Non sono sicura che mi abbia creduto, ma non sapevo cos'altro fare.»

Annuii. «Vi porterò fuori prima che chiudano gli accessi. Quando sarete al sicuro, tornerò a prendere Zan. Troverò un modo.»

Scavalcai il cornicione; poi l'aiutai a far scendere anche Conrad. Lisette era ancora a cavalcioni del parapetto quando cominciammo a sentire delle grida dall'alto. «Devono aver già capito che non siamo nei nostri letti» disse lei mentre scendeva sul terreno roccioso della baia. «Ci verranno a cercare.»

«Non ci troveranno» dissi. «Te lo prometto. Ma devi stare calma. Per me e per Conrad. Ce la fai?»

Lei respirò profondamente e annuì, ed eravamo già a buon punto nella galleria quando mi ricordai che avevo lasciato la reliquia con il sangue del Fondatore nascosta sotto la statua di Aren. Non ci pensavo da giorni. «Aspetta!» dissi. «Devo tornare indietro, ho dimenticato una cosa...» Ma fui interrotta dal rumore degli zoccoli provenienti dall'alto.

«Qualunque cosa sia, non ti serve» disse Lisette. «È troppo tardi per recuperarla.»

Aveva ragione. *Odiavo* quando Lisette aveva ragione. Dovevo confidare in Aren perché sorvegliasse la fiala.

Li guidai in mezzo alla fanghiglia rossa che copriva il pavimento del tunnel. La presenza di Conrad mi faceva notare ancora di più ogni roccia aguzza, ogni curva scivolosa; sentivo la voce di Lisette parlare dolcemente: «Va tutto bene, piccolo principe. Manca poco». Ma le rassicurazioni sembravano più a beneficio suo che di Conrad; lui avanzava con passo deciso che mi faceva pensare che si stesse divertendo.

Quando arrivammo alle mura, il nostro proposito di scalarle si disintegrò e si disperse come polvere al vento. C'erano guardie lungo tutta la cima: ciascuna pattugliava una sezione di una trentina di metri. Non c'era modo di salire le scale; non potevamo lasciare il riparo degli alberi senza rischiare di essere notati. Fummo costretti alla ritirata, sparpagliandoci come topi nel dedalo di vicoli della città.

Una folla si era radunata ai piedi di Porta Foresta. Le statue si stavano sgretolando, ora che il sigillo magico era stato rotto. Gli uomini spostavano massi di pietra dalla strada affinché la saracinesca scendesse oltre le macerie e chiudesse la porta. Le guardie respingevano la massa, che gridava indignata per il divieto di uscire, in un vasto semicerchio.

«Che cosa faremo adesso?» chiese Lisette. «Ci sono guardie ovunque! Ci vedranno sicuramente.» Scosse la testa. «Mio padre sarà furibondo.»

«Non ci troveranno» dissi. «Ce ne andremo via. Puoi fidarti di me, solo un po'?» Non aspettai la sua risposta ed estrassi il coltello. «Dammi le mani» dissi.

«Cosa?» fece Lisette, arretrando. «No.»

«Non abbiate paura. Conrad, guarda.» Indicai una delle guardie sulle mura. «Lui ha un arco e delle frecce sulla schiena. Li vedi? Sì, guarda meglio. Eccoli lì.» Mio fratello strinse gli occhi. «Arco e frecce sono armi.» Lui si voltò verso di me. «Io non sono un'arma. Sono una *persona*. Tua sorella.» Mi rivolsi a Lisette. «La tua amica. E la magia fa parte di me, quanto le impronte delle mie dita o il colore dei miei occhi.»

Conrad chiese, con un filo di voce: «La magia non è pericolosa?».

«Sì, può esserlo come lo è un coltello, un arco o un bastone. Ma io so controllarla, e non lascerò che ti accada nulla. Hai capito? Mai.» Pregai le stelle di poter mantenere la promessa.

Ed eccolo lì: un accenno minimo di sorriso. Tese la mano. Mi credeva.

Sbirciai dietro l'angolo per osservare la disposizione di Porta Foresta. «Se ci arriviamo dal lato est, possiamo attraversare in quel punto, vedi?»

«Ma è in piena vista» disse Lisette. «Ci prenderanno.»

Presi il coltello e feci un taglio sottile al centro di ognuno dei miei palmi. Sentii immediatamente la magia che attingeva alla paura di attraversare le mura e all'emozione di sentire la manina di Conrad nella mia. Tesi l'altra a Lisette. «Allora?»

A malincuore, si tolse il guanto e mi strinse la mano. «Camminate lentamente» dissi. «Seguite le mie indicazioni. E qualunque cosa succeda, non lasciatemi la mano.» Andammo insieme verso la strada mentre mormoravo l'incantesimo sottovoce, sperando che funzionasse per tutti noi come aveva fatto per me sola tante altre volte. «*Nos invisibiles sumus*. Siamo invisibili. *Nos hic non sumus*. Non siamo qui. *Invisibiles sumus*. Siamo invisibili...»

Sentivo la mia magia avvolgersi simile a un filo intorno a loro; lo intrecciavo, tessendolo come una rete.

«Aurelia» disse Lisette a mezza bocca mentre ci avvicinavamo al cancello con dolorosa lentezza.

Non potevo fermarmi. Eravamo oltre la folla, troppo esposti ormai. «Aurelia!» ripeté Lisette con più forza. «Guarda!»

Gli uomini avevano finito di sgomberare la strada dai detriti, e la saracinesca aveva cominciato a scendere lentamente, cigolando, con sei uomini che manovravano le catene ai lati.

«Dobbiamo correre!» disse Lisette.

Scossi la testa con decisione e continuai la mia cantilena. Sentii rallentare il flusso sanguigno e l'incantesimo che tirava sui margini, mentre le ferite si rimarginavano. Sapevo che non sarei stata in grado di mantenere l'incantesimo se loro avessero spezzato il legame di sangue fra le nostre mani. Accelerai, sperando di arrivare alla saracinesca prima che il sangue si fermasse del tutto e perdessi l'incantesimo. Avevo la fonte coperta di sudore per lo sforzo. Dovevo mantenere il controllo, non potevo permettermi di cedere.

Avevo promesso a Conrad che non avrei lasciato che gli accadesse nulla.

Eravamo vicini, ma i denti di ferro della saracinesca scendevano più velocemente di noi. Ormai le lacrime mi scorrevano sul viso, gli occhi mi bruciavano, ma continuavo. «*Invisibiles sumus*. Siamo invisibili. *Nos hic non sumus*. Non siamo qui. *Invisibiles sumus*. Siamo invisibili...»

E poi la mano di Lisette lasciò la mia. La parte di incantesimo che proteggeva lei tornò su di me e Conrad. Lisette, ora perfettamente visibile in mezzo alla strada, emise un grido acuto.

«I miei rapitori! Stanno scappando! Fermateli! Fermateli!»

Ci aveva tradito. Mi aveva convinto della sua innocenza, mi aveva persuaso a coinvolgerla nei miei piani con l'inganno e poi ci aveva consegnato ai nostri nemici. Era stato tutto inutile.

Ma quando mi voltai e la vidi, con l'aria risoluta in mezzo a uno sciame di guardie arrivate in risposta al suo grido, lei non stava indicando Conrad e me. Il suo dito puntava nella direzione opposta. Aveva rinunciato alla sua unica possibilità di fuga per depistarli e permettere a noi di scappare.

Disse: "Vai!" senza parlare e noi ubbidimmo, di corsa, stando bene attenti a tenerci sempre per mano per non rompere l'incantesimo. Ci infilammo sotto la saracinesca pochi istanti prima che i denti di ferro affondassero nel terreno con un sonoro *clang*.

32

Quando fummo a distanza di sicurezza dalla porta, ruppi l'incantesimo. Non sapevo se avrei avuto la forza di rifarlo. Chiunque ci avesse visti, ora, avrebbe potuto denunciarci senza problemi. E gli accampamenti erano particolarmente affollati, pieni fino all'inverosimile di cittadini che dovevano essere usciti prima della chiusura degli accessi e, di fronte alla prospettiva delle lunghe strade e della Ebonwilde sconfinata, avevano deciso di accamparsi fuori dalle mura per un po' prima di affrontarle.

Conrad non mi aveva lasciato la mano e io non osavo lasciare la sua, nemmeno per pulirla dal sangue ormai mezzo secco e spiacevolmente appiccicoso. Non sapevo bene cosa avremmo fatto: non potevamo addentrarci nella foresta senza una mappa, una guida, un piano. Non avevo più Falada e l'ultima volta che avevo visto Aren, ne ero uscita quasi distrutta.

Conrad si aggrappò alla mia gonna. «Ho fame» disse. «E qui c'è puzza. E mi manca Lisette. Arriva tra poco?»

Mi inginocchiai accanto a lui. «No, piccolo. Non credo che verrà più con noi. Ha fatto una cosa molto coraggiosa, ci ha aiutato ad attraversare le mura prima che la porta si chiudesse. Sei capace di essere coraggioso, proprio come lei?»

«Io sono coraggioso, Aurelia» disse un po' imbronciato, ma mi abbracciò comunque. Chiusi gli occhi e lo strinsi forte. «Ho un amico qui da qualche parte. Se riusciamo a trovarlo, può aiutarci a stare per un po' al sicuro. Ma fino ad allora, dobbiamo mescolarci tra la folla. Tieni la testa coperta e gli occhi bassi, e segui le mie indicazioni alla lettera. Hai capito?»

Per tutta risposta, si tirò giù il cappuccio quasi fino al viso.

Costeggiammo gli accampamenti, abbastanza vicini al fuoco per guardare i volti delle persone, ma abbastanza lontani da tenerci nell'ombra. Nessuno ci degnò di un'occhiata; erano sfollati, spaventati, vittime di circostanze che non potevano prevedere, che non potevano controllare. Ma questi erano i più fortunati; quanti altri erano bloccati in città, impreparati a ciò che sarebbe potuto accadere?

Sentii delle grida in lontananza dietro di noi, le guardie che imperversavano per i campi. Voltandomi, vidi uno di loro che costringeva una ragazza di circa la mia età a inginocchiarsi e l'ammanettava, mentre lei piangeva. Le strapparono il mantello e poi le sputarono addosso quando si accorsero che non era la ragazza che stavano cercando. Che non ero io. Corremmo avanti, ma il puzzo si fece sempre più forte: allora alzai lo sguardo e vidi lo spirito del vecchio amico di Thackery, Gilroy, ancora seduto nella sua gabbia, con l'aria cupa. Ah. Ora sapevo dov'eravamo e trascinai Conrad con me verso il vecchio accampamento di Thackery, che ora era occupato da un uomo dai baffi irregolari e dalle guance rubizze.

Questa volta Darwyn non mi vide arrivare. Gli premetti il coltello sulla schiena prima che potesse allontanarsi dal fuoco, incespicando. «Prenda quello che vuole, signore» borbottò, svuotandosi in fretta e furia le tasche. Qualche moneta di rame, una mezza mela mangiucchiata, un anello di ottone deformato e un pezzo di formaggio duro finirono a terra. Lo costrinsi ad alzarsi.

«Non voglio i tuoi avanzi» dissi in tono gelido.

Al suono della mia voce, esclamò: «Aspetta! Non voglio essere derubato da una ragazza».

«Silenzio» ringhiai, muovendo la lama sul suo collo. Si irrigidì, alzò le mani. «Ascolta attentamente. Io e mio fratello ci nasconderemo nella stalla di Thackery. Se le guardie vengono a cercarci, farai tutto il possibile per allontanarle.»

«Oppure?» chiese, in un tono un po' troppo scontroso per un uomo con una lama alla gola.

Mi punsi un dito e feci cadere un po' di sangue davanti ai suoi occhi. «*Ure*» dissi. "Brucia." E il sangue si trasformò in una striscia di fuoco che, non appena colpì il suolo, esplose in una fiammata alta un metro. Chiusi la mano e il fuoco si spense.

Darwyn tremava. «C'erano due uomini che sono venuti qui un paio di settimane fa, blateravano di una strega del sangue... Le loro facce... erano bruciate... sfregiate... irriconoscibili...»

«Fai come ti dico» dissi, spostando il coltello, ora che mi ero spiegata. «O non sarà la tua faccia a bruciare fino a diventare irriconoscibile.»

«Cosa c'è di peggio di...» Poi capì. «Ah.»

Le guardie erano solo a pochi accampamenti di distanza. Darwyn ci fece entrare nella stalla. «Ray aveva un piccolo nascondiglio lì dentro» disse. «Pensava che nessuno lo sapesse, ma io sì. Dopo che se n'è andato, Empyrea l'abbia in gloria, ho spostato tutta la mia roba buona lì. Giusto in tempo, eh. Quando la vecchia Erdie mi ha lasciato, si è presa tutto quello che poteva con quelle zampe sporche e intriganti, ma io ero un passo avanti.» Sorrise, fiero di se stesso, finché non vide la mia espressione indifferente e il suo sorriso scomparve. Spostò un grande mucchio di fieno nel primo stallo, rivelando una botola nel terreno. La sollevò e ci fece cenno di avvicinarci. «Qui dentro.»

La "roba buona" nascosta di Darwyn era liquore, in una quantità sorprendente; il buco era profondo diversi metri e correva lungo tutta la stalla, ma era pieno fino all'orlo di bottiglie di liquore. Scesi per prima, sistemandomi tra una caraffa di birra e qualche bottiglia di rum, poi aiutai Conrad a scendere e me lo misi sulle ginocchia. Lo spazio intorno era un cubo di poco più di un metro per lato; ci si stava stretti.

Conrad stava cercando di sbirciare attraverso le fessure per vedere cosa succedeva, ma io lo tirai indietro, premendomi un dito sulle labbra. Dopo pochi istanti sentimmo le voci. Le parole arrivavano smorzate attraverso la paglia e la tavola di legno, ma riuscivamo a sentire la serie di esclamazioni colorite di Darwyn all'indirizzo dei soldati, che stavano lanciando la sua roba in giro per l'accampamento. Poi aprirono la porta della stalla.

Darwyn disse: «Non c'è altro che paglia. Guardate con i vostri occhi».

Trasalimmo quando uno di loro si mise a infilzare la paglia con la spada, scatenando cascate di polvere che ci finivano negli occhi.

«Visto?» disse Darwyn. «Niente. E suppongo che non abbiate intenzione di pagare per tutti i danni che avete fatto, eh?»

La voce di una guardia, burbera: «Togliti di mezzo, vecchio. Uomini! Al prossimo accampamento!».

Restammo in quel buco per la maggior parte della notte, aspettando anche oltre il necessario.

Quando finalmente aprimmo la botola, il movimento spostò un fascio di documenti che era stato nascosto in mezzo alle assi: gli inviti di Thackery ad attraversare le mura, scritti da Zan di proprio pugno. Li raccolsi e li misi nella mia borsa, per lo più vuota, accanto al panno di sangue. Con la coda dell'occhio, però, vidi qualcosa luccicare dietro il nascondiglio degli inviti. Infilai le dita tra le assi e ripescai qualcosa di incredibile: il grifone di topazio che avevo dato a Thackery quella prima notte ad Achlev. Lo strinsi nella mano, ringraziando Thackery e l'Empyrea per avermelo restituito.

Darwyn stava bussando alla porta della stalla. «Meglio che esci subito, ragazza. C'è qualcuno che ti cerca.»

Mi misi davanti a Conrad ed estrassi il coltello. Se non avessi potuto avvicinarmi tanto da infilzare chi mi stava aspettando fuori dalla stalla, avrei usato la magia. In un modo o nell'altro, saremmo usciti di lì. Avrei bruciato e distrutto chiunque o qualsiasi cosa si fosse messo sulla mia strada.

Detti un calcio alla porta. «*Nathaniel?!*» esclamai, sbalordita.

«Emilie, sei tu! Ho sentito le guardie che cercavano... Pensavo che fossi tu, ma dovevo essere sicuro...»

Darwyn aveva le mani alzate; Nathaniel lo teneva per il collo con l'incavo del braccio, pronto a spezzarglielo se l'uomo si fosse opposto. Di malumore, Darwyn disse: «Ovvio che vi conoscete».

«Che ci fai qui?» chiesi, mettendo via il coltello. «Dov'è Ella?»

Nathaniel indicò con un cenno un fascio di coperte lì vicino, dove Ella stava fissando con gli occhi spalancati la gabbia in cui il fantasma di Gilroy sembrava fare un gioco con lei. Lui guardava fuori, muoveva le dita fino a quando lei emetteva un pigolio, poi si tirava indietro per un istante e si affacciava di nuovo. «Ero in un altro accampamento, a procurarmi dei cavalli, quando hanno preso Zan. Ci sono guardie dappertutto, quindi non sono riuscito a tornare in città per liberarlo. E poi ho sentito parlare di una ragazza che è apparsa dal nulla fuori dalle mura dopo la chiusura dei cancelli, e che corrispondeva alla tua descrizione, così ho seguito le tue tracce fin qui...» fece una pausa. «È il principe Conrad? Emilie, hai *rapito* il principe Conrad?»

«No, certo che no! È mio...»

«Sono suo fratello» disse Conrad, sbirciando da dietro la mia gonna.

Nathaniel rimase a bocca aperta.

«Troppo stretto» disse Darwyn con voce strozzata. «Troppo stretto!»

«Oh» fece Nathaniel dispiaciuto, liberandolo dalla morsa. «Scusa.»

«Siete una banda di fuori di testa dimenticati dalle stelle» mormorò Darwyn, strofinandosi il collo dolorante. «Tutti voi.»

Nonostante le aspre proteste di Darwyn che non voleva andarsene, Nathaniel gli assicurò un posto in una delle carovane di rifugiati in partenza. Portò con sé quante più bottiglie di alcolici possibile brontolando ferocemente per dover lasciare il resto, ma se ne andò. Nathaniel gli dette una moneta per il disturbo. Fu più gentile di me; Darwyn ci aveva aiutato, era vero, ma solo perché temeva per le sue estremità. Secondo me, tenere insieme tutte le sue parti era un compenso sufficiente.

Nathaniel conosceva un buon posto per accamparsi qualche chilometro a sud delle mura, lungo il fiume Sentis. Con le strade ormai piene di profughi, le sue possibilità di scelta erano diminuite. Il suo piano era quello di aggirare la maggior parte delle carovane lente tagliando attraverso l'Ebonwilde e riprendendo la strada diverse leghe oltre gli incroci da Achlev a Ingram, Castillion e Achebe.

«Forse a quel punto» disse, con una mano sulle redini e l'altra sulla fascia che teneva Elladei «molti si saranno separati per dirigersi verso Castillion e Achebe, o Aylward più a ovest, e la strada sarà più sgombra.» Guardò Conrad, seduto davanti a me sul cavallo che era stato destinato a Zan, e dormiva con la testa contro il mio petto. «Cos'hai intenzione di fare?»

«Porterò Conrad al sicuro, e poi tornerò a liberare Zan.» Il suono del suo nome mi fece stringere lo stomaco. «Lo tirerò fuori. Dopo, potrò preoccuparmi di tutto il resto.»

Nathaniel mi stava fissando. «Scusa» disse. «Non riesco ancora a capacitarmi del fatto che sei *tu* la principessa di Renalt.»

«Credimi, non sei il solo.»

Nathaniel tirò le redini del cavallo. «Fermati. Lo senti?»

«Il fiume?» chiesi, ma lui era già smontato e stava portando il cavallo in silenzio attraverso il sottobosco.

«Svegliati, Conrad» sussurrai scuotendo dolcemente mio fratello dal torpore.

Lui si riscosse, si strofinò gli occhi. «Dove siamo?»

«Non lo so» dissi. Più avanti, Nathaniel si mise il dito sulle labbra. *Ssshhh.* Smontai ma lasciai Conrad in sella mentre portavo il nostro roano vicino alla cavalla baia di Nathaniel.

Lui indicò lontano. «Guarda là. Nella valle.»

La prima cosa che vidi furono delle bandiere blu con il blasone di un cavallo bianco alato: lo stendardo di Renalt. Sotto i gagliardetti c'era un gruppo di tende e decine di cavalli, tutti con le insegne dell'esercito Renaltano.

«Sono amici o nemici?» chiese Nathaniel.

«Con Renalt è sempre difficile da capire.» Strinsi gli occhi, scrutando l'accampamento, poi sussultai. «Là.»

Sotto una delle bandiere blu ne sventolava una più piccola bianca, che portava il sigillo circolare dei Greythorne, con il biancospino dai rami aperti.

Salii di nuovo a cavallo dietro Conrad e mollai le redini. Con il cuore che batteva a tempo degli zoccoli dell'animale, scendemmo lungo l'argine verso il campo. Non avevo un piano di riserva, nessuna strategia di fuga se quei soldati fossero stati agli ordini di Toris. Riuscivo a pensare solo a una bandiera bianca e un biancospino.

I soldati ci videro arrivare. Quando fummo all'accampamento, gli uomini in uniforme blu erano già in formazione difensiva, le spade sguainate.

«Alt!» gridò uno di loro mentre ci avvicinavamo. «Dite il vostro nome e cosa vi porta qui.»

A testa alta, annunciai: «Sono Aurelia, principessa di Renalt. Porto con me mio fratello, Conrad, alto principe e futuro re di Renalt». Nathaniel si avvicinò alle nostre spalle. «E Nathaniel Gardner, nostro prezioso alleato e amico.»

Un mormorio corse in mezzo ai soldati che ci guardavano. Eravamo sporchi e spettinati, con borse sotto gli occhi e paglia nei vestiti. Non li biasimavo se dubitavano della mia affermazione.

«C'è qualcuno qui che può confermare le vostre parole?» chiese l'uomo.

Improvvisamente una voce risuonò da dietro la linea. «È vero, è chi dice di essere! Posso testimoniare io! Garantisco io per lei, mi schiererò al suo fianco, e combatterò contro chiunque si metta sulla mia strada.»

«Kellan?» dissi, osando a malapena respirare.

Lui venne avanti, facendosi largo fra i soldati. «Come ho sempre fatto. E come farò sempre.»

Nella tenda più grande, era stato allestito un tavolo di fortuna su una pietra piatta. Non c'era spazio per tutti, così metà degli uomini rimase fuori, di guardia, e l'altra metà si allineò all'interno.

Le spiegazioni di Kellan furono brevi: dopo essere caduto nel fiume, i suoi ricordi erano vaghi. Aveva avuto l'impressione di tornare a riva, di essere spostato; mani attente gli avevano medicato le ferite. Era ancora confuso dalla febbre quando suo fratello, Fredrick, lo aveva trovato davanti alla porta d'ingresso della tenuta dei Greythorne, senza alcuna traccia del suo benefattore. Solo Kellan e, in lontananza, una vigile volpe dagli occhi gialli.

Saggiamente, Fredrick aveva tenuto segreta l'improvvisa ricomparsa di Kellan. Si era occupato personalmente del fratello minore, vegliandolo per due giorni, fino a quando la febbre era sparita. Finalmente lucido, Kellan era stato in grado di raccontare quello che ci era successo nel bosco per mano di Toris. A sua volta, la notizia di Fredrick sulla presenza della regina nella capitale era altrettanto curiosa: sembrava che, sebbene mia madre fosse stata presa come ostaggio reale a Syric, il Tribunale non avesse fatto altre mosse per consolidare il suo potere. Ma c'era qualcosa che bolliva in pentola, lo sapevano tutti. L'unica domanda era: cosa li tratteneva? Cosa stavano aspettando?

La risposta l'avevo io. Il Tribunale stava aspettando che Toris distruggesse le Mura di Achlev.

Quanto a ciò che avevano pianificato per dopo, speravo che non avremmo dovuto scoprirlo.

Ora, all'interno della tenda, Fredrick Greythorne era in piedi dietro Kellan, con indosso l'uniforme di famiglia. Assomigliava molto a Kellan in tutto, tranne che nei capelli; dove Kellan aveva una massa di riccioli fitti, Fredrick li teneva ben rasati sul cranio marrone scuro, ma non così corti da poter nascondere i primi accenni di grigio ferro alle tempie. Aveva quindici anni più di Kellan e, vedendolo, si immaginava facilmente come sarebbe stato suo fratello minore alla sua età: bello, con la mascella larga e ben definita, e rughe sottili intorno alla bocca e agli occhi.

Era stata un'idea di Kellan quella di infiltrarsi a Syric e salvare la regina, e il piano di Fredrick lo aveva reso possibile.

«Mia madre è libera?» chiesi, felice per la prima volta dopo anni, o così mi sembrava. «Dov'è? Come ci siete riusciti?»

Kellan camminava lentamente; era chiaro dai suoi movimenti che risentiva ancora degli effetti delle ferite. «Il castello era completamente inaccessibile. Il Tribunale aveva il controllo totale e, anche se sostenevano che la regina era in buona salute, Onal era l'unica persona che Simon lasciava entrare e uscire dalla stanza, per portare cibo e tutto il resto.»

«E i chierici del Tribunale l'hanno lasciata fare?»

«È una vecchia inoffensiva. Cosa avrebbe potuto dire?»

Annuii. «Quindi avevano tutti paura di lei.»

«Erano terrorizzati.»

Fredrick disse: «Siamo andati prima da Onal e, attraverso di lei, abbiamo portato messaggi a tua madre e Simon. Abbiamo cominciato a fare dei piani. Poi mi sono recato in segreto dai miei vecchi compagni nella guardia e ho reclutato chiunque fosse ancora fedele alla regina. Non eravamo così tanti come avremmo voluto, e questo ci rendeva impossibile prendere d'assalto il castello. Quindi dovevamo agire in segreto e usare il nostro unico vero vantaggio: Simon. Abbiamo drogato le guardie del turno di notte e le abbiamo trascinate nella stanza, dove Simon ha creato un'illusione per dare loro le fattezze di se stesso e della regina».

«E ha funzionato?»

«Ci ha permesso di uscire» disse Kellan. «Non oso pensare a che tipo di punizione hanno dovuto affrontare quei due quando il Tribunale ha capito che non erano i veri prigionieri.» Il suo sorriso diceva il contrario. «Saremmo stati persi senza Simon. Dopo che li abbiamo fatti evadere, ha reso se stesso e la regina praticamente invisibili fino a quando non siamo stati fuori città. Una cosa maledettamente pericolosa.»

«Non riesco nemmeno a immaginarlo» dissi in tono secco.

Fredrick riprese la parola. «Il Tribunale non si è accorto della scomparsa fino al giorno dopo. A quel punto eravamo già a metà strada verso il porto di Hallet.»

«Ma il Tribunale ha ancora il controllo di Syric?»

«Sì. Abbiamo portato la regina in salvo; è con un gruppo di soldati della famiglia Silvis, a metà del fiordo. Volevamo che iniziasse a fare dei piani per la riconquista della capitale, ma tutto quello a cui riesce a pensare siete tu e tuo fratello.»

«E Simon?» chiesi. «Sta bene?»

«Puoi chiederglielo tu» rispose Kellan. «È con Onal in questo momento, due tende più in là. E anche Conrad, insieme al tuo amico con il bebè.»

Mi misi a correre nella direzione che mi aveva indicato e, quando trovai la tenda giusta, l'aprii. Conrad se ne stava su uno sgabello, con uno sguardo penoso sul suo viso. Onal stava dietro di lui e gli passava il pettine nei riccioli scompigliati e pieni di nodi. Non alzò nemmeno gli occhi quando mi disse: «Guarda che disastro. Non potevi almeno togliergli qualche macchia dalla faccia prima di portarlo davanti a un'intera truppa di soldati? Un giorno sarà lui a guidarli, Aurelia. Non può pretendere il loro rispetto se pare si sia rotolato tutto il giorno in un cumulo di spazzatura».

Le strinsi le braccia intorno alle spalle ossute e lei mi dette una pacca sulla schiena in una rara dimostrazione di affetto, poi disse: «Spero proprio che la tua puzza non si attacchi ai miei vestiti, signorina. Non mi piace molto sapere di fogna».

«Come sta mia madre?» chiesi, allontanandomi.

«Sta bene.» Mi voltai verso la voce che veniva dall'altro capo della tenda. Simon era seduto contro una pedana, vicino a Nathaniel. Sorrideva e cullava Ella addormentata, ma aveva il viso segnato e giallastro, come se fosse invecchiato di anni nelle poche settimane dall'ultima volta che lo avevo visto. «La proprietà della mia famiglia non è grande, ma è ben protetta. È più che al sicuro lì, finché non torniamo. Fino ad allora, vi manda tutto il suo amore.»

«Cosa ti è successo?» chiesi, inorridita.

«Aurelia!» intervenne Onal. «Dove sono le tue buone maniere?»

«Sanguinare ogni giorno ha il suo prezzo» disse lui, e io annuii. A Renalt, ero talmente ansiosa di imparare la magia del sangue che non pensavo mai al dolore e all'esaurimento, mentale e fisico, che l'avrebbero accompagnata. Ora capivo: la magia più forte richiede il sacrificio più grande.

Simon restituì delicatamente Ella a Nathaniel. «Meno male che lord Fredrick e il tenente Greythorne hanno agito al momento giusto; non so quanto sarei potuto durare ancora. E il Tribunale era come un lupo fuori dal cancello di una fattoria, che si lecca i baffi e aspetta la prima occasione per entrare.»

«Non sei ancora fuori pericolo» disse Onal, tornando a occuparsi dei capelli di Conrad. «Per questo sono dovuta venire anch'io in questa piccola gita: per assicurarmi che non morisse lungo la strada.» Gli lanciò un'occhiata di traverso. «Anche se starebbe meglio se prendesse le mie pozioni senza lamentarsi continuamente come un bambino scemo.»

"Ti capisco" dissi a Simon in silenzio. Gli intrugli di Onal erano notoriamente straordinari nell'efficacia e orripilanti nel sapore.

«Sono contenta che siate entrambi qui» dissi. «Ho molto da dire a tutti voi e poco tempo per farlo.» Mi voltai verso Kellan, che mi aspettava tranquillamente accanto all'entrata. «Avrò bisogno di tutto il sostegno possibile.»

In una tenda privata, Onal mi dette un secchio d'acqua gelida e mi ordinò di lavarmi («Fino all'osso, se è quello che serve per toglierti quella puzza»), poi se ne andò con i miei vestiti stracciati e mi lasciò sola.

Mi lavai con acqua e sapone, battendo i denti per il freddo, resistendo alla tentazione di fare in fretta grazie al pensiero che non potevo andare a salvare Zan puzzolente come una palude. «Se mi hai bruciato il vestito» dissi quando Onal tornò qualche minuto dopo, «non ho nient'altro da mettermi.»

«Sciocchezze» ribatté lei mostrandomi un'intera uniforme composta da pezzi presi in prestito dalle donne della guardia. Riuscii a infilarmi da sola i pantaloni, ma chiesi il suo aiuto con la giubba. Quando la sollevò per infilarmela, poté vedere bene i numerosi lividi e le cicatrici che avevo acquisito nelle ultime settimane. Disse, con un sospiro: «Se tua madre sapesse quello che hai passato, il suo cuore andrebbe in pezzi».

Volevo dire che stavo bene, che ne ero uscita indenne, ma non era vero. Ero cambiata in modo radicale e irreversibile.

Quando ebbe finito di sistemarmi il mantello sulle spalle, mi dette uno specchio a mano piuttosto malconcio, da tenere mentre mi spazzolava i capelli e li intrecciava su un lato.

Non riuscivo a ricordare l'ultima volta che mi ero riflessa per bene. Volevo pensare che, dopo tutto questo, sarei stata in grado di guardarmi e vedere qualche nuova forza, o una forma di bellezza portata in superficie dalle avversità; invece avevo il mio solito aspetto. Capelli biondo cenere, guance pallide e occhi come piattini d'argento, troppo grandi e troppo strani per il resto del viso.

«Onal» dissi pensierosa mentre lei lavorava sui miei capelli con le sue lunghe e agili dita brune. «La figlia di Nathaniel, Ella... tu l'hai guardata?»

«Sì. In perfetta salute, anche se un po' piccola.»

«È nata troppo presto, sai, piccolina e deliziosa. E aveva questi bellissimi occhi marroni.»

«Bella, sì» disse Onal distrattamente.

Continuai: «Dopo la sua nascita, sia lei che sua madre stavano male, e la donna che l'ha aiutata a nascere mi ha dato una pozione che aveva distillato dal fiore di sanguifoglia».

Le mani di Onal si fermarono. Ora mi stava ascoltando attentamente. «Però Kate, la mia amica, non avrebbe preso la pozione per sé, e ha insistito che invece la dessi alla bambina. Ho rispettato il suo desiderio.» Mi sentii stringere la gola. «Ella si è svegliata proprio sull'orlo della morte, Onal. Però i suoi occhi dopo erano diversi, più argentati. Come ora.» Senza alzare la testa, chiesi: «Di che colore erano i miei occhi prima che mi dessi il fiore di sanguifoglia?».

Ci fu una lunga pausa.

«Non lo so» disse Onal piano. «Non li avevi ancora aperti prima che te lo dessi.»

33

«Il re e la regina cercavano da anni di concepire, e quando ci riuscirono, ne furono immensamente felici. Ma, come era tradizione a quel tempo, decisero di non rivelare la loro gioia al pubblico fino a dopo la nascita. Stabilirono che se fosse nato un maschio, il parto sarebbe stato celebrato in tutto il paese per settimane. Se fosse stata una femmina, di notte sarebbe stata affidata a una famiglia in un luogo lontano, e il regno non avrebbe mai saputo della sua esistenza. Erano più che preparati a ognuna delle evenienze.»

Onal sospirò e si sedette accanto a me. «Ma poi nacque la bambina, silenziosa e immobile. Erano pronti a mandarla via, sapendo che avrebbe vissuto una vita piena e felice, ma a questa separazione non avevano pensato. Un dolore così non l'avevo mai visto, né prima né dopo. Allora andai nella mia cantina. Avevo tenuto al sicuro, nascosti, i miei tre petali di sanguifoglia per quasi trentacinque anni. Sapevo che era inutile sprecarne uno, che di fronte alla morte sono inutili... ma se avessi visto le loro facce...» Scosse la testa. «Così presi la bambina tra le braccia, le aprii quelle piccole labbra bluastre e le premetti il petalo sulla lingua... e allora lei aprì gli occhi. *Tu* apristi gli occhi. Ed erano proprio come ora.

«Dopo, tua madre e tuo padre non riuscirono più a separarsi da te. Avevano visto il miracolo della tua vita come un segno del fatto che eri destinata a uno scopo più grande. Si rivolsero al re e alla regina di Achlev, che ci mandò Simon come collegamento. Iniziarono a organizzare il tuo matrimonio, anche se avevi solo poche settimane di vita. Ma ciò che era successo con te mi ha reso troppo fiduciosa. Ho sprecato un altro petalo su tuo padre, dopo l'incendio... Come ben sai, non ha funzionato.»

«Perché ha funzionato con me, allora?»
«Non lo so. Ma hai sempre avuto il tocco di una guaritrice, per non parlare delle tue incredibili capacità di ripresa. Mi sono spesso chiesta se quelle anomalie erano tipicamente tue, o se erano gli effetti residui del fiore di sanguifoglia, preso ancora prima che cominciassi a respirare.»
«Perché nessuno me l'ha mai detto, in tutto questo tempo? Ho passato tutta la mia vita a pensare...»
«Ti abbiamo detto quello che ritenevamo avessi bisogno di sapere. Non fare gli occhiacci. E stai dritta, o sembrerai una patata. Ora ascoltami, Aurelia. Tutte le avversità che hai affrontato ti hanno trasformato in chi dovevi essere per superare tutto questo. Ringrazia di essere abbastanza forte.»
«Lo sono davvero?»
«Be', non sei ancora morta. Quindi, per ora, diamo per scontato che tu lo sia.»

Era di nuovo buio quando uscii dalla tenda in uniforme Renaltana. Tutte le guardie, riunite sull'erba, aspettavano che io parlassi.
Mi misi davanti a loro e Kellan prese posto dietro di me, proprio come sempre. Gli lanciai un'occhiata veloce, meravigliandomi ancora del fatto che fosse vivo. Che fosse lì con me. Lui incrociò il mio sguardo e mi rassicurò con un breve cenno del capo.
Non sapevo bene se quelle fossero le parole giuste, ma iniziai comunque. «Uomini e donne della guardia. A nome mio e di mio fratello, vi ringrazio per la vostra fedeltà a nostra madre, la regina Genevieve, e alla nostra monarchia.»
Alcuni dei loro volti li riconoscevo per le ferite passate; il gruppo era popolato di soldati che mi avevano ignorato, o che avevano sussurrato qualcosa mentre passavo. Uno o due di loro li avevo perfino visti in mezzo alla folla durante le esecuzioni, che cantavano ed esultavano. Ma non potevo criticarli per i pregiudizi che anch'io una volta nutrivo contro me stessa. Il passato era irrilevante; adesso erano qui, alle porte di Achlev, pronti a combattere. Per mia madre, sì, ma anche per me.
Mi schiarii la gola. «Per secoli abbiamo visto Achlev come nostro nemico. Centinaia e migliaia di vite Renaltane sono andate perdute mentre cercavamo, senza riuscirci, di penetrare le Mura di Achlev, tutto sulla parola di un solo uomo: il Fondatore del Tribunale, Cael. Morti inutili e insensate» dissi, «per inseguire i piani di vendetta di un solo uomo. Lo stesso uomo che ha creato l'organizzazione che, per cinquecento anni, ha tenuto i Renaltani ubbidienti e spaventati. Ubbi-

dienti alle sue regole, spaventati gli uni dagli altri.» Ripensai a quello che aveva detto Zan, che "la minaccia più grande che questa città abbia mai subito è venuta da dentro, non da fuori". «Ma la verità è questa: Achlev non è nostro nemico. Non lo è mai stato. Il nostro vero oppressore è, ed è sempre stato, l'uomo che chiamiamo il Fondatore... i suoi insegnamenti, il suo Tribunale, e ora il suo autoproclamato successore: Toris de Lena.»

La mia voce si fece più forte. «Toris sta mettendo in atto un piano che gli è costato anni di lavoro... l'obiettivo è distruggere le sovranità di due nazioni e portarle entrambe sotto il completo controllo del Tribunale. In poche settimane ha mandato via la nostra regina, rapito il nostro futuro re, e ha iniziato una sequenza di distruzione all'interno di Achlev che è culminata nel regicidio: re Domhnall è morto per mano di Toris.»

Sentii diverse esclamazioni di sorpresa.

«Per quanto sconvolgente, la morte di Domhnall non è la fine del gioco di Toris; piuttosto, è solo un altro passo necessario verso un obiettivo più grande. Toris sta cercando di abbattere le Mura di Achlev. E quando cadrà, le linee di forza che Achlev ha utilizzato per costruirlo torneranno ai loro percorsi originali, portando sulla loro scia cinque secoli di calamità represse.» Alzai il mento. «Ci sono già i segni del pericolo che incombe: l'acqua non si può bere, le piante sono morte, la terra trema e Toris ha impedito ai cittadini di andarsene. Senza un intervento, le mura non dovranno nemmeno cadere: tutti quelli che si trovano all'interno moriranno di fame.»

Feci un respiro profondo. «La magia protettiva delle mura è tenuta in posizione dalle tre porte, la rottura dei rispettivi sigilli richiede tre sacrifici. Porta Somma e Porta Foresta sono già cadute; Porta del Re è l'ultima rimasta, e la morte di re Domhnall ha già rotto il primo sigillo. Altri due discendenti della linea reale devono essere sacrificati per finire il lavoro. Zan, il principe Valentin, è l'unico erede rimasto. Ora è l'ultimo ostacolo fra Toris e i suoi obiettivi totalitari.»

Fredrick intervenne. «Ma se i sigilli che devono essere rotti dalla linea di sangue di Achlev sono tre, e c'è un solo discendente, come possono cadere le mura?»

«Il matrimonio» intervenne Simon. «Il rituale del matrimonio di Achlev istituisce un legame di sangue. Rende i due partecipanti essenzialmente di un unico sangue. L'unico modo che il principe ha per far sì che le mura rimangano in piedi è morire senza sposarsi o mettere al mondo un erede.»

Una gelida pausa mi travolse. "Oh, stelle misericordiose." Lisette era ancora in città. Lisette, che Toris aveva scelto come sposa per Zan fin dall'inizio.

«La nostra missione è triplice» riuscii a dire con fermezza. «Evacuare i cittadini innocenti di Achlev, liberare il principe Valentin e metterlo al sicuro, e arrestare Toris de Lena perché affronti la giustizia a Renalt.» Abbassai la voce. «Se falliamo, molte migliaia di Achlevani innocenti moriranno. E questo è solo il costo più immediato; immaginate un futuro in cui il Tribunale governa e regna con potere e impunità assoluti.» Cadde un pesante silenzio; era una prospettiva cupa, anche per coloro che non avevano mai messo in dubbio il Tribunale. «Non possiamo fallire.»

Simon si alzò, ancora fragile. «Ti ringrazio, principessa, per aver cercato di aiutarci... ma resta un fatto: la gente di sangue Renaltano non può entrare nella città senza essere invitata, e una cosa del genere richiede il sangue volontario di un discendente diretto di Achlev. Mia sorella era la regina, ma io non ho legami di sangue con il trono, quindi non posso entrare. Come possiamo salvare la città se nessuno di voi può attraversare le mura?»

Feci un cenno a Onal, che aspettava a lato con una pila di fogli piegati in mano.

«Ho questi» dissi. «Inviti del principe Valentin, suggellati volontariamente con il suo sangue. Ce ne sono solo nove. Visto che sono già entrata, saremo dieci in tutto. Non è molto, ma dovrà bastare.»

Onal avanzò lentamente davanti al gruppo, in modo che tutti potessero vedere di cosa stavo parlando.

«Io condurrò questi nove nella città, mentre il resto di voi sarà diviso in due gruppi, uno a Porta Somma, guidato da Fredrick, e uno a Porta Foresta, guidato da Nathaniel. Fredrick e la sua compagnia creeranno un diversivo che attirerà le guardie lontano dai loro posti, permettendo a me e ai miei nove di passare inosservati.»

«Che tipo di diversivo?» chiese Fredrick.

«Si dà il caso che conosca la posizione di un nascondiglio molto fornito di liquori, all'esterno delle mura, vicino a Porta Somma. Se ci aggiungiamo un po' di fuoco...»

Fredrick annuì. «Possiamo fare un po' di rumore.»

«Cerca di tenere le tue bombe incendiarie puntate contro le mura, non oltre. Non voglio bruciare Achlev prima di salvarla. Il mio gruppo lavorerà dall'interno per aprire i cancelli e cercare Toris e il principe. Non appena le saracinesche saranno sollevate, le compagnie a Porta

Foresta e Porta Somma assisteranno la popolazione nell'evacuazione. E dopo, voglio che tu e tutti gli sfollati ve ne andiate immediatamente dalla città. Infine, tornate alla proprietà dei Silvis per incontrare la regina. È chiaro? Ora» dissi, raddrizzando le spalle, «questo è il momento di scegliere: chi di voi ha il coraggio di seguirmi oltre le mura? Per Renalt, per Achlev, e per tutti coloro che sono morti finora?»

E con mia eterna sorpresa e gratitudine, tutti, uno alla volta, si alzarono in piedi.

La decisione fu rapida: Kellan e otto dei suoi migliori soldati mi avrebbero accompagnato in città, mentre Onal e Simon sarebbero andati subito dai Silvis insieme a Ella e Conrad per ricongiungersi con la regina in attesa. Il resto dei soldati fu ripartito equamente tra Porta Somma e Porta Foresta. Porta del Re era sull'acqua, quindi il piano prevedeva che dopo aver liberato Zan e Lisette e arrestato Toris, avremmo comprato una barca al molo e saremmo usciti da lì, portando con noi tutti i rifugiati che avremmo incontrato nel frattempo.

«Vorrei poter venire con te» mi disse Simon mentre facevamo gli ultimi preparativi.

«Non sei in forma» dissi, comprensiva. «E ora mi oriento abbastanza bene in città. Andrà tutto per il meglio anche senza di te, e sarò tranquilla sapendo che stai vegliando su Conrad.»

Mi toccò la mano guardando le cicatrici, che erano molte più di un tempo. «Mi vergogno al pensiero che Dedrick Corvalis è stato responsabile di gran parte di tutto questo.»

«E di cosa dovresti vergognarti?» chiesi, colpita. «Non è colpa tua.»

«Ho provato a insegnargli per un po', quando era bambino, ma già allora c'era qualcosa in lui che mi metteva a disagio, e misi fine ai nostri studi. Forse se gli avessi dato l'istruzione di cui aveva bisogno, avrei potuto plasmarlo, prevenire tutto questo...» Simon s'interruppe, scuotendo la testa e portandosi la mano alla catenina che aveva al collo. Era un'abitudine... non lo faceva anche a Renalt? Ma stavolta notai cosa stava stringendo. Una fiala di sangue.

«Simon» dissi, «cos'è quella?»

«Una tradizione dell'antico ordine della Magia del Sangue. Quando un sanguimago passa da novizio a maestro, conserva un po' del proprio sangue in una fiala come questa, così anche quando sarà morto resterà qualcosa della sua essenza, della sua magia. La fiala è di vetro luneocite.» La tirò fuori da sotto la camicia in modo che potessi guardarla meglio. «È quasi come lasciare un ultimo incantesimo.»

I miei pensieri ronzavano simili agli ingranaggi di un orologio. «Ed è il luneocite... che lo mantiene così?»

«Oh sì. Il luneocite è un dono di Empyrea. E lei è creatrice e conservatrice della vita. Questo sangue appartiene al fratello di Domhnall, Victor de Achlev, un sanguimago molto dotato e l'uomo migliore che abbia mai conosciuto. Il mio compagno. È morto con molti dei nostri amici e colleghi all'Assemblea...» la sua espressione si fece dolce e triste «ma lui me l'aveva data molto prima di morire, così avrei avuto sempre con me una parte di lui.»

«Simon» dissi, concitata. «Credo di doverti chiedere un enorme favore.»

34

Aspettavamo all'interno della linea degli alberi, a una trentina di metri dagli accampamenti lungo le mura, ormai per lo più abbandonati; chiunque avesse un po' di buon senso se ne era andato da tempo.

Avevo segnato in una mappa il nascondiglio del liquore di Darwyn per Fredrick e i suoi uomini. Al riparo del bosco, osservammo le guardie che pattugliavano la cima delle mura e aspettammo il segnale che Fredrick stava facendo buon uso di quel bottino.

Kellan era in ginocchio per tenere fermo il cannocchiale. «Ancora niente.»

Camminavo su e giù davanti ai soldati.

«Stai calma» disse Kellan a bassa voce. «Per loro sei un modello. Se sei sicura di te, lo saranno anche loro.»

«Sono preoccupata» dissi. «Ci sta mettendo troppo tempo. E chissà cosa potrebbe succedere...»

«A Zan?» finì Kellan.

Mi guardai le mani. «Sì. Kellan, ascolta. Non ho ancora avuto modo di ringraziarti per essere tornato a prendermi. E di dirti che mi dispiace tanto per Falada. Mi ha servito bene fino alla fine.»

«Allora ha fatto quello che io non ho saputo fare.»

«Kellan, non...»

Lui chiuse il cannocchiale. «Avevo un solo compito: tenerti al sicuro. E alla prima prova, ho fallito. Non sono più degno di proteggerti.»

Lo guardai. Era ancora bello, nonostante alcune nuove cicatrici e ombre più profonde sotto gli occhi. «Non *mi serve* protezione, Kellan. Posso badare a me stessa» dissi. Era vero, e probabilmente era anche difficile per Kellan venirci a patti. «Ho bisogno di un amico e di un alleato.

In cambio, posso offrire un continuo nervosismo. Se ti interessa il genere.» Scrollai le spalle. «È un buon affare, davvero. Dovresti accettare.»

Lui sorrise, solo un po'. «Devo continuare a farmi pugnalare?»

«Non posso dire che non succederà» risposi. «Spero che non rifiuterai per questo. Tieni» dissi, mettendogli in mano un piccolo oggetto. «Voglio che lo tenga tu.»

Lo guardò, perplesso. «Un ciondolo del tuo braccialetto?»

«Il grifone è nobile e leale. Questo l'ho perso per un po'. Ma in qualche modo, miracolosamente, è tornato da me.» Mi schiarii la gola. «Mi sembra giusto che l'abbia tu.»

Lui strinse il pendente nella mano, ma prima che potesse rispondere sentimmo dei rumori più in là, lungo le mura: urla e schianti. Kellan sollevò il cannocchiale e si voltò per osservare di nuovo la parete. «Ecco. Il nostro segnale.»

Le guardie di Toris di stanza sulle mura si misero a correre verso Porta Somma.

«Andiamo» disse Kellan.

Ci precipitammo verso le mura e ci fermammo ai loro piedi per fissare le corde ai ganci.

«Avete tutti i vostri inviti?» chiesi. «Tirateli fuori. Dato che non potete arrampicarvi con l'invito in mano, vi consiglio di metterlo in un posto sicuro a contatto con la pelle.»

Passando davanti a tutti i soldati, continuai: «Anche se le mura sono indebolite, attraversare sarà probabilmente molto sgradevole. Il che significa che non è il caso di sentirsi male mentre si è ancora appesi alla corda. Salirò per prima, così potrò aiutare Kellan dall'alto. Poi noi, a nostra volta, aiuteremo due di voi mentre salite, e così via, fino a quando non saremo tutti dall'altra parte del confine».

«Pronta?» chiese Kellan. Io strinsi la mascella con un cenno deciso. Lui e gli altri fecero dondolare i ganci in cui avevano infilato le corde e li lanciarono, facendoli agganciare oltre le mura. Kellan tirò la corda per assicurarsi che fosse stabile, poi la fece passare sia intorno a me che a se stesso. Mi issai, con lui che mi manteneva stabile dal basso, senza grosse difficoltà. Poi gli detti il segnale di via libera: poteva seguirmi.

Era arrivato a due terzi della corda quando le linee del marchio di sangue dell'invito cominciarono a diffondersi sul suo collo, ramificandosi come un fulmine. Lui gridò e io gli urlai: «Non mollare! Devi resistere. Non fermarti. Forza!».

In qualche modo riuscì a finire la scalata, anche se le linee di magia gli bruciavano la pelle e il sangue. Lo issai e lo sostenni, mentre lui si piegava in due dal dolore. Quando la crisi finì, lui si appoggiò alle mura, respirando pesantemente. «Credevo che essere accoltellato e cadere da una scogliera fosse una cosa molto brutta. Mi sbagliavo.»

«Dobbiamo aiutare gli altri» dissi.

I due cadetti successivi ebbero un'esperienza simile a quella di Kellan, ma il terzo ebbe le convulsioni prima ancora di arrivare a metà strada.

«Tieni duro, Warren!» gridò Kellan. «Vai avanti!»

Il cadetto resistette altri cinque metri prima che il dolore diventasse insopportabile, poi si lasciò cadere con un urlo, atterrando con un tonfo sordo e nauseante.

Volevo distogliere lo sguardo, ma mi costrinsi a essere testimone della sua morte: era uno dei miei soldati, era qui su mia richiesta. Meritava un gesto dignitoso. Il suo spirito si materializzò accanto al suo corpo e alzò il capo verso di me. «Grazie per i tuoi servigi, tenente Warren» sussurrai. «Non dimenticherò il tuo sacrificio.»

Lo spettro mi fece il saluto militare e sparì.

Gli altri sei soldati guardarono il compagno caduto con espressione cupa.

«Dev'esserci un modo» dissi. «Dev'esserci un modo per rendere le cose più facili.»

Quando estrassi il coltello, Kellan chiese: «Che stai facendo?».

«Tutto quello che posso» risposi, prima di passare velocemente la lama su entrambi i palmi. Sentii muoversi la magia dentro di me. «Di' a tutti di salire. Non so per quanto tempo sarò in grado di farlo.»

«Fare cosa?» chiese, ma io mi ero già inginocchiata e avevo già premuto le mani sulla pietra delle mura.

La corrente magica che scorreva in un circolo infinito all'interno delle mura sembrò sussultare al mio tocco, ronzando come se mi avesse riconosciuta. La lasciai passare attraverso di me, e iniziai a estendere la mia percezione fino ai soldati che stavano salendo. Lì tirai indietro la corrente, lasciando che la magia girasse intorno a loro, come un ruscello intorno ai sassi. Il flusso magico resisteva, e io cominciai ad ansimare e sudare per lo sforzo.

«Sbrigatevi!» dissi mentre sentivo le dita intorpidirsi e il formicolio che risaliva lungo le braccia. «Non resisterò ancora per molto.»

E poi Kellan disse: «Ci sono! Sono passati tutti!». Allora mollai la presa. La magia che avevo deviato tornò al suo posto, e tutti e sei i soldati caddero in ginocchio contorcendosi dal dolore, mentre la magia li bruciava dall'interno.

«Mi dispiace» dissi mentre si riprendevano lentamente. «So che è una cosa terribile. Ma almeno ce l'avete fatta. Almeno non siete caduti.»

«Warren era un uomo coraggioso e un buon tenente» disse Kellan agli altri. «È morto al servizio della principessa, il che significa che è morto al servizio della regina. Che Empyrea lo abbia in gloria.»

«Empyrea lo abbia in gloria» risposero gli altri.

Quando riuscimmo ad arrivare in città, c'era silenzio ovunque. «Dove sono tutti?» chiese uno dei soldati.

«Gli eventi pubblici si svolgono nella piazza accanto al castello» dissi. «Saranno tutti lì.»

Seguimmo un percorso tortuoso fra le strade deserte, sentendo il rumore della folla che passava da un debole mormorio a un ronzio molto più forte. Ci avvicinammo alla piazza da est, restando nei vicoli perché le guardie non ci vedessero. Con le spade sguainate, erano disposte in file su ogni lato della piazza, bloccando le persone all'interno come animali in un recinto.

Kellan indicò una scala sul retro di uno degli edifici. Salimmo e attraversammo il tetto spiovente per vedere la scena dall'alto.

All'inizio non riuscii a capire. Zan e Lisette erano l'uno di fronte all'altra, tenendosi per le mani sanguinanti. Toris era in piedi davanti a loro, con in mano il suo amato Libro dei Comandamenti. Allora capii.

Quello era un matrimonio, e l'intera città era stata invitata a guardare.

La voce di Toris era abbastanza forte da risuonare attraverso la piazza. «Per l'autorità che mi è stata concessa come magistrato del Grande Tribunale...»

«Non lo farò» dichiarò Zan.

«... unirò quest'uomo e questa donna perché diventino una cosa sola, nel nome, nel sangue, nelle ossa e nello scopo. Tu, Lisette de Lena, prendi quest'uomo, Valentin Alexander, come tuo marito, per tua volontà, ora e per sempre?»

«No...» provai a gridare, ma Kellan mi mise la mano sulla bocca.

«Non farlo.» Zan chiuse gli occhi, scuotendo la testa. «Non dirlo.»

Tremando, lei disse: «Sì».

Toris si rivolse a Zan. «E tu, Valentin Alexander, prendi questa donna, Lisette de Lena, come tua moglie, per tua volontà, ora e per sempre?»

«No.» La sua voce era chiara e forte.

«Di' di sì, ragazzo» ordinò Toris. «Di' di sì, o te ne pentirai.»

Cercai di divincolarmi dalla presa di Kellan. Lui si mise il dito sulle labbra e indicò le guardie nella piazza. Con mio grande orrore, vidi che ognuna di loro teneva un cittadino sotto la minaccia della spada.

«No» ripeté Zan, con maggiore veemenza. Toris si rivolse alla folla.

«Quante persone pensi che ci siano qui oggi? Parecchie migliaia, direi.» Fece un cenno alle guardie allineate sulle scale, che scesero tra la gente e scelsero delle persone a caso, strappandole alle loro famiglie e trascinandole su per i gradini. Una donna anziana, un padre di mezza età, un giovane con il primo accenno di barba... Le guardie tornarono alle loro postazioni, sull'attenti, con le spade contro le gole degli ostaggi in una perfetta linea perpendicolare. La mano di Toris rimase sospesa nell'aria pesante per alcuni lunghi momenti di tensione, come un direttore d'orchestra che prolunga l'ultima nota un po' troppo. E poi lasciò cadere la mano. In perfetta sincronia, le guardie tagliarono le gole delle vittime con tutta l'eleganza dei musicisti in una sinfonia omicida.

Ordine in tutte le cose.

L'esodo di quasi una dozzina di spiriti mi investì come un'onda; sentii fin nelle ossa la vibrazione del loro passaggio dal piano materiale a quello spettrale. La vista mi si annebbiò, le orecchie cominciarono a ronzare; forme nebulose si formarono ai margini della mia visione, mentre i loro sussurri mi circondavano come avvoltoi. "Fammi uscire. Fammi uscire. Fammi uscire." Mi premetti le mani sulle orecchie. "Andate via. Lasciatemi in pace."

Kellan mi stava scuotendo. «Aurelia, svegliati! Guardami. Dobbiamo fare qualcosa!»

Con occhi velati, vidi Toris chiedere ancora una volta con calma a Zan: «Valentin Alexander, prendi questa donna, Lisette de Lena, come tua moglie, per tua volontà, ora e per sempre?».

«Stelle, perdonatemi» disse lui con voce rotta, mentre Toris alzava la mano, pronto per dare il via a un altro massacro. «Sì.»

«Fermo» provai a urlare, ma la voce uscì in un mormorio stentato.

«Con la grande Empyrea come testimone, le vostre due vite sono ora intrecciate in una sola. Scambiatevi gli anelli, come re e regina.»

Era la prima immagine dell'ultima visione di Aren: lo scambio degli anelli. Lottai contro il disorientamento provocato dallo spargimento di sangue e salii con passo incerto fino alla cima del tetto. «Fermi!» urlai di nuovo, più forte. Dovevo sanguinare, lasciare che la magia portasse la mia voce. Frugai nei vari strati dell'uniforme alla ricerca del coltello.

«È fatta» disse Toris in tono trionfale, chiudendo il suo libro. «Tutti questi anni, tutti questi preparativi, e finalmente... è fatta!»

«Nessun potere vale la vita di tua figlia» disse Zan. «Che questo possa tormentarti per il resto dei tuoi giorni.»

Eccolo. La mia mano si strinse intorno al manico del coltello.

Lisette stava piangendo. «No, padre. Ti prego, non farmi del male. Hai ottenuto quello che volevi. Ora hai il controllo di Achlev.»

Toris la guardò con occhi vitrei. «Non sono tuo padre» disse. E con l'indifferenza di un predatore, le affondò il coltello nel cuore. Urlai, ma la mia voce si perse tra le grida scioccate della folla. *Lisette.*

Zan cercò di prenderla fra le braccia, ma non c'era nulla da fare. Il sangue inzuppava già il corpetto del suo vestito mentre lui la adagiava a terra, con i capelli sparsi sui gradini di pietra. Lei allungò la mano verso di lui, anche se il sangue le stava già risalendo in gola e stillava dagli angoli della bocca. «Mi dispiace» disse con voce soffocata, cercando di restituire la fede nuziale a Zan con le mani insanguinate. «Non ho mai voluto farti del male. Io ti...» Sputò un po' di sangue. «Ti amo...»

«Va tutto bene» la rassicurò Zan. «Non parlare, stai ferma. Dispiace anche a me. Mi dispiace tanto.»

«*Nihil nunc salvet te*» disse Toris.

Zan dette un bacio delicato alla fronte di Lisette. «Vai in pace» le disse. «Che Empyrea ti accolga.»

Lei chiuse gli occhi.

Il vento ululava, e un impulso di luce esplose dal suo corpo e rotolò come un'onda d'urto attraverso l'aria, fino a colpire lo scudo cilindrico delle mura; poi si diffuse sulla superficie come un cancro ulceroso.

Lo spirito di Lisette stava accanto al suo corpo e lo guardava con tristezza. "Non indugiare" pensai. "Trova la serenità tra le braccia di Empyrea, amica mia." Fece un breve cenno, come se mi avesse sentito, e poi si allontanò lentamente, salendo con grazia le scale verso il castello, svanendo un po' di più a ogni passo. Sparì prima di arrivare in cima.

«La regina di Achlev è morta!» annunciò Toris, sorridendo. «Lunga vita alla regina!»

35

«Toris!» La mia voce attraversò la piazza come la lama di una falce. Avevo prelevato una goccia di sangue e inviato la magia risultante in onde, non sotto forma di calore o fuoco, ma di suono. Salii fino in cima al tetto e rimasi ferma come una colonna contro il vento, mentre le nuvole diventavano nere e cominciavano a turbinare in un vortice, con i fulmini che già crepitavano nel suo cuore adirato.

Toris, che stava avanzando su Zan con il coltello ancora sporco del sangue di Lisette, alzò la testa verso di me. Anche le sue guardie si voltarono nella nostra direzione. Io sollevai la fiala di sangue.

«Stavi cercando questa?!» gridai. Tolsi il tappo dalla fiala con il sangue di Victor de Achlev. «Il sangue del Fondatore. Gli ultimi resti dell'essenza di Cael. La sua magia. Se quelle guardie fanno un altro passo, lo verserò fino all'ultima goccia.»

Toris rimase immobile. Quando i suoi uomini non fecero altrettanto, lasciai cadere una sola goccia.

«*Fermi!*» gridò lui.

Alzai la voce. «Ho quello che vuoi. Tu hai quello che voglio io. Suggerisco uno scambio.»

In ginocchio, Zan non faceva nulla per nascondere la sua emozione: speranza, paura e rabbia combattevano fianco a fianco con un desiderio così acuto e limpido che mi fece quasi vacillare. Toris lo fece rialzare con uno strattone. «Chiederei di iniziare le trattative all'interno. Vuoi unirti a me nella Sala Grande, cara principessa?»

Non risposi e versai un'altra goccia di sangue.

«Va bene» disse lui esitando. «Possiamo negoziare qui.»

«Se vuoi riavere questo sangue, devi prima aprire le porte» dissi.

«Lascia che queste persone evacuino la città. Sappiamo entrambi che li hai tenuti dentro solo per costringere il principe Valentin a sposare Lisette. Lo scopo è stato raggiunto. Lasciali andare.»

Toris fece un cenno alle guardie che indietreggiarono, anche se nessuno si mosse. Poi inclinò la testa, anticipando la mia richiesta di liberare Zan. Sapeva che lo avrei chiesto; sapevo che si sarebbe rifiutato. Se c'era una cosa da dire su di me e Toris, era che ci capivamo.

«Quando la città sarà vuota, scambierò il sangue del Fondatore con il principe Valentin. Se a una di queste persone non sarà permesso andarsene liberamente, io rovescerò la fiala. Se qualcuno dei tuoi uomini attacca uno dei miei, io rovescerò la fiala. E se Valentin muore prima che io venga a fare lo scambio e che le mura crollino, morirò rovesciando la fiala. Sono stata chiara?»

«Sono molte richieste, cara principessa. Perché lo scambio sia equo, mi devi permettere di farne altrettante.» La sua voce aveva perso il tono cordiale. «Ci incontreremo in cima alla torre al crepuscolo. Vieni da sola. Solo così accetterò le condizioni.»

Il sangue del Fondatore era ancora nascosto in cima alla torre. Se intendevo scambiarlo con la vita di Zan, mi serviva la vera fiala. «Siamo d'accordo.»

«No, Aurelia! Vai via di qui! Scappa!» gridò Zan mentre Toris gli legava le mani dietro la schiena e lo strattonava. Poi, con il coltello di luneocite ancora puntato contro il collo di Zan, Toris si ritirò verso il castello.

«La torre!» disse Toris prima di sparire insieme a Zan dietro il grande portone del castello. «Prima che scenda la sera.»

Mi voltai e urlai: «Aprite le porte!». In quel momento un fulmine colpì un'alta finestra a guglia a meno di un isolato da me. Nel giro di un secondo il legno vecchio s'incendiò come una torcia.

La folla divenne una calca tumultuosa quando si abbatté un altro fulmine. Poi un altro ancora. Le grida di paura e frustrazione erano soffocate dal fragore assordante del tuono. Alcune fra le spietate guardie di Toris cercarono di incanalare la ressa verso le porte e furono rapidamente calpestate.

«Dobbiamo scendere!» disse Kellan mentre le scintille volavano tutto intorno e cadevano ai nostri piedi. Insieme ai miei soldati corsi fino all'orlo del tetto e scendemmo rapidamente a terra, proprio mentre la copertura di paglia cominciava a prendere fuoco. Il vicolo era stretto, ma offriva una vista, anche se limitata, delle montagne ricoperte di foreste nella parte più orientale di Achlev. Le montagne brillavano per il calore a mano a mano che il fuoco avanzava divorandole in linee curve e delicate, come una rifinitura rossa e oro su un pizzo nero. Mi stupii della rapidità del fenomeno.

«Copritevi la faccia!» ordinò Kellan. «Non respirate questo fumo!»

Giravamo per le strade, dando l'allarme, in cerca di ritardatari, quelli che non erano riusciti ad arrivare a High o a Porta Foresta li portavamo con noi verso i moli, in mezzo ai fulmini che cadevano sempre più di frequente. Mi sorpresi a contare i secondi, sapendo che le mie possibilità di salvare Zan e gli intervalli tra i fulmini calavano allo stesso ritmo vertiginoso.

Eravamo a pochi metri dal porto quando una saetta colpì l'albero maestro di una nave da guerra all'ancora, facendo deflagrare la polvere dei suoi cannoni: tutta l'imbarcazione esplose in un'enorme palla di fuoco, inondandoci di cenere bollente. Facemmo di corsa gli ultimi metri solo per scoprire che il molo era distrutto e che l'acqua turbinosa era piena di detriti: assi distrutte, frammenti di tela e di abiti. L'ultimo grosso spezzone della nave era ancora in fiamme sulla superficie dell'acqua, e illuminava di lampi arancioni le onde rosse. C'erano anche cadaveri affioranti, persone che erano sul molo in attesa di imbarcarsi verso la salvezza e non ne avevano mai avuto la possibilità.

Afferrai Kellan per la manica. Lui disse: «Le barche che rimangono sono troppo danneggiate. Affonderebbero prima di arrivare alla porta».

«C'è un molo privato non lontano da qui» dissi, «quello dei Corvalis. Lì ci sono un sacco di barche.»

«Alcune di quelle persone sono ancora vive!» gridò uno dei miei soldati. «Guardate!»

Kellan era un bravo nuotatore; lui e i suoi uomini si tuffarono nell'acqua per portare in salvo le persone più al largo, mentre io e gli altri rifugiati ci affrettavamo sul bordo del molo, per issare quelli che erano riusciti a nuotare da soli. Li tirammo a riva a uno a uno, scivolando sulle assi bagnate, sforzando al massimo i muscoli. Per alcuni era troppo tardi. I moli erano pieni di spiriti abbattuti e scioccati, che guardavano i loro corpi sprofondare negli abissi.

«Dobbiamo andare» disse Kellan, issando a riva uno degli ultimi sopravvissuti per poi uscire dall'acqua anche lui. «La tempesta sta peggiorando. Se aspettiamo ancora, non ce la faremo.»

«Le barche di cui ti ho parlato sono da quella parte» dissi, indicando un punto. «Porta tutti lì, il più velocemente possibile.»

«Tu rimani?» chiese. «Vai comunque alla torre?»

«Vado a prendere Zan» risposi. Non avrei lasciato di nuovo la città senza di lui.

Mi aspettavo che Kellan obiettasse, che mi pregasse di ascoltare la voce della ragione e mettermi in salvo finché era ancora possibile. Ma non lo fece. Al contrario, si voltò e cominciò a impartire ordini. «Andiamo! A ovest, alle navi del molo dei Corvalis!» Si spostò alla testa del gruppo, facendomi un ultimo cenno da sopra la spalla prima di portarli via.

Corsi lungo la strada che costeggiava il molo, verso il castello. Sopra le cime dei tetti, vidi la casa di Corvalis che cedeva sotto l'assalto del vento, con crepe sottili come ragnatele che si spandevano sulla superficie delle grandi vetrate pompose. Anche nel fragore della tempesta si sentivano i vetri esplodere. Kellan non sarebbe mai riuscito a portare in salvo tutta quella gente su una nave prima che la struttura crollasse.

Svoltare a sinistra, tirando fuori il coltello e accelerando per vedere meglio, scavalcando detriti di pietre e mattoni che rotolavano giù dagli edifici. Salii in cima a ciò che restava di un *sanctorium* crollato, mi feci un taglio goffo proprio nel momento in cui le prime schegge di vetro di villa Corvalis cominciavano a precipitare.

«*Sile!*» gridai, indirizzando scariche di magia verso le finestre sul punto di esplodere. *Fermatevi.*

Migliaia di schegge scintillanti, aguzze come coltelli, rimasero immobili a mezz'aria, riflettendo frammenti di fulmini e fuoco.

Sentivo lo sforzo di ognuna di quelle schegge, che spingevano verso di me mentre le trattenevo, gemendo per lo sforzo.

"Per favore" pregai in silenzio, "sbrigatevi!"

E poi lo vidi: l'albero di una goletta che si allontanava dal molo.

Il vetro cominciò a tremare nell'aria, migliaia e migliaia di frammenti che contrastavano la mia pressione. Le orecchie mi ronzavano, le mani mi tremavano per lo sforzo, ma resistetti finché la nave non fu al largo, a metà strada verso Porta del Re.

Con le lacrime agli occhi, la guardai rimpicciolirsi. «Che Empyrea vi protegga.»

Poi mollai la presa.

36

La torre era il centro di tutto.

Per arrivarci lottai contro un vento possente, contro la terra che tremava e la marea che saliva. La tempesta mi colpiva con acqua mista a pezzi di vetro; le pietre che cadevano dalle terrazze distrutte mi lasciarono piena di graffi, così come le spine delle piante che crescevano, fameliche e invadenti. I fuochi appiccati dai fulmini stavano distruggendo il tetto del castello, e la cenere in fiamme fluttuava nel cielo nero, come se le stelle stesse avessero preso fuoco.

Arrivata al campo di sanguifoglia, vidi diversi punti in cui le piante erano state calpestate, anche se la pioggia e le onde rosse che si abbattevano sulle rocce avevano già lavato via la maggior parte della linfa.

All'interno della torre, invece, tutto era immerso in una quiete sinistra.

Un passo, poi un altro. E poi su, su, sempre sola a parte l'ululato del vento e le figure dipinte sulle pareti, che raccontavano la tragica storia dei fratelli dannati che avevano dato inizio a tutto questo.

Achlev. Aren. Cael.

Mi soffermai per un momento davanti agli ultimi pannelli, a guardare le loro facce imperscrutabili. Poi mi feci forza, pronta a mettere fine al disastro a cui avevano dato il via tanti anni fa.

"Finisce qui" pensai, armata della fiala con il sangue di Victor de Achlev e del mio coltello di luneocite. Poi spinsi la porta e uscii nel pinnacolo aperto della torre.

Fuori la tempesta di fuoco infuriava, modellata dai venti in un cilindro di fiamme. La città distante ne era completamente avvolta, le strade bruciate spiccavano come un marchio nero a forma di triquetra in mezzo all'incendio. Sopra la mia testa, però, c'era un cerchio perfetto di cielo stellato, l'occhio del ciclone. Nel mezzo un vuoto opaco: la luna nera.

«Lieto che sia riuscita a venire, principessa.»

Toris aveva costretto Zan in ginocchio, ancora legato e imbavagliato. Erano circondati da una macchia di sanguifoglia cresciuta in maniera vorace, infilandosi in ogni crepa della calce, in ogni imperfezione della pietra. Feci un passo verso di loro, poi un altro. Zan mi guardava con occhi pesanti e febbrili, scuotendo la testa come per dire: "Non saresti dovuta venire".

Toris batté la lama del coltello sulla spalla di Zan. «Credo che il principe sperasse di vederti rinnegare il nostro accordo.» Rise. «Evidentemente non ti conosce affatto.»

«Avevamo un patto. Sono venuta a mantenere la mia parte.»

«Ti sorprenderebbe sapere che non ho mai avuto intenzione di onorare la mia?»

«Nemmeno un po'.»

«Non posso portare a termine il mio piano finché l'ultima porta non sarà caduta, e perché accada, il principe deve morire. Non c'è altro modo.»

«E quindi *questa* a cosa ti serve?» Sollevai la fiala e tolsi il tappo. «Perché hai così tanto bisogno di questo sangue?» Lo feci roteare pigramente. «Il sangue del nostro riverito Fondatore. Immagino che sia solo un simbolo, eppure...» Inclinai la fiala e feci cadere un po' di sangue sulle pietre della torre. «Lo tratti come se avesse un'enorme importanza.»

Gli occhi di Toris erano fissi sulla fiala. «Fallo di nuovo e lo ucciderò.»

«Hai appena detto che lo ucciderai comunque.» Ripetei l'operazione, stavolta versandone di più, un lungo filo sottile di sangue. «Io voglio farti del male, Toris, per quello che hai commesso. Contro di me, contro il mio paese e tutti quelli che amo.» Guardai fugacemente Zan, che respirava a fatica dietro il bavaglio. «Se dovrò fare così, va bene.»

«Ferma!» ordinò lui, con gli occhi che sporgevano. «Tu non sai quel che fai!»

«Allora dimmelo» dissi. «Dimmi perché questo sangue è tanto importante per te.» Ne versai ancora un po' a terra. Ormai ne avevo consumato un terzo. Metà. Due terzi...

«È *mio*!» ringhiò lui. Poi disse, a denti stretti: «E se ne versi un'altra goccia...». Sollevò il mento di Zan con la punta del coltello, e una goccia di sangue scivolò lungo la lama sulle mani di Toris. Il suo coltello era di vetro luneocite, identico al mio, quello che un tempo era appartenuto ad Achlev in persona.

Allora capii.
Il volto di Toris era poco più di un velo illusorio, come quello che avevo usato per rendere nero il manto bianco di Falada. Un trucco semplice, ma ora che me ne ero resa conto, non potei più ignorarlo. Gli girai intorno sbalordita, cosciente di una verità che era allo stesso tempo incredibile e intollerabile, straordinaria e oscena.
«Ti vedo» sussurrai. «Ora so chi sei. Chi sei veramente.»
I suoi occhi non erano più marroni ma di un gelido azzurro fiordaliso, splendenti di un misto di gioia e malvagità. Sotto il mio sguardo riprese un po' di contegno, rassettandosi i vestiti e pulendosi le mani dal sangue di Zan con un fazzoletto bianco tirato fuori da una tasca.
Ordine in tutte le cose. Non era sempre stato il suo motto?
In altre circostanze, mi sarebbe venuto da ridere.
Erano passati secoli, ma aveva ancora lo stesso identico aspetto del ritratto appeso nella Sala dei Re a Renalt: mascella ben disegnata, capelli color sabbia, ghigno sardonico sulle labbra.
Il Fondatore in persona. Cael.
«Sono passati cinquecento anni da quando sei stato qui l'ultima volta, non è vero?» chiesi. «Qui insieme a tuo fratello e tua sorella, per un rituale magico che doveva sigillare una frattura. Uno strappo pericoloso tra il piano materiale e quello spettrale. Ma poi, nel corso del rituale, tu hai ucciso Aren, tua sorella. Perché?»
«Mi serviva una vita, e ne ho presa una. Il mio errore è stato scegliere Aren. Lei era solo più vicina, più facile da afferrare. Doveva essere Achlev. Tutto questo... tutto questo disastro» indicò con sdegno la città distrutta, la tempesta che infuriava «poteva essere evitato se al posto di lei ci fosse stato lui...» Scosse la testa. «Era tanto brava a vedere la morte, ma non ha visto arrivare la sua.»
«Eri uno dei triumviri. Un capo del tuo ordine. Eri stato mandato qui per fare qualcosa di buono. E invece hai distrutto tutto ciò che amavi.»
Lui rise. «L'amore è per i deboli. Non ho perso niente perché non amavo niente.»
Guardai Zan, il cui respiro stava diventando sempre più affannoso, sempre più difficile. "Quanto sarebbe stato più facile tutto se non l'avessi mai conosciuto?" mi chiesi. E poi: "Quanto avrei perso se non l'avessi conosciuto?".
«E cosa ci guadagni?» chiesi.
«L'eternità» rispose lui.
«È questo che volevi? Indossare la faccia di un altro uomo? Vivere la vita di un altro? Per sempre?»

«Toris era solo un mezzo per raggiungere il mio scopo. Non dispiacerti troppo per lui, principessa: lui sapeva che cos'ero quando mi hai svegliato. Per fortuna non è vissuto abbastanza da pentirsene.»

«L'Assemblea» dissi, ricordando. «Lisette ha detto che lui era cambiato dopo aver visitato l'Assemblea. Ci era andato da storico. È tornato... te. Tu hai preso il suo posto dopo averlo ucciso.»

«Ne ho uccisi tanti, mia cara. Toris, Lisette. Tuo padre. La madre di lei. Tutti gli sciocchi che hanno cercato di tenermi rinchiuso all'Assemblea. Tra poco toccherà a lui.» Indicò Zan. «E poi penserò a te.»

Guardai il sangue di Victor de Achlev. Toris, cioè Cael, non sapeva ancora che non era il suo.

«Cinquecento anni» dissi. «Gli ci sono voluti cinquecento anni per tornare qui, per finire un lavoro malfatto. Perché tuo fratello vide che cosa avevi fatto ad Aren e cercò di salvarla. Lui era un mago ferino. Lavorava con la natura, non con il sangue. Perciò ha usato il tuo e ha lasciato solo questo.» Inclinai di nuovo la fiala. «Che disdetta.»

«Achlev» disse con disprezzo «ha sprecato il mio sangue per creare questa mostruosità.» Indicò la macchia di sanguifoglia, schiacciandola sotto il tacco. «Ma mentre per me, come per te, è necessario il sangue per esercitare la magia, e nonostante il mio fosse particolarmente potente, non era *necessario* che fosse proprio il mio. Ho trovato presto un'eccellente fonte alternativa attraverso il Tribunale.» Sorrise. «Ovviamente, era molto più efficace quando il metodo di esecuzione delle streghe era la ghigliottina. Le decapitazioni sono passate di moda durante il mio sconfinamento involontario all'Assemblea. Ho cercato di far tornare in voga quella pratica; mi tocca interrogare i soggetti per giorni per ottenere una frazione del sangue che avrei ottenuto decapitandoli.»

Chiusi gli occhi. «Tutte le persone che hanno sofferto e sono morte per la tua vendetta contro la magia...»

«Io non voglio vendicarmi della magia, solo di quelli che ne hanno più di me. Achlev ha preso la mia, perciò non ha fatto altro che trovare un modo di compensare la perdita. Il Tribunale è stata la mia idea migliore. La mia più grande eredità» disse con orgoglio.

«Distruggerlo sarà la mia.»

«Non uscirai viva da questa torre, ragazzina. Ho bisogno che tu muoia, per poter finalmente riaprire la frattura e liberare la mia amante.» Inclinò la testa. «Non senti i sussurri? Ti sta chiamando.»

"Vieni da me. Trovami. Liberami." La voce era dolce, consolatoria, manipolatrice, imperiosa... "Fammi uscire." Guardai Cael, trasalendo.

Lui ascoltava il vento, con un sorriso che gli giocava sulle labbra, e lasciava che quei sussurri leggeri lo piegassero all'obbedienza.

«Tutti venerano ciecamente Empyrea» disse «senza chiedersi mai niente sugli altri poteri. Ce ne sono sempre state tre, sai. Una a governare il cielo, l'altra la terra... Ma l'ultima sorella... A lei fu dato il governo sugli scarti. Sui morti e i dannati e le anime troppo corrotte per ricevere la vita. La chiamano la vecchia, ma si sbagliano. Lei è perfetta. Bellissima. La mia signora. La signora di tutti i sanguimaghi, in realtà. E quel giorno lei ha scelto me per svolgere il suo compito: prendere una vita. Aprire il portale. Liberarla.»

Mentre lui parlava, mi avvicinavo sempre di più. «La tua signora ti ha reso senza età, immortale, appena in tempo perché Achlev prendesse tutto il tuo sangue e fermasse il sacrificio. Perciò l'hai delusa, e poi sei fuggito; e lui ha costruito questo monumento, tutta la città e le mura per impedirti di onorare il patto con lei, per cinque secoli.» Mi strinsi nelle spalle. «Non credo proprio che lei sia molto contenta di te.»

Lui tirò un calcio nel fianco a Zan e si lanciò verso di me, ma si fermò di colpo quando io tenni la fiala sospesa sull'abisso.

«Di' il nome della tua signora» dissi. «Di' il nome della forza oscura a cui hai venduto l'anima.»

«*Malefica*» rispose lui. Era talmente vicino che riuscivo a vedere i vasi sanguigni nei suoi occhi vitrei.

«Che possiate gioire della vostra riunione.» Gettai di sotto la fiala. Cadde con un tintinnio, lasciandosi dietro un arco di sangue, fermandosi ai piedi della statua di Aren.

Cael emise un ringhio animalesco e saltò giù, grattando con le dita il sangue versato come per rimetterlo nella fiala. Lo superai per raggiungere Zan, che era ancora disteso sul fianco. Mentre tagliavo con il coltello le corde che lo legavano, il fischio del vento divenne un urlo e la torre ondeggiò, mentre una dozzina di trombe d'aria scendevano a terra dal cielo. L'aria era bollente ed elettrica; la terra dette un gemito profondo, primigenio, e i tre uomini di marmo di Porta del Re caddero in mille pezzi nell'acqua rossa e tempestosa del fiordo.

A quanto pareva il mio bluff era riuscito. Ciò che era rimasto del sangue di Victor de Achlev aveva sostituito nel sacrificio quello di Zan. Porta del Re stava cadendo, ed era l'ultima: la sua perdita catalizzò la fine delle mura. Intorno alla città le antiche pietre indistruttibili delle Mura di Achlev cominciarono a tremare e a crollare. Sotto di noi le linee azzurrine e bianche della magia avvizzirono intorno alla distesa nera, tornando al loro corso originale, una dopo l'altra. Strinsi Zan a me mentre le linee si intersecavano nella terra sotto di noi, un groviglio pulsante di energia e di luce.

«Ci sono io con te» mormorai nella sua spalla. «Ce la faremo. Noi...»

Ma lui si accasciò contro di me. Quando allontanai le mani dalla sua schiena, erano rosse di sangue.

Lanciai un grido strozzato.

Mi sbagliavo. Non era il sangue di Victor che aveva distrutto Porta del Re, ma quello di Zan. Cael gli aveva sferrato il colpo mortale prima ancora che arrivassi alla torre. L'ultima profezia di Aren si stava avverando davanti ai miei occhi, e io non potevo fare niente per fermarla.

«No» lo implorai, appoggiandolo sul letto di sanguifoglia e strappandogli via la benda con le dita insanguinate. «No» ripetei con voce rotta. «Ti prego, Zan. Non andartene.» Presi il coltello e me lo appoggiai sul palmo. «Posso sistemare tutto. L'ho già fatto prima. Posso...»

«*Nihil nunc salvet te*» gracchiò Cael alle mie spalle.

Una sottile luce blu esplose dal corpo di Zan e salì a spirale verso le nuvole. Sotto di lui la sanguifoglia si contorceva, allungandosi verso la sua linfa vitale mentre il suo spirito si materializzava in alto. Alzai la testa dal suo corpo prostrato giusto in tempo per vedere il suo fantasma luccicare e svanire, come se fosse stato spazzato via nella tempesta vorticosa.

Emisi un singhiozzo furioso, premetti la fronte sul suo petto e strinsi fra le mani la stoffa della sua camicia. La sua mano ricadde di lato e, dalle dita fredde, cadde l'anello di sua madre. Rotolò sul tappeto di sanguifoglia proprio nel momento in cui i primi minuscoli petali bianchi cominciavano a schiudersi.

Sangue sulla neve.

Presi l'anello, mi alzai e me lo misi al dito, con una calma terribile.

Cael era divertito. «Bella mossa» disse. «Usare il sangue di qualcun altro. Ma ti ho battuto sul tempo, no?»

L'ultimo re di Achlev era caduto, e con la sua morte il sigillo finale che teneva insieme la magia delle mura aveva ceduto, e il piano dell'incantesimo si stava spezzando in piccoli frammenti aguzzi. Sopra di noi la luna nera spiava tutto, un portale verso l'oscurità stessa.

Mi voltai verso Cael, con il coltello in mano.

Lui chinò la testa di lato. «La tua arma è inutile contro di me, ragazza.»

«Non è per te» dissi.

Il dolore e la rabbia sbocciarono nel mio corpo, corrosivi e catastrofici. Strinsi le dita intorno alla lama di vetro e detti un rapido, lancinante strattone. Poi caddi in ginocchio e premetti le mani sulla pietra, nutrendo la torre e il potere sottostante dell'energia del mio lutto, lasciando che si espandesse e crescesse finché io non ero più solo io: ero la torre. Ero la tempesta. La magia. La sanguifoglia.

Poi mi lanciai su Cael e gli strinsi le mani al collo. La forza della mia presa lo fece scivolare all'indietro sul sangue di Victor de Achlev e sbattere contro la merlatura invasa dalla sanguifoglia. Rimase sbalordito per un momento, poi scoppiò a ridere. Quando il primo tralcio di sanguifoglia gli strinse il collo, la risata si fermò di colpo. «Non puoi farmi del male» disse, mentre la pianta gli si avvolgeva intorno alle braccia e alle gambe. «Io non posso morire.»

«Io non voglio che tu muoia» dissi. «Voglio che tu soffra.»

Strinsi i pugni e la sanguifoglia si avvolse più strettamente. Le venature rosse si espandevano dalle foglie alla sua pelle, lasciandosi dietro una scia nera, come gli spiriti delle porte di Achlev.

«La mia signora ti distruggerà» disse, soffocando. «È arrabbiata, nella sua ira non perdona...»

«Nemmeno io» dissi, scatenando ciò che restava della mia magia nei tralci che lo legavano.

La sanguifoglia lo assorbì, lo consumò, divenne tutt'uno con lui. Divorò il suo corpo, separando una cellula dall'altra, finché lui non fu altro che un mucchio di foglie annerite e spine che si ridussero in polvere, dispersa dal vento.

«*Nihil nunc salvet te*» dissi, e caddi in ginocchio.

37

Quando recuperai forze sufficienti a riaprire gli occhi, mi ritrovai in un mondo bianco.

La Messaggera mi stava guardando.

Battei le palpebre.

No, non era la Messaggera. L'immagine riflessa nella pozza non era né di carne e ossa né uno spirito. Era la statua di Aren. Mi allontanai e poi lo vidi.

Disteso sulla sanguifoglia c'era Zan.

Sangue sulla neve.

Ma naturalmente non era neve, ora lo sapevo. Era disteso immobile su un letto di petali bianchi mossi dal vento. Aveva gli occhi chiusi, un braccio piegato sotto la testa bruna.

Mi inginocchiai accanto a lui singhiozzando cercai di prenderlo fra le braccia, odiando il freddo della sua pelle, il blu delle sue labbra.

Era questo: la visione di Aren divenuta realtà. Zan era morto, morto e freddo, e io ero lì, circondata dai fiori di sanguifoglia che ormai era troppo tardi per usare.

Poi un singolo petalo fluttuò nell'aria e atterrò sulle sue labbra, fragile come un cristallo di brina allo spuntare del sole. Lo guardai e ricordai: i fiori di sanguifoglia non avevano già sconfitto la morte una volta? Non ero tornata io stessa dall'altra parte?

Con la massima attenzione avvicinai le mie labbra a quelle di Zan ed emisi un lento respiro nella sua bocca. Il petalo tremò fra le sue labbra, poi si dissolse e scomparve.

Non successe nulla.

Mi alzai e tirai un pugno ai piedi della statua di Aren, piena di cupo risentimento verso la sua espressione stolida e indecifrabile. Continuai a colpire e a tirare calci finché non ebbi le nocche lacerate e insanguinate.

«Come osi?» gridai. «Come osi mostrarmi la sua morte e non come fermarla? Che senso aveva, Aren? Che senso ha avuto? Perché io sono stata salvata? Perché riportarmi in vita e guidare il mio cammino se il punto di arrivo era questo?» Mi asciugai gli occhi e il naso con la manica. «Riportalo qui!» gridai ad Aren. Al vento. Alle stelle. Crollai accanto a lui e nascosi la faccia nel suo petto. «Ti prego» implorai. «Ti prego, riportalo qui.»

E poi lo sentii... Rose. Non l'odore malato e metallico della sanguifoglia, ma il profumo delle rose fresche in un giorno di primavera. La luce si diffuse intorno a me, e sollevai a fatica la testa per guardarmi alle spalle.

Eccola. Non la megera lacera che avevo visto l'ultima volta, e nemmeno lo spirito dalla gola tagliata che aveva perseguitato la mia infanzia. Aren mi apparve come doveva essere stata in vita, luminosa e bella, con gli occhi viola e i capelli lisci e setosi del colore della cannella. Si avvicinò a me, prendendomi le mani rovinate fra le sue, la cui pelle era morbida e intatta. Il suo tocco non era freddo.

Chiuse gli occhi e precipitai in una nuova visione. Ma non era una morte del futuro: questa apparteneva al passato.

Mi mostrò i suoi fratelli. Belli. Devoti. Lei, che anche da bambina aveva percepito un sacro potere di guarigione e aveva avuto visioni del futuro: il potere di vedere la morte e di aggirarla. Mi mostrò che sotto la guida di Empyrea aveva scalato i ranghi del suo ordine all'Assemblea, sposato il re di Renalt e avuto un figlio, per poi sentire sussurro di Empyrea che parlava di un altro sacro sentiero: c'era una frattura tra i piani. Un sacrificio non volontario l'avrebbe aperta, ma se lei avesse offerto spontaneamente la sua vita durante l'incantesimo, avrebbe potuto chiuderla per sempre.

Lei iniziò l'incantesimo avendo già assunto il veleno che l'avrebbe uccisa, soddisfatta del suo destino, ma poi suo fratello Cael, istigato dai sussurri della Malefica, l'aveva aggredita.

Mi mostrò che l'oscuro e pensieroso Achlev, ignaro del disegno dell'Empyrea, non aveva voluto lasciarla morire. Mi mostrò come lui aveva usato la lama del coltello di luneocite di lei per prelevarle tre gocce di sangue che aveva custodito nella lama stessa, conservando così una scintilla del suo spirito, mentre allo stesso tempo cercava senza successo di salvarla...

Lo vidi costruire la torre dov'era stato. Lo vidi mettere il coltello di luneocite tra le mani di marmo di lei. Lo vidi costruire le mura e tutta la fatica per rafforzarle e incantarle, lo vidi spendere fino all'ultimo respiro per far sì che suo fratello, ora lontano, non potesse mai più tornare a finire il malvagio compito che aveva iniziato.

Aren, afflitta e incorporea, aveva visto la sua famiglia soffrire e sopravvivere senza di lei. Li aveva visti andare in guerra in nome suo. Aveva passato secoli a percepire ogni singola morte causata dal suo sangue avvelenato attraverso la sanguifoglia, con l'unica consolazione delle poche vite risparmiate dai petali del fiore. E lei aveva un legame con tutti loro: sentiva ogni vita salvata, ogni vita perduta.

L'ultima cosa che mi mostrò fu una neonata, i cui genitori le avevano dato un petalo di sanguifoglia nella speranza che vivesse. Aren, che aveva visto il dolore dei suoi discendenti, ne era rimasta commossa, ricordando suo figlio cresciuto senza di lei. La bambina aveva bisogno di una scintilla vitale, perciò Aren le aveva dato ciò che restava della sua. Nel momento in cui avevo respirato per la prima volta, le ultime tre gocce del suo sangue erano state usate. Lei aveva fatto i suoi ultimi passi nella morte e rimandato il mio spirito nel mondo dei vivi.

Lei e io da allora eravamo legate, il mio spirito alimentava il suo, dandole l'energia sufficiente per mostrarmi le sue visioni. Quando l'avevo scacciata via alla torre, avevo spezzato il nostro legame e lei aveva cominciato a deteriorarsi, proprio come gli altri spiriti intrappolati al confine tra il piano materiale e quello spettrale. Fino a questo momento, in questo luogo, quando i portali dei diversi piani spirituale, materiale e spettrale si erano allineati per la prima volta in cinquecento anni, finalmente liberi dalle Mura di Achlev.

Lei mi lasciò le mani. «Capisci?» chiese con voce dolce e triste.

«Sì» mormorai.

E poi se ne andò.

Avevo tutto ciò che mi serviva. Tre pezzi del luneocite più puro: il coltello di Achlev che poi era divenuto mio, quello lasciato da Cael e quello che andai a prendere dalla statua di Aren. Li misi ai tre vertici del triangolo: quello di Cael accanto alla macchia nera lasciata dal suo corpo disintegrato, quello di Aren ai piedi della sua statua e quello di Achlev accanto al sangue versato di Victor de Achlev.

Poi tirai il mattone da sotto i piedi di Aren e recuperai la vera fiala con il sangue del Fondatore che avevo nascosto lì.

«Il sangue di Victor» dissi, tracciando il nodo a tre punte nella macchia del suo sangue, mentre i boccioli di sanguifoglia, piccole copie del simbolo stesso, si dissolvevano al suo interno. «Discendente di Achlev.»

Passai al vertice successivo. Svuotai la fiala con il sangue del Fondatore sulla macchia nera lasciata dal suo corpo dissolto. Poi tracciai anche qui il nodo. «Il sangue di Cael» dissi.

Infine, premetti le mie mani insanguinate accanto al coltello di Aren e ripetei l'operazione. «Il sangue di Aurelia, discendente di Aren.»

Questo era il punto di convergenza originale tra creazione, crescita e morte. Tanto tempo prima Aren, Achlev e Cael iniziarono un rituale proprio così. Per chiudere uno strappo tra i piani. Con il loro sangue di nuovo in posizione, spettava a me concludere in modo definitivo l'incantesimo.

Cael aveva voluto allargare la frattura, Aren aveva voluto chiuderla e Achlev aveva cercato di proteggerla quando nessuno dei due era riuscito nel suo intento. Ora la scelta su chi avrebbe vinto ricadeva su di me, ma non mi importava più niente dei loro piani segreti. Era la mia vita, e c'era un'ultima cosa al mondo che volevo.

Trascinai con attenzione il corpo di Zan al centro del triangolo, mi inginocchiai e gli aprii la camicia per posargli le mani sulla pelle. Poi chiusi gli occhi e cercai di immaginare la barriera che ci separava, il sipario che stava tra il mio spirito e il suo... Il luogo in cui, per quasi cinquecento anni, Aren era vissuta nel limbo, incapace di andare avanti o tornare indietro. Lo immaginai come una carta sottile, un velo. Inconsistente. Oltre, c'era un altro mondo.

Vedevo tutto. I nodi, i collegamenti sia minuscoli che immensi. Gli schemi delle stelle, delle radici e dei rami degli alberi e le linee di forza nella rete sottile dei vasi che portavano il mio sangue dal cuore alla testa, alle mani e ai polmoni, e così via, di nuovo al cuore. Vidi i tre punti delle porte di Achlev e il fiore a tre petali della sanguifoglia, e i tre cerchi rossi sul panno di sangue. E al centro di tutto, c'eravamo solo Zan e io.

Era ora di fare un incantesimo. L'ultimo.

Sentivo la pulsazione della magia nel profondo della terra, simile al battito di un cuore.

Mi concentrai sul flusso sanguigno nelle mie stesse vene, finché la mia consapevolezza si allargò alle altre connessioni nascoste al loro interno: l'intreccio dei flussi della vitalità, della forza vitale che spingeva il sangue. Poi lasciai che quell'energia passasse dalle mie mani al petto di Zan, percorrendo i circuiti dentro di lui. Era una chiamata alle armi, mandavo la mia forza vitale in marcia nel suo corpo, spingevo il suo sangue stagnante a muoversi di nuovo, ordinavo al suo cuore di riprendere a pompare, ai polmoni di allargarsi e restringersi, allargarsi e restringersi... Ma il suo corpo non l'avrebbe mai fatto da solo se la ferita alla schiena fosse rimasta dov'era, così la presi su di me. La sua pelle si richiuse mentre la mia si lacerava.

C'era un'ultima cosa da fare: riprendere il suo spirito.

Non fu difficile trovare la morte: non avevo forse avuto sempre un piede piantato lì?

Non era un grande aldilà come avevo sempre immaginato: era come il mondo dei vivi, visto attraverso uno specchio. Le due facce di una moneta. Uguali e allo stesso tempo diverse. Faceva freddo nella morte. Non come in inverno, in cui puoi riscaldarti accendendo un fiammifero o mettendoti addosso un mantello pesante. Era il freddo di un luogo in cui il calore semplicemente non esisteva. Non dovetti andare molto lontano, comunque: Zan era proprio lì, e mi guardava come se mi fossi materializzata dal nulla. Forse era davvero così.

«Tu» disse, stupito.

Vederlo così vivo faceva male. «Avrei dovuto dirtelo» dissi, mangiandomi le parole, «quella notte sulle mura. Avrei dovuto dirti che cos'eri per me. Avrei dovuto dirti la verità.»

Lui mi mise la mano sulla guancia, appoggiando il pollice sulle labbra. Non lo sentivo fisicamente (non sentivo nulla, qui) ma tutti i frammenti di luce e rumore che costituivano il mio spirito si risvegliarono al suo tocco.

«Allora dimmelo adesso.» La sua voce era dolce. «Prima che debba andarmene. Cosa sono per te, Aurelia?»

«Tutto» dissi.

E poi presi i fili sparsi nella mia anima e li legai strettamente intorno alla sua. Quando fui certa che fosse al sicuro, lo spinsi oltreconfine e presi il suo posto dall'altra parte. La mia morte, come quella di Aren tanto tempo prima, avrebbe completato l'incantesimo e chiuso per sempre lo strappo. Vidi soltanto un lampo prima che il confine si chiudesse: gli occhi di Zan che si aprivano.

Aren aveva donato la sua ultima scintilla di vita per salvare la mia: ora avevo fatto lo stesso per lui, scambiando la mia vita con la sua. La mia morte, in questo luogo, in questo giorno avrebbe compiuto la missione di Aren e mantenuto la Malefica confinata nel suo regno degli inferi. Era stata una mia scelta, e l'avevo fatta con tranquillità.

«Aurelia?»

Trasalii, mi voltai. «Mamma? Cosa ci fai...»

«Ma guardati» disse lei pensierosa. Era sul lato sbagliato del confine. Sul lato della morte. «Sei così bella e forte.»

«No, mamma. No. Tu non dovresti essere qui.»

«Ma certo che devo essere qui» disse lei. «Hai dimenticato l'incantesimo del panno di sangue? Tre vite legate a una, legate dal sangue, disfatte nel sangue.»

«Ma non è possibile» balbettai. «È la mia vita che volevo sacrificare. Non la tua, mamma. Non è questo che volevo fare.»

«Tesoro mio» disse. Mi strinse fra le braccia e mi tenne così, mentre io ripensavo a tutte le volte che l'aveva trattata male, incolpandola per tutto ciò che nella mia vita non andava, quando lei non aveva fatto altro che assicurarsi che ne avessi una. «Volevi salvare una persona che ami, lo capisco. Anch'io, cara. Anch'io.»

Lei mi accarezzò i capelli mentre io l'abbracciavo, piangendo perché non avrei più sentito il profumo del sapone al rosmarino con cui si lavava i capelli e lei non mi avrebbe mai rimproverata per tutte le cose sciocche e imprudenti che avevo fatto ad Achlev. Lei era lì solo perché avevo dimenticato che se fossi morta, qualcun altro sarebbe morto al posto mio.

«Mamma» singhiozzai. «Mi dispiace tanto. Ti voglio bene.»

Lei sorrise, accarezzandomi la guancia. «Lo so, tesoro. L'ho sempre saputo. Ora va', e vivi.»

38

Lingue di fiamma si formarono dal fumo e dal silenzio. Le guardai con curiosità mentre brillavano e crescevano, formando due grandi ali spiegate e robusti artigli. Un uccello di fuoco dorato. Splendeva d'arancio e rosso, giallo e rosso, arancio e rosso.

Battei le palpebre e cercai di concentrarmi sull'uccello che danzava davanti ai miei occhi.

Non era una vera fenice, no. Era piccola e fatta d'oro e gemme, e pendeva da un polsino di cuoio.

Quello di Zan. Dal polso di Zan.

Zan. Cercai di mettermi a sedere, ma gridai di dolore. Il mio corpo scricchiolava a ogni movimento, come se fossi rimasta troppo a lungo sotto la pioggia e avessi cominciato ad arrugginire. E la mia schiena era scivolosa di sangue. Il mio sangue, uscito dalla ferita che avevo preso da Zan per farla mia.

«Aurelia?» bisbigliò lui, passandomi le mani fra i capelli.

Alzai la testa, lui mi strinse fra le braccia e nascose il viso sul mio collo, metà sollevato, metà incredulo. «Non può essere vero» disse.

«Sei qui» dissi. «Ha funzionato.»

La mia felicità fu di breve durata. Tirai fuori dalla tasca il panno di sangue e lo guardai sventolare. La prima goccia rossa, quella di mia madre, era completamente sparita, cancellata come se non fosse mai esistita. Non era un sogno di qualche terribile allucinazione. Era tutto vero, e voleva dire...

«Mia madre. Stelle misericordiose, è morta. Lei è morta, Zan. È colpa mia.»

Lui mi strinse ancora più forte, mormorando parole dolci, consolatorie contro la mia tempia, nell'orecchio. Anche lui sapeva che cosa voleva dire perdere una madre.

Passammo due giorni nella torre di Aren mentre la tempesta e l'incendio infuriavano, raccontandoci storie della nostra infanzia mentre ci stringevamo l'uno all'altra per consolarci.

Zan temeva che se mi avesse lasciata chiudere gli occhi per più di un minuto non li avrei più riaperti. «Non me ne vado» lo rassicurai. «Mi rifiuto di andarmene.»

Morire una volta mi era costato mia madre. Non potevo permettere che Simon o Kellan affrontassero la stessa sorte. Usai il pensiero delle persone care per tenere lontana la morte.

La tempesta finì nel cuore della notte e quando ci svegliammo c'erano delle vele nel fiordo. La nave batteva due bandiere: quella con il corvo della famiglia Silvis, e quella reale di Renalt.

Scendemmo per l'ultima volta le scale della torre, e passai le dita sulle pietre su cui era dipinta la storia di Aren. "Addio" pensai, anche se sapevo che non mi avrebbe sentito; aveva passato a me il peso della sua vocazione, e ora era tra le braccia di Empyrea.

La nave ci aspettava oltre le macerie del lato del castello che dava sul mare. Sbucammo dalla torre accompagnati da grida esultanti: una decina di guardie era affacciata al parapetto e stava sistemando una passerella, urlando: «Eccoli! Sono vivi!».

Kellan fu il primo a venirci incontro, offrendo il braccio a Zan per farlo salire; poi entrambi aiutarono me. «Perché sei qui?» gli chiesi, mentre lui esaminava lo stato pietoso in cui versavamo. «È pericoloso navigare in questo disastro, visto che non potevi sapere se eravamo sopravvissuti.»

Lui mi fece un debole sorriso. «Sono ancora vivo» disse. «È una prova sufficiente. E poi non ho avuto scelta. Ordini del re.»

«Aurelia?»

Mi voltai. Una figurina era ferma sulla soglia della cabina del capitano. Conrad indossava un nuovo completo di broccato con lo stemma di famiglia sul petto. Al collo aveva una catena con l'anello recante il sigillo di nostra madre: le dita erano ancora troppo piccole per poterlo indossare. Accanto all'anello c'era un cavallino alato di diamante e opale.

Cercai di non piangere quando lui si precipitò tra le mie braccia; ora era il re, e non volevo metterlo in imbarazzo con le mie lacrime. «La mamma è morta» sussurrò lui con voce flebile.

«Lo so» dissi, ingoiando il groppo che avevo in gola «e mi dispiace. Mi dispiace tanto. Ma guardati! Non ho mai visto un re più nobile. Sarebbe molto orgogliosa di te. Io lo sono.»

«Aurelia, non credo di essere pronto. Ho paura» disse lui.

«Non averne. Toris non c'è più, e il Tribunale chiuderà senza di lui. Sarai il primo re in cinquecento anni a governare senza la loro influenza. Immagina cosa sarai in grado di fare! Sarà difficile, ovviamente, ma io ti aiuterò. La mamma mi ha detto di proteggerti, fratellino, e lo farò. E guarda» indicai le rovine di Achlev, «sono sopravvissuta a questo. A quanto pare sono molto difficile da uccidere.»

Annuì, rassicurato, e raddrizzò le spalle regali prima di scappare per ordinare a Kellan, al timone, di portarci a casa, a prescindere dal fatto che dove si trovasse "casa" fosse ancora poco chiaro per tutti noi.

Mi concentrai su Achlev, dando un ultimo sguardo. Gli edifici erano crollati; molti erano bruciati. Il fiordo, tornato di nuovo di un azzurro cristallino, si era alzato e aveva inondato le strade; interi quartieri erano stati spazzati nell'oblio. E il castello non era nient'altro che un guscio bruciato. Le Mura di Achlev e le tre porte imponenti erano sparite, come se non fossero mai esistite.

Eppure, anche nella sua devastazione, era ancora bella, grezza ma sopraffina, come uno dei disegni a carboncino di Zan. Rimasi sgomenta, dalla meraviglia e dal terrore di quell'immagine.

Zan si avvicinò mentre la guardavo rimpicciolirsi all'orizzonte. «Cataclisma» dissi.

«Annientamento» aggiunse Zan. «Eppure, ce l'abbiamo fatta. È finita.»

Cercai di non pensare all'incessante insistenza nei sussurri della Malefica, "Fammi uscire, fammi uscire". Zan aveva ragione, era finita. Era ora di guardare avanti, non indietro.

«Significa che posso riscuotere il mio pagamento ora?» chiesi.

«Se vuoi ancora la tua immagine in oro, potresti rimanere delusa. Sono appena rimasto senza.»

«Se ricordo bene, il mio prezzo era di raccontarti un segreto e fartelo credere, qualunque cosa fosse.»

I suoi occhi verdi avevano un nuovo splendore dorato nonostante la luce fioca. «Sto ascoltando.»

Gli passai le mani fra i capelli scuri, ignorando il dolore persistente alla schiena, poi gli accostai le labbra all'orecchio e mormorai: «Penso che potrei essere innamorata di te».

Lui fece un sorriso che non gli avevo mai visto prima: timido e un po' sbilenco, e tanto grande da creare piccole rughe intorno agli occhi. «Pensavo che mi avresti rivelato un segreto. Lo so da anni.»

Risi con le lacrime agli occhi, e poi lo baciai con tutta la forza che avevo. Fece male, oh quanto!, ma in quel momento, tra la città in rovina e il nostro futuro sconosciuto, sentii il mio sangue muoversi grazie a un nuovo tipo di magia.

«Com'è possibile?» chiese Zan con calore, intrecciando le sue dita alle mie. «Com'è possibile tutto questo?»

«Sangue e sacrificio» dissi. «Come accade sempre con il vero potere.»

Ringraziamenti

Con cinque versioni incredibilmente diverse, scritte e riscritte nel corso di sei strazianti anni, spesso dico scherzando che mentre *Fiore di sangue* è una favola, la mia strada per pubblicarlo è stata tutt'altro che una favola. Anche se a volte è stata lunga e accidentata, sono molto grata a tutte le persone che mi hanno accompagnato.

Il primo di questa lista è il mio incredibile agente, Pete Knapp. La tua passione per questa storia e la fiducia nella mia capacità di raccontarla sono la ragione per cui *Fiore di sangue* è sugli scaffali delle librerie invece di raccogliere la polvere in un baule. Sarò per sempre grata per quel riscontro che mi ha dato il coraggio di cliccare ancora una volta su INVIA. E al team di Park Literary, alle rockstar dei diritti stranieri Blair Wilson e Abby Koons, così come Emily Sweet, Andrea Mai, Theresa Park, Alex Greene ed Emily Clagett: grazie a tutti voi da parte mia.

Un enorme ringraziamento va anche alla mia favolosa editor, Cat Onder, la cui guida visionaria ha portato *Fiore di sangue* a tagliare il traguardo tra stendardi e rock'n'roll. Mi hai aiutato a farlo diventare qualcosa che sono veramente fiera di mandare nel mondo. A tutti quelli di HMH Teen: sono molto felice che il mio libro sia finito nelle vostre capaci mani. So di avere una squadra pazzesca con me, e di questo sono grata ogni giorno.

A mamma e papà: sono estremamente fortunata ad avere dei genitori come voi. Il vostro sostegno e incoraggiamento (e l'indulgenza quando facevo le ore piccole a leggere ogni sera) mi hanno trasformato in quello che sono oggi. Sarò sempre felice che ci abbiate letto tutti quei romanzi di fantascienza ad alta voce, anche se avrei forse preferito le principesse alle intelligenze artificiali (scusa, papà!). Non lo dirò agli altri, ma so di essere la tua figlia preferita.

Devo ringraziare anche i miei fratelli e sorelle: Carolanne, per le interminabili telefonate e per non aver mai riso quando le ho detto che avrei fatto della divinità principale di *Fiore di sangue* un cavallo volante. Brandon, per avermi sempre spinta a pensare più in grande e con più coraggio... a fare di ogni scena una scena "wow".

Carma, per aver letto con pazienza ogni versione di *Fiore di sangue* (e ce ne sono state tante) e per il suo entusiasmo per ognuna. Melody, che è la mia guru del design e che ha sempre una buona canzone da aggiungere alla playlist di ispirazione. Stacy, Katey e Tiffany, per essere le mie costanti, attente ascoltatrici e le migliori cheerleaders di *Fiore di sangue*. Grazie a tutte voi per gli innumerevoli incontri "clandestini" nel corso degli anni. Non sarei mai arrivata così lontano senza di loro (e senza di voi).

Stan, Paula, Logan e Amy: non so come sia successo, ma ho sicuramente vinto alla lotteria dei suoceri. Ci siamo affidati a voi mille volte e voi ci avete aiutato in altrettante. Sono così orgogliosa di chiamarvi famiglia.

Nel corso degli anni, ho avuto la fortuna di atterrare nelle aule di alcuni straordinari insegnanti che hanno riconosciuto il mio amore per la scrittura e mi hanno incoraggiato con entusiasmo a coltivarla: la signora Kaufman, che mi ha dato un A++ su una storia di una ragazza salvata dall'annegamento dal suo cane fedele; la signora Lewis, che ha applaudito con tutta la classe quando ho ottenuto un cinque al concorso di Stato di scrittura; la signora Van Dyke, che mi ha insegnato a non abbandonare mai una storia; e la signora Williams, che mi fece ottenere un permesso speciale per scrivere romanzi nel laboratorio di informatica, dopo che avevo frequentato tutti i corsi di scrittura creativa che il mio liceo aveva da offrire. Grazie a tutti voi per il vostro instancabile lavoro. Avete lasciato un segno durevole su questa studentessa.

Un ulteriore ringraziamento va a Kierstyn, che ha detto la cosa giusta al momento giusto per indicarmi la strada giusta. Ai miei primi lettori, Kenra, Camille, Danielle e Jana: grazie mille per le vostre idee e per il vostro importante riscontro. Ai creatori e ai fan del mio show preferito, "L'esercito delle 12 scimmie": grazie per essere una fonte di energia positiva e ispirazione e per avermi insegnato che il finale giusto è quello che si sceglie. E ai miei colleghi autori esordienti dei Novel Nineteens: vi sono enormemente grata per il vostro cameratismo e sostegno. Sono molto fiera di essere annoverata tra un gruppo così straordinario di scrittori. Grazie a Billelis per aver dato vita a questa bella copertina. Laura Sebastian, Rebecca Ross e Sarah Holland: probabilmente mi metterò a piangere ogni volta che rileggerò le vostre gentili parole, per il resto dell'eternità. Grazie, un milione di volte.

E infine, alla mia famigliola... Jamison: la tua mente incisiva e la tua memoria enciclopedica mi ricordano di continuare a pensare più in profondità e a puntare più in alto. Lincoln: il tuo sconfinato entusiasmo e il tuo fascino diabolico mi tengono sull'attenti e pronta per la prossima avventura. È grazie a voi due che so esattamente a cosa può arrivare una madre per i suoi figli (ma preferirei non saltare da una torre se non è necessario... solo per dire).

E al mio migliore amico Keaton: grazie per le infinite battute, gli scherzi e i giochi di parole e per essere la prova che l'amore giovanile può durare. Grazie per avermi fatto ridere, per avermi rifornito di caffeina e motivato a continuare a scrivere anche quando era difficile e volevo arrendermi. Non so dove sarei senza di te, ma probabilmente sarebbe un posto con il 100% in meno di giochi di parole terribili, e non sarebbe bello.

Vi amo tutti.

Grazie, ancora una volta, per aver fatto questo viaggio con me.

Mondadori Libri S.p.A.

Questo volume è stato stampato
presso ELCOGRAF S.p.A.
Stabilimento - Cles (TN)

Stampato in Italia - Printed in Italy

Città di
Achlev
Torre
Dimora di Corvalis
Castello
Piazza
Bricco
e Boccale
Foresta di Ebonwilde
Nihil Nunc Salvet Te